22/12/94.

J. Rifatte.

Données de catalogage avant publication (Canada)

Gagnon-Thibaudeau, Marthe, 1929-
Lady Cupidon
ISBN 2-920176-95-1
I. Titre
PS8563.A337L32 1991 C843'.54 C91-096995-7
PS9563.A337L32 1991
PQ3919.2.G337L32 1991

Édition originale: septembre 1991

Lady Cupidon

Éditeurs
LES ÉDITIONS JCL INC.
930, Jacques-Cartier Est
CHICOUTIMI (Québec) Canada
G7H 2A9
Tél.: (418) 696-0536

Illustration de la page couverture
JOHANNE CULLEN

Maquette de la page couverture
ALEXANDRE LAROUCHE

Technicienne à la production
JUDITH BOUCHARD

Dépôts légaux
3e trimestre 1991
Bibliothèque nationale du Québec
Bibliothèque nationale du Canada

ISBN
2-920176-94-3

Distributeur pour le Canada
LES MESSAGERIES ADP
955, rue Amherst
MONTRÉAL (Québec), Canada
H2L 3K4
Téls: (514) 523-1182
1-800-361-4806
Télécopieur: (514) 521-4434

MARTHE GAGNON-THIBAUDEAU

Lady Cupidon

JCL
éditions

DE LA MÊME AUTEURE:

Sous la griffe du SIDA
Roman, Chicoutimi, Éditions JCL, 1987, 363 pages

Pure laine, pur coton
Roman, Chicoutimi, Éditions JCL, 1988, 526 pages

Chapputo
Roman, Chicoutimi, Éditions JCL, 1989, 375 pages

Le mouton noir de la famille
Roman, Chicoutimi, Éditions JCL, 1990, 504 pages

À tous mes fidèles
lecteurs et lectrices.

Chapitre 1

«Quelle idée stupide j'ai eue d'emprunter le raccourci!» Thérèse se défend contre le vent vif, porte une main à ses yeux pour ne pas être aveuglée par le sable, qui, soulevé du sol, tourbillonne, l'éclabousse. Elle va, courbée, avançant avec peine, déviant à chaque défaut du terrain. Malgré l'énergie que lui confère l'impétuosité de sa jeunesse, elle parvient difficilement à se tenir debout. Devant elle se dresse un autre obstacle, une butte raide et enfin, un espoir: c'est là-haut que se trouve la grange, sise à moins de cent pas de la maison paternelle.

Elle s'arrête un instant, tourne le dos à la rafale, histoire de reprendre haleine, fait quelques pas à reculons, lutte avec sa jupe dont les pans moulent les cuisses, rendant sa marche plus difficile. Elle atteint enfin la pente, se penche vers l'avant, gravit la côte à quatre pattes, ses cheveux l'aveuglent, elle se cramponne, gagne péniblement du terrain. Depuis la grange, entre les fentes disjointes des planches du mur, deux yeux braqués l'observent, suivant chacun de ses mouvements. L'homme rigole, avale sa salive, s'énerve, le combat acharné de la fille l'émoustille.

Dans le raffut, Thérèse distingue le bruit d'une porte qui bat au vent. Elle pense aux poules; la porte délabrée fut sans doute mal fermée. Elle se colle au mur du hangar qu'elle contourne, s'use les mains sur le vieux bois devenu rugueux avec le temps.

C'est sinistre, le jour est encore jeune, pourtant il est sombre comme un début de nuit. Thérèse s'arrête, ferme les yeux, elle cesse d'avoir peur, mais la férocité du vent continue de la pousser contre le mur. Tout n'est que craquements, une poulie reliée à une corde, là, au-dessus de sa tête, émet des sons stridents en se torturant contre le crochet de métal. Dans un suprême effort, elle parvient à la porte de la grange qui refuse de se fermer, le vent colle le battant contre le mur et s'engouffre à l'intérieur, traînant à sa suite tout ce qu'il balaye sur son chemin, soulève la paille qui tourbillonne et s'entasse sur les parois. Un grognement sourd emplit les lieux, la couverture craque, menace de s'envoler.

Thérèse entre, essoufflée, étourdie. Enfin! un peu de répit. Elle pense à sa mère qui doit, elle aussi, venir sur la route et elle s'inquiète. Puis se souvient: elle l'a priée de venir chercher les œufs afin de préparer une omelette pour le repas du soir.

Thérèse n'a pas de contenant, elle tâtonne, il doit bien y en avoir un quelque part. Elle s'approche de la clôture de broche qui sépare le réduit occupé par les poules... ses yeux, habitués à l'obscurité, lui font réaliser qu'elle n'est pas seule. Ce qui explique que la porte soit ouverte, pense-t-elle.

— Maman?

Un silence suit, puis un bruissement. Thérèse prend peur, s'élance vers la sortie. On la suit. Elle court, elle trébuche. Une main saisit sa cheville, la tire, une bataille s'ensuit. Thérèse n'est pas de taille à vaincre l'assaillant, s'aidant de ses talons, elle tente de se défaire de l'étreinte de l'homme étendu sur elle. Son haleine fétide lui donne la nausée; il est ivre. Il la bouscule, lui arrache ses vêtements. Thérèse hurle: «Maman! Papa!» Il la frappe. «Ferme ta gueule». Et l'ignoble pose sa bouche sur la sienne. Elle mord l'homme, le son de la voix s'enregistre dans son cerveau. Thérèse se rend compte tout-à-coup qu'elle lutte contre son propre père. Elle s'immobilise sous le poids du choc de ses pensées. Alors il en profite pour baisser son pantalon.

Thérèse se roule de côté, saisit un bâton. Il le lui arrache et la cloue au sol de ses mains fortes. Elle hurle, il la frappe en plein visage. À nouveau elle tente de le mordre. Elle se raidit, essaie de le renverser. Sa tête heurte le mur. Épuisée, toute en sueur, rompue par le dur combat, elle subit, impuissante, l'assaut terrible. Le truand déchire son corps de jeune fille, tuant à la fois sa jeunesse et son âme d'adulte.

Thérèse pleure, elle souffre tellement. Le fait de tourner la tête lui donne la nausée. L'homme repose sur elle de toute sa pesanteur, il reprend haleine, gémit, grogne, cherche ses lèvres, murmure son nom. Une fois encore elle sent la profonde brisure qui la pénètre, cuisante. Elle demeure là, confondue, accablée, attendant que l'assaut cesse.

La brute s'immobilise, la fille sent son haleine chaude qui court sur sa peau nue. Elle frissonne d'horreur, il murmure des mots inintelligibles. C'est maintenant le son de cette voix qui la fouette, qui gifle son âme, son cœur, sa raison. Elle en acquiert la certitude, cette bête est son père! Elle veut vomir.

Sa souffrance change de dimension, son esprit s'embue. Puis c'est l'homme qui pleure: «Pardonne-moi, Thérèse.»

C'est le retour à la réalité. Thérèse se cambre, lève les genoux, renverse le poids du monstre qui roule, elle se lève et s'élance vers la sortie, court plus vite que le vent qui continue d'être batailleur.

Elle atteint enfin la porte d'entrée de la maison qu'elle ouvre et referme. Elle s'y appuie, ferme les yeux, tout est noir autour d'elle, comme en elle. Elle n'a qu'un désir: se laver.

Thérèse se précipite vers la salle de bains, fait couler l'eau, arrache le reste des vêtements en lambeaux qui la couvrent, laisse tout choir sur le plancher. Elle s'assoit dans la baignoire, comme un automate, incapable de réfléchir. Elle aimerait se laisser glisser dans un gouffre sans fond, tant elle a honte, tant elle souffre, tant elle se sent sale, crottée. La puanteur de l'haleine de son père lui revient en mémoire, elle frémit. Les mâchoires serrées, l'âme qui chavire, elle demeure immobile, incapable de penser, le regard fixe.

***

Au village c'est la panique. La tempête fait des dégâts, des fils électriques sont tombés sur le sol, les rues sont désertes. Clémence s'inquiète. Sa fille se rendait, aujourd'hui justement, au haut de la pointe, en bordure de la mer, là où le vent est toujours plus féroce. Elle souhaite qu'elle ait eu le temps de rentrer à la maison. Elle n'ose cependant s'aventurer dehors. Habituellement, le vent se calme vers la fin de l'après-midi, parfois il s'immobilise tout à fait. Elle attendra ce répit pour quitter les lieux de son travail. Elle s'attarde devant la fenêtre, laisse reposer ses jambes fatiguées. Chaque soir, elle prépare, avant de se mettre au lit, le repas du lendemain. Mais hier elle ne le fit pas et pria sa fille de se rendre au poulailler chercher les œufs. Ce détail la fait sourire; le vent est fou, les poules garderont leur ponte...

Bientôt Clémence constate que le va-et-vient semble reprendre. Des piétons circulent enfin. Clémence prend son fichu, s'en couvre la tête, le noue solidement et se décide à partir. Elle emprunte le trottoir et le vent la pousse dans le dos, pour ensuite l'assaillir de front. Clémence va aussi vite qu'elle peut, frôlant des clôtures, comme pour y trouver une protection.

La maison est en vue, du côté de la rue tout est sombre, aucune fenêtre n'est éclairée. Elle en déduit que son chenapan de mari n'est pas là et que Thérèse n'est pas rentrée. Il fera froid, à l'intérieur. Elle hâte le pas, monte sur le perron, pense au souper, hésite un instant, puis se dirige vers la grange. Chemin faisant, elle dénoue son fichu qu'elle utilisera pour y déposer les œufs. Elle entre dans le lieu sombre, tend le bras pour prendre la lampe de poche qui se trouve sans doute sur le parement. Elle guide le filet lumineux, les poules s'excitent. Clémence leur dit des mots doux, elle trébuche, regarde sous son pied: un trousseau de clefs. Elle le ramasse, c'est étrange, ce sont les clefs de son mari. Elle les glisse dans sa poche. Elle compte les œufs, il y en a huit. Thérèse n'est pas venue. Revenant sur ses pas, elle voit dans le faisceau de lumière un autre objet insolite, un mouchoir, ce qui la rend pensive. «Comme c'est étrange!» Elle va sortir, mais se ravise. Clémence promène le rayon lumineux tout autour et observe, comme si elle espérait percer ou découvrir un mystère. Rien ne bouge, même les poules se sont juchées et demeurent immobiles.

Et là, près de la porte, cette paille éparpillée, qui semble fraîchement remuée... Elle hausse les épaules, se dirige vers la sortie. Dans la cuisine, sur une chaise, près de la porte d'entrée, les vêtements épars et le sac à main de sa fille ont été déposés; la mère jette un regard circulaire, la salle de bains semble occupée, un filet de lumière filtre sous la porte.

Réconfortée, Clémence dresse la table, attise le poêle, casse les œufs, grille le pain, se brûle les doigts sur la *marnouche* et crie «aïe!». Clémence *turlute* son air préféré.

Voyant que Thérèse s'attarde, Clémence l'interpelle. Sa fille ne répond pas. Alors elle se rend à la porte et frappe discrètement. Rien. Elle tente d'ouvrir. La porte est verrouillée.

— Thérèse! Thérèse, hurle la mère.

Une voix, à peine audible, lui répond.

— Viens souper. Ton père n'est pas arrivé? Tu as vu ton père?

— Non! hurle Thérèse.

Clémence sent, plutôt qu'elle ne devine, que quelque chose ne tourne pas rond. Le mouchoir qu'elle a déposé sur le coin de la table attire son attention. Et les clefs qu'elle a glissées dans sa poche, cette paille remuée, ce silence, cette porte verrouillée... Clémence se retourne, la fixe du regard comme pour lui arracher un secret. Elle enfile son manteau, sort, retourne là-bas. À l'aide de la lampe elle cherche des indices. Tout porte à croire que ce qu'elle craint, ce qu'elle devine, ce qu'elle refuse d'admettre est vrai, peut-être pire encore...

Dieu sait si Clémence a gardé l'œil ouvert depuis que sa voisine est allée se plaindre au curé que son mari avait fait des propositions malhonnêtes à sa fille, des années plus tôt. C'est au confessionnal que le prêtre l'en a informée, lui faisant jurer de ne pas ébruiter l'affaire, de ne pas faire de mise en garde à son mari, de ne pas alerter la paroisse, d'éviter le scandale, mais de garder les yeux ouverts, de se taire, surveiller et se taire, puis prier pour que l'âme de son mari n'aille pas brûler en enfer.

Clémence s'était alors enfermée dans un silence froid, mais éloquent. Depuis ce jour, elle n'adressa plus la parole à son mari, sauf en présence de sa fille. Robert, l'aîné, avait quitté très jeune ce foyer où l'ennui rendait la vie impossible.

Peu à peu la plaie s'était cicatrisée, Clémence chantait parfois comme ce soir, quand son ivrogne de mari était absent.

Et Clémence s'était jurée que Thérèse recevrait une bonne instruction afin qu'elle puisse connaître un sort meilleur que le sien, pauvre femme de ménage, qui s'éreinte à laver murs et plafonds alors que monsieur son mari lève le coude et n'entre jamais sobre à la maison. Aussi sa fierté fut grande en juin dernier quand sa fille lui plaça sous les yeux son certificat de septième année avec la mention «Grande Distinction».

Ce soir, cette fierté n'est plus, il n'y a place dans son cœur que pour la haine, une haine mortelle. Elle serre les dents, à en avoir mal. Et c'est une femme brisée, meurtrie, qui prend le chemin du retour vers la maison. Elle s'approche de la porte demeurée fermée et appelle doucement: «Thérèse».

Sa fille ne répond pas. Elle prend le mouchoir, le roule dans le creux de sa main, regarde autour d'elle. Tout n'est que mirage.

Clémence hésite un peu, puis se dirige vers l'escalier. La comédie n'est plus nécessaire, elle ira dormir là-haut, dans cette chambre qu'a désertée son fils. Elle monte, la tête haute, le dos bien droit. Sur le bureau elle dépose le mouchoir maudit et, sans se dévêtir, se laisse tomber sur le lit étroit.

Thérèse connaît le trajet qu'a emprunté sa mère, le bois sec de l'escalier s'est fait éloquent. Thérèse ne pouvait se décider à rompre ce silence, qu'aurait-elle pu dire? Comment une fille peut-elle apprendre si triste vérité à sa mère? Quels mots aurait-elle pu employer pour s'expliquer, s'excuser, se disculper?

Maintenant que sa mère est là-haut, une autre peur l'envahit tout entière. Si son père allait rentrer, ivre mort, sans doute! Thérèse frissonne. Elle saisit ses vêtements, les enroule, se couvre de la grande serviette et tire le verrou. Elle ouvre lentement la porte, la cuisine est éclairée. Dans un bol, les œufs décantent, le poêlon attend sur l'arrière du poêle, sur une planche repose le couteau pointu servant à émincer finement le persil qui aromatisera l'omelette. Thérèse hésite, saisit le couteau, le dissimule dans ses vêtements et, à son tour, monte des marches qui *couinent* sans pitié.

Dans la cage éclairée de l'escalier, l'ombrage de Thérèse s'étire sur le mur au fur et à mesure de son ascension. Clémence espère qu'elle s'arrêtera un instant. Mais sa fille n'en fait rien, elle entre dans sa chambre, enfile sa robe de nuit, ferme sa porte qu'elle verrouille, place une chaise sous la poignée et se glisse sous ses couvertures. Un mur la sépare de sa mère, un mur sans brèche qui risque maintenant de devenir infranchissable!

Les yeux grands ouverts dans la nuit opaque, Thérèse souffre. Sa douleur l'enrobe tout entière, ses tempes font mal, son cœur bat à un rythme fou, ses oreilles bourdonnent. Elle voudrait crier. Elle tend le bras, s'assure que le couteau est bien là, sur la table de chevet. Et l'attente commence. Chaque bruit capte son attention, elle redoute l'arrivée de celui qui a perdu jusqu'à son nom de «papa». Désormais il sera un monstre. Elle pense à son frère, dont sa mère occupe maintenant le lit. Elle sait que sa mère a compris. Et elle n'a plus qu'une pensée en tête: fuir, loin, à jamais!

Mais le vicieux n'entre pas. La nuit est calme, seul le vent s'agite de temps à autre. Autrement, c'est le silence. Et les heures ont raison de l'endurance de ces deux femmes qui sombrent dans le sommeil, seules, désespérément seules, et que rien désormais ne semble pouvoir réunir.

***

Clémence se réveille la première. Surprise de se retrouver là-haut, elle s'assoit sur le grabat et la triste réalité lui revient, l'habite tout entière. Elle se lève, descend, la lumière brille toujours, elle l'éteint. Le monstre n'est pas là, Clémence prend son linge, vide sa chambre de toutes ses possessions et monte emménager là-haut, définitivement. Son geste la calme un peu.

Cette chienne de vie doit continuer. Elle pense aller à l'église, ce qui lui remémore la cruelle confession. Elle ferme les yeux. Elle ne priera plus jamais; qu'il aille brûler en enfer, elle sera heureuse d'y être aussi pour attiser le feu qui lui *grillera la couenne*.

Elle jette un regard sur l'horloge. C'est l'heure du départ, elle irait au travail, comme tous les autres jours. Elle hésite pourtant, lève la tête, sa fille est là, juste au-dessus d'elle. Mais si elle ne s'est pas précipitée dans ses bras, hier, pour y trouver réconfort, elle ne le fera pas aujourd'hui. Et Clémence, les yeux secs, enfile son manteau, se couvre la tête de son fichu et dirige ses pas vers le village.

Le bruit que fait la porte d'entrée en se refermant réveille Thérèse. Elle sursaute, surprise d'avoir dormi. Elle court vers la fenêtre et voit sa mère qui file à grande allure. Elle reste là, espérant qu'elle se retourne, qu'elle jette un regard vers sa fenêtre. À nouveau la peur l'envahit. Alors elle se hâte, se vêt. Elle aussi partira.

Craignant que son père se réveille, le plus silencieusement possible, elle descend les marches, une à une, en longeant le mur. Le jour naissant lui paraît doux. Elle court vers la rue, dès qu'elle se sait hors de danger, elle ralentit ses pas.

Thérèse se rend jusqu'à la pointe, près de la mer. Il est trop tôt pour se présenter au travail, car ces dames de la ville font la grasse matinée. Elle marche dans le sable rugueux que la marée a éparpillé sur la grève, se rend jusqu'au récif dont les épines émergent, s'appuie sur un rocher où s'est accroché le varech charrié par la mer et là, dans le calme du matin, elle ferme les yeux. Dans son esprit repassent les images, dans sa chair s'éveille sa souffrance, son ventre crie son désespoir. Et Thérèse glisse tout au fond de sa peine. Loin de tous, loin des yeux de sa mère, dans la fraîcheur du jour naissant, elle hurle sa rage, son dépit. Elle hurle, comme loup devant la lune, elle hurle comme la bête traquée dans un piège, elle hurle comme la bête fauve qui s'élance sur sa proie.

Un son strident se mêle à sa voix, le train crie dans le lointain et avec lui une promesse d'espoir. Elle partira loin, très loin, comme son frère, pour ne jamais revenir!

C'est samedi. Elle touchera ses gages ce soir et que le monstre ne tente pas de les lui prendre! Elle se lève, brandit le poing et jure qu'il ne la touchera plus jamais. Son serment la rassure et, oh! miracle, Thérèse se vide de sa peur, elle se sent tout à coup rassérénée, rassurée. Une soudaine quiétude l'envahit comme si l'éclatement de sa colère l'avait drainée de toutes ses craintes.

Elle regarde le large sans le voir, la ligne d'horizon a disparu. Elle est seule, mais forte. En elle, la petite fille est morte. Thérèse pointe ses coudes sur ses genoux, cache sa face dans ses mains, ferme les yeux. Même là, dans son for intérieur, c'est la paix, une paix qu'elle n'a jamais connue, jamais goûtée. Sa peur se métamorphose, devient rancune et haine. Thérèse se sent capable de tout affronter, même le monstre.

Brutalement elle sort de l'enfance, enjambe le monde des adultes. À ses pieds, la mer ne chante pas, elle gronde. L'écume dont s'orne la fine pointe des vagues n'est plus de dentelle, comme hier, c'est une menace, une menace qui l'oblige à reculer, pour ne pas être de nouveau souillée. Elle ne regarde pas le ciel, ne hume pas le vent du large, qui l'a tant émerveillée, avant... avant la soirée d'hier. Hier, c'était hier ?

Thérèse se lève, saisit une branche projetée là, par le vent sans doute. Elle s'en fait une canne, déserte la grève, piétine l'herbe folle qui borde la route, cette route qu'elle emprunte pour se rendre au travail.

Des garçons la regardent venir, l'un d'eux émet un

sifflement d'admiration. Thérèse ne rougit pas, elle tire la langue. Les garçons s'esclaffent, sauf l'auteur du sifflement.

Celui-ci lui emboîte le pas, la suit à distance. Il la voit qui entre dans une résidence d'été, en bordure de la plage. Il reviendra.

Thérèse se dirige vers la cuisine, prépare le déjeuner: des muffins anglais pour ces dames, qu'elle servira chauds, avec du beurre et de la pâte d'amande. Douceurs merveilleuses auxquelles elle goûte parfois n'ayant pas l'opportunité de le faire à la maison.

Thérèse chante sans retenue, elle habituellement si discrète. Elle se lave les mains, la glace lui renvoie son visage, son regard se fige, elle défait le nœud qui retient ses abondants cheveux, ceux-ci glissent en cascade sur ses épaules, elle se sourit. Thérèse ne voit pas la patronne qui l'observe depuis l'encadrement de la porte. Elle colle son visage contre le miroir, s'en éloigne, s'observe encore, comme si elle se rencontrait pour la première fois.

— Vous a-t-on déjà dit que vous étiez belle?

Thérèse sursaute, regarde madame Larochelle qui enchaîne:

— Vous avez les yeux d'une bête fauve, un renard, oui c'est, ça, vifs, pétillants, parsemés de pépites d'or et vos cils, bien arqués, abondants, vous donnent un regard envoûtant.

Thérèse sourit, pivote sur ses talons, garnit le plateau. Une fois seule, elle s'immobilise, pensive. On ne lui a jamais tenu de tels propos! «Le renard est rusé, pense-t-elle, c'est un tigre qu'il faut être!» Et sur la table, elle assène un coup de poing, les tasses de porcelaine s'entrechoquent en tintant.

La colère bouille dans sa tête: «Je me vengerai!» Cette pensée lui plaît. Elle y repense pendant qu'elle vaque à l'entretien de la maison. Elle suspend son geste, une idée folle lui traverse l'esprit, elle s'y accroche, élabore un plan. Le soleil plonge dans la pièce, changeant le coloris des choses. Sur un vase de cristal il incruste les feux d'un diamant qui scintille. Thérèse s'arrête au jeu de cette lumière sur le verre qui passe de l'ocre au mordoré. Le feu. Oui, elle brûlera ce lit de paille sur lequel elle fut si profondément outragée. Cette pensée l'occupe tout entière.

À l'heure du thé, madame Larochelle s'informe de sa mère.

— Maman et papa sont absents.

— Et vous êtes seule à la maison?

Thérèse ne répond pas tout de suite. Son plan se précise dans sa tête, son mensonge lui servira.

Habilement, elle se fait inviter à dormir chez les patrons. Ses méninges travaillent. La vaisselle rangée, l'ordre fait, Thérèse s'assoit sur la véranda. Elle regarde sans ne rien voir, son esprit est ailleurs.

De l'autre côté de la route de gravier un garçon l'observe, celui à qui elle a tiré la langue, plus tôt dans la journée. Elle ne remarque pas sa présence, il attend qu'elle sorte, mais en vain. Las d'attendre, il s'éloigne. Il reviendra tôt demain, espérant un contact plus intime avec cette belle fille légère.

***

Le son percutant des sirènes réveille les gens du village, le camion citerne ajoute au tintamarre, une flamme rouge grimpe dans le ciel encore embué de la nuit. Les curieux collent le nez à la fenêtre, les hommes s'élancent vers le lieu du sinistre. Parmi eux se trouve Pierre Bellefeuille. Dans la bousculade, il semble reconnaître sa belle d'hier; il fait volte-face, celle-ci court, il la suit à distance, il la voit entrer au chalet de la pointe, les gestes de la fille sont ceux d'une personne qui craint d'attirer l'attention. Celle-ci jette de furtifs regards autour d'elle. Pierre se colle à la haie, observe la fille qui traverse la véranda. Il distingue la forme à travers les stores de bambou ajouré, elle semble se dévêtir, puis elle disparaît de son champ visuel. Il en déduit qu'elle s'est allongée.

Pierre Bellefeuille quitte son lieu d'observation et se rend à son travail, un peu plus loin, dans la baie. Il est au plus haut point intrigué par les agissements de sa belle. Et c'est alors qu'il prend connaissance d'une rumeur qui se veut par la suite confirmée. Un homme a péri dans l'incendie d'une grange.

***

Pierre fait partie d'une équipe d'arpenteurs. Des ouvriers font le relevé du tracé des routes. Un pont doit être construit pour enjamber la rivière. Il s'agit d'un travail temporaire, il est jalonneur; la tâche terminée, il sera muté ailleurs. D'un tempérament rêveur, il vagabonde d'un endroit à un autre, aime le travail facile, bien rémunéré qui lui permet de s'offrir les plaisirs de sa fougueuse jeunesse. Pierre papillonne d'une fille à l'autre, connaît les bars où il consomme plus qu'il ne devrait. La belle Thérèse occupe sa pensée, il n'aura pas de repos tant et aussi longtemps qu'elle n'aura pas été sienne. Et le destin aide son projet.

***

Les Larochelle, comme toute la population, sont informés de ce qui est le sujet de conversation de tout le village; le père de Thérèse n'est pas reparu, on croit qu'il a péri dans les flammes.

— Thérèse, certaines rumeurs courent au village...

— Ah! À quel sujet?

— Peut-être devriez-vous vous rendre chez votre... chez vos parents, prenez congé.

Thérèse démontre une certaine surprise et remercie Mme Larochelle qui n'ose pas lui en dire davantage. Elle finit de ranger et d'un pas lent, rentre chez elle. Elle note cependant que les gens chuchotent sur son passage.

À côté de la maison familiale est stationnée une voiture de police. Thérèse aspire profondément, se redresse et entre.

— Que se passe-t-il ici?

On l'informe, on la questionne mais on ne lui apprend pas encore la mort de l'homme.

Thérèse explique: la veille, avant de se rendre au travail, elle est allée réveiller sa mère, celle-ci n'était pas dans sa chambre, son père non plus. Le lit n'étant pas défait, elle en avait déduit que ses parents s'étaient absentés. Ayant peur de dormir seule à la maison, elle avait demandé l'autorisation aux Larochelle de dormir chez eux.

Thérèse parle calmement, les yeux baissés, elle évite le regard de sa mère qu'elle sent peser sur elle. Elle sait que celle-ci ne dira rien, même si elle ment. Clémence, ulcérée, incline la tête, tout en elle se brise, se déchire. Les faibles espoirs qu'elle avait entretenus fondent. Elle sait maintenant que sa fille a trempé dans une tragique affaire. Prenant son courage à deux mains, elle dit tout haut en regardant le policier:

— Mais quelqu'un a péri dans les flammes!

Thérèse sursaute, se lève, blême de frayeur et elle s'écrie: Qui?

— Nous l'ignorons encore, réplique l'homme de loi.

À son tour, Thérèse tremble d'effroi.

Madame Larochelle confirme les dires de la jeune

fille. Thérèse avait, de fait, dormi chez eux, ce soir-là. Les expertises démontrèrent que celui qui avait péri dans l'incendie de la grange était Trefflé, un vagabond toujours ivre, copain des soûleries du père de Thérèse, qui n'hésitait pas à forcer les portes des poulaillers pour voler des œufs et dormir à l'abri du froid.

Bien que la justice conclut à un accident, dans l'âme de Clémence, les doutes font place à la peur, une peur morbide. Son mari, Joseph ne revenait pas et ce retour aussi l'inquiétait. Qui, de lui ou de Trefflé avait assailli Thérèse? Elle aurait tant voulu savoir! Mais elle n'avait pas le courage de questionner à cause surtout du trousseau de clefs et du mouchoir qui appartenaient à son mari.

Thérèse surmonte sa peur, offre un visage triste et pâle. Elle inspire la sympathie aux bonnes gens de son village.

Au foyer, par contre, les deux femmes gardent un visage hermétique, se murent dans le mutisme le plus total.

Thérèse ne connaît la paix que lorsqu'elle est chez les Larochelle. Plus que tout, elle redoute leur départ qui coïncidera avec la fin de la saison touristique. La pensée de quitter son patelin, le plus loin possible, l'obsède.

C'est alors qu'elle croise Pierre. Pierre qui devient son chevalier servant, l'invite à dîner, l'aide à tuer le temps loin de la maison paternelle, Pierre qui se fait charmant. Thérèse joue le jeu, se laisse amadouer un instant pour ensuite afficher des airs puritains. L'homme s'attache à cette fille sauvageonne, mielleuse et coquette qui l'aguiche un peu plus chaque jour, surtout par le fait qu'elle sait lui résister.

Pierre évoque l'idée d'une liaison, parle de la maison de sa mère dont il sera un jour l'héritier, maison sise, oh miracle! loin, là-bas, dans un village, à l'ouest de Montréal. Les joues de la jeune fille se colorent, ses yeux brillent. Pierre est ému. Celle qu'il voulait posséder le conquiert.

La jeune fille s'inquiète. Étant mineure, il lui faudra la permission de son père pour épouser son beau chevalier. Thérèse ne lui a pas adressé la parole depuis la soirée maudite, elle n'a même pas levé les yeux dans sa direction.

Sans divulguer à son amoureux les raisons profondes du drame qui la sépare de son père, elle fait part à son fiancé de ses appréhensions.

— Ne t'en fais pas, ma belle, une rencontre d'homme à homme aura vite fait de dissiper le nuage, je ne connais point de papa qui ne serait ravi de m'accorder la main de sa fille.

Et le clocher du village annonce les épousailles de Thérèse et de Pierre.

Chapitre 2

Pierre téléphone à sa mère et lui apprend l'heureuse nouvelle. Stella Bellefeuille s'empresse de faire briller les vitres, lave les rideaux de cotonnade, nettoie, astique, polit. Son bonheur est grand, elle ne connaît pas cette bru, mais est prête à l'aimer comme elle aimerait sa propre fille.

Pierre, son fils unique, est le seul être qu'elle ait au monde. Elle lui a consacré toute sa vie, l'a choyé à outrance, n'a vu que lui. Et voilà qu'il est marié, il a enfin posé un geste sérieux, elle souhaite de tout cœur que cette union l'assagira.

Stella a épousé Jacques Bellefeuille en 1939. Quelques jours plus tard, à l'occasion d'une beuverie, à l'instar de trois de ses amis, Jacques alla s'inscrire, à titre de volontaire, à l'armée terrestre. Stella pleura, son époux partit pour le front, là-bas, dans les Vieux Pays.

En tant qu'épouse de militaire, le gouvernement canadien lui versait un dollar par jour, ce qui à l'époque lui semblait une somme énorme. Stella économisa chaque sou en caressant un rêve: acheter la maison que le couple avait louée pour abriter leur jeune bonheur afin d'y voir naître l'enfant qui bougeait en son sein. Elle rêvait du moment où son homme rentrerait, de la fierté qu'il ressentirait si elle réussissait à acquérir ce home.

Mais Jacques ne revint jamais, il tomba sous les balles ennemies le sept de septembre mille neuf cent quarante-quatre, à Calais, dernier lieu de résistance de l'armée allemande, en France.

Alors Stella s'improvisa couturière, ses quelques

notions de couture aidèrent la jeune veuve à subvenir à ses besoins et à ceux de son fils. Elle remercia le ciel le jour où elle reçut son premier chèque de pension de veuve de guerre. Elle continua d'économiser, réussit à réunir la somme nécessaire qui lui permit enfin de devenir propriétaire de la petite maison où elle se prépare aujourd'hui à y accueillir son fils et sa jeune épouse. Elle n'avait pas connu d'aussi grande joie depuis la naissance de son enfant.

Le moment tant attendu vient enfin. Stella est heureuse, si heureuse que son bonheur se lit sur son visage. Elle accueille ses enfants, les serre sur son cœur, leur prodigue mille caresses, ce qui gêne Thérèse qui n'a pas l'habitude de telles manifestations amoureuses. Pierre, par contre, fait des efforts pour ne pas laisser percevoir l'agacement que lui cause les épanchements de sa mère qui l'ont toujours horripilé.

Les jours passent, heureux, les rires fusent dans toute la maison. Thérèse est joyeuse, ce qui enchante Stella dont le bonheur déborde. Enfin! son fils lui renvoie l'image, tant souhaitée, d'un homme heureux. Ce qui est plus merveilleux, il ne s'absente pas le soir, pour revenir ivre, comme autrefois. Et Stella prie Dieu pour que ce bonheur dure.

Le matin, Thérèse flâne au lit et la mère profite alors pour elle seule de la présence de son fils. Elle lui sert les déjeuners qu'il aime. Mais elle connaît son caractère, il est soupe au lait. Aussi choisit-elle ses sujets de conversation; ne voulant pas le vexer, elle évite les questions personnelles.

Pierre continue d'être gentil et rentre du travail à des heures normales. L'amour aurait-il permis ce miracle? Stella regarde l'horloge, Pierre entrera bientôt. Elle pique l'aiguille dans le vêtement qu'elle coud, le dépose sur la corbeille et s'empresse de préparer le repas du soir.

Thérèse vient donner un coup de main. Elle dresse la table.

— Vous semblez lasse, ma fille.

— Non Madame Bellefeuille, je me réveille à peine.

— Vous dormez beaucoup, seriez-vous malade? Vous sentez-vous faible? Peut-être auriez-vous besoin d'un fortifiant.

— Un fortifiant? Je n'ai jamais été plus en forme.

— Vous êtes heureuse, ma fille?

Le regard affectueux de sa belle-mère, le timbre doux de sa voix, émeuvent Thérèse, habituée au ton tranchant de sa mère.

— Oui, belle-maman, je suis heureuse et en bonne santé, rassurez-vous.

— Thérèse...

— Oui?

— Soyez gentille, laissez tomber le belle-maman. Je me sens vieille quand vous m'appelez ainsi, Stella, c'est tellement plus joli, vous voulez bien?

— Mais bien sûr, Stella!

Et les deux femmes se sourient tendrement. Thérèse est heureuse que l'arrivée de Pierre mette un terme à ces effusions qui la troublent, elle s'approche de son mari, entoure son cou de ses bras et l'embrasse amoureusement.

— Qu'est-ce qui t'arrive? jette impatiemment Pierre.

— N'ai-je pas le droit de t'embrasser?

— Ça se fait dans la chambre à coucher, ces choses-là.

Thérèse pouffe de rire et s'exclame:

— Puritain!

Stella Bellefeuille pivote sur ses talons et se dirige vers le poêle, elle vient de déceler l'impatience dans la voix de son fils, elle craint qu'il ne sorte en claquant la porte. La jeune femme qui n'a rien compris à la subite saute d'humeur de son mari continue de badiner. Et les choses se tassent, Pierre a bon appétit.

— C'est toi qui as préparé ce mets, Thérèse?

— Non, le chef à féliciter est ta mère.

— Mon père était un héros, ma mère est une fichue cuisinière!

— Et une couturière hors pair! Tu sais, chéri, ta mère veut bien m'initier au métier.

— Ce qui pourrait s'avérer fort utile, un jour, ajoute Stella qui regrette aussitôt sa phrase.

— Parce que?

— Voyons, Pierre, tu ne devines pas ce que cherche à exprimer ta mère? Elle souhaite devenir un jour grand-mère.

— Ça, Thérèse, penses-y pas!

Thérèse rit.

— N'aie pas peur, ce n'est pas pour aujourd'hui.

— Je l'espère bien!

— Et si jamais ça devait arriver, tu seras le premier à te réjouir.

Stella se lève, ramasse les assiettes, un grand silence se fait, rompu par le tintement de la porcelaine qui s'entrechoque dans les mains tremblantes de la mère. Mais Pierre se calme et plonge le nez dans son journal.

Thérèse tente de faire les frais de la conversation, ce n'est pas facile. Stella répond à peine, pour la première fois la jeune épouse ressent un grand malaise; quelque chose ne tourne pas rond. Elle ne croit pas que ce soit uniquement le sujet de la conversation qui a énervé son mari à ce point. Elle se promet de le questionner, elle veut savoir.

Mais ce soir-là, elle n'ose pas. Elle sent que Pierre est irritable et inconsciemment elle use la tactique de sa mère Clémence: elle se tait.

Pierre la regarde, elle le sent. Installée devant la glace elle brosse ses cheveux, elle dépose la brosse, se tourne et sourit.

— Merci, Thérèse, de ne pas me rabattre les oreilles comme le fait maman, depuis mon enfance. Elle et ses allures de femme martyrisée parce que son mari est mort à la guerre, la peau percée d'une balle qui en a fait un héros! Elle veut des descendants, quand ils seront là elle gémira de les entendre brailler!

—Tu es sévère, Pierre. Elle t'aime tant. Mais ne parlons plus de tout ça, veux-tu, viens, fais-moi l'amour, mais d'abord rassure-moi, si nous avions un enfant, l'aimeras-tu?

— Bien oui! Quelle question! Mais si nous devions avoir une famille, nous serons seuls à les élever. J'en ai marre des jérémiades de ma sainte mère.

— Tu ne me demandes rien?

— Que devrais-je te demander?

— Si moi, par exemple, je veux des enfants, si je suis heureuse auprès de ta mère, si je t'aime, tu ne me demandes jamais mon opinion, tu ne me dis jamais que je suis belle.

— Écoutez-moi ça!

Thérèse rit, se sauve, Pierre la rejoint, la prend dans ses bras, la ramène sur la couche, la cloue au matelas, les bras relevés au-dessus de sa tête.

— Tu es belle, tu es belle quand tu ris, que tes yeux brillent, que ton teint rosit.

— Brbr, grogne Thérèse en montrant les dents.

— Tigresse!

Thérèse dessert l'étreinte, s'assoit, regarde Pierre, son nez collé au sien et lance d'un trait.

— Une renarde, je ne suis pas une tigresse mais une renarde. Tu as déjà vu le regard d'un renard?

— Où es-tu allée chercher ça?

— Ah! on m'a dit...

— Qui t'a dit?

— Ah! secret.

— Parle!

– Tu me fais mal! Mme Larochelle m'a dit que j'ai les yeux d'un renard.

– Et tu l'as crue?

– Oui, pourquoi pas?

Pierre serre sa femme dans ses bras. Le calme est revenu dans son esprit. Thérèse est heureuse.

***

Les jours, les semaines passent, le bonheur toujours présent. Peu à peu l'inquiétude de la mère s'amenuise, son fils semble enfin connaître la joie.

Thérèse apprend maintenant à coudre. Elle aide sa belle-mère à faire la finition des vêtements qu'elle taille et assemble. La jeune femme n'ose pas la questionner comme elle s'était promis de le faire, elle s'en tient aux explications que lui a données son mari. Elle ne veut pas que de nouveaux malentendus se glissent entre eux, elle évite donc le sujet qui la tourmente.

Thérèse dort beaucoup, trop au goût de la belle-maman. À quelques reprises celle-ci lui conseille de prendre un fortifiant. Cette insistance agace Thérèse, pourquoi la croire malade, comme si le sommeil était un mal?

Pour meubler les silences, Thérèse chantonne en poussant l'aiguille. Parfois madame Bellefeuille fredonne le même air. Elles se sourient. Thérèse aime bien cette petite femme active et fière, qui lui apprend à réussir les tartes, à couper les beignets à l'aide d'un verre, à se servir du dé à coudre pour percer le trou. Toutes deux vivent en harmonie, surtout quand Pierre est au travail. Ce qui fait que la jeune épouse se rend à l'évidence, Pierre a raison. Pour leur propre bonheur, ils devront déménager sous un autre toit.

Les jours deviennent plus courts, le froid givre les vitres des fenêtres, le vent d'automne décroche les feuilles des arbres qui se dessèchent par manque de lumière, elles s'entassent sur le sol, comme un tapis fleuri aux mille coloris.

Et Pierre annonce, au moment du dessert, qu'il partira bientôt. Il se rendra à Montréal, plus précisément à l'île Sainte-Hélène, où il remplira un travail d'arpenteur. Le contrat sera bien rémunéré, le travail est urgent. Le Québec accueillera tous les pays du monde pour la grande exposition universelle.

Thérèse veut partir aussi, Pierre apporte des objections, sa femme ne veut rien entendre. Pierre se fâche, son poing, une fois de plus, secoue la table. Stella sursaute, échappe un cri qu'elle ne peut retenir.

– Pierre!

– Ta gueule! hurle le fils, qui bouscule tout, se lève, cale sa casquette sur sa tête et sort en coup de vent.

Thérèse se précipite vers l'escalier et va se réfugier dans sa chambre dont elle ferme la porte avec grand fracas. Étendue sur son lit elle pleure; elle hoquette, prise de nausées, se lève et court vers le lavabo pour vomir.

À l'étage inférieur, Stella se tord les mains de désespoir. Elle a le cuisant pressentiment d'avoir inconsciemment fait éclater un très grand malheur. Ce soir, elle en a la conviction, son fils rentrera ivre. Des larmes brûlantes coulent sur ses joues, brouillent sa vue. Elle lave la vaisselle, range la cuisine.

Soudain, elle s'immobilise, elle entend sa bru qui hoquette. Elle s'élance vers l'escalier, pose la main sur la rampe, s'arrête, réfléchit.

«Ce serait ça! La fringale, son habitude de grignoter entre les repas, ces heures de sommeil qui ne semblent jamais lui suffire et maintenant la nausée»... Stella s'appuie au mur, sourit, ferme les yeux et remercie Dieu: «Ainsi je serai grand-mère, même si ça n'enchante pas mon bougre de fils!» Et derrière ses paupières closes, elle voit des couches qu'il faudra ourler, les langes à tailler, les fils qu'il faudra nouer sur le pourtour des piqués, toute une layette se façonne dans l'esprit de la couturière déjà amoureuse d'un enfant à naître: son petit fils, le sien. Stella retourne à sa cuisine, finit de tout ranger, le plus silencieusement possible. Puis la dame éteint la lumière, allume celle qui éclaire le perron, se retire dans sa chambre, se dévêt et se glisse sous ses couvertures. Les yeux, grand ouverts dans la nuit naissante, elle guette le retour de son fils. Là-haut, c'est le silence le plus parfait. Thérèse a dû s'endormir.

Et les heures passent. Stella sursaute, les pas de son fils traînent sur la galerie, lourds, hésitants. Il a la démarche d'un homme ivre. Elle a froid, ramène ses couvertures sur ses épaules, elle a peur.

L'homme ferme bruyamment la porte d'entrée, se heurte contre une chaise qu'il maudit, s'engage dans l'escalier, s'empêtre, maugrée, trébuche encore puis ouvre la porte de sa chambre.

Thérèse est maintenant réveillée mais simule le sommeil.

– Coucou! Coucou, chérie, madame la renarde, coucou.

Il secoue Thérèse, a un rire niais, le regard embué.

– Coucou, ma belle.

– Tu es ivre!

– Quoi? Que dis-tu? Répète, mais répète donc!

– Rien, je ne dis rien.

– J'ai pris deux bières, seulement deux, insiste-t-il dans un hoquet, peut-être trois. Pour effacer la sainte image de ma sainte mère de mon esprit.

Tout en marmonnant, Pierre se dévêt et vient se blottir contre sa femme.

– Écoute, j'ai bien réfléchi. Hic! Toi et moi, hic! Allons déménager, hic! Seuls, tous les deux. Alors, hic!

Tu pourras avoir tous les bébés de la terre. Mais hors de la présence de ma sainte mère!

— Oui, oui, Pierre.

Thérèse sait qu'on ne doit pas contredire l'homme qui a bu, sa mère le lui a souvent répété: il deviendrait méchant, voire même cruel. Il faut attendre qu'il soit à jeun pour discuter avec un ivrogne, alors Thérèse demeure calme, même si elle se sent au bord de la crise de colère.

— Je gagne beaucoup d'argent, affirme Pierre, je peux faire de fortes économies sur mes payes, surtout si je, si hic! Tu m'entends, Thérèse?

— Oui, Pierre, oui, je te crois, Pierre.

L'homme, la bouche pâteuse, essaye en vain de poursuivre son monologue. Il ne parvient pas à se dévêtir, dès que sa tête touche l'oreiller, son grognement se change en ronflements.

Alors Thérèse se lève, contourne le lit, lui enlève ses souliers et le couvre. L'haleine de l'homme provoque chez elle la nausée, elle court au lavabo et vomit une fois de plus. «Stella a raison, je suis malade», raisonne-t-elle.

***

Lorsqu'elle se réveille, Thérèse surprend Pierre qui, debout au pied du lit, la regarde dormir.

— Bonjour.

— Bonjour, Pierre. Alors et hier?

— J'ai rencontré des amis, nous sommes allés fêter notre départ, je me suis attardé.

— Et?

— Et quoi? Tu m'en veux? Trois pauvres petites bières.

— Trois?

— Ou six et alors! Écoute Thérèse, ne deviens pas comme elle. Souris, allons, souris-moi, méchante renarde. Il faut que tu me pardonnes, nous devons faire l'amour avant mon départ.

Thérèse se relève, s'appuie sur ses coudes.

— Tu pars bientôt?

— Demain.

— Demain!

— Oui, demain. Écoute-moi bien, je serai là-bas tout au plus trois mois. C'est une chance, je vais travailler sur la mise en plan d'un grand projet de remplissage, la paye sera très bonne. Je te ferai parvenir mes chèques que tu déposeras en banque. On va accumuler un bon petit capital. Puis on va sortir de ce trou, prendre un loyer au village en attendant de pouvoir acheter une maison.

— Celle-ci sera à toi, Pierre, tu me l'as dit!

— Pleine de fantômes, le fantôme de mon saint patriote de père médaillé pour sa bravoure, pleine de la voix stridente de ma mère, tu l'entends? Tu la vois avec ses airs de Mater Dolorosa! Toujours à l'affût, m'égratignant à mots couverts, pleine de fiel et de reproches. Crois-moi, Thérèse, je gagne bien, je gagne beaucoup. Je veux que toi et moi soyons heureux. Tu m'entends? Heureux! Je t'aime, Thérèse. Pas quand tu boudes ou que tu me regardes avec tes yeux de biche, comme présentement...

Et prenant un air piteux, il ajoute:

— Rends-moi ma renarde au regard enjôleur, celle qui a réussi à me séduire, à me faire renoncer au célibat, moi, Pierre Bellefeuille, ton beau petit mari...

Thérèse sourit et tend les bras. Mais dès qu'il s'approche elle a un haut-le-cœur.

— Pouah! va te brosser les dents.

Et Thérèse descend à la cuisine, verse du café noir dans la plus grande tasse. Elle beurre une tranche de pain grillé.

Sa belle-mère lui tourne le dos, elle coud déjà, assise sur son éternelle chaise droite, un pied appuyé sur un barreau lui servant de tabouret pour élever un genou. Elle remonte l'escalier, sans avoir dit bonjour, comme elle le fait habituellement. La dame suspend son geste, l'aiguille s'immobilise au bout de ses doigts et dans le cœur de la femme la tristesse grandit. Elle sent que son fils s'évertue à susciter la dissension entre elle et sa bru.

Elle souffre, puis se console. Elle ne souhaite surtout pas se lier avec sa bru contre son fils, si Thérèse cessait de l'aimer, elle, pour l'aimer lui, alors elle s'inclinera. Mais elle ne comprend pas ce qui, chez elle, répugne tant son enfant. Où s'est-elle trompée? Qu'y a-t-il entre eux? Pourquoi ce malaise dans leur relation mère et fils?

Pendant ce temps, là-haut, Pierre sirote son café qui lui semble affreux. Il réitère ses serments. Au plus tard, à Noël, il reviendra, les poches bien garnies. Et le jour finira dans le rire retrouvé d'une Thérèse, qui veut oublier ce départ qui l'affole, afin de laisser à son mari le souvenir de sa bonne humeur. Elle prépare ses bagages, l'aide à les placer près de la porte. Le dernier repas est silencieux.

Profitant de l'absence de sa belle-mère, Thérèse supplie son mari de l'embrasser avant de partir. Et il le fait, froidement, mais il le fait. Thérèse le remercie d'un regard plein d'amour.

Lorsque la porte se referme derrière lui, Thérèse s'y appuie. Elle écoute battre son cœur qui s'inquiète déjà.

***

Huit jours après le départ de Pierre, Thérèse reçoit enfin une carte postale illustrée d'un renard roux dont Pierre a encerclé la tête d'un énorme cœur. Thérèse rit d'abord puis ses yeux se brouillent de joie à la lecture des mots doux qu'il a tracés.

Stella l'observe à la dérobée. Pendant tant d'années elle a supplié son fils de lui écrire lors de ses éloignements. Il ne l'a jamais fait. Elle voit là un signe certain de l'amour qu'il porte à son épouse.

Les yeux de Thérèse brillent.

— Regardez, n'est-ce pas qu'elle est belle, cette bête?

— Un renard! Pourquoi avoir choisi...

— Vous ne pourriez comprendre, c'est merveilleux qu'il ait choisi ce sujet d'illustration.

En soupirant, Thérèse relit le message, monte à sa chambre et place son trésor dans un coin du miroir de son bureau. Déjà elle se sent moins seule. Son bonheur la rend belle, son regard pétille de joie.

Peu à peu l'atmosphère de la maison s'est détendue. Stella et Thérèse ont retrouvé leur terrain d'entente. Mais Stella s'étonne du fait que la jeune femme ne l'informe pas de sa grossesse de plus en plus évidente. Se pourrait-il que la jeune femme ignore sa condition? Elle n'ose aborder le sujet.

Jusqu'au jour où, comme ça, très simplement, Thérèse demande.

— Est-ce normal de ne pas être menstruée pendant quelques mois.

— Dans une certaine circonstance, oui, c'est normal.

— De quelle circonstance s'agit-il?

Stella sourit et ne répond pas. Thérèse la regarde, étonnée.

— Vous ne dites rien?

— Vraiment, ma fille, tu ne le sais pas?

— Je sais que ça arrive chez les femmes enceintes.

— Alors, où est le mystère?

— Quoi! moi enceinte?

— J'ai de bonnes raisons de le croire, oui.

— La nausée, c'était ça!

— Et ton goût, ton besoin de sommeil. Remarque que c'est de beaucoup préférable à l'insomnie dont souffrent certaines futures mamans...

— Je suis enceinte, moi!

Thérèse pose ses mains sur son ventre.

— Ma foi, oui, j'ai un petit bedon, ferme.

— Vous n'avez jamais observé votre mère dans ces...

Thérèse répond sèchement: «Non», avant même que la phrase ne soit terminée. Il vient à l'esprit de Mme Bellefeuille que, de fait, Thérèse n'a jamais parlé de sa famille. Elle se mordille les lèvres. Thérèse penche la tête, se tâte la taille, les hanches.

— Vous le saviez?

— J'ai cru deviner, oui.

— Et vous ne m'avez rien dit?

— C'est délicat, tu sais, cette situation-là. Quel âge avez-vous, Thérèse?

— Dix-sept ans.

— Et rayonnante de jeunesse et de santé. Vous aurez un beau bébé, Thérèse.

Celle-ci se tait et plonge dans une profonde méditation; la révélation éveille en elle mille sentiments divers.

Stella respecte le silence de sa bru, elle devine ce qui lui passe dans la tête, elle se souvient de son ravissement personnel le jour où elle se sut enceinte. C'est une joie qui fait mal tant elle est cuisante et profonde. Le cœur se sert sous l'effet de l'allégresse. Mais Stella a aussi très peur, elle n'a pas oublié la récente colère de son fils, lorsqu'il fut question d'une maternité possible.

— Stella, je vais écrire à Pierre, dès ce soir et l'informer de ma grossesse. Ça l'aidera à se sentir moins seul, ça le motivera au travail.

— Vous croyez? Sincèrement vous croyez qu'il faut

le prévenir, avant même que le docteur ait confirmé le fait?

— Oui, il veut plusieurs enfants, nous en avons discuté ensemble.

Stella semble troublée, Thérèse comprend son désarroi.

— Ne soyez pas triste, c'est un si beau jour. Partagez ma joie, mon bonheur. Après tout, vous serez grand-mère de ce petit ange...

Stella se lève, prend la jeune femme dans ses bras et la serre tendrement sur son cœur. Des larmes s'échappent de ses yeux, elle prolonge l'étreinte pour cacher sa joie.

— Vous venez de prononcer les mots les plus doux qu'il ne m'ait été donné d'entendre depuis très très longtemps, ma chère petite. Je vous aime de tout mon cœur.

— Ne vous réjouissez pas trop vite, pensez un peu au travail que vous occasionnera cette naissance, je ne sais pas, mais je devine que cet enfant sera doté de la plus jolie des layettes confectionnée par une amoureuse couturière...

Et Stella confesse: au retour de la messe, la semaine dernière, elle a failli acheter de la *flanellette* pour y tailler des langes. Les deux femmes rient de bon cœur et les projets s'élaborent autour d'un sujet qui finit de cimenter leur grande amitié.

Le moïse, qui a accueilli Pierre à sa naissance, se trouve toujours au grenier, de même que sa première bassinette. Le tout sera rafraîchi, enjolivé. Thérèse insiste, le bébé dormira dans leur chambre jusqu'au jour, où, enfin, ils pourront, Pierre et elle... Thérèse se tait, elle allait gaffer. Stella la regarde, comprend, s'attriste. Et cette fois encore le charme est rompu. Thérèse a honte. Elle tente de réparer, elle parle, parle, elle parle de Pierre qui est si loin et ne peut partager leur grande joie. Stella finit par avaler sa peine et souscrit au bonheur de Thérèse.

Le repas du soir est joyeux. Il faut éviter la nourriture trop riche, tout ce qui peut nuire à la santé du bébé. Stella suggère la marche au grand air, chaque jour. Elle invite sa belle-fille à l'accompagner à la messe, pour remercier Dieu.

Thérèse monte tôt à sa chambre. Elle relit le court message de Pierre. Il écrit bien, les lettres sont rondes, bien formées. Thérèse tente de formuler une réponse, elle cherche les mots qu'elle veut tendres. «Ta renarde cache en son sein»... Non! ce n'est pas respectueux pour mon enfant. Mille fois elle recommence. Et ce n'est qu'au moment d'adresser l'enveloppe qu'elle réalise que nulle part sur la carte ne figure une adresse de retour! Elle soupire. Ce sera partie remise. Elle s'endort et fait des rêves merveilleux.

La première lettre arrive trois semaines plus tard. Thérèse ne retient pas les larmes de joie qui coulent sur ses joues. Elle court vers sa chambre et la lit d'un trait. Puis elle recommence, lentement, savourant chaque ligne. «Pierre devait être las, le soir qu'il m'a écrit, son écriture n'est pas aussi soignée.» À l'endos de l'enveloppe se trouve une adresse de retour. Enfin! Thérèse ajoute au premier texte, raconte dans le détail les excentricités qu'elle et sa mère se sont permises pour préparer le trousseau du bébé. Il est question du moïse qui l'a vu dormir quand il était lui-même un bébé, des choux de ruban qui l'ornent, des falbalas et des dentelles.

La jeune maman parle de son bonheur, de son amour qui maintenant a doublé puisqu'elle porte l'enfant de Pierre, son souffle de vie. Et c'est l'âme en fête qu'elle confie à la poste le précieux message amoureux.

Thérèse attend trois longues semaines avant de recevoir une réponse. Pierre demande pardon pour ce long silence, se dit heureux de la nouvelle de sa grossesse, mais le message, elle doit se l'avouer, ne déborde pas d'allégresse. «Il doit travailler trop fort», se dit-elle pour alléger sa peine. Stella ne pose pas de questions, elle sent, elle sait que sa bru souffre. Elle tente, de mille façons, de lui rendre la vie plus douce. Mais les confidences ne font pas partie de leurs discours.

Et un jour Thérèse demande à sa belle-mère de lui parler du père de Pierre. Stella, émue, s'attarde à lui parler des prouesses du militaire. Thérèse l'ignore, mais c'est précisément à cause de cette phobie qu'a Stella de broder une réputation de héros autour de la mort de son mari, que s'est creusé le gouffre qui les sépare, elle et son fils. Pierre a entendu mille fois répéter qu'il porte le nom d'un valeureux militaire, nom qu'il doit vénérer, dont il doit savoir être digne; un père auréolé qui donnait sa vie pour sa patrie alors que lui-même faisait ses premiers pas sur la terre.

Le sujet épuisé, Thérèse questionne, elle veut en savoir plus long, comment était l'homme que Stella a épousé avant qu'il devienne un héros.

Stella hésite, semble gênée, et tout-à-coup, d'un jet, sans retenue aucune, comme si une soupape avait soudainement sauté, laisse déferler sa peine trop longtemps refoulée. Elle étale maintenant au grand jour, pour la première fois, une vérité qu'elle a toujours refusé d'admettre. Depuis quelques jours, plus précisément depuis le soir où Pierre est sorti pour rentrer ivre, Stella mijotait l'idée de tout dire à cette jeune femme, future maman, qu'elle se devait de mettre en garde. Oui, son mari est mort en héros, c'est vrai. C'est de cette mort surtout qu'elle veut se souvenir. Car Jacques Bellefeuille n'était au civil qu'un parasite, un paresseux, que seule la bouteille intéressait. Thérèse apprend la vérité, la triste vérité. Cette maison, son acquisition, l'accouchement qu'elle a vécu seule, l'indifférence et la froideur de son entourage devant sa misère, la lutte qu'elle dut soutenir, les économies qu'elle s'était imposée pour posséder ce toit afin d'y élever son fils. Elle parle du temps où elle se levait avec le jour et cousait jusqu'à la nuit venue pour ne pas avoir à allumer la lumière. Les arbres qui ornaient la cour, elle les avait abattus, un à un, débités, pour chauffer la maison!

La femme raconte tout, d'un trait, les yeux secs, la tête haute, d'une voix simple et sourde, on eût dit un magnétophone qui transmet un message.

Thérèse écoute, se reporte en arrière, pense à sa mère qui s'est toujours tue et n'a jamais extirpé la souffrance de ses tripes, où elle demeure sans doute encore et qui doit continuer de la ronger.

— Être l'épouse d'un ivrogne... dit Stella, Thérèse n'écoute plus. «Je n'ai pris que deux bières, peut-être trois...» L'haleine empestée de son mari qui lui a donné la nausée, ce soir-là, ses lettres qui tardent à venir, ses reproches à l'endroit de sa mère qui sans doute éveillent en lui des remords, ce qui le rend injuste et dur envers elle, elle qui l'a tant aimé!

Le jour n'est plus, dans la pénombre Stella traverse la cuisine, se dirige vers sa chambre, ferme doucement sa porte. Allongée sur son lit, elle se fait d'abord des reproches: «j'aurais dû me taire! Laisser Thérèse croire au bonheur, attendre pour la prévenir. Puis elle se ressaisit. Il le fallait, elle a le droit de savoir». Pierre lui a si souvent répété qu'il ne l'aime pas, qu'il n'aime pas ce qu'elle représente d'ordre, de discipline, d'abnégation. Mais ça, elle ne l'a pas avoué. Pierre est mou, comme l'était son père, aguichant et plein de beaux grands mots ronronnants pour attendrir, mais froid et cruel quand il boit. C'est l'enfer. À l'un comme à l'autre, elle a mille fois pardonné, puis Thérèse est arrivée.

Stella s'est mise une fois de plus à espérer. Elle sait ce qui se passe là-bas, il boit. Une fois encore il perdra son travail et reviendra s'héberger sous le toit de sa mère, taciturne et repentant d'abord, puis il ira rejoindre ses copains et recommencera la fête. Pierre est un faible, qui ne sait accepter les contradictions de la vie.

«Thérèse est là, je ne suis plus seule, bientôt un bébé viendra ensoleiller cette maison qui n'a connu que des peines jusqu'à ce que le rire de Thérèse l'égaye un instant. Si Pierre devait revenir et continuer son grabuge, elle le chasserait. Oui, elle protégera sa bru et son petit-fils. Elle a des économies, elle travaillera aussi fort qu'elle pourra. Mais elle veut maintenant avoir sa part légitime de bonheur. Elle ne veut plus pleurer, son calvaire a assez duré.» Tard dans la nuit, Stella remue tout dans sa tête.

Là-haut, Thérèse s'est endormie, roulée en boule, les yeux bouffis par les larmes. Le lendemain, Thérèse chaudement vêtue, attend sa belle-mère près de la porte. Elles sortent et dans un silence complet se dirigent vers l'église. Sur le chemin du retour, elles font des emplettes. Et la vie reprend son cours sans que ni l'une ni l'autre n'entament plus le sujet amer qui les avait aidées à se comprendre, à se rejoindre.

Thérèse a grandi dans un foyer où on ne connaissait pas le luxe. Le fruit du travail mal rémunéré de sa mère servait à leur procurer l'essentiel. Voilà que son mode de vie de femme semblait en passe de devenir une réplique conforme à celui de sa mère! Sa belle-mère aussi était la pourvoyeuse, était-ce une condition normale de vie? À quoi sert un père ou un mari alors? À faire des enfants? Était-ce là le lot de toutes les femmes?

«Être l'épouse d'un ivrogne...» avait dit Stella. Thérèse décide de cesser d'écrire à son Pierre. «Je ne jouerai pas le jeu de la perpétuelle réconciliation. Je vais me familiariser avec le métier de couturière, organiser ma propre vie.» De ce jour, tout lui paraît plus triste. Elle se sent loin et seule malgré la présence de Stella. Les conversations deviennent impersonnelles.

Tous les jours elles se rendent à l'église du village, bras dessus, bras dessous. La longue marche devient une routine. Jamais Thérèse n'a autant prié. La prière lui donne le soutien moral dont elle a tant besoin. À Dieu, elle sait qu'elle peut tout dire, à la Vierge Marie elle adresse des reproches: pourquoi, toi, qui as été mère, ne fais-tu rien pour alléger notre fardeau? Et Thérèse a honte, elle se souvient que Marie a donné naissance dans une étable, que son fils n'eut qu'un peu de paille comme berceau, alors que son fils à elle dormira dans un moïse douillet.

Un soir, Thérèse monte l'escalier pour aller dormir, Stella lui dit d'un ton triste: «Ne me haïssez pas, Thérèse, ma fille, ne me haïssez pas, un jour vous me remercierez. N'essayez pas de comprendre pourquoi je vous ai tout raconté. J'avoue que j'ai honte, j'aurais dû attendre que votre enfant soit né.»

Elle se tait un instant, puis d'une voix tremblotante, elle ajoute: «Vous êtes le seul être au monde, en dehors de Pierre, quand il était enfant, qui m'ayez témoigné des sentiments affectueux, ne me privez pas de votre amour.»

***

Pierre est de retour. Là-bas, il a beaucoup travaillé, mais aussi bien fêté; il se dirige vers la maison, pas trop fier de sa conduite. Une fois de plus, il avait manqué à ses promesses et ses belles résolutions s'étaient évaporées. Comme à chaque fois qu'il est sobre, il se sent coupable. Pourtant! il l'aime bien sa Thérèse. Au fond de son cœur, il se réjouit à la pensée d'avoir un enfant bien à lui.

Il ne se presse pas d'arriver car il se sent inconfortable. Si seulement il n'avait pas à soutenir le regard dédaigneux de sa mère qui le culpabilise. Thérèse et lui s'entendent bien, se comprennent...

La maison est en vue. Il hésite à entrer, s'y décide enfin. Le silence ambiant l'étonne. Il va vers la cuisine. À l'aide de la *marnouche*, il soulève le rond du poêle. À peine quelques tisons, mais la braise chaude clignote un instant sous l'effet de l'air puis blanchit, il la remue à l'aide du tisonnier pour activer le feu et dépose une bûche que les flammes viennent lécher. Le crépitement l'amuse, l'odeur du bois qui se consume l'a toujours charmé. Il sourit. Placée en retrait, la cafetière pleine attend. Pierre la glisse sur le feu et peu à peu l'odeur du café se répand dans la pièce.

Pierre sait que sa mère assiste à la messe chaque jour, mais sa femme? Il grimpe les marches quatre à quatre. Le grand lit est désert!

«Ah! non. Elle va en faire une punaise de sacristie!»

De la route, Stella remarque la fumée qui s'échappe de la cheminée. Elle comprend, Pierre est là. Elle s'arrête.

— Entrez seule, j'irai au magasin.

— Pourquoi? Vous n'allez pas retourner sur vos pas!

— Pierre est revenu.

— Comment le savez-vous?

Et Stella pointe du doigt la fumée blanche qui s'échappe en tourbillonnant.

— Pierre! s'exclame la jeune femme, soudainement enthousiasmée. Venez, venez. Ne craignez rien.

Et Thérèse s'élance, court vers son homme. Elle ouvre la porte, le voit qui se tient devant la fenêtre. Il l'a vue courir vers lui et ça lui fait chaud au cœur. Il ouvre ses bras, elle s'y blottit, il la soulève de terre et tourne, tourne. Elle rit comme une petite fille. Pierre n'a pas bu!

Stella les regarde un instant puis se dirige vers sa chambre.

— Maman, le café est chaud. Vite, j'ai faim.

La mère s'arrête pile, à son tour, elle tombe sous le charme envoûtant de son fils. Cette fois il l'a interpellé d'une voix sereine.

Elle s'affaire; casse les œufs, les prépare comme Pierre les aime. Elle laisse griller le pain plus longtemps, jusqu'à ce qu'il noircisse un peu, comme Pierre l'aime. Elle verse le café fumant dans l'épaisse tasse de grès blanc, ornée d'une ligne bleue, celle qu'il aime. Puis, tout naturellement, comme elle l'a toujours fait, elle sert son fils d'abord.

Thérèse est trop heureuse pour s'en formaliser, elle est assise de l'autre côté de la table, en face de son mari, le menton appuyé sur la paume de sa main et elle boit ses paroles.

Le Pierre des beaux jours est là, il parle, badine, lance des traits d'esprit.

— Que tu es beau! J'avais presque oublié!

— Et toi, ma renarde, tu es belle aussi. Ce qui me surprend c'est que ton ventre ne soit pas plus gros. Les femmes enceintes que je croise ressemblent à des grosses bourriques.

— C'est que ma grossesse est plutôt récente, je bedonne un peu plus chaque jour.

— Et c'est pour quand, le grand événement?

— Je ne sais pas au juste.

— Fais-moi un garçon, ce sera le seul. Je ne veux pas me faire empester l'existence par une kyrielle de morveux.

— Quoi? qu'est-ce que tu dis?

Thérèse est debout, elle fulmine.

— Je dis que je ne veux qu'un seul enfant, un garçon.

— Ah! oui, et si c'était une fille?

— Tant pis. Mais rien qu'une.

— Écoute, Pierre Bellefeuille, si c'est comme ça que tu penses on va régler la question une fois pour toutes. Tu ne veux pas d'enfant, soit. Fais-toi un nœud dans la queue et qu'on n'en parle plus!

Pierre s'esclaffe. Il recule sa chaise, se donne de grandes tapes sur les cuisses, il rit, rit. À travers son rire fou, il trouve le tour d'articuler:

— Tu as entendu ça, maman? Thérèse me dit de me faire un nœud dans la queue! Je n'ai jamais rien entendu d'aussi drôle!

Pierre se lève, soulève sa femme dans ses bras et se dirige vers l'escalier.

— On va profiter du sursis, viens ma beauté.

Thérèse rit, bien malgré elle et laboure les épaules de son mari de coups de poing. Leur folle gaieté étreint le cœur de la mère. Décidément, son fils est épris de sa jeune femme. Et elle espère.

Une fois de plus, Pierre sort vainqueur. Ce n'est qu'au moment précis où Thérèse prie son mari de lui donner l'argent nécessaire pour rembourser Mme Bellefeuille des dépenses occasionnées, que la situation s'assombrit. Pierre doit passer aux aveux. Une bonne partie de ses gages a été dilapidée. Thérèse tempête, Pierre se fâche, claque la porte et ne rentre qu'au petit jour, ivre.

Thérèse accompagne Stella à l'église. Pas un seul mot n'est prononcé. Les deux femmes se comprennent et ne ressentent pas le besoin de parler, elles vivent une épreuve commune. La ferveur de Thérèse est tiède, elle boude son bon Dieu, c'est à peine si elle suit le rituel de la cérémonie liturgique. Son cœur est absent, sa pensée noyée dans la peine.

La mine piteuse, Pierre descend l'escalier, se penche sur la rampe et tente de faire de l'humour.

— Coucou, c'est moi le petit oiseau.

Thérèse continue de tirer sur l'aiguille, comme si elle n'avait rien entendu.

— Tu as faim? s'enquiert Stella.

— Soif, maman, j'ai soif.

— Il y a du café.

— Pas une petite bière, une toute petite?

— Va à la taverne! Tu es ahurissant, à la longue, riposte Thérèse.

— Maman est fâchée, la renarde est en furie, le bébé de Pierre doit être fou de rage devant une attitude aussi incompréhensive envers son papa. Moi qui ai de si bonnes nouvelles à communiquer. La vie est difficile!

Et Pierre s'approche de sa femme, la regarde dans les yeux, lui enlève son travail des mains, s'agenouille, couche la tête sur son ventre et entreprend un long discours.

Stella, gênée, se dirige au fond de la cuisine, ouvre la radio, monte le volume. Elle ne veut rien entendre, elle en a assez de ces discours mielleux, de ces fausses promesses, de ces abus de confiance. Thérèse fléchira, elle le sait, elle fléchira, encore et encore.

Et Pierre ne changera jamais!

Stella revient avec le couvert qu'elle dépose sur la table, elle ne peut manquer de voir et d'entendre son fils.

— Tu sais, petit bébé, papa, au fond, est un sacré veinard. Écoute bien ça. Bientôt je ferai de l'argent, beaucoup d'argent. J'irai à Matagami où je travaillerai à la route d'accès qui mènera à Fort George et au développement de la «Grande». Il y a là-bas dans le Grand Nord, des travaux énormes à être faits: c'est le projet de la baie James. Et là, pas de whisky, pas de femmes et pas d'occasion de dépenser. Des épinettes, rien que des épinettes, pas de renarde. Papa sera chaîneur, c'est son métier que tu aimeras, toi aussi, plus tard. C'est si beau la belle grande nature sauvage, sauf qu'on s'ennuie parfois. Alors on lève le coude. Et les mamans n'aiment pas ça... c'est pour ça que ta maman à toi boude. Mais bientôt elle recevra de beaux gros chèques dodus qu'elle déposera à la banque pour acheter une jolie maison qui nous abritera plus tard. Toi, elle et moi. Peut-être aussi ton frère ou tes frères, si maman change d'idée et ne me fait pas de nœud dans la queue...

Thérèse ne peut s'empêcher de pouffer de rire. Depuis plusieurs minutes déjà elle se retient pour ne pas plonger tendrement la main dans les cheveux de son mari.

— Tu vois, petit, elle rit, c'est comme ça que je l'aime, pas quand elle bougonne.

***

Les quelques mois qui suivent, Pierre, fidèle à sa promesse, fait parvenir les fruits de son labeur à sa femme.

En mai, par un beau jour ensoleillé, Thérèse donne naissance à une jolie petite fille. Pierre est absent. Stella pleure de joie à la vue de ce poupon rose. Le bébé devient vite la raison de vivre de ces deux femmes.

Pierre revient quelques mois plus tard. Il dort le jour, fête la nuit avec ses comparses qu'il ne présente pas à sa famille.

La deuxième enfant naît le jour de la fête de Sainte-Anne, on confia son avenir à la grande et sainte grand-mère.

De temps à autre une lettre vient, courte, banale, impersonnelle. Thérèse ne se leurre plus, pourtant elle continue d'écrire, chaque semaine, espérant qu'ainsi Pierre apprenne à connaître ses filles.

Et il revient, il a perdu son entrain et sa gaieté

d'autrefois. Pierre, devenu taciturne, se montre de plus en plus acariâtre. Mais Thérèse ne souffre pas, ses enfants lui suffisent, elle a cessé de croire en l'amour de son homme.

Elle ne sait pas si elle doit remercier le ciel; un fils lui est né. Lorsque la nouvelle lui parvient, Pierre se saoule pour célébrer. Une lettre plus longue, plus affectueuse parvient à Thérèse qui n'attache vraiment d'importance qu'au chèque qu'elle contient. Pierre avait juré qu'il ne boirait pas là-bas, car il n'en aurait pas l'occasion. Un mensonge de plus pense Thérèse ou il a développé un nouveau vice.

Thérèse plie les feuillets, les remet dans leur enveloppe et les range avec les autres lettres qui s'accumulent dans un tiroir.

Avec une telle tâche sur les bras, Thérèse n'assiste plus à la messe quotidienne, même Stella doit parfois se priver de cette joie.

Chapitre 3

L'absence de Pierre est devenue chose normale. C'est sa présence qui est devenue une anomalie. Le jeune homme, de beau et enjoué qu'il était, est devenu buté, amer, brutal même. Parfois son absence dure plus d'une année. Il écrit occasionnellement, glisse un pauvre chèque dans l'enveloppe, sans doute lorsque les remords le rongent.

Les liens unissant Stella et Thérèse se sont resserrés. Chacune respecte l'autre et toutes deux chérissent les enfants qui grandissent insouciants des chagrins de leurs mère et grand-mère.

Lors de son récent passage à la maison, les choses se sont irrémédiablement gâtées. Pierre se révéla une brute. Stella, révoltée, chassa son fils. Il revint deux jours plus tard, sobre, cette fois, tentant une réconciliation. Mais Thérèse ne voulut rien entendre.

Alors il partit, grondant et menaçant. Stella ne tarda pas à s'affoler, une fois encore Thérèse est enceinte.

La vie de réclusion que mènent les deux femmes semble tout à fait normale. Les seuls visiteurs qui viennent chez eux sont les clients de Stella qui lui confient du travail. Tirer l'aiguille assure le pain aux enfants de Pierre.

– Pourquoi souriez-vous, Stella?

– Une pensée folle... j'ai eu un prétendant, autrefois, qui me plaisait beaucoup. Je fus bien tentée de l'épouser, mais j'eus peur de perdre du fait même mon revenu de pension de veuve de guerre. Un estomac qui avait été tiraillé longtemps par la faim eut raison de la flamme de mon cœur. Je m'en félicite aujourd'hui, et c'est ce qui me fait sourire.

— Vous touchez toujours cette pension?

— Bien sûr, au début, je touchais un dollar et cinq sous par jour, lorsque Jacques, mon mari, était au front. C'est alors que je commençai à coudre. Un travail à domicile était tout indiqué car je me savais enceinte. Après sa mort, le gouvernement continua de me verser la pension de veuve de guerre. Peu à peu le montant augmentait. À la fin des années cinquante, je touchais 90 $ mensuellement. Aujourd'hui, le montant est plus substantiel, aussi j'ai réalisé de bonnes économies, des économies dont je n'aurai plus besoin...

Stella garde un instant le silence puis reprend: «Si seulement Jacques avait eu les pieds plats, c'était une raison de l'exemption de service dans les Forces Armées... Bref, un jour, je reçus une visite officielle m'annonçant sa mort. Je ne me souviens pas avoir pleuré. Je n'avais sans doute plus de larmes... Je me remémore parfois le jour merveilleux où je disposai enfin de la somme d'argent nécessaire pour acheter une fournaise à l'huile, celle que vous voyez là. Je la fis installer de sorte que le tuyau passe par la chambre de toilette au deuxième, histoire de chauffer les lieux. Quel bonheur de n'avoir plus à se lever la nuit pour mettre une bûche dans le poêle à bois! J'avais l'impression d'être riche, très riche. Je pouvais enfin me laver sans grelotter.

«Pierre en grandissant, me rappelait son père. Jamais mon mari ne sut qu'il avait un fils. Je ne le lui confiai jamais dans mes lettres. On nous avait enseigné à ne rien dire aux combattants qui puisse les troubler ou les inquiéter afin que leur vie là-bas ne soit pas perturbée. Alors je n'écrivais que des choses banales, ne lui racontai jamais mes déboires, ne lui parlai jamais de ma solitude, de l'indifférence de mon entourage, de leur cruauté quand courut la rumeur que je m'étais mariée à un militaire pour cacher ma situation de fille enceinte afin de toucher les bénéfices. Pourtant j'étais trop jeune et trop naïve pour nourrir des intentions aussi intéressées.

«Aujourd'hui, je regrette de m'être tue, j'aurais dû lui annoncer ma grossesse, il aurait eu au moins une grande joie avant de perdre aussi bêtement la vie. On dit que là-bas, dans les Vieux Pays, il y a des cimetières immenses, parsemés de croix de bois blanches où figurent les noms de chacun de ceux qui sont morts au champ d'honneur. J'aimerais y aller, un jour, en pèlerinage, pleurer sur sa tombe... Pauvre Thérèse, pardonne-moi, je vous tiens des propos trop tristes! Ce n'est ni de votre âge ni de votre condition!»

— Au contraire, Stella, j'aime savoir ces choses, toutes ces choses qui vous concernent, vous, Pierre et son père. Se ressemblaient-ils?

— Physiquement, non. Moralement, oui. Tous deux ont cette joie de vivre, cette rage de vivre, gais à certains jours, puis tristes le lendemain. Une constante incertitude semble les tenailler, ils vont de l'exaltation au pessimisme le plus noir. On ne sait jamais à quoi s'en tenir avec eux. On dirait qu'une crainte les obsède, une insécurité profonde. Ils veulent qu'on les aime et en même temps, ça les embarrasse. Je ne sais pas, je ne comprends pas. Mon père est décédé j'avais dix ans, et ma mère ne me parla jamais de lui, je ne connaissais rien des hommes!

— Pourquoi nos mères se taisent-elles ainsi? Maman ne m'a jamais témoigné d'affection en présence de mon père. Je ne sais pas non plus ce qu'elle pense de lui. Il faut dire que ce silence s'explique car papa boit beaucoup, elle cache ses fredaines, travaille pour combler les besoins et ne riposte jamais.

— C'est le lot des femmes, à ce qu'il semble. Surtout...

— Pourquoi ne finissez-vous pas votre phrase?

—J'allais dire surtout de ces femmes qui veulent à

tout prix sauver les apparences, qui s'acharnent à cacher leur honte, comme si c'étaient elles, les coupables. L'ivrogne a la promesse facile, il sait amadouer quand il n'a pas bu, il est faible, comme un enfant. Il va vers la bouteille pour trouver courage et réconfort, justement parce qu'il est faible; et devant elle il oublie toute promesse, toute bonne résolution. La bouteille est sa seule obsession, il lui attribue des mérites qu'elle n'a pas mais auxquels il veut croire. Ils sont tous les mêmes, leur faiblesse les pousse à se prétendre d'éternelles victimes, alors, quand ils ont bu, ils s'adonnent à des prouesses pas toujours louables qu'ils regrettent jusqu'à la première occasion de se saouler de nouveau. C'est un cercle vicieux contre lequel on ne peut rien faire. Penser autrement c'est se leurrer. Eux seuls peuvent se prendre en main, à condition toutefois de le vouloir...

Thérèse baisse la tête. Elle revit le drame, son drame, celui-là même qui l'a menée jusqu'ici. Elle sent de façon presque réelle le poids du corps de son père pesant sur elle.

Stella la dévisage.

— Thérèse.

Stella passa une main affectueuse sur le bras de la jeune femme.

—Ne soyez pas triste, pensez à vos enfants. Eux seuls comptent. Vous et moi nous viendrons à bout de cette situation. Faites-moi confiance. Il y a, de par le monde, des milliers de femmes seules et abandonnées à leur sort, nous ne sommes pas les plus à plaindre, croyez-moi. Parfois je songe à toutes celles qui, en plus d'avoir perdu leur mari, ont dû subir les méfaits de la guerre, là-bas, sur l'autre continent. Il y a des milliers d'orphelins sur cette terre. Nous deux, nous sommes fortes, bien logées, à l'abri du froid et de la faim. Je m'occupe de votre avenir, ma fille. Je vous aime, je vous aime et je vous remercie d'être là.

Sans ajouter un mot, Stella se lève et se retire dans sa chambre. Demeurée seule, Thérèse réfléchit à tout ce qu'elle vient d'entendre. Elle admire cette femme qui a gardé la tête haute, est restée digne et fidèle au souvenir de son mari, s'est dévouée sans merci pour son fils unique. Sa belle-mère a mille fois raison, cet enfant qu'elle porte en son sein se doit d'être le dernier. Pierre ne doit plus revenir faire d'intrusion dans sa vie et celle de ses enfants.

Lors d'une dernière confession, elle en avait discuté avec le prêtre. Il lui avait expliqué que son devoir était d'enfanter tant et aussi longtemps que son corps serait apte à donner la vie. Pour le reste, avait-il ajouté, Dieu y pourvoira. Pour le moment, songea Thérèse, ce n'est pas Dieu qui pourvoit, c'est Stella, grâce à une vie d'abnégations et de sacrifices. Elle leva la tête, regarda le plafond. Là-haut, entassés dans deux chambres, dorment paisiblement ses enfants. La naissance d'un autre l'obligerait à quémander un peu de place dans la chambre de la grand-mère. Non, Pierre ne devait plus jamais revenir lui faire d'enfant!

Thérèse frissonne, elle enfile un gilet. Quand les soirées sont froides comme ce soir il y a intérêt à entretenir la flamme dans le poêle, car la petite fournaise ne suffit pas à bien réchauffer les deux étages. Elle va vers la cuisine, attise le feu à l'aide du tisonnier, dépose sur la braise une bûche de bois sec. Elle frotte ses mains l'une contre l'autre au-dessus de la chaleur bienfaisante. En somme, son malheur n'est pas si grand.

Elle pense à ses parents. Clémence est seule là-bas avec son ignoble mari. Thérèse n'est jamais retournée dans son patelin, tout au plus téléphone-t-elle le jour de l'anniversaire de sa mère et le soir de Noël. Jamais Clémence ne se plaint, jamais elle ne parle de son mari. «Je devrais écrire, songe-t-elle.»

***

Le lendemain, Stella fait son pèlerinage quotidien à l'église. Mais elle tarde à rentrer. Tout en vaquant à la toilette de ses enfants, Thérèse surveille par la fenêtre, espérant voir revenir sa belle-mère. Elle devrait être là, il est presque onze heures. Thérèse s'inquiète, l'absence se prolonge trop! Devrait-elle se rendre chez la voisine et demander à la fillette de venir garder, histoire d'aller s'enquérir à l'église si on y a vu Madame Bellefeuille?

La porte s'ouvre, Thérèse sursaute. Stella est là, tout sourire.

— Vous m'avez fait peur! Je me mourais d'inquiétude. Que vous est-il arrivé?

— Que des belles choses. Que des belles choses, Thérèse!

Stella passe son bras autour de la taille de sa bru, la force à exécuter quelques pas de danse, l'embrasse sur la joue et s'éloignant un peu, plonge son regard dans le sien.

— J'ai posé aujourd'hui un geste intelligent et mûrement réfléchi. Soyez heureuse Thérèse. Vous et mes petits enfants, avez ma bénédiction.

— Quel mystère! Mais aussi quel épanchement! Vous piquez ma curiosité.

— Je me meurs de faim.

— Où ai-je la tête!

Thérèse trotte vers la cuisine, apporte une tasse de café fumant.

Les enfants entourent la grand-maman, se serrent contre sa jupe, veulent qu'elle raconte l'histoire de la mère oie.

Thérèse se sent profondément heureuse. La douceur de cette femme l'enveloppe tout entière, elle et ses petits.

Dehors la neige tombe, folle, légère, abondante. Les marmots courent se coller le nez à la fenêtre, fascinés.

– D'où vient la neige, grand-mère, demande Alice.

– De là-haut, les anges font le nettoyage de la maison du bon Dieu et jettent la poussière en bas.

– Pourquoi ne voit-on pas sa maison?

– Parce qu'elle est dans le ciel.

– Qu'y a-t-il dans le ciel?

– De la musique, belle et douce, de beaux fruits regorgeant de jus sucré, des étoiles qui brillent, des lutins qui se dandinent, des guirlandes de fleurs qui sentent bon.

– Qui te l'a dit? demande Anne.

– J'ai lu ça dans des grands livres.

– Vous croyez, Stella, que c'est bien de leur raconter ces balivernes?

– Souviens-toi, Thérèse, que tout enfant, tout être humain a droit à ses contes de fées, à ses illusions. La période de la première enfance a besoin de rêves merveilleux qui s'évanouiront assez vite. Ces histoires sans malice peuplent les jeunes esprits, les aident plus tard à se créer d'autres chimères, ce qui rend possible l'espoir et le désir. Sans une part de rêve, on risque de se blaser très jeune et de ne pas savoir supporter les cruautés de la vie. Quand on a festoyé dans le monde de l'irréel, on est en mesure de transmettre ces joies à d'autres. Il n'a jamais été, que je sache, péjoratif de croire au père Noël et de s'attendrir devant un sapin illuminé. Regarde les yeux émerveillés de tes enfants devant la poussière qui tombe du ciel. Ne serait-ce pas cruel de leur avouer maintenant que ces jolis flocons sont de la pluie congelée qui causent tant de problèmes, surtout aux plus démunis? Ils sont à l'âge de l'émerveillement, s'ils veulent croire en l'amour pour une poupée qu'ils chérissent, pourquoi pas? Il ne faut pas brûler les étapes en voulant faire d'eux des adultes prématurément. Stella se tait, réfléchit, puis dit tout haut:

— Thérèse, la neige est mouilleuse, si nous sortions avec eux, histoire de faire un bonhomme comme tu n'as sûrement pas manqué d'en faire autrefois?

Et ce qui fut suggéré fut fait. Devant la fenêtre, se retrouve un énorme monsieur avec un balai sous le bras, un fichu autour du cou et à la place des yeux, deux morceaux de bois carbonisés.

Ce soir-là on soupe tôt et abondamment, on ne se fait pas prier pour aller dormir; sans doute que les rêves eux aussi reposent sur des nuages ouatés.

***

Tôt le lendemain, Thérèse doit faire le *rapaillage* des vêtements étalés pour être séchés. Mitaines et chaussons tricotés par grand-maman avaient grandement été appréciés.

Les enfants dégringolent l'escalier, les pommettes des joues rouges et les yeux pétillants de joie. En fin de file, Alice vient, en tenant dans ses bras la benjamine.

On a faim, on dévore.

— Grand-maman, dit tout à coup Anne comme ça, sans préambule, je t'aime. Je t'aime... gros comme Monsieur Neige.

Ce disant, elle ouvre ses bras tout grand et le gruau s'échappe de la cuillère qu'elle tient à l'envers.

Thérèse sourit. Voilà confirmées les théories énoncées hier par sa belle-mère; le bonheur des enfants se lit dans leurs grands yeux purs.

— Je n'ai assisté qu'à une messe ce matin, pour rien au monde j'aurais voulu manquer le réveil de ces chers petits. N'est-ce pas qu'ils sont merveilleux? Et mon chenapan de fils qui se prive de toutes ces joies parce qu'il est à la recherche d'émotions soi-disant fortes!

Thérèse ne relève pas la réflexion de sa belle-mère, elle fait mine de n'avoir pas entendu. Alice part pour l'école et sa mère l'emmitoufle avec tendresse tout en lui faisant mille recommandations. Debout devant la fenêtre, elle regarde s'éloigner son aînée avec un pincement au cœur. L'école est au village et le village est loin. La fillette s'arrête, se retourne, agite la main, comme à chaque jour. Enfin Thérèse peut prendre son café, c'est son tour de déjeuner. Le rituel est toujours le même. Stella débarrasse la table.

La sonnerie du téléphone se fait entendre. Si tôt c'est inusuel. Les deux femmes se regardent. Thérèse se lève et prend le combiné.

– Hello.

– ...

– Ah non! Quand?

– ...

– Que s'est-il passé?

– ...

– Non, je n'irai pas.

– ...

– Inutile, je n'irai pas, elle n'a plus besoin de moi.

– ...

Thérèse raccroche, demeure immobile, la tête inclinée, la main sur l'appareil.

Stella se lève, s'approche de sa bru et la guide vers une chaise. Elle a deviné, il s'agit d'un grand malheur.

– Votre mère, Thérèse?

– Oui, elle est décédée cette nuit, dans son sommeil.

– Allez, allez vers votre père, chère enfant. Je m'occuperai de la maisonnée. Allez.

– Non, je n'irai pas.

Le ton calme n'invite pas à la riposte. Thérèse monte l'escalier, s'étend sur son lit, ferme les yeux. Elle s'étonne de ne pas ressentir de peine. Sa froideur la fait plus souffrir que la mauvaise nouvelle. Elle constate la profondeur de son désarroi intérieur. Mentalement la jeune femme revit le cauchemar qui a changé toute sa vie. Ce qui la tourmente le plus, c'est le silence de sa mère qui a donné plus d'importance au fait qu'elle ait fait brûler la grange qu'à l'épreuve dont elle fut la victime. «Elle savait, comment? Je l'ignore, mais elle savait. C'est pourquoi elle a emménagé dans la chambre de mon frère. Et elle n'a rien dit, pas même la veille de mon mariage avec Pierre, un seul mot de sa part et j'aurais trouvé le courage de rester auprès d'elle. Mais rien! Pas un mot de sympathie, de compréhension, voire même de pitié. L'indifférence la plus totale à mon égard, elle protégeait son homme et à quel prix!»

Depuis longtemps, Thérèse n'avait plus pensé à Trefflé qui avait péri dans l'incendie. Mais ce soir-là, le vieil ivrogne revint hanter ses rêves. Qu'il eût péri ainsi ne l'affectait pas outre mesure, mais elle se sentait responsable de cette mort qu'elle avait involontairement causée. Tous ont vite oublié ce vagabond, ivrogne invétéré et faiseur de trouble, sauf Thérèse, sans doute. Et elle irait vers ce père, aujourd'hui, elle irait pleurer auprès de cette mère qui l'a laissée se débattre seule? Ce serait de l'hypocrisie pure et simple. Non! Elle resterait auprès de ses enfants et de sa belle-mère qui lui témoigne amour et respect. Son devoir est ici, dans cette maison délabrée, mais où règne le bonheur.

L'évocation des besoins des enfants de contes de fées et de merveilleux lui semble en cette minute précise, plus importante que jamais. Lorsque Thérèse quitte sa chambre et redescend vers la cuisine, la paix est revenue dans son âme. Le décès de sa mère venait de mettre de l'ordre dans son passé. Tout au moins le croyait-elle...

Tout en vaquant aux soins de la maison, elle cherchait à accrocher ses pensées à un souvenir doux qui aurait ensoleillé son enfance. Tout était nébuleux: ce père presque toujours ivre, sa mère silencieuse tentant par tous les moyens de sauver les apparences, l'incertitude constante se transformant souvent en insécurité. Il fallait ne pas parler, ne pas rire car papa, exténué, dormait. Ou on attendait papa qui n'arrivait pas. Et Clémence qui s'éreintait pour boucler le budget! Thérèse n'avait connu des heures relativement calmes qu'à l'école, tout le temps qu'avaient duré ses études primaires.

Ce soir-là, avant de se mettre au lit, Thérèse écrivit à son mari, par acquis de conscience. Elle lui annonça le décès de sa mère et mentionna la joie des enfants devant le bonhomme de neige. Cette fois encore, la lettre demeura sans réponse, Thérèse n'eut pas la certitude qu'elle lui fut parvenue.

Stella observe sa bru en soupçonnant l'étendue de sa peine. Et les jours passent, le temps fait son œuvre, la jeune femme retrouve son sourire.

Une longue année s'écoule sans histoire. Les enfants grandissent, Pierre est toujours absent. Parfois il fait parvenir un chèque à sa femme, il ne daigne même pas y joindre une lettre. Thérèse garde précieusement les enveloppes oblitérées. Le nom de Pierre est de moins en moins prononcé dans la maison. Mais, lors de la prière des enfants récitée avant d'aller dormir, les petits demandent à Jésus de protéger papa, de le bénir.

Thérèse réfléchit beaucoup depuis le décès de sa mère. Elle se pose des tas de questions auxquelles elle essaie de trouver des réponses. Elle n'a pas trente ans et la réalité de la vie l'effraie. Plus elle analyse la situation en profondeur, plus il lui semble que la femme est sacrifiée, vouée au service d'autrui. Elle se remémore les phrases cruelles prononcées devant elle par ses tantes maternelles qui reprochaient à sa mère de n'avoir qu'un enfant. Le même commentaire mesquin revenait sur le tapis, à chaque année, Clémence courbait sous le coup des remarques amères. «Qui nous aurait fait vivre, si elle avait eu toute une kyrielle d'enfants? Sûrement que papa n'aurait pas cessé de boire pour aller trimer à sa place! Et surtout pourquoi ne faisait-elle pas une mise au point en disant la vérité à ses belles-sœurs plutôt que de s'évertuer à cacher la conduite de papa? Et Stella qui, par la force des événements, n'a eu qu'un fils, n'a-t-elle pas aussi sacrifié sa vie pour cet enfant? Qu'advient-il de ses aspirations personnelles?

Si elle en croyait ses lectures, c'était l'homme qui devait pourvoir aux besoins de la famille. Était-ce là un mythe, un conte de fées? Pourquoi les femmes se taisent-elles, pourquoi ne font-elles pas front commun pour faire éclater au grand jour ces situations fausses? Il semble qu'au contraire, elles se liguent contre celles qui, seules, luttent avec acharnement!

Pierre lui-même, elle se souvient, ne pouvait souffrir d'entendre sa mère élever le ton; le jour où elle prit parti en sa faveur, elle l'exaspéra, pourtant, il continuait de vivre sous son toit et de l'exploiter. Maintenant que cette maison lui impose des obligations, il la fuit! «Le lâche», hurle Thérèse. Stella lève la tête, regarde sa belle-fille, mais ne dit rien. Non, ses enfants ne subiraient pas telles tribulations, elle y consacrerait sa vie... et Thérèse éclate de rire, elle doit admettre qu'elle s'impose déjà la même lourde tâche qui fut celle de Clémence et de Stella... car Pierre, lui, ne changera pas!

Thérèse se lève, enfile un manteau et sort sans ne rien dire. Elle revient après quelques minutes et, s'approchant de Stella, elle lui dit tristement:

— Demain nous irons à l'église, ce sera l'anniversaire du décès de maman. L'aînée de madame Comeau viendra surveiller les enfants en notre absence.

Chapitre 4

Dans dix jours ce sera Noël. Toute la journée Stella se hâte de terminer les travaux de couture qu'on lui a confiés, mais le soir, dès que les enfants sont au lit, elle tricote chaussons, tuques et mitaines qui seront offerts aux enfants, emballés dans de beaux papiers brillants placés sous le sapin. Thérèse cuisine; les beignes, les tourtières et les gâteaux s'entassent. On n'a qu'une préoccupation: le bonheur des petits. Thérèse espère que son mari lui fera parvenir de l'argent, la générosité de sa belle-mère l'embarrasse. Bien sûr, elle aide aux travaux de couture, économise tant qu'elle peut, mais les obligations grandissent, elles aussi.

Thérèse s'affaire à préparer le déjeuner, Stella n'est pas revenue de la messe. Les enfants sont tapageurs.

— Maman, maman, un camion entre dans la cour.

— Un camion?

— Oui, gros comme ça.

Thérèse pense à Pierre, une foule de sentiments contradictoires se réveillent en elle: l'espoir, le désir, mais en même temps la peur, la confusion. Thérèse frissonne, elle s'inquiète.

Elle s'empresse vers la porte où l'on frappe énergiquement. Une caisse énorme lui apparaît d'abord.

— Qu'est-ce que c'est?

Une voix lui répond que ce colis lui est destiné. La jeune femme réunit ses enfants autour d'elle et l'immense carton est poussé vers l'intérieur.

— Voilà, dit le livreur, signez ici.

— Mais... vous ne me laisserez pas ce lourd objet-là, devant la porte!

— Ce n'est pas nous qui faisons l'installation.

— De quoi? de quoi s'agit-il?

— Une cuisinière électrique, ce qu'il y a de plus moderne.

— Et que voulez-vous que j'en fasse? Qui a commandé ça? Est-ce Madame Bellefeuille?

— Non, madame, son fils, votre mari, nous a demandé de le livrer aujourd'hui.

— Messieurs, vous sortez l'objet du carton et le placez dans la cuisine, là où il se doit ou vous repartez avec.

Et Thérèse, têtue, se place dos à la porte, les bras croisés, l'air déterminé.

Un beau poêle blanc, orné de chrome est collé contre le mur, dans un espace restreint. Thérèse a le goût de hurler. Elle passe sa rage à essuyer les dégâts de neige fondue sur le plancher.

Les petits sentent l'orage dans l'air, ils s'éloignent, se taisent, l'air penaud, inquiets. Soudain l'aînée s'écrie:

— Maman, viens vite, maman, viens voir ici, vite.

Alice gratte de ses ongles la vitre de la fenêtre où elle se trouve. Le froid est tel que la vitre s'embue aussitôt. Devant les cris répétés de l'enfant Thérèse accourt, regarde dans la direction pointée par le doigt de sa fille. Elle se penche, ne voit rien, elle hausse les épaules.

— Là, maman, regarde, insiste Alice.

Les roues du camion ont creusé de profonds sillons dans la neige, légèrement en retrait se trouve une tache sombre. De sa main Thérèse essuie la buée, la même forme est toujours là, immobile. Tout à coup une pensée affreuse lui traverse l'esprit: le manteau gris de sa belle-mère! Si c'était ça? C'est à peu près l'heure où Stella rentre de la messe...

Morte d'inquiétude, Thérèse s'élance vers l'extérieur. Mais il est trop tard! Stella, coincée entre le banc de neige et le camion fut renversée et écrasée à mort par l'énorme bolide.

Le choc est terrible, Thérèse a l'impression que tout s'écroule autour d'elle. Elle vient de perdre le seul être humain qui l'ait aimée, qui ait partagé ses espoirs, compris ses états d'âme. Stella, Stella qui donnait son amour sans mesquinerie et partageait tout avec ceux qu'elle aimait, Stella n'est plus, elle n'ose le croire! N'eût été le désarroi de ses enfants, elle aurait sombré dans le désespoir le plus profond. Cette fois, la mort l'affectait profondément, un déchirement brutal blessait son âme. Elle vivait un premier deuil.

Malgré la souffrance morale qui ne fait que s'amplifier, Thérèse trouve la force et le courage de prendre ses enfants dans ses bras, de les serrer contre son cœur, de les consoler, de pleurer avec eux. Elle ne parvient pas à desserrer les dents, les mots ne s'échapperaient pas de ses lèvres, elle le sent. Alors elle se tait, refoule bravement sa peine. Les petits, elle le sait, ne comprennent pas encore. Le mot fatal fut prononcé, mais ils n'en connaissent pas le sens profond. L'absence de Stella, qui se prolongera à l'infini, expliquera la brisure terrible; ne plus revoir l'être aimé, ne plus entendre sa voix, évoquer son souvenir par la pensée, sera la manifestation de la cruelle réalité.

Thérèse pense à Pierre, elle est sans nouvelle depuis si longtemps! Mais, par acquis de conscience, elle expédie un télégramme à la dernière adresse qu'il lui a laissée.

Pour la première fois, Thérèse pénètre dans le sanctuaire de Stella. Il lui faut choisir la robe qu'elle portera pour son dernier repos. Dans un tiroir, sous une pile de vêtements, elle trouve une épaisse enveloppe grise qui porte l'inscription: «Mon testament». À l'endos sont tracés quelques mots: «Je demande qu'une messe diacre sous diacre soit célébrée le jour de mes funérailles; ce sera là le seul caprice que je ne me serai jamais permis.»

Thérèse range le document, elle frémit. Elle se souvient de la phrase lancée par Pierre avant leur mariage: «Une maison dont j'hériterai de ma mère.» Qu'adviendrait-il d'elle et de ses enfants?

La pension de veuve de Stella s'arrête avec sa mort. De quoi vivront-ils dorénavant? Pierre ne sait pas faire face à ses obligations, il ne l'a jamais su, il dilapidera ce bien comme il fait de tout le reste.

Le jour des funérailles est arrivé, Pierre n'est toujours pas là. Thérèse se rend à l'église avec ses deux aînées et confie les autres à la fille de Mme Comeau, sa voisine.

À l'église se trouvent les curieux, les dames pieuses qui assistent à tous les offices, quelques visages connus de Thérèse, les dames qui lui confiaient des travaux de couture.

Tenant ses enfants par la main, elle s'avance dans l'allée centrale et se dirige vers le premier banc. Elle sent tous les regards braqués sur elle. L'absence de Pierre fait un instant chuchoter.

Thérèse a les yeux secs, elle garde la tête haute, ne veut pas regarder le coffre qui contient la dépouille de la seule personne qu'elle ait vraiment aimée. À Dieu elle ne trouve rien à dire, l'épreuve est trop lourde à supporter. Il aurait dû la lui épargner.

Les officiants s'approchent du catafalque. Le curé prononce l'homélie, le vicaire bâille, Thérèse tousse, le sous-diacre la regarde, elle le foudroie du regard, il rougit.

Le curé discourt, tous boivent ses paroles. Il fait l'éloge de Jacques Bellefeuille, le héros, ce père qui a donné sa vie pour la Patrie et bla-bla-bla. Thérèse rage, bouillonne, n'en peut plus; elle éclate. Thérèse se lève, le prêtre se tait un instant, sous l'effet de la surprise, il la regarde.

— Si vous nous parliez plutôt de Stella Bellefeuille, puisque c'est d'elle qu'il s'agit, aujourd'hui!

Et dignement, Thérèse se rassoit. Oh! scandale. Un chuchotement remplit la nef, on entend distinctement une voix qui se veut indignée: «La salope, elle est venue ici prendre le meilleur parti du village, et aujourd'hui elle affronte l'Église.»

Le reste se noie dans l'encens et la pluie d'eau bénite qui s'échappe d'un goupillon secoué par une main rageuse.

Dès que la cérémonie est terminée, Thérèse n'attend pas que le cortège s'organise. Elle sort, tenant toujours la main de ses enfants. Le bedeau est horrifié, le croque-mort scandalisé. Thérèse ne se rendra pas au charnier, elle souffre trop à l'idée que Stella passera l'hiver dans cet endroit macabre. Elle entre chez elle, adaptant son pas à celui de ses marmots.

Jamais la pauvre maison délabrée ne lui parut aussi belle, aussi accueillante! Thérèse remit une pièce de vingt-cinq sous à la fillette qui a gardé les plus jeunes.

— Non, merci madame. Je ne peux pas accepter.

— Pourquoi? demande Thérèse, surprise.

— Maman m'a défendu de prendre votre argent, vous êtes trop pauvres.

Thérèse serre les mâchoires, parvient à surmonter sa honte.

— J'insiste et je te remercie, tu t'achèteras des bonbons pour Noël.

Au village, les commérages vont bon train, le scandale s'amplifie, les pieuses dames donnent des dimensions nouvelles aux propos de Thérèse. Encore un peu et on placarderait sa maison comme s'il s'agissait d'une lépreuse.

***

Deux longs jours sombres ont passé. Thérèse va et vient, comme une automate. Les enfants sont au lit, elle se sent seule, désemparée. Alors Thérèse décide de sortir les décorations de Noël, histoire de créer une atmosphère gaie pour les enfants.

Elle pleure, des larmes chaudes inondent son visage, embuent son regard. Elle ne veut plus penser, elle laisse déborder sa peine.

Thérèse entend un bruit, puis plus rien. Elle tient un marteau qu'elle utilise pour poser des punaises qui retiendront les guirlandes de papier. Cette fois pas de doute, quelqu'un est là. Thérèse se raidit.

— Qui est là?

— C'est moi, Pierre.

Thérèse retient sa respiration, ne sait plus quoi faire.

— Allez, ouvre.

La jeune femme s'exécute, regarde son mari. Il semble sobre.

— Tu sais?

— Oui.

— C'est trop tard...

— Je sais. Tu as quelque chose de chaud à manger?

Ce que Pierre ne dit pas c'est qu'il était déjà là quand sa mère est décédée, que depuis plus d'une semaine il fait la fête, que c'est lui qui a acheté cette cuisinière de malheur, un jour qu'il était en état d'ébriété, trop saoul pour agir sensément. Ce qu'il tait aussi, c'est que ce soir, il a été informé par une voix inconnue qui lui a dit au téléphone: «Salaud, va donc t'occuper de ta famille, ta mère est morte et enterrée.»

Pierre, qui dormait au moment de l'appel, resta là, figé, incrédule. S'agissait-il d'une farce plate comme il s'en fait parfois entre noceurs? Et si c'était vrai? Il prit un sac dans lequel il fourra quelques vêtements, somma la fille qui l'accompagnait de l'attendre sagement et se rendit au village où on lui confirma la tragique nouvelle. Consterné, il s'est rendu chez lui.

Pierre a demandé quelque chose à manger, mais il a surtout soif, Dieu, qu'il a soif! Il sait que Thérèse n'a pas d'alcool à lui offrir, comme il regrette ne pas avoir dissimulé un flacon au milieu de ses vêtements, dans ce sac qu'il a laissé tomber près de la porte, en entrant.

Thérèse prépare un casse-croûte, ni l'un ni l'autre ne ressent le goût de parler, ils s'observent, à la dérobée. Pierre s'attable, Thérèse se dirige vers la chambre de Stella, prend l'enveloppe scellée qui contient le testament et la place près de l'assiette de son mari. Pierre s'en empare, il ne peut retenir un sourire, il fait sauter le cachet de l'enveloppe. Au fur et à mesure qu'il lit, ses traits se crispent.

— La salope, la maudite salope!

— Pierre, hurle Thérèse, Pierre!

— Tu m'as eu, toi aussi, ma crapule. Tu es comme elle, rien de moins.

— Tais-toi, Pierre, tais-toi.

— Tu m'as fait déshériter et je vais me taire! Toi, une poule, je me suis fait avoir par une poule, une poule qui voulait me faire un nœud dans la queue, attends un peu.

Pierre contourne la table, saisit la femme, la traîne dans la chambre de sa mère, la lance sur le lit, déchire ses vêtements et il hurle.

— Tu vas y goûter, ma pute, tu vas y goûter et quand j'en aurai fini avec toi on verra bien qui aura des nœuds et où!

Une lutte acharnée s'ensuit, Pierre est affreux, brutal, enragé, déchaîné. Et Thérèse sent que la vie lui échappe, sa tête veut éclater, son âme se déchire à la pensée de ses enfants qui, là-haut, entendent le tintamarre. Elle accepte les coups sans se défendre, subit l'assaut, attend passivement que la tempête cesse. Et l'homme, au bout de sa fureur, épuisé par les efforts que lui a coûtés son infernale cruauté, se laisse enfin tomber sur le lit, le regard hagard, les traits amers.

Thérèse s'échappe, va vers la cuisine, ouvre la porte, balance les bagages de Pierre sur le banc de neige, saisit un couteau et revient vers le lit.

– Pierre Bellefeuille, sors d'ici. Ramasse tes hardes, sors de la chambre de ta mère qui, en ce moment, doit te maudire. Sors dehors avec tes guenilles et ne remets jamais plus les pieds ici ou je te tuerai. Sors, tout de suite.

Thérèse a le bras levé, prêt à frapper, son regard est effrayant, comme celui d'un être qui a subitement perdu la raison. Elle ne badine pas, l'homme le sent, l'homme le sait. Alors il s'exécute, elle le poursuit.

– Dehors, tu te vêtiras dehors, ne reviens jamais.

– Ou tu me tueras comme tu as tué Trefflé, ton amant brûlé dans la grange, je t'ai vue revenir, ce jour-là, la renarde, après que tu aies allumé l'incendie.

La rage décuple les forces de Thérèse, cette fois, toute son énergie converge vers un but: faire taire à jamais l'ignoble personnage. Elle fonce, Pierre pare le coup, il court vers la porte restée ouverte et, nu, disparaît dans la nuit.

Thérèse ferme la porte, la verrouille, ses jambes ne la tiennent plus. Elle se laisse glisser sur le sol, se recroqueville sur le tapis, le regard perdu, elle reste là, immobile, incapable de penser, vidée, anéantie, déchirée dans tout son être.

Là-haut, les enfants terrorisés, se cachent sous leurs couvertures, dans un silence dicté par la frayeur.

***

La colère que Pierre vient de piquer l'a complètement dégrisé, l'air froid, cinglant, finit de le ramener sur terre, il se sent moche, déconcerté. Complètement désemparé, surpris de la rage folle qui s'est emparé de lui, il se sent honteux.

«Je ne suis qu'un beau salaud! Maman!» Il hurle son dépit, l'orgueil l'empêche de revenir sur ses pas. Il aimerait faire amende honorable, demander pardon à sa femme, embrasser ses enfants, Pierre, comme un grand bébé, ressent un immense besoin d'amour. En cette minute précise, il a besoin qu'on l'aime, qu'on l'écoute. Il braille sur lui-même, accuse la terre entière de se montrer injuste à son endroit.

Il irait vers sa dulcinée à qui il a ordonné de l'attendre au motel, elle ne refuserait pas de lui prodiguer les marques de tendresse dont il a tant besoin!

Mais voilà, la donzelle s'est envolée, la salope! Pourtant il s'était montré généreux avec elle! Sur un bureau traîne une bouteille à demi remplie d'alcool. Il noierait sa peine! Il ne veut plus souffrir! Il tend la main, saisit le miraculeux liquide, mais la voix de l'homme qui lui a appris au téléphone que sa mère était morte et enterrée retentit à son oreille. Alors il fracasse la bouteille sur le bord du lavabo et gémit comme un être en démence.

«Maman ne méritait pas ça, tout, mais pas ça! Elle ne méritait pas de mourir seule, couchée dans un banc de neige! Alors pourquoi Thérèse a-t-elle permis ça?»

Et sa conscience lui rappelle que c'est lui le coupable, que c'est lui qui, dans un moment de folie, a acheté cette cuisinière expédiée à sa femme; il a posé ce geste pour faire oublier son inconduite. Plutôt que de rentrer chez lui, il avait choisi de fêter son retour avec une fille de petite vertu et s'était payé le luxe d'une beuverie qui aurait raison de sa soif. «Je ne suis rien d'autre qu'un veule personnage!» Il avait flambé une grande partie de l'argent gagné au loin, oublié toutes ses bonnes résolutions, mais aurait-il pu prévoir la tournure que prendraient les événements! Et ce testament, ce maudit testament! Thérèse avait manigancé dans son dos. Sa propre femme était contre lui! Il cesse de se sentir coupable, jette un regard sur la bouteille brisée en mille miettes, va vers ses bagages jetés dans un coin, fouille, trouve une pinte de *petit blanc*, il ricane. Elle est là, la consolation à sa peine! Le bouchon saute, il ingurgite le nectar miraculeux qui lui apportera consolation, compensation. Le glouglou du liquide l'enchante, sa gorge se réchauffe, ses nerfs se calment, son esprit s'enchante, sa douleur morale s'apaise. Pierre sombre très vite dans une torpeur bienfaisante. À nouveau tout est facile, tout est beau, les dimensions de la pièce changent, Pierre voit grand, tout ce qui lui manque est une oreille pour écouter ses boniments. Et Pierre, d'une voix de plus en plus pâteuse, élabore tout un discours contre toutes les femmes, celle qui vient de le quitter, la sienne qui l'a trahi, sa mère qui l'a déshérité. Et Pierre pleure, Pierre boit et Pierre tombe de sa chaise pour s'endormir sur le tapis crotté sur lequel coule le reste du whisky s'échappant du goulot de la bouteille.

Au réveil, il roule des yeux embués, sa tête éclate. Pierre a soif, mais cette fois la réserve est épuisée. La solitude et le désespoir aggravent son mal de tête. «Ouf! que j'ai mal au *ciboulot*!» La seule solution est le Pub, restaurant déguisé, où l'on peut boire en toute quiétude. Là-bas il rencontrera des amis.

Un autre désappointement l'attend. Tous sont informés de son inconduite, aujourd'hui un sentiment de désapprobation leur fait tourner la tête, ils ignorent Pierre comme lui a ignoré sa mère. Le patron lui verse une bière sans un mot d'accueil. L'atmosphère est froide. Pierre se sent blâmé. Il videra son verre d'une traite et fuira cet endroit de prédilection où il a connu tant d'heures joyeuses. Une porte de plus se ferme sur son passé, Pierre le sent. Mais Pierre a soif, une deuxième bière est commandée, il blague, mais ses farces tombent à plat et il est seul à en rire. Désarçonné il quitte les lieux, voilà que tout le village se ligue contre lui! Il lui faudra rouler sa bosse ailleurs! Il n'est plus chez lui. Il a perdu fortune, mère, femme et enfants. La mort dans l'âme, il s'éloigne, victime d'incompréhension.

Dans les jours qui suivent, Pierre cherche une solution à ses dilemmes. Au fond, Pierre n'est pas un mauvais bougre, il a une âme de guimauve, mais son cœur est bon. Il pense surtout à ses enfants qu'il est incapable d'endurer car ça lui demanderait trop d'abnégation, de dévouement. Il ne se voit pas entouré d'une bande de mioches pleurant jour et nuit, qu'il faut protéger, à qui il faut donner le bon exemple, et surtout, Pierre n'ose pas se l'avouer, il craint que leurs besoins soient si grands qu'il doive sacrifier son seul bonheur ici bas: la bouteille.

«La renarde y pourvoira; elle a réussi à s'approprier la maison, elle est à l'abri. Dieu seul sait à combien s'élève la fortune de maman!» Et Pierre qui a fui sa mère pour ne pas entendre ses jérémiades fuit maintenant femme et enfants pour échapper à ses responsabilités. Mais il n'est pas satisfait, quelque chose l'asticote, là, au fond de son cœur, un sentiment de culpabilité qu'il faut faire taire, alors il veut trouver une solution, il cherche, il se creuse les méninges, il ne goûterait la paix que lorsqu'il aurait trouvé.

Et voilà qu'il a un éclair de génie, il s'accroche à l'idée et la rumine. Plus il y pense plus il a l'assurance d'avoir trouvé. Quelle trouvaille! La paix revient dans son âme. Pierre est heureux, il chante, la vie est belle, il faut fêter ça. Alors Pierre n'a d'yeux que pour un panneau-réclame qui l'invite à boire. Il enjambe la distance qui le conduit au bar et s'attable pour des heures à siroter verre sur verre, tout en mijotant le plan qu'il a dans la tête.

***

La route lui parut longue, mais maintenant qu'il approche du but, il s'inquiète. Réussir ce tour de force serait assurer sa tranquillité, se débarrasser de tous soucis concernant femme et enfants. Pierre, ne voulant pas gaffer, mettra tous les atouts de son côté. D'abord il resterait à jeun afin de ne pas s'empêtrer, mais aurait-il le courage d'aller jusqu'au bout de sa démarche? Par précaution, mais par précaution seulement, il prendrait avec lui une couple de «quarante onces». Il regarde sa montre-bracelet, il est quatre heures. Il lui faut faire appel à tout son courage pour ne pas prendre une gorgée de remontant. Et lentement il grimpe les quelques marches, traverse le perron et frappe à une porte.

Joseph Leduc hésite. Qui pouvait bien venir chez lui à cette heure?

— Entrez, c'est ouvert.

Pierre tressaille, le vieux Joseph avait bu. La soirée ne serait pas aussi pénible qu'il l'avait craint. Il serre le bras autour du sac qui contient ses flacons et se réjouit de sa prévoyance.

— Si ce n'est pas mon gendre, le beau Pierre. Qu'est-ce qui t'amène, fiston?

— Le devoir conjugal, le beau-père, le devoir conjugal.

— Le devoir conjugal? Tire une chaise et raconte. Ça fait plaisir de la visite. Je te verse un petit coup, mon Pierre?

— Ce n'est pas de refus, le beau-père.

Pierre est réconforté, l'accueil est chaleureux, un verre ou deux et il trouvera les mots propices, il lui faut bien exposer sa requête.

— Il n'y a rien comme un tête-à-tête entre quatre yeux, d'homme à homme.

— Là, nous sommes d'accord!

— Les femmes trouvent toujours à redire et asticotent sans cesse. Ta famille est à la maison avec Thérèse?

— Vous savez que j'ai perdu ma mère?

— Que je n'ai pas eu l'honneur de connaître, mais une bonne personne, à ce que Thérèse nous a dit.

— Une sainte personne qui n'aurait pas fait de mal à une mouche. Pour tout vous dire, elle aimait votre fille, les enfants aussi.

— Tu dis ça avec un brin d'amertume, à ce qu'il semble.

— Et pour cause! Votre fille a hérité de tous mes biens. Je ne comprends pas.

— Hein! La Thérèse! Satanée Thérèse! Une tête dure, une tête forte, je n'ai jamais réussi à lui faire remettre le bouchon sur le tube de pâte à dent!

— Une caboche de fer! Elle n'avait qu'une idée en tête: avoir des enfants. Comprenez-vous ça, vous, le beau-père? Je n'avais qu'à baisser mon pantalon, madame pondait un bébé.

Joseph éclate de rire, remplit les verres, la conversation va bon train et le whisky aidant, on passe aux confidences.

— Clémence, femme d'église, m'agaçait au plus haut point, quand j'étais à jeun elle recommandait mon âme à Dieu et me précipitait en enfer, alors je rentrais ivre, c'était le seul moyen pour avoir la paix. Sa mère m'avait rendu un fier service en lui conseillant de ne jamais argumenter avec un homme en boisson, or pour ma tranquillité d'esprit, j'ai passé ma vie entre deux vins. Pauvre Clémence, elle s'inquiétait de l'opinion des voisins, elle s'inquiétait du bonheur de sa fille, du bonheur qu'un père ivrogne ravit à ses enfants, toujours selon son dire. Elle l'a tant et tant répété, si bien que la Thérèse me tenait tête, gardait un air buté, me regardait avec mépris. Comme si un homme ne compte pas, comme si un homme n'a pas droit à ses petits caprices, comme si un homme devait vivre uniquement pour servir ces dames et satisfaire leurs caprices! Autrement c'est l'enfer sur terre! Pourtant, Thérèse n'a pas végété longtemps, elle nous a plantés là, nous ses parents, et elle t'a suivi, à son heure, au jour de son choix. Et nous deux sommes restés là à nous regarder comme deux chiens de faïence, le cœur plein de rancœur, à nous haïr...

Pierre n'écoutait plus, il lui tardait d'exposer la raison de sa visite. Mais Joseph continuait de discourir, indifférent à la distraction de l'autre, il avait un auditoire et pouvait enfin se vider le cœur, même si l'interlocuteur n'avait pas d'oreille. La boisson coulait, les heures passaient.

Pierre se rend compte que son beau-père ronfle, la tête appuyée contre le mur, les jambes écartées, les bras pendant le long du corps. «Ma foi, mais il est saoul!» Pierre se lève et va, trébuchant vers la chambre et se laisse tomber sur le lit.

Et la fête continue, jour après jour. Pierre et Joseph se confient, gémissent sur leur sort, gémissent puis s'attendrissent. Les propos sont décousus, incohérents, mais c'est sans importance, rien n'a d'importance, on noie sa peine et on crie ses déboires!

À travers tous ces épanchements, on en est venu à des conclusions logiques. Pierre travaille souvent au loin, Thérèse ne doit pas rester sans présence masculine. Puis, Joseph n'a personne pour s'occuper de lui, de ses repas, de l'entretien de la maison, de plus il est le grand-père de cinq beaux petits enfants, son devoir est là-bas, auprès de sa fille.

Joseph doit se défaire de ses biens, quitter Nazareth, aller là-bas. Et, comme pour ajouter au réconfort de Pierre, son beau-père lui apprend que Clémence a légué son argent sonnant à sa fille!

Pierre se sent libre comme l'air! Il peut enfin reprendre sa vie de vagabondage, retrouver la liberté qu'il a perdue lorsqu'il a rencontré la renarde qui l'avait enjôlé et subjugué.

***

Pendant que Pierre relayait son passé derrière lui, rejetant toute responsabilité future, endormant sa conscience, là-bas, dans la pauvre chaumière, des êtres abandonnés à leur sort vivaient un véritable calvaire.

Le lendemain du jour maudit, Alice s'est levée et a préparé des tartines aux plus petits. Tous sont attablés, les yeux rivés sur leur mère roulée en boule, protégé par sa robe de chambre dont Alice la recouverte pour cacher sa nudité.

— Maman, maman.

— Chut! somme Alice.

— Maman, répète Juneau, il se lève et s'approche de sa mère dont l'immobilité l'effraie, car il pense à grand-mère, Stella, couchée dans la neige et qui ne s'est jamais relevée.

— Maman, lève-toi, maman, réveille-toi.

Thérèse sursaute, ouvre de grands yeux. Pendant quelques minutes elle ne sait pas ce qui lui arrive. Puis la vue de ses enfants la ramène sur terre. Elle tente de se lever, ses os font mal. Ramenant son vêtement pour se couvrir comme elle peut, elle se lève, s'appuie contre la porte, ne peut se redresser complètement. Dans la bouche elle a un goût âcre, celui du sang. Elle a honte, tous ces jeunes yeux, braqués sur elle, l'observent! Elle se fait violence, se dirige vers l'escalier, appuyée contre la rampe elle commence une lente ascension. Une fois là-haut, elle se regarde dans la glace. Horreur! Son visage est tuméfié.

— Ceci ne doit plus jamais recommencer, jamais!

Lorsque Thérèse redescend elle constate que les enfants n'ont pas bougé. Ils sont terrorisés, pense-t-elle. Alors elle prend une chaise, se place auprès d'eux.

— Mes chers petits, commence-t-elle, j'ai des choses tristes à vous dire. Des choses que vous ne pouvez pas comprendre mais que vous devez savoir. Tout ce vacarme que vous avez entendu hier soir s'est produit parce que papa et moi avons eu un gros, un très gros malentendu. Et nous nous sommes disputés.

— Pourquoi? Maman, demande Anne.

— Pour une question... d'héritage.

— Et qu'est-ce que c'est un héritage?

Sans entrer dans les détails, Thérèse tente de les apaiser, de donner une explication à la peur qu'ils ont sûrement ressentie, elle s'applique à parler d'une voix à la fois ferme et douce. Peu à peu les visages se font plus rassurés, Thérèse affirme que ça n'arrivera plus jamais.

Même si son cœur et sa pensée sont ailleurs, aidée de ses marmots, elle continue à décorer la maison. La joie ne tarde pas à reparaître sur les minois et la jeune mère est confiante que ses explications sont plus valables que les silences et les hypocrisies de sa mère qui couvraient toujours les frasques de son père.

Les jours traînent longs, pénibles. Thérèse a mal, très mal. Ses nuits sont affreuses. Dès que les enfants sont couchés, elle se retrouve seule avec elle-même. Elle revit l'affreux cauchemar et les paroles de Pierre lui reviennent en mémoire. Elle a lu et relu le testament de sa belle-mère qui date de quelques mois seulement. Elle est la légataire universelle des biens de Stella, mais ne sait pas encore de quoi il s'agit, sauf en ce qui a trait à la maison et à l'ameublement.

Elle pense au curé, il n'est pas question d'aller vers lui. Dès qu'elle en aura la force, elle ira chez le notaire du village s'enquérir de la situation exacte et des choses à faire. Un toit assuré, qui préserve de la tempête, c'est la sécurité, un réconfort, un refuge, un sentiment d'appartenance. Et c'est plus que tout ce qu'elle aurait pu espérer. Chère Stella! Comme elle lui manque!

Pour elle, Pierre est mort. «Cet homme est foncièrement méchant et cruel. Pourquoi m'a-t-il épousée, pourquoi? Surtout s'il croyait que j'étais une dévergondée! Qu'a-t-il voulu dire au juste, lorsqu'il a parlé de Trefflé? Qu'attendait-il de moi? Voulait-il tout simplement m'installer auprès de sa mère pour s'assurer qu'elle garderait pour lui la maison et n'en dilapiderait pas la valeur? Et plus tard, il se serait servi de cette histoire de l'incendie de la grange pour exercer sur moi son chantage? Plus elle réfléchissait, plus la situation lui semblait malsaine. Parvenue au bout de ses réflexions, elle en vint à des décisions qu'elle voulait fermes, définitives. Toi, Thérèse Leduc, fille de Clémence et de Joseph Leduc, tu ne dois pas avoir peur, tu ne dois pas plier l'échine, tu dois apprendre à surmonter les vexations, faire fi des insultes et des agressions de toutes sortes. Thérèse Leduc, tu élèveras tes enfants dignement, dans la vérité, si cruelle soit-elle. Tu ne te permettras jamais de faux-fuyants, n'accepteras plus de situations fausses! Ton père et ton mari sont deux salauds, tu dois le comprendre, l'accepter et surtout ne jamais l'oublier. Si tu dévies de cette règle de conduite, tu devras un jour jouer leur jeu, devenir leur complice!»

Une phrase prononcée par son père lui revient en mémoire: «Depuis qu'on a donné aux femmes le droit de vote, elles se croient tout permis, elles veulent porter le pantalon!»

«Voilà ce à quoi se résumaient son raisonnement et son évaluation de la femme, de toutes les femmes, rien de bien reluisant!» Elle venait d'apprendre, grâce à Stella qui le lui avait prouvé de plusieurs façons, que la force morale et la débrouillardise ne sont pas le lot exclusif du mâle.

***

Après le départ de son gendre, Joseph Leduc avait beaucoup réfléchi. La vie qu'il menait n'était pas très drôle, il n'avait plus d'ami, sa femme, son éternelle pourvoyeuse n'était plus là, la maison était sens dessus dessous, aussi pénible que ça pouvait être, il lui faudrait s'assagir. Il était à bout de ressources. Il vendrait la maison, l'argent ainsi récupéré pourrait l'aider à ne pas devenir un de ces gueux contraints à mendier, que la société ingrate n'hésite pas à renfermer dans des hospices où on crève lentement d'ennui.

Il prit la résolution de cesser de boire, temporairement, se disait-il, histoire d'être accepté dans les bonnes grâces de sa fille. Elle ne refuserait pas de secourir un père repentant. Elle avait touché un héritage, plutôt deux qu'un, il lui payerait une pension, se rendrait indispensable, se ferait aimer des enfants. «Je serai un bon pépère», il grimaça à cette pensée. Le beau Pierre ne lui avait pas tout dévoilé de ses intentions, mais ce n'était pas sans raison qu'il était venu jusqu'à lui... Qui sait? Peut-être Thérèse elle-même souhaite-t-elle ma présence, mais elle est trop orgueilleuse pour m'en parler.

Et Leduc pratiqua l'abstinence, de façon pitoyable d'abord puis de plus en plus sérieusement quand vint l'heure de vendre la maison. Il crut crever tant il souffrait de devoir se faire violence, plus encore qu'aux jours où sa femme l'épiait, lui qui n'avait jamais su se maîtriser. Mais il avait la trouille à la pensée de finir ses jours seul, enfermé. Et Leduc persista dans ses bonnes résolutions.

Son objectif atteint, une semaine sans prendre une seule goutte, il prit le chemin qui le mènerait chez sa fille.

Chapitre 5

Une automobile qui passe sur la route bifurque et entre dans la cour de la maison. Les phares projettent un faisceau lumineux sur les murs de la cuisine.

On frappe à la porte. Thérèse s'avance, ce n'est qu'au moment de poser la main sur la poignée qu'elle pense à Pierre.

– Qui est là?

– C'est moi.

– Qui ça, moi?

– Joseph Leduc.

– Tu as bu?

– Non. Pas une goutte depuis le décès de ta mère...

Thérèse ouvre, son père est là, une valise à la main.

– Entre. Qu'est-ce que tu veux.

– Ce n'est pas aussi simple que ça. Je dois te parler.

– Alors parle et va-t-en.

– Il faudra quelques jours pour régler certaines choses.

– Je te donne vingt-quatre heures. Suis-moi.

Thérèse monte l'escalier. Elle prend Estelle dans ses bras et va la déposer dans le lit de ses sœurs, ferme la porte de la chambre des fillettes.

– Ne t'avise pas de rentrer là, dit Thérèse, d'un ton ferme. Tu peux dormir dans cette chambre-ci. Elle soulève Juneau, l'appuie contre son épaule et redescend l'escalier.

Cet événement inattendu vient de l'aider à se décider à utiliser la chambre de Stella, chose qu'elle n'osait pas faire, par pudeur. Elle borde son fils, éteint la lumière et revient vers la cuisine. Là-haut le silence se fait. «Il doit être couché.» Alors l'intrus occupe toute sa pensée. Que peut-il bien vouloir? Plus Thérèse réfléchit, plus elle demeure convaincue qu'elle ne doit pas accepter de le garder sous son toit. Elle ne serait pas étonnée que le vieil ivrogne soit venu chercher ici refuge puisque sa femme n'est plus là pour le faire vivre et parer à ses mauvais coups. Lorsqu'elle se met au lit, sa résolution est prise: il partira.

Thérèse se glisse sous les couvertures, aux prises avec des sentiments confus. Sa main rencontre un objet, c'est le chapelet de sa belle-mère. Thérèse le sert très fort, elle supplie Stella de l'aider, de la guider.

Là-haut, le vieux sommier grince sous le poids de l'homme qui se retourne.

***

Thérèse se réveille, en sursaut. Elle a dormi plus tard qu'à l'accoutumée. Un instant surprise par le décor qui l'entoure, elle se souvient de ce qui s'est passé la veille. La porte est fermée et le bambin n'est plus près d'elle. Thérèse se lève, va vers la cuisine.

Les enfants crayonnent installés autour de la table.

— Où, est... elle hésite, où est grand-papa?

— Le monsieur est là-haut.

— Ce monsieur est grand-papa, grand-père Leduc. Vous avez déjeuné?

— Oui, maman, répond Alice. Tiens, il y a une dame à la porte.

— Ouvre, chérie, veux-tu?

Une dame longue et sèche, aux lèvres pincées s'avance et lance d'un trait tout en jetant un regard circulaire dans la pièce:

— Je viens chercher la jupe de madame Guindon et le pantalon de monsieur Rousseau qui furent confiés à madame Bellefeuille.

– Oui, bien sûr, veuillez vous asseoir, ce ne sera pas très long, tout est prêt.

– Merci, siffle la *gribiche*.

Thérèse dépose les vêtements dans un sac et remet deux factures à la dame.

– Ce sera trois dollars trente pour la jupe et deux dollars soixante pour le pantalon.

– Quoi? s'horrifie la bonne dame, vous allez réclamer de l'argent pour un travail fait par une morte? Quel culot. Pas étonnant, une fille qui tient tête à l'Église...

Thérèse se raidit:

– Après tout, madame, je ne sais pas qui vous êtes. Vous reviendrez chercher les vêtements lorsque vous serez en possession d'une pièce d'identité. De plus, ils ne vous seront remis que lorsque vous aurez payé la note. Bonjour, Madame. Je ne vous retiens pas.

– C'est ce qu'on va voir!

Thérèse n'a que le temps de saisir le paquet, la dame allait s'en emparer. Joseph Leduc choisit cet instant précis pour descendre l'escalier, appuyant bruyamment le pied sur chaque marche. La pie-grièche lève les yeux vers l'homme dont on ne voit pas encore le visage. Il n'en faut pas plus pour la calmer. Elle crie à haute voix.

– Vous allez entendre parler de moi!

La porte se ferme avec fracas. Leduc s'éclate de rire.

– Je viens d'empêcher une guerre civile! Voilà ce que représente la présence d'un mâle dans une maison!

Thérèse le dévisage, embarrassé par ce regard froid, il va s'asseoir avec les enfants et badine:

– Hein, grand-père l'a fait déguerpir, la méchante dame.

Et, se penchant, il ajoute sur un ton complice, en distribuant des clins d'œil à la ronde:

— Elle a eu peur, grrr, très peur.

— Bravo, monsieur grand-père Leduc, clame Juneau, qui applaudit, imité du reste de la marmaille.

Thérèse n'en revient pas. «Mais c'est mondial, c'est chronique, ce culte du mâle!» Elle regarde ses enfants qui rigolent. «Ils vont s'attacher à lui.» Cette pensée l'effraie, surtout que son père s'amuse à faire rire les enfants. Elle cherche un moyen de couper court à sa visite.

Dès que les plus petits furent couchés, alors qu'Alice et Anne sont à l'école, elle questionne son père.

— Qu'êtes-vous venu faire ici?

— Je viens régler avec toi cette histoire de succession. Ta mère a testé en ta faveur, il faudra voir un notaire. J'ai pensé que ce serait plus facile que moi je me déplace, à cause des enfants, surtout que je n'ai plus de maison.

— Quoi? Vous avez perdu la maison!

— Non, vendue... que voulais-tu que je fasse dans cette grande maison, seul?

Thérèse se tait, elle ne veut pas lui donner l'occasion de s'apitoyer sur son propre sort, comme il a toujours si bien su le faire. «La maison lui appartenait, il a sans doute bu une partie du prix de vente, si ce n'est pas la totalité! Qu'il aille au diable!» pense Thérèse.

Thérèse consulte l'annuaire téléphonique, signale le numéro du bureau du notaire de la paroisse. On lui apprend que celui-ci est absent pour dix jours. Thérèse prend deux rendez-vous, un pour elle-même et l'autre, au nom de son père.

Dix jours, elle devra supporter sa vue et sa présence pendant dix jours! Thérèse rage. Alors elle se tait, s'occupe des soins de la maison. Son père a placé une chaise près de la fenêtre et regarde dehors. Deux étrangers vivant dans une même pièce trouveraient plus de choses à se dire que ce père et sa fille.

«Il doit avoir drôlement soif» s'amuse à penser

Thérèse. Il a vieilli, ses cheveux ont grisonné, elle le regarde et s'étonne de ne pas le prendre en pitié. Pas une fois elle n'a prononcé le mot «papa»; lui non plus, d'ailleurs, n'a pas prononcé son nom qu'il a l'habitude de déformer: «Tarèse, tiens-toi droite, Tarèse, marche droite, Tarèse.» C'était là l'histoire de sa jeunesse, ça et le mutisme de sa mère, dans une maison où le silence est de rigueur, car papa cuve son vin! Et les remarques amères à son endroit, une Tarèse qui se fait toute petite, qui dort seule au deuxième étage d'une maison dont même les murs n'ont pas appris à être silencieux. Aujourd'hui elle aime le bruit que font les enfants, leurs courses effrénées, leur rire jeune et caressant.

Juneau se lève, il refuse le goûter, son front est brûlant.

— Mon Dieu! s'exclame tout haut, Thérèse.

L'homme tourne la tête, la regarde. Thérèse a peur. Elle se souvient. Autrefois elle a fait une amygdalite, l'opération s'imposait, on n'avait pu la pratiquer car il fallait la signature du père et celui-ci était en randonnée de vagabondage. Que ferait-elle si un de ses enfants devait tomber malade, alors que Pierre est, on ne sait où! Elle se propose de demander l'opinion du notaire sur le sujet.

Le lendemain c'est un autre drame. Alice rentre de l'école en pleurant. Les enfants lui ont jeté à la face qu'elle a une méchante mère. Voilà que Thérèse se sent victime des mauvaises langues car on est toujours soupçonneux d'une femme qui vit seule!

Joseph écoute les propos de l'enfant, ne dit rien. Mais lorsque Alice, réconfortée le mieux possible par sa mère, reprend le chemin de l'école, le grand-père lui offre la main et va la reconduire jusqu'à la porte de l'établissement. Avant qu'elle la franchisse, il se penche et embrasse l'enfant sous les yeux de ses compagnes surprises. Alice sourit, et la tête haute va de l'avant.

Le grand-père revient à la maison, sans un mot s'installe à la fenêtre, le soir encore, il se rend à l'école et ramène une Alice réconfortée.

«L'araignée tisse sa toile» ne peut s'empêcher de penser Thérèse en frémissant.

***

— Gardez l'œil sur les enfants, je reviens.

Thérèse a pris une décision. Elle se rend jusque chez le marchand qui lui a livré la fameuse cuisinière électrique dont elle ne se servira jamais. Le vendeur ne veut rien entendre, il n'est pas question qu'il reprenne l'accessoire.

— Donnez-moi autre chose, d'un prix moindre si vous voulez, mais une chose que je pourrais utiliser sans être aussi encombrée.

L'homme hésite, il a des remords en ce qui a trait au tragique accident qui a coûté la vie à Stella. Thérèse le sent fléchir.

— Tiens, donnez-moi un poste de télévision, un petit, au moins ça amusera les enfants.

Le marché est conclu. On viendra prendre le monstre blanc et une boîte à images égayera les petits. Thérèse aurait été heureuse si elle avait pu entendre l'homme dire à son commis que cette femme n'a pas la cervelle d'oiseau qu'on prétend.

La veille du jour du rendez-vous chez le notaire, Thérèse se présente chez Madame Comeau pour s'assurer de la présence d'une gardienne auprès des enfants. C'est Lucienne qui répond à la porte, elle a l'air embarrassée; la mère s'approche, dévisage la visiteuse.

— Sortez, vous, nous ne frayons pas avec des femmes qui tiennent tête à l'Église et affrontent le clergé! Sortez, jette-t-elle avec dédain.

Et Thérèse comprend, une fois de plus, qu'elle aura

à faire face à une populace méchante et soupçonneuse. «Les femmes sont tout aussi monstrueuses que les hommes, ne peut-elle s'empêcher de penser, elles ne comprennent donc rien?»

Elle entre chez elle, s'adosse contre la porte, réfléchit. Au souper, elle fait part de sa décision à Alice. «Je vais te remettre un papier pour ta maîtresse, demain après-midi, tu n'iras pas à l'école. Tu es grande Alice, assez grande pour t'occuper de ton frère et de tes sœurs pendant que je m'absenterai.»

Alice regarde son grand-père. Celui-ci cligne des deux yeux. Alice sourit.

— Nous pourrons regarder la télévision?

— Oui. Je vais la placer dans ma chambre, vous vous installerez tous sur mon lit, bien sagement. Et tu dois n'ouvrir la porte à personne.

Alice se sent une grande fille, on vient de lui confier une mission très importante.

***

Le notaire a l'œil vif, le tempérament nerveux, il s'agite continuellement sur sa chaise. D'un ton sec, il répond aux questions de façon expéditive.

Thérèse en est à son premier contact avec l'homme de profession. Elle s'était fait l'idée d'un être plus conciliant, à l'allure paternelle. Dans tous les romans qu'elle a lus, le notaire est un être affable, compatissant. Elle se sent mal à l'aise, ne pose que les questions essentielles, elle a l'impression qu'elle abuse du temps du monsieur agressif.

Elle avale sa salive, redresse les épaules, soutient le regard du notaire, elle écoute tout en formulant mentalement ses questions. Lorsqu'il se tait enfin, elle articule lentement ses mots.

— Si j'ai bien compris, monsieur le notaire, vos

honoraires figurent au chapitre des dépenses, tout comme les frais funéraires?

— Exact.

— Alors je suis en droit de m'attendre à un bilan détaillé du fruit de l'héritage, des placements qui ont été faits, etc., etc.

Le notaire étonné, joue avec la paperasse devant lui. Thérèse a le sentiment d'avoir frappé juste. L'homme devient plus respectueux. À la fin de la conversation, Thérèse ajoute:

— Mon père, monsieur Joseph Leduc est dans l'antichambre, il a également pris rendez-vous. Je le fais entrer. Thérèse se lève, ouvre la porte de l'étude et invite son père à venir. Miracle, le notaire est debout, tend la main, abhorre un sourire large comme la lune.

Thérèse écœurée, assise sur le bout de la chaise, écoute les hommes. Le notaire ne peut s'empêcher de lui jeter un coup d'œil furtif de temps à autre. Au moment du départ, la jeune femme a droit à une poignée de main qu'elle a, un instant, le goût de refuser.

Elle rentre chez elle au pas de course, son père a peine à la suivre. Au fond de son cœur, elle a l'impression d'avoir rapporté une certaine victoire. «Il faut combattre l'agression par l'agression, savoir où on s'en va, tout au moins le prétendre, en tout temps, il faut afficher de l'assurance pour ne pas se laisser écraser!»

Les enfants sont au lit, Joseph est assis devant la fenêtre derrière laquelle il fait nuit. «À quoi pense-t-il?» se demande Thérèse qui noircit une feuille de chiffres. Stella ne lui a pas laissé une grosse fortune, rien qui assurera sa vie, mais pour le moment, elle pourra se débrouiller. Elle sait maintenant qu'elle a perdu la clientèle de Stella, il lui faudra trouver autre chose que la couture pour joindre les deux bouts.

D'abord elle fera des réparations à la maison qui en

a grand besoin. Un autre revêtement s'impose, ce qui, non seulement en améliorera l'apparence, mais la rendra plus confortable, plus chaude. Elle placera l'argent à la banque, n'utilisera que le strict nécessaire. Les chèques que lui avait versés Pierre rapportent, elle additionne, soustrait. Thérèse s'improvise administratrice de son budget: elle se sent puissante.

L'argent, que lui a laissé sa mère Clémence, sera versé au notaire par l'intermédiaire de celui de son patelin. «Maman a été habile, elle connaissait son moine. Mille deux cents dollars économisés sou par sou! Pauvre et chère maman, qui a lutté seule, humiliée toute sa vie et qui n'avait qu'une idée en tête: sauver les apparences!»

Thérèse pense à Pierre, l'horrible personnage, et tout à coup elle sursaute. «S'il eut fallu que je me retrouve enceinte après cette nuit maudite!!! Thérèse frissonne. Elle empile ses papiers, se dirige vers sa chambre. Elle sourit, son lit est sens dessus dessous, les enfants ont fait la fête!

Au moment d'éteindre, elle entend les pas de son père, il va dormir, lui aussi.

***

Les jours passent, le printemps est à la porte, Thérèse pense à Stella qui lui manque beaucoup. Son père ne parle pas de partir, la jeune femme se rend compte que les enfants se lient de plus en plus d'amitié à cet homme, Alice surtout. A-t-elle le droit de les priver de cette affection? Elle se le demande.

Hier, Anne lui a demandé: «Comment il a fait, maman, le bon Dieu pour inventer les grand-mères?» Elle n'a pas su quoi répondre. La vie est déjà suffisamment triste, la tâche est lourde, ne vaut-il pas mieux faire taire ses propres sentiments et penser aux enfants? Elle tolérerait son indésirable père encore quelque temps.

Les aînées sont à l'école, les plus jeunes font la sieste, Thérèse, couchée sur le dos, laisse vagabonder ses pensées et lentement glisse dans le sommeil.

Une main la secoue, une voix qui semble lointaine lui parvient:

— Maman, maman, il pleut dans mon lit.

Thérèse sursaute, se lève, prend un bassin, des chiffons et grimpe l'escalier. C'est le comble! La couverture coule. Elle tasse le lit, éponge les dégâts. Hier, il faisait un froid de loup, il pleut maintenant et, pourtant, dans la fenêtre le soleil brille. Elle a l'impression qu'il rit d'elle et de ses malheurs.

Ce n'est qu'une fois redescendue vers la cuisine qu'elle remarque l'absence de son père.

— Ça alors! Et s'il entrait saoul?

Elle lance avec rage les torchons souillés dans le lavabo. «S'il ose se présenter ici en état d'ébriété, il va se retrouver assis, le cul dans la giboulée et si vite, qu'il n'aura pas le temps de réaliser ce qu'il lui arrive, il va dégriser instantanément!»

Mais Joseph Leduc rentre bien à jeun, tenant audessus de sa tête une chaise à berceaux. Dans le silence le plus complet, il la place devant la fenêtre et remet l'autre là où il se doit, près de la table. Thérèse, surprise, le regarde mais ne dit rien même si elle bouille intérieurement.

«Monsieur s'installe confortablement, songe-t-elle.» Après le souper, alors que tous les enfants sont couchés, l'homme s'approche de sa fille, dépose des billets de banque sur la table et dit tout simplement: «Voici, en compensation pour ce que je cause de frais.» Thérèse plie les coupures et les glisse dans la poche de sa robe, sans mot dire.

Lors des soirées qui suivirent, les enfants eurent la

joie d'aller, tour à tour, se blottir dans les bras de grand-père qui berce ses petits-enfants.

Thérèse se sent seule, très seule. Elle sait maintenant qu'elle n'a plus le choix. Son père restera, il s'est servi des enfants pour l'amadouer, pour exercer sur elle son emprise. Et elle s'inquiète.

***

Les rénovations ont été faites, la petite maison est maintenant recouverte de bardeaux d'asphalte rouge foncé, la couverture a été réparée, le perron repeint en gris, comme le tour des fenêtres. Mais les frais ont été plus onéreux que l'avait prévu Thérèse. Il faudra économiser encore plus, se serrer la ceinture. La jeune femme met à profit les enseignements de Stella, elle taille dans les vêtements de la grand-mère ceux que porteront les enfants qui prendront, à l'automne, le chemin de l'école. Alice seconde sa mère, elle défaufile. Comme autrefois Thérèse, elle est initiée aux secrets de la couture.

Un soir, n'y tenant plus, fatiguée de refouler sa peine et ses inquiétudes, Thérèse dit à son père:

– Éloignez-vous de cette fenêtre! Venez vous asseoir ici, en face de moi, j'ai à vous parler.

Elle se lève, prend la théière qui trône sur la *bavette* du poêle, la place sur la table, avec deux tasses, y verse le liquide chaud. Elle sirote son thé, cherche ses mots.

– Vous allez m'écouter, vous allez vous taire et m'écouter. Je ne veux pas entendre vos commentaires, ni vos réflexions. Vous m'écoutez et vous vous taisez. Je dois parler, il faut que j'entende le son de ma propre voix, que je crie tout haut ce qui m'étouffe là, en dedans. Si je n'entends pas le timbre de ma voix je vais croire que je suis morte, que je suis folle! Folle, vous m'entendez? Je veux que mes oreilles entendent vibrer le timbre de ma voix, que je me prouve à moi-même que je suis vivante, bien vivante, que je ne suis pas un zombi, un être immatériel, un fantoche sans âme, sans voix, sans opinion! J'en ai assez de ce silence, de cette solitude, des demi-mots, des demi-phrases, des pensées à peine exprimées, de ces dialogues monosyllabiques avec les enfants, sans que jamais, j'aie, moi, l'opportunité ou l'occasion de m'exprimer.

Thérèse ne s'en rend pas compte, mais elle a levé le ton, elle crie presque.

— Tarèse, articule faiblement le père.

— Quoi? Tarèse, tu as dit Tarèse. Pour la première fois depuis que tu es entré ici tu prononces ce nom déformé dont tu m'as affublée toute ma vie, et tu choisis cet instant précis pour le faire, ne le répète jamais, Joseph Leduc, ne le répète jamais. Mon nom est Thérèse Bellefeuille, et Thérèse Bellefeuille te le redit une dernière fois: tais-toi.

Elle est pourpre, sa colère dégénère en rage. Alors Joseph pointe l'index vers le plafond.

— Oui, les enfants sont réveillés et entendent hurler leur mère. Il est temps que mes filles sachent qu'elles ont le droit de riposter, de se révolter, de hurler, si bon leur semble. Je ne veux pas que mes filles se murent dans le silence comme ma mère l'a fait à cause de toi, Tarèse, tiens-toi droite, Tarèse ferme la porte, alors que je n'avais qu'un pied de posé dans la maison. Tarèse! Tarèse! Tarèse en a assez des nouilles bouillies et des tomates en conserve, de la blanquette aux carottes, des tartines de mélasse, de la sardine en boîte. Tarèse en a assez de la misère. Ce soir, Tarèse a besoin de parler, de savoir qu'elle peut encore parler. Et Tarèse va en profiter pour vous faire une mise en garde. Écoute bien, Joseph Leduc, écoute et enregistre bien ça dans ta grosse cervelle. Si jamais, si jamais tu osais lever, ne serait-ce que le petit doigt sur Alice...

— Tarèse! Tu es folle! Tu deviens folle? Alice est ma fille!

— N'étais-je pas moi aussi ta fille le jour où tu m'as misérablement crucifiée sur un tas de paille, Joseph Leduc?

— Tu n'as donc rien compris, tu ne comprendras donc jamais rien?

De fait la jeune femme ne saisit pas le sens profond des mots que prononce Leduc, son désarroi est trop grand.

Thérèse prend la théière, la lance dans le visage de son père, elle écume de fureur. Leduc ne bouge pas, il reste là, sidéré. Un enfant effrayé crie.

— Taisez-vous, là-haut, hurle Thérèse, taisez-vous et couchez-vous dans votre lit.

Alors le petit Juneau paraît dans l'embrasure de la porte de la chambre de sa mère, il pleure.

— Toi aussi, Juneau Bellefeuille, tais-toi et va te coucher, les larmes tu apprendras à les refouler comme tes sœurs!

Et d'une main, Thérèse balaie tout ce qui se trouve sur la table, les tasses se brisent en miettes sur le plancher. Elle couche sa tête sur son avant-bras et les sanglots la secouent tout entière.

Joseph Leduc comprend qu'il ne s'agit pas d'une crise d'hystérie, mais que la jeune femme est en prise à un très grand désespoir.

Peu à peu, le calme revient dans la maison. La jeune Alice, qui a tout entendu, quitte doucement la première marche de l'escalier et, frissonnante, se glisse sous ses couvertures. En dehors de son nom, deux fois prononcé, elle n'a rien compris à ces discours enflammés, mais l'enfant entendra longtemps résonner dans sa tête le grondement de la voix de sa mère désespérée.

Le lendemain les visages affichaient tous une même très grande tristesse.

***

Alors qu'elle revenait de l'école où elle était allée inscrire les enfants, Thérèse voit, dans une vitrine de restaurant, une pancarte qui propose une offre d'emploi.

Elle entre et commande un café. Les têtes se tournent vers elle. Assis autour d'un comptoir se trouvent quelques clients qui sirotent une bière. Un «juke-box» laisse échapper une musique endiablée.

— Le patron est ici, monsieur?

— Je suis le patron.

— En quoi consiste le travail que vous offrez?

L'homme dévisage la jeune femme. Elle n'a pas tout à fait le physique qu'il souhaiterait, par contre, une femme de cet âge donnerait un meilleur rendement.

— Vous avez l'habitude de servir la boisson?

— Non, mais tout s'apprend. J'ai besoin de gagner.

— Vous avez des enfants?

— Oui, mais aussi quelqu'un pour s'en occuper.

— Ce n'est pas un travail de tout repos, c'est un travail du soir et c'est très achalandé ici, très bruyant.

— Le travail ne me fait pas peur.

Chapitre 6

Thérèse se rendra compte beaucoup plus tard qu'elle a malheureusement emprunté le même pattern de vie qui fut celui de sa mère. Confrontée trop jeune à des obligations très lourdes, n'ayant pas gravi les étapes qui normalement l'auraient dirigée dans sa vie d'adulte, elle ne sait pas comment se défendre contre les abus et les malveillances que lui impose son entourage.

Inconsciemment, comme toutes les femmes, elle a cru au miracle de la présence de l'homme. Pierre d'abord qui aurait pu la sortir d'un mauvais pas, mais qui l'a plutôt mise dans le trouble. Et maintenant son père qu'elle ne parvient pas à chasser et qui, pourtant, avait empoisonné son enfance.

Joseph Leduc avait compris qu'en renonçant à la bouteille, il gagnerait la confiance de Thérèse. Aussi le jour où son gendre le pria d'emménager chez sa femme qui vivait maintenant seule, il sauta sur la merveilleuse occasion qui lui était donnée de s'offrir un nouveau refuge.

En somme, tout ce que Thérèse possède est l'amour qu'elle voue à ses enfants, son courage et sa bonne volonté. Pour ce qui est du reste, elle devra l'apprendre, petit à petit, à force d'erreurs, de sacrifices, de luttes quotidiennes.

Personne n'est là pour la guider, l'encourager. Du mariage elle ne connut que les avatars. Stella, elle-même victime de la vie, avait soutenu seule une longue lutte à force de courage et de volonté.

Et voilà que Thérèse venait de se créer une nouvelle obligation, elle sortirait de sa maison pour gagner sa vie et celle de ses enfants. Et Joseph Leduc pourrait continuer à se bercer paisiblement devant la fenêtre.

Le Pub n'était pas un endroit de tout repos. La journée de travail de Thérèse débutait à cinq heures de l'après-midi et se terminait tard le soir.

La nouvelle se répandit dans tout le village comme une traînée de poudre. Les femmes «bien» ne fréquentent pas le Pub... Thérèse n'était pas sans entendre les phrases méchantes jetées machinalement, comme par hasard.

Le patron aimait bien cette femme qui ne perdait pas de temps à «jaser» avec les clients, gardait les lieux propres et semblait tout à fait honnête. Aussi, un soir où un insolent qui avait bu un peu trop se fit grossier, Thérèse réagit fortement et les copains rigolèrent:

– Sois prudent, Alfred, Thérèse a déjà su tenir tête au curé, elle n'a pas froid aux yeux.

Le patron s'avance, saisit Alfred par le collet et lui montre la porte.

– Tiens, tiens, Raymond veut garder sa belle pour lui tout seul!

Thérèse rougit jusqu'aux oreilles, mais fit mine de n'avoir rien entendu. Le lendemain, elle prie son père de venir la chercher à l'heure de la fermeture. Ainsi, croyait-elle, elle ferait taire les mauvaises langues.

***

Thérèse a perdu le goût de la colère, sa tâche est si lourde, ses jours si remplis, qu'elle parvient à peine a boucler les deux bouts. Les enfants grandissent, pourtant, comme elle a grandi, elle. C'est une loi de la nature!

C'est dimanche, les petits jouent dehors, Alice fait ses devoirs sur la table de la cuisine.

– Qu'est-ce que c'est, maman, le vent du large?

Thérèse ferme les yeux. Croyant que sa mère n'a pas entendu, Alice répète la question. Thérèse soupire.

—Ma fille, en quelques mots, tu viens d'évoquer toute ma jeunesse, le plus beau de mes souvenirs. Le vent du large c'est... l'air pur, l'immensité, la mer qui emprunte ses couleurs au ciel, l'odeur parfumé du varech, des pointes de rochers balayées par l'écume blanche des vagues, le vent du large c'est cette brise légère qui court avec la mer, embaume ses rives, c'est un chant joyeux, qui grise...

Alice, médusée, regarde sa mère. Jamais elle ne l'a vue ainsi, son visage est serein, son regard tendre, elle sourit.

L'enfant l'observe un instant puis sur son cahier écrit: le vent du large, c'est du rêve, de la poésie, apportés par la mer. Elle pose son stylo et demande:

— Quand as-tu vu la mer, maman?

—J'ai grandi en bordure du fleuve, là où l'eau est salée et froide, saisissante comme le fil du rasoir, iodée, stimulante...

— Et?

— Et un jour, ton père est passé par là, je l'ai suivi, jusqu'ici.

Thérèse se dirige vers sa chambre, dans son cœur, des souvenirs affluent. Elle ferme doucement sa porte, s'étend sur son lit.

Alice s'adresse alors à son grand-père.

— Vous l'aimez, vous aussi, la mer?

— Les femmes ont le don de tout dramatiser.

— Et les hommes alors?

— Que ce soit en bordure de la mer, aux champs ingrats, l'humain doit trimer pour gagner sa vie.

— Pour le moment, c'est maman qui trime! Ni papa ni vous n'avez de cœur au ventre. Votre mémoire est courte, vous charmez un jour et gémissez le reste de votre vie!

— Insolente. Plutôt que de perdre ton temps dans les livres...

Alice, fâchée, se lève et assène un coup de poing sur la table.

— Plutôt que de perdre mon temps dans les livres, je devrais penser à mes enfants à naître, à un mari qui me délaisserait et à élever seule la marmaille. Non, merci, jamais!

C'est alors que la fillette voit sa mère, debout dans la porte de sa chambre. Son visage est inondé de larmes. Alice empile ses cahiers et monte se réfugier là-haut, où elle reste, pensive, s'efforçant de comprendre. Tout lui semble incohérent, absurde, menaçant et Alice a peur.

Le souper terminé, Thérèse met au lit ses plus jeunes enfants, elle le fait avec une tendresse inaccoutumée. La remarque de sa fille aînée l'a remuée jusqu'au fond de l'âme, lui a fait saisir la profondeur de l'amertume qui règne dans la maison. Elle tente de mettre de la gaieté dans ses propos, mais le cœur n'y est pas. Les enfants semblent ressentir le malaise qui persiste. Ils sont silencieux, comme gênés, les caresses de leur mère les troublent.

Elle descend l'escalier, s'arrête, son père occupe inlassablement la même place, se berce comme si le sort du genre humain dépendait de la régularité de la cadence de ses mouvements. Anne dessine des fleurs immenses sur des cartons immenses, Alice sépare et place les ustensiles dans un tiroir. Le silence est lourd, l'atmosphère déprimante. «C'est malsain, tout ça!»

— Pourquoi, Anne, tes fleurs sont-elles toutes brunes et noires?

— Parce que les feuilles sont rouges.

— Tu as déjà vu des feuilles rouges?

— Oui, grand-maman en a fait un gros bouquet, une fois. Je les avais toutes égrenées, avec Alice.

— Demain, je t'achèterai des crayons neufs, et des papiers doux, de toutes les couleurs.

— Youpi! s'écrie l'enfant.

— Vous ai-je déjà parlé de Madame Larochelle?

— Non, maman, qui est-elle?

— Une grande dame, elle fut ma patronne, autrefois. Madame Larochelle avait une jolie maison qu'elle n'habitait que l'été, à Sacré-Cœur, un village situé près de celui où j'ai grandi. Tout autour du chalet il y avait de jolies fleurs, de toutes les couleurs, de toutes grandeurs. Le matin, en arrivant au travail, j'en coupais et je les déposais dans des vases, pour égayer le salon. À la tombée du jour, monsieur Larochelle faisait un feu de bois dans le foyer et je servais le thé dans de jolies tasses fines, elles aussi ornées de fleurs.

— Et les enfants? demande Anne.

— Les enfants venaient parfois, mais ils étaient grands, plus âgés que moi et habitaient la grande ville.

— Ils avaient un papa, les enfants?

La chaise de Joseph s'immobilisa un instant, Thérèse faillit éclater en sanglots. Elle serra les poings sous la table.

Alice et Anne regardaient leur mère, attendaient une réponse.

— Oui, murmura-t-elle. Oui, ils avaient un papa, il est normal, vous savez, d'avoir un papa. C'est le contraire qui est anormal.

— Pourquoi, nous, on n'en a plus?

— Papa nous a quittés. Peut-être reviendra-t-il...

— Je ne veux pas, réplique calmement Alice. Il ne doit pas revenir, il est méchant, il te fait pleurer. Et grand-père te fait crier.

— Mais Juneau est gentil, très gentil, réplique Anne.

— Parce qu'il est petit. Quand il sera grand, il nous fera pleurer aussi.

— Non, non, mes enfants! Ce n'est pas toujours ainsi. Il y a des hommes doux et bons, des bons papas.

— Comme monsieur Larochelle qui faisait du feu dans le foyer.

Thérèse, inconsciemment, était allée puiser dans son enfance le seul souvenir tendre qu'elle avait connu. Elle en prend conscience, comme ça, d'un coup. La bonté qui lui fut témoignée par le couple la trouble encore. Alors elle raconte. Elle narre dans le détail le merveilleux, fait plonger ses filles dans ce qui leur semble de l'irréel. Elles écoutent, suspendues aux lèvres de leur mère, comme autrefois, lorsque Stella leur racontait des contes. Cette fois, c'est plus troublant car leur propre mère est l'héroïne.

Thérèse décrit dans le détail les repas pris devant les immenses fenêtres qui donnent sur la mer, elle leur parle des éblouissants couchers de soleil, uniques au monde, dans ce coin de paradis.

Lorsque enfin Thérèse se tait, Anne laisse échapper un long soupir, puis déclare solennellement:

— Quand je serai grande, j'aurai un chalet, un mari, de jolies fleurs et toi, maman, tu viendras habiter avec nous.

— Et tu serviras le thé, jette Alice avec amertume.

Thérèse frémit. L'allusion est cinglante, mais justifiée. Thérèse sait qu'il ne s'agit pas d'un simple quolibet, Alice aurait donc perdu toute illusion!

***

Parfois Thérèse se surprend à essayer d'imaginer ce que serait la vie, sa vie de mère, mais aussi d'épouse, auprès d'un homme doux et bon comme l'était Larochelle. Mais cette pensée la fait souffrir et elle la chasse.

Ses obligations ne sont pas des chimères, elle doit garder la tête forte et froide, elle frissonne à la pensée qu'elle n'a pas même le droit d'entretenir des pensées frivoles. Elle doit faire taire son cœur et n'évoquer que sa raison. Elle ne doit pas dévier de son devoir car dans sa chute elle traînerait à sa suite toutes ces âmes innocentes qui ont pris vie dans son sein de mère. Ses réflexions la laissent pensive, ces êtres merveilleux sont le fruit de ses entrailles, ils n'ont qu'elle pour les aimer, les guider. Quelle illusion, si douce soit-elle, vaudrait qu'elle s'éloigne de la route tracée? Son surplus d'amour, son besoin de caresses, sa soif de douceur, c'est auprès de ses petits, qu'elle doit tout puiser! Et Thérèse se sent rassérénée, vaguement heureuse.

***

C'est dimanche, le jour de congé de Thérèse, ça signifie aussi lessive, repassage, plats à cuisiner pour la semaine à venir. Alice prête main-forte.

– Dis, maman, travaillais-tu autant chez les Larochelle?

Thérèse, agréablement étonnée, éclate d'un grand rire sonore.

– Non, oh! non, s'exclame-t-elle.

– Tu dis que la maison était grande, que tu cuisinais et tout le reste.

– C'était autre chose, je ne saurais pas préciser, la sécurité, peut-être, ces gens étaient fortunés, tout paraissait facile et normal: même le travail était agréable, jamais une corvée.

La sonnerie du téléphone vient interrompre la conversation. Surprise, Thérèse regarde l'appareil, hésite en commentant: «Ce doit être un mauvais numéro.»

– Madame Bellefeuille, je m'excuse de venir troubler votre repas, est-ce que c'est bien chez vous qu'habite Joseph Leduc, aiguiseur de métier?

Thérèse, surprise, regarde en direction de son père.

– À qui ai-je l'honneur de parler?

– Jacques Rousseau, je détiens l'information de monsieur le notaire.

– Oui, Joseph Leduc est mon père, il est affûteur professionnel...

Leduc sursaute, le ton sarcastique de sa fille ne lui échappe pas.

Thérèse attend que son père prenne le combiné et retourne à son travail, l'oreille aux aguets.

Le coup de fil, qui aurait pu être tout à fait innocent, marque le point de départ d'un très grand drame. Joseph Leduc a trouvé une occasion de s'absenter, de se faire des amis avec lesquels il lève de plus en plus souvent le coude. Joseph Leduc se remet à boire. Il a beau jeu, connaissant les heures d'absence de sa fille, il orchestre ses fredaines en conséquence.

Sur les entrefaites, une jeune mère de famille emménage dans les environs et un jour s'adressant à Alice qui revenait de l'école, elle lui demande si celle-ci accepterait de garder ses petits, occasionnellement.

La fillette obtient la permission de sa mère, mais à condition de ne pas négliger ses travaux scolaires.

Le grand-père paie régulièrement le prix de la pension qu'il a lui-même fixé. Et voilà que sa fille Alice gagne un peu, à son tour. Si la tâche n'était pas aussi lourde, Thérèse se sentirait heureuse.

Raymond, le propriétaire du Pub, est un célibataire de nature affable. Thérèse se sent en confiance auprès de lui; elle s'en rend bien compte, elle lui plaît. À quelques reprises, il lui a offert de la raccompagner après le travail, mais elle a refusé. Il n'était pas question de réveiller les mauvaises langues, ça n'avait pas été facile pour elle de regagner le respect qu'elle avait perdu à travers les commérages, mais elle avait réussi ce tour de force. Même les hommes en état d'ébriété lui vouent maintenant un grand respect.

Thérèse regarde ses enfants grandir et s'inquiète pour eux. Elle aimerait faire plus, mais elle ne sait pas quoi, ni comment. Alors elle décide, comme autrefois sa mère l'avait fait, qu'elle leur permettrait d'étudier le plus longtemps possible.

Parfois elle se demande si elle a tort ou raison d'exiger de Juneau qu'il l'aide à accomplir des travaux qui demandent la force d'un garçon. Aussi exigeait-elle qu'il soit en tout temps courtois et correct avec ses sœurs. Elle ne veut pas d'un fils égoïste, égocentrique.

Elle regrette de ne pas avoir une amie avec qui elle pourrait discuter de toutes ces choses. «Le sacrement de mariage devrait pouvoir nous conférer toutes les sciences nécessaires pour bien éduquer les enfants, pense-t-elle, puisqu'il nous impose toutes les obligations, tous les devoirs!»

Chapitre 7

Dans sa chambre, la porte fermée, Thérèse entend des voix qui s'échauffent.

– Qu'est-ce que c'est, ce grabuge?

Elle se couvre de sa robe de chambre et vient voir ce qui se passe dans la cuisine.

La première chose qui retient son attention est la vue de son père, debout sur la dernière marche de l'escalier et dont le visage est éclairé d'un sourire niais.

Les enfants se bousculent, c'est une lutte sans merci entre Anne et Alice.

– C'est la chaise de grand-papa, argumente Anne.

– Mais Froufrou a le droit de l'utiliser, tranche Alice.

Joseph Leduc semble se réjouir de la situation. Thérèse bouille mais attend de voir la tournure que prendra l'incident.

– Grand-père travaille, il a droit à sa chaise, lance Juneau.

Thérèse s'avance, sépare les enfants qui se chamaillent, les éloigne et s'installe dans la berceuse:

– Moi aussi je travaille, aujourd'hui je me berce. Toi, Juneau, tu prépares le déjeuner.

– Et grand-père, s'écrie Alice, il ne peut pas, lui, préparer le déjeuner?

Thérèse croit voir un éclair de rage briller dans les yeux de son père, ce qui la rend songeuse. Quand elle était petite, Alice était sans contredit sa préférée. Mais elle avait grandi et affichait une assurance marquée que détestait l'aïeul.

Thérèse se berce, les deux dernières grimpent sur

ses genoux, alors elle chante. Joseph fait demi-tour et continue son ascension vers sa chambre.

«Couillon», pense Thérèse. «Cet homme n'a pas de tripes.»

Dix jours sont passés sans qu'aucun commentaire ne remette la question sur le tapis. Mais l'atmosphère de la maison s'est refroidie; le grand-père semble avoir baissé dans l'estime des enfants. Joseph reste cloîtré dans sa chambre plus longtemps, ce qui réjouit Thérèse car sa constante présence dans la cuisine l'a toujours tellement agacée!

«Si j'avais de l'argent je bâtirais un autre étage où il vivrait confiné, loin de nous!»

***

C'est samedi, ce soir les heures de travail de Thérèse se prolongeront, il y a un monde fou au Pub.

À la maison, les enfants dorment, Joseph qui entre d'une de ses flâneries, se rend compte qu'il a oublié ses clefs. Il frappe à la porte, doucement d'abord, puis s'enhardit. Il doit se trouver à l'intérieur quand Thérèse rentrera.

Anne se réveille, s'assoit dans son lit, écoute. Les yeux brouillés par le sommeil, elle descend l'escalier et ouvre. Grand-papa la prend dans ses bras et la serre sur son cœur, mais son esprit est obscurci par l'alcool... sa reconnaissance ne s'arrête pas là. Anne se défend, croit qu'on joue un jeu mais bientôt un grand cri retentit, un cri effrayant qui parvient jusque là-haut.

Alice sursaute, se lève, tâtonne, ne réussit pas à s'orienter, un autre hurlement se fait entendre.

— Anne, Anne où es-tu?

Une chaise tombe, on lutte en bas. Alice s'élance, dégringole l'escalier. Anne est étendue sur le plancher. Le grand-père est là, sans son pantalon, un rictus sur le visage, les yeux teintés de sang. Il expose son cul au beau visage de la petite fille, blanche de frayeur.

Normalement, Alice devrait avoir peur. Où puise-t-elle sa force? Est-ce la loi naturelle, la conscience, celle qui dicte la conduite à suivre, qui interdit, guide, ou simplement son amour pour Anne, que d'instinct elle veut protéger?

Furieuse, elle s'avance et saisit la première arme qui lui tombe sous la main: un marteau. Et avant que le vieux n'ait pu parer le coup, elle frappe, frappe, sans considération, à en perdre haleine. Elle s'arrête enfin lorsqu'elle voit là, inerte à ses pieds, l'ignoble grand-père. Anne, terrorisée, hurle. Alice, calme, froide et sans remords signale le numéro de téléphone que sa mère lui avait remis pour la rejoindre en cas d'urgence.

Pendant les quelques minutes que dura l'attente, elle entend des rires, de la musique. À sa mère, elle crie: «Viens, je l'ai tué». Et elle raccroche.

Anne pleure à fendre l'âme, effrayée. Alice la prend dans ses bras, se couche près d'elle. Elle n'a pas même un regard en direction de son grand-père. Elle l'avait tout simplement neutralisé; dans son cœur d'enfant, la paix n'était pas troublée.

Anne gémit, tremble de tous ses membres. Alice la serre contre elle, ne la caresse pas, car on ne lui a pas enseigné la tendresse des gestes. Depuis la mort de grand-mère Stella, si elle mendiait pour un peu d'affection, on la repoussait, elle importunait, agaçait, gênait peut-être, alors elle s'éloignait, la mort dans l'âme. Seul, parfois, le puîné recevait quelques attentions, mais les aînés se devaient d'être stoïques. Avec l'âge de raison se réveillait chez l'enfant le sentiment d'être de trop, d'être une charge, à qui l'on pardonnait mal de se trouver là.

Pourtant, sa mère, Thérèse, avait trimé dur pour ne

pas que ses petits deviennent des enfants de l'assistance publique, autant par fierté que par amour.

Même à Noël, les choses ne se passaient pas chez eux comme dans les contes lus dans les livres où les enfants sont gâtés. Bien au contraire, leur mère travaillait plus fort et plus longtemps pour permettre aux autres d'avoir la fête gaie! Alice avait compris tout ça. Elle avait cessé de quêter l'amour, s'était repliée sur elle-même.

Non, ce soir elle ne caressait pas Anne. Mais elle la serrait dans ses bras pour tenter de la réconforter, tout comme elle serrait son oreiller quand elle avait trop de chagrin!

La mère arrive enfin, à bout de souffle. Elle voit son père, étendu là. Jamais Alice n'oubliera ce regard qui allait de lui à elle sans qu'elle ne parvienne à prononcer un seul mot. Alice ne bougeait pas, elle serrait Anne qui avait blotti sa tête dans le creux de son épaule. Il lui semble que sa mère a compris. Elle téléphone au médecin qui arrive très vite. Lui aussi comprend, on ne questionne pas la fillette mais on le ressuscite, lui. Alice entend prononcer le mot police, le mot prison, mots qui n'éveillent pas en elle de sentiment de peur. Du moins, pas encore!

Le vieux accapare le docteur. Voilà qui est nouveau: un visiteur régulier à la maison pendant quelques jours. Les conversations se tiennent à voix basse. Plus tard, beaucoup plus tard, Alice se demandera souvent pourquoi et comment avait-on pu se désintéresser aussi cruellement de la condition de la petite Anne. La mère ne cherche pas à savoir ce qui s'est passé, sans doute était-ce moins embarrassant comme ça, même le marteau a disparu!

Anne ne regarde plus son grand-père. Il tente à quelques reprises de la réprimander, de la commander, sur un ton sec et cassant, mais l'enfant le dédaigne totalement, ne porte aucune attention à son humeur ou à ses paroles. Cette nuit-là, en l'espace de quelques heures, la petite Anne avait beaucoup grandi.

De pourpre, les jambes, les bras, et une partie du visage du vieux, passent au rouge, au mordoré puis au jaune. Il ressemble à un arbre d'automne coloré. Ses yeux flambent mais sa voix s'éteint graduellement. Ce mutisme plaît à Alice, il cessera de rechigner, cessera de vociférer contre leur mère! Il se taisait, mais il ne crevait pas, il vivait, le salaud! Au fond de son cœur la peine subsistait. Pour elle le grand-père n'existait plus. Pourtant il lui avait autrefois témoigné de la tendresse, enseigné à aimer les fleurs et les oiseaux. Un soir elle s'était émerveillée:

— Regarde, grand-père, l'étoile se promène dans le ciel.

— Non, avait-il répondu, ce n'est pas l'étoile qui se promène, ce sont les nuages qui, en se déplaçant, créent cette impression.

Toute une longue phrase avait été prononcée, articulée pour elle, à son intention, comme si elle avait été une grande fille! Elle avait depuis lors cultivé un amour de prédilection pour la luminosité des étoiles parsemées dans l'immensité du paradis.

Elle était petite, alors, très petite. Très souvent elle substituait l'image de son père à celle de son grand-père, si bien que les deux visages se confondirent en un seul.

À l'école, Alice avait appris autre chose que les écritures. On lui avait enseigné ce que sont le bien et le mal, expliqué ce qu'est le péché. Les fesses de son grand-père faisaient partie de cette chose dégoûtante qui s'appelait le péché de la chair, interdit même en pensée. Elle venait de voir le vilain plaisir, que l'on disait défendu, pour la première fois; c'était ça, cette chose horrible et dégoûtante qui fait peur aux petites filles, comme Anne. Cette nuit-là, elle se surprit à détester les hommes. Elle pensa à son père, le déserteur, à son grand-père, le cochon, au mari de la voisine qui l'appelait «ma beauté» quand il était seul avec elle, au marchand du coin qui lui tenait la main en lui remettant le change avec, dans la face, un sourire niais et des yeux gourmands. Maintenant elle comprenait tout!

Dans sa tête naquit un autre tourment: auparavant, quand les hommes se conduisaient ainsi avec elle, elle croyait que c'était parce qu'elle était une fille sans père, donc sans protection. Inconsciemment elle se défendait d'eux en se donnant des airs hautains et dédaigneux. Maintenant elle savait! Surtout que cet état de choses s'aggravait, le mari de la voisine avait tenté de l'attirer dans le hangar, un soir à son retour de l'école. Ce jour-là, elle eut beaucoup plus peur de la noirceur et du gros coq qui rôdait toujours là, que de l'homme lui-même...

Alice aurait aimé parler de tout ça avec sa mère. Mais la pauvre, elle rentrait éreintée, s'endormait parfois sur sa chaise après le repas. Elle avait pensé en discuter avec l'institutrice mais une sorte de pudeur l'avait retenue. Alice restait seule avec ses inquiétudes. Elle devint une fille sérieuse, rangée, qui va droit son chemin, en un mot: une demoiselle.

Une demoiselle qui a un squelette enfoui dans sa conscience, car pour elle, son grand-père est mort. Elle continue toutefois de le surveiller pour s'assurer qu'il ne touche pas à Anne. Le vieux doit sentir peser sur lui ce regard de haine et de dégoût qui l'épie sans cesse.

Dans la tête d'Alice, le commandement qui condamne les plaisirs de la chair, prend une ampleur démesurée. Elle ne s'endort plus, le soir, en toute quiétude, son sommeil est léger, inquiet. Elle revit la nuit cauchemardesque qui ne finira jamais de la brimer, de la dérouter et ce, aussi longtemps qu'elle vivra. Ce fait marquant de sa vie la suivrait, partout, toujours. Elle n'est qu'une adolescente, une adolescente déjà traumatisée par l'absence de son père, qui vient de perdre confiance à son grand-père et à qui la mort a ravi l'amour de sa grand-maman en la figeant dans l'immobilité.

Ce monde est son univers, elle n'en connaît pas d'autre. Celui qu'elle découvre dans les livres semble faux, irréel. Tout comme ce que lui a un jour raconté sa mère au sujet des Larochelle. Pourtant, sa mère lui avait semblé sincère. Alors Alice l'avait volontairement contredite afin de s'entendre confirmer la véracité des faits. Car Alice voulait croire qu'il se trouvait ailleurs un monde beau, rieur, où il fait bon vivre.

Elle s'accroche maintenant à cet espoir, et peu à peu fermente dans son esprit le désir fou de s'échapper de la vie taciturne qu'elle mène. À cet espoir se greffent des décisions qu'elle prend puis mûrit. Dorénavant, elle conserverait la majeure partie de l'argent qu'elle gagne à garder les enfants et à rendre des services. Un jour elle s'enfuirait, elle irait loin, là où les plates-bandes sont fleuries.

Anne, pour un temps, avait perdu sa gaieté première. Envers Alice, elle se montrait affectueuse et gentille. Alice comprit que de s'être sentie protégée contre le monstre lui avait redonné confiance, l'avait sécurisée. Anne ne refit jamais illusion à la triste histoire, mais l'avait-elle oubliée? Le vieux la gâtait parfois en lui donnant sa part de dessert, mais il se gardait bien d'oser quoi que ce soit pour tenter de s'attirer ses bonnes grâces. Quant à Thérèse, elle affiche une allure renfrognée qui ne prête pas à interprétation; la vie à la maison est devenue morose!

***

Thérèse refoule sa détresse, plus elle essaie de mettre de l'ordre dans ses pensées, plus elle est confuse. Elle a subi les assauts d'un père violeur, d'un mari sans scrupules, qui l'a aussi possédée par contrainte et voilà que le même geste incestueux a été sur le point d'être commis par le grand-père sur une toute petite fille pure et innocente, comment s'appelle ce crime? Elle ne le sait pas, mais elle sait que celui qui l'a commis est un infâme et elle ne pourra plus jamais faire confiance à un être aussi abject. Il lui faut prendre une décision, mais laquelle? Devrait-elle s'adresser à la justice? Il y aurait enquête, scandale, l'histoire serait ébruitée dans tout le village. Le curé, que pourrait-il faire? Une réprimande, ce qui ne solutionnerait rien. Elle songe à Pierre dont on ne peut attendre aucun appui. Son univers s'arrête là, Thérèse se sent seule, désespérément seule et impuissante.

Elle pense un instant affronter son père, puis se ravise. Si elle fait éclater sa colère, il n'aura que plus d'emprise sur elle. Alors que, si elle se tait et que le chenapan ne connaît pas le fond de sa pensée, il sentira la menace suspendue au-dessus de sa tête.

Elle se tait, n'extériorise pas sa souffrance. C'est un moyen naturel de se défendre, de lui faire sentir qu'elle lui tient tête, qu'elle est la plus forte. Ces réflexions lui rappellent le mutisme de sa mère; ce qui avait rendu sa souffrance plus amère, plus profonde.

Elle souhaiterait discuter de tout ça avec Alice qui, elle aussi, doit souffrir émotionnellement de la situation. Mais elle ne parvient pas à se décider à aborder le sujet. Thérèse est si obsédée qu'elle a peine à trouver le sommeil, elle perd l'appétit, se sent de plus en plus déprimée. Ses pensées morbides ne lui laissent pas de répit, son désarroi dégénère en angoisse.

Pour la première fois, après des années de loyal service au Pub, Thérèse demande un congé. Le patron hésite, cette fois encore il invite Thérèse à lui faire des confidences, à lui accorder sa confiance, il a deviné qu'elle est aux prises avec des difficultés sérieuses. Mais Thérèse refuse de discuter. Elle enlève son tablier, le dépose sur le comptoir et dit simplement en s'éloignant:

— Je serai de retour dans dix jours, si la place est toujours disponible.

— Attendez, crie l'homme.

Thérèse n'attend pas, elle sort. Mais dès qu'elle est seule dans la nuit opaque elle prend peur, il lui semble qu'on la poursuit. Alors elle court à en perdre haleine. Jamais la maison ne lui a paru aussi loin.

Sitôt la porte refermée derrière elle, Thérèse se laisse tomber sur une chaise, incapable de penser pendant des heures.

Le lendemain, les enfants regardent leur mère qui semble tout à fait absente, même si elle est là, auprès d'eux. Alice se fait un devoir de s'occuper de son jeune frère et de ses sœurs. Lorsque le grand-père se présente à table, Alice évite de le servir, elle continue de l'ignorer.

— Viens, maman, viens dormir...

Alice prend sa mère par la main, l'oblige à la suivre, la dirige vers sa chambre. Thérèse se laisse conduire. Alice ferme la porte puis l'entrebâille un peu, de façon à pouvoir observer sa mère à distance.

Thérèse sombre dans un sommeil profond et ne se réveille qu'à la tombée du jour. Alice lui sert un goûter. Thérèse demeure là, toujours immobile, en proie au même profond abattement. Juneau, planté debout devant elle, la regarde sans que sa mère ne semble le voir.

Anne s'approche, se glisse sur les genoux de sa mère, passe ses bras autour de son cou.

— Maman, j'ai peur.

Puis plaçant un doigt sur son menton, elle l'oblige à

relever la tête, plonge son regard dans le sien et d'une voix douce articulant bien chacun de ses mots, elle dit:

— Maman, ne dors pas comme ça les yeux ouverts, maman... nous avons besoin de toi!

Thérèse frémit. L'enfant lui sourit. Thérèse éclate en larmes, la tête cachée dans ses bras repliés, posés sur la table. Thérèse pleure comme elle n'a pas pleuré depuis longtemps. Les sanglots la secouent et peu à peu son âme s'allège.

Les enfants, abasourdis par une telle détresse, restent là, muets, immobiles, incapables de comprendre. Lorsque enfin Thérèse lève la tête, elle voit son père incliné sur la rampe de l'escalier, l'observant gravement. Dès qu'il croise son regard, il continue son ascension et s'éloigne.

Le souvenir de Stella, l'image de sa belle-mère se substitue à celle de son père, il semble à Thérèse que la bonne dame lui fait des reproches.

— Grand Dieu, s'exclame-t-elle!

— Maman, demande timidement Alice, vous n'allez pas travailler?

— Non, répond Thérèse, non, je reste ici avec vous, mes chers enfants, et je resterai plusieurs jours et plusieurs nuits, et toujours, ajoute-t-elle d'une voix coupée de sanglots. Je vous aime, mes petits, je vous adore.

Thérèse est enfin sortie de son état de torpeur, mais ses gestes sont fébriles, elle parle avec volubilité, une pensée l'obsède: «Je ne dois pas sombrer dans la neurasthénie.»

Peu à peu, les enfants se sont ressaisis, sont retournés à leurs occupations habituelles. Mais de temps en temps, Thérèse sent peser sur elle le regard de l'un ou de l'autre qui, inconsciemment peut-être, l'observe. Elle réalise pleinement que cette fois leur amour et leur candeur l'ont aidée à surmonter l'épreuve, mais aussi à quel point elle se doit d'être forte, de ne pas fléchir.

Les jours passent. Thérèse soigne le menu, tient des propos gais. Elle sent que tout cela sonne faux, que le problème réel n'est pas réglé, mais elle ne veut pas y penser, elle ne veut pas perdre cette occasion d'être entièrement dévouée à sa famille.

Joseph va et vient comme un zombi. Son visage tuméfié change de couleur, les bleus jaunissent, parfois il porte une main à ses côtes qui le font souffrir. Thérèse ressent une certaine satisfaction à le savoir misérable et honteux. Pas une seule fois, il n'a osé occuper la chaise berçante depuis que Thérèse reste à la maison. Aussi, les enfants grimpent sur les genoux de leur mère qui les berce en leur racontant des histoires.

Seule Alice ne semble pas se remettre de l'épreuve. Ses gestes sont brusques, ses mots tranchants. Anne, par contre, voue à son aînée un amour qui va croissant et c'est précisément cette tendresse qui semble avoir le plus d'ascendant sur elle.

Un soir, Thérèse monte là-haut border ses enfants, elle ouvre la porte de la chambre de son père et lui dit d'un ton sec.

— Descendez dans une heure.

Thérèse ne sait pas encore ce qu'elle dira, quelle décision elle prendra, mais elle sent qu'elle aura le courage de trancher la question une fois pour toutes.

Elle prépare du thé, mais ne sort qu'une tasse, elle sera seule à en boire. Elle ouvre la radio, histoire de se donner une contenance. Les enfants doivent dormir. Elle prend la ferme résolution de ne pas crier, de ne pas s'énerver. Mais elle manque d'assurance, elle tente de se convaincre qu'elle a supériorité sur lui. N'est-elle pas chez elle?

Thérèse ferme les yeux, pense à Stella. Que ferait-elle en la circonstance? Et elle se sent encore plus seule. N'est-ce pas déjà assez affreux d'avoir à vivre de véritables cauchemars, sans qu'il faille de plus les enfermer dans le plus profond de son âme où ils ne manquent pas de s'amplifier et de continuer de nous obséder! Et personne avec qui partager ces lourds fardeaux!

Thérèse entend le pas lourd et traînard de son père. Elle ferme les yeux, aspire profondément.

Joseph Leduc s'assoit, il choisit une chaise tout près d'elle, il pose sa main sur le bras de sa fille. De sa main libre elle laboure de ses ongles cette main qui la brûle. Il ne bronche pas, resserre son étreinte, cherche son regard et lui dit:

— Ce soir, Thérèse, c'est toi qui va te taire et m'écouter. Pour la première fois il a su prononcer correctement son nom, elle ferme les yeux.

Et, faisant un lointain détour dans le passé, Joseph Leduc, d'une voix neutre et sourde étale sa vie qui n'en fut pas une de tout repos.

Clémence, sa femme, a été la maîtresse de Trefflé. Elle était enceinte de ce monstre quand il l'a épousée, ignorant des faits. Thérèse n'est pas sa fille, elle est celle de l'autre. Quand il l'a appris, il s'est mis à boire, à boire avec Trefflé afin que Clémence l'ait toujours à la vue, qu'elle se souvienne de sa trahison. Clémence l'a épousé sous le commandement de sa mère qui voyait en lui, Joseph, un bon parti, un homme vaillant et fort.

Joseph n'a jamais pardonné. Le soir qu'il l'a assaillie, il était venu par hasard à la grange et avait vu Trefflé qui, couché sur le sol, observait Thérèse luttant dans le vent, les yeux braqués sur elle entre des planches disjointes. Et il eut un accès de rage, il assomma Trefflé.

— Tu sais le reste.

L'homme se tait. Les larmes coulent sur les joues de Thérèse, des larmes qu'elle ne sent pas le besoin d'essuyer. Elle pleure sans pudeur, ni par chagrin ni par désespoir. La coupe est trop pleine, la souffrance est dépassée. Thérèse ne sent plus la présence de la main sur son bras.

Joseph Leduc reprend la parole après avoir toussé pour s'éclaircir la voix:

— Je ne t'aurais jamais avoué ces choses. Je t'aimais bien, Thérèse, quand tu étais petite. Mais j'étais trop orgueilleux pour te le dire, pour te le démontrer, surtout en présence de ta mère, cette lâche qui affichait un air de martyre pour s'attirer les bonnes grâces des gens du village. La sainte avait épousé un alcoolique, un lâche, un soûlon. Elle était digne, noble, vaillante, pieuse.

Il se tait encore. D'une voix tremblotante il continue:

— C'est ici, dans cette maison, que j'ai commis ma première lâcheté. Mais j'étais saoul, je n'ai pu résister à recommencer à boire lorsque j'en ai trouvé l'occasion. Je ne sais pas ce qui m'a pris. Je sais que c'est inutile de m'excuser, de demander pardon.

— Et tout ce mal que vous avez fait aux petits! dit Thérèse en pleurant.

— Anne oubliera.

— Mais Alice, jamais!

— Alice! gémit Leduc, Alice!

L'homme cache sa face dans ses mains et sanglote. Thérèse, sur l'écran de ses pensées, revoit le feu qui détruit la grange, causant la mort de Trefflé, son père. Elle veut savoir.

— Où étiez-vous, la nuit du feu?

— Ah! non! Ça, non! Je n'ai rien eu à faire là-dedans. J'ai toujours pensé...

— Quoi?

— Que ta mère s'était ainsi vengée.

Il se fait un long silence.

— Où étiez-vous? répète Thérèse.

— Au petit Canoë, la police a fait enquête; j'ai passé

trois jours là-bas, trop ivre pour avoir pu revenir à la maison. J'ai bu à me rouler par terre pour effacer le souvenir de tes cris et de mes bassesses.

À nouveau le silence se fait, chacun d'eux laisse errer sa mémoire vers les heures tragiques qu'ils ont vécues, si loin l'un de l'autre et pourtant si fortement enlacés par le même malheur.

Joseph prend la tasse de Thérèse, la remplit et d'un trait la vide. Dieu qu'il a soif!

— Écoute, réfléchis un peu. J'ai pensé partir, vous épargner ma présence, à toi et aux enfants. Je ne doute pas qu'à vos yeux je sois devenu un être odieux; mais tu ne peux endosser toutes ces responsabilités seule. Il te faut ici la présence d'un adulte, sur qui tu peux compter, aussi longtemps que les enfants n'auront pas grandi, tout au moins! Fais-le pour toi, pour eux et... pour moi aussi. Garde-moi sous ton toit, comme je t'ai gardée sous le mien, autrefois... malgré tout. Essaie de m'aimer un peu... Ça m'est déjà si pénible d'avoir perdu l'amour et le respect d'Alice.

Et cette fois, l'homme pleure pour de bon. Thérèse se lève et sans mot dire, se dirige vers sa chambre. Trop de pensées se bousculent dans sa tête pour qu'elle parvienne à raisonner. Elle se laisse tomber sur son lit et laisse vagabonder son esprit. Dans la cuisine, Joseph pleure toujours. Thérèse l'entend mais ne ressent aucune tristesse.

***

Thérèse retourne au boulot, de nouveau elle s'attelle au travail. Elle n'est plus la même femme que celle qui a déposé son tablier il y a dix jours. Thérèse est vidée de tout rêve, de tout espoir. Thérèse est devenue une femme de devoir, rien de plus. Ses illusions se sont envolées devant les pénibles vérités qu'elle a entendues. Elle va, comme un automate, agissant sans volonté, poussé par les événements. Elle est plus conciliante, moins sévère avec ces soûlards qui, il n'y a pas si longtemps, l'horripilaient. Ils sont devenus de simples clients pour qui elle n'éprouve plus aucun sentiment. Elle rejoint la masse qui baigne dans l'indifférence. Il n'y a qu'auprès de ses enfants qu'elle retrouve une attitude plus humaine.

***

Alice, par contre, n'a aucune raison de ne pas entretenir son rêve de départ. Elle ne s'explique pas que sa mère soit devenue subitement tolérante avec le grand-père qui continue de se bercer. Elle rage intérieurement, son agressivité la rend bourrue, ce que sa mère lui reproche souvent. Elle ne daigne même pas répondre et s'accroche davantage à ses projets.

Lorsque le temps vint pour Alice de mettre ses plans à exécution, elle consulte les journaux qui ne manquent pas chez les gens où elle travaille comme gardienne d'enfants. Un jour, elle arrête son choix sur une annonce classée, elle écrit et, fébrile, surveille le courrier.

Entre-temps, le destin faillit mettre un terme à son beau rêve. Sa mère, très malade, fut alitée pour une quinzaine. Alice devrait-elle lui remettre la somme de ses économies? Cette pensée l'obséda jusqu'au jour où enfin Thérèse put retourner à ses occupations.

Anne, à qui Alice s'est confiée, partage la joie de son aînée et l'encourage à poursuivre son beau rêve. Une nuit, après que tous furent endormis, elle compte sa fortune. Elle se sent riche, riche à craquer! Finie la misère, la dépendance. Là-bas, elle économiserait, elle serait à l'abri de toute misère possible, pour toujours!

La vue de son nom, figurant en toutes lettres sur

une enveloppe qui lui est personnellement adressée, charme Alice, la remplit d'une fierté qui la trouble. Sa mère ne pourrait maintement s'opposer à ses beaux projets. Elle lave et répare tout ce qu'elle possède de vêtements, ses yeux brillent, elle est heureuse.

Si heureuse, si confiante, que Thérèse, désemparée, n'a pas tout de suite su trouver d'arguments pour la dissuader de partir. Ce n'est que le lendemain qu'elle réagit, lorsqu'elle constata qu'il ne s'agissait pas d'un vague projet mais d'une décision bien arrêtée. D'abord, Thérèse se désespère puis tempête, mais Alice ne démord pas.

Jusqu'à la dernière minute, sa mère tente de la faire changer d'idée; peine perdue, Alice partirait! Devant l'entêtement obstiné de sa fille, Thérèse s'effraie. Avait-elle été une mauvaise mère, son aînée fuyait-elle la misère ou la lassitude morale? Quel serait son sort, là-bas, dans la grande ville?

Le grand-père assistait aux préparatifs de départ d'Alice, mais n'osait pas faire de commentaires. Il savait qu'il avait perdu toute emprise sur l'enfant devenue jeune fille. Quand il réalisa que la décision était sans recours il posa un geste qui aurait plus d'importance qu'il ne pouvait espérer.

— Te souviens-tu, Thérèse, de Coco, la fille de ta tante Ursule, la sœur de ta mère, tu sais bien, celle qui était belle comme une méduse mais tout aussi dangereuse?

— Vaguement, pourquoi?

— J'ai son adresse. Elle a toujours habité au même endroit, peut-être s'y trouve-t-elle encore. Ce serait une sécurité pour Alice de n'être pas seule là-bas...

Oui, Thérèse se souvient de sa cousine, Coco, un genre plutôt burlesque, qui avait, elle aussi, déserté sa famille pour connaître une vie plus palpitante. Thérèse grimace, mais doit admettre qu'il s'agit là d'une précaution bien prudente à prendre. Le jour même, elle écrit une lettre à l'intention de la cousine éloignée, la prévenant que sa fille Alice se rendra bientôt dans la grande ville. Au moment du départ, elle remet à sa fille une feuille indiquant le nom et l'adresse de son énergumène de cousine. Alice dépose le feuillet dans son sac à main, pour rassurer sa mère, mais elle a bien l'intention de voler de ses propres ailes, sans aide, surtout pas celle d'une parente!

Chapitre 8

Alice garde les yeux rivés sur la grande route. L'autobus viendrait de cette direction, la conduirait loin, très loin dans la métropole où l'attend un travail prometteur. Ses sentiments sont confus; d'une part elle a une hâte fébrile d'être au loin, d'autre part elle se reproche de quitter sa mère et toute cette marmaille, surtout Anne, sa sœur préférée. De plus, on a tellement besoin de sa présence utile à la maison!

Elle tient son sac à main, garde tout près d'elle la valise défraîchie qui contient son pauvre bagage. Si enfin elle pouvait partir, il lui semblait que ce serait facile quand une grande distance la séparera de son patelin!

Une automobile vint se stationner non loin du banc où elle est assise. Un jeune homme en sort, s'approche d'une machine distributrice, dépose quelques pièces de monnaie, fait sauter la capsule d'une bouteille d'eau gazeuse et vint s'asseoir près de la jeune fille.

— Vous attendez l'autobus, mademoiselle?

— ...

— Je me rends à Montréal. J'y serai en un rien de temps. Si vous voulez économiser le prix du voyage, vous pouvez m'accompagner; je déteste voyager seul.

Il se lève et entre au terminal pour en ressortir quelques minutes plus tard. Il ralentit le pas, regarde la jeune fille:

— Alors?

— Vous vous rendez directement à Montréal?

— Oui, mademoiselle.

Alice pose sa main sur sa valise.

— Laissez, je vais vous aider.

Il invite la jeune fille à s'asseoir à l'avant et dépose son bagage sur la banquette arrière.

Alice, silencieuse, regarde défiler le paysage. Le temps est magnifique, une fin d'août formidable! La route traverse des villages entrecoupés de champs immenses où mûrissent fruits et légumes qui iront bientôt orner les étagères des épiceries. Et c'est la forêt, des bois touffus.

L'homme parle à peine, ce qui rassure Alice. Peu à peu, elle se décontracte.

L'automobile avait attendu tout ce temps pour faire défaut, elle toussote.

— Merde! hurla l'homme.

Il descend, fouille sous le capot.

— Si seulement je pouvais trouver de l'eau pour refroidir le moteur!

Il ouvre le coffret arrière et Alice voit l'homme se diriger vers la forêt, tenant un récipient à la main. Il revient, vide le liquide froid, une vapeur dense s'élève, qui embue le pare-brise.

— J'aurais dû garder la grande route, j'ai choisi de prendre un raccourci, il me faudra peut-être marcher loin pour trouver un garage. Descendez vous détendre les jambes, je vais dénicher un téléphone. À mon retour je vous préviendrai. Allez dans cette direction, il s'y trouve une jolie rivière. Verrouillez votre portière.

Alice jette un coup d'œil à la valise qui contient tous ses avoirs, y compris une grande partie de sa fortune, elle hésite.

Il comprend ses craintes; Alice est indécise, mais a-t-elle le choix?

— Soyez tranquille, je reviendrai bientôt. Vous êtes attendue à une heure fixe, je suppose?

— Oui, mais enfin...

Elle a menti. Personne ne l'attend! Elle a répondu à tout hasard.

– Allez droit devant vous, à tantôt.

Elle descend à travers les arbres et dirige ses pas en se guidant sur le glouglou que fait l'eau qui coule, là-bas. Soudain, elle s'immobilise; comment expliquer cette branche qui plie sous le poids excessif de pommes rouges? Comment cet arbre civilisé peut-il se trouver au milieu de sapins et de pruches? Et moi, qu'est-ce que je fais dans ce décor insolite?

Elle ramasse une pomme qu'elle croque, et s'amuse à lancer des cailloux plats dans l'eau, tentant de les faire rebondir sur l'onde, mais l'eau est trop agitée. Elle s'allonge sur le sol et se met à ruminer ce passé qui avait motivé sa décision de quitter le foyer.

Ses sous, elle les avait amassés, prélevant une quote-part sur ce qu'elle remettait à sa mère pour défrayer le coût des souliers ou de la nourriture de la marmaille, dont elle est l'aînée.

Au début, lorsqu'elle avait pris la décision de fuir, elle s'était sentie coupable de les abandonner, mais lentement elle s'était fait une carapace, le souvenir de la nuit affreuse lui revenait sans cesse à l'esprit, avec force détails.

Le temps passe, l'homme ne revient pas, Alice réalise qu'elle est seule, sur une route secondaire, en pleine campagne, et que la nuit sera bientôt là.

Elle pense à sa valise demeurée sur la banquette arrière de l'automobile, son sac à main contient le prix qu'aurait coûté le billet d'autobus, plus quelques dollars pour le gîte d'un soir. Elle avait dissimulé le reste de sa fortune sous ses vêtements. Elle comprend enfin, elle est ruinée! Elle se met à hurler comme une bête traquée. À sa colère succède un profond désespoir. Elle ne sait plus quelle direction prendre. Où se trouve la grande route? Elle pense au pommier et revient sur ses pas, mord dans un fruit mûr que les larmes mouillent. Elle essaie de réfléchir. Le pommier l'inspire. Le fait qu'il soit là prouve qu'elle ne se trouve pas dans un endroit tout à fait désert. Un pommier ne pousse pas dans la forêt, alors elle pique à travers celle-ci. À cent pieds de là, dissimulée, se trouve une maisonnette. Tout est d'un calme plat. Elle attend, observe. Il n'y a pas de doute, c'est inhabité. La galerie est jonchée de feuilles. Enhardie, elle s'approche. Tout au moins elle pourra se terrer là pour passer la nuit. Le silence est impressionnant. Elle contourne la maison, il doit s'agir d'une résidence d'été. Collant son nez à la fenêtre, elle ne voit rien à l'intérieur. Elle secoue la porte qui ne cède pas.

N'eut été la peur de se faire surprendre, elle casserait une vitre. Une autre crainte la tenaille; si le chenapan allait revenir? Ses intentions ne laissaient pas de doute, c'était délibérément qu'il l'avait éloignée. Sinon, il lui aurait proposé d'attendre dans la voiture.

La vache! Elle hurle, hurle de rage, de désespoir, hurle pour s'être fait posséder et ruiner du même coup comme une idiote, une insignifiante.

Là, sous la véranda, elle jure que jamais plus aucun mâle ne la posséderait. Jamais!

Ce serment lui fait un bien immense. Elle se roule en boule et tente de dormir.

Elle dut y parvenir car à la nuit succède le jour. Les oiseaux pépient quand elle se réveille. Elle croque une pomme, fait l'inventaire de son sac à main qui lui a servi d'oreiller. Elle retourne vers la rivière, lave son visage, bourre son fichu de fruits mûrs. Bravement elle remonte vers la route. Il doit être très tôt, ça sent bon la rosée.

Chose étrange, elle ne se désole plus. Elle accepte la leçon. Dorénavant, elle pèserait ses décisions. Finis les impulsions, les sauf-conduits, les demi-mesures. Elle deviendrait une personne déterminée qu'on ne roulera plus.

La route recule pendant qu'elle réfléchit, lui faisant oublier sa longue marche. Peu à peu le bruit se fait entendre. Elle a atteint le chemin le plus fréquenté.

Elle marche sur l'épaulement de la route, d'un pas décidé. Une voiture freine.

— Vous allez loin, comme ça, c'est dangereux, mademoiselle. Montez.

Elle monte. Les poings serrés, les mâchoires crispées, on verra bien!

— Vous avez un chalet dans les environs?

— Oui, j'ai dû y laisser ma voiture en panne.

— Je vais vous déposer au prochain poste d'essence. Moi, je me rends à Montréal chaque jour, pour le travail!

— Si vous acceptiez de me conduire jusqu'à Montréal, ça me rendrait service... Mon mari s'occupera de la voiture ce soir...

— Je me rends rue Saint-Jacques. Ça vous va?

— C'est parfait.

Elle vient d'apprendre qu'une rue de Montréal porte le nom de Saint-Jacques. Elle a une envie folle de lui demander où se trouve la rue Sherbrooke, mais ce serait se trahir. De toute façon, le trafic s'intensifie et Alice est fascinée par ce qu'elle voit. Elle regarde de tous ses yeux, que d'autos, que de monde, que de maisons et quelle foule: une jungle, la jungle humaine.

— Au prochain feu, je vais m'arrêter un instant pour vous laisser descendre. Bonjour, madame.

— Je vous remercie, monsieur.

Soudain Alice se souvient; l'adresse de la cousine éloignée... qu'elle avait promis sans grande conviction d'aller visiter. À ce moment-là, c'était autre chose, elle avait une fortune en poche, mais aujourd'hui! Elle se réjouit de la sagesse de sa mère. Elle serre son sac à main comme pour se rassurer de sa présence. Elle se sent ridicule avec son fichu gonflé de pommes. Elle marche à tout hasard.

Lorsqu'elle voit un restaurant, elle y entre et commande un breuvage chaud. Dès que la serveuse disparaît, elle ouvre son sac et consulte l'adresse de sa cousine. La jeune fille réapparaît avec le plateau, Alice en profite pour s'informer. Non, la demoiselle ne connaît pas la rue Cyclone, mais lui indique comment atteindre la rue Sherbrooke. C'est là qu'elle a rendez-vous avec son futur employeur.

Sur la façade d'une banque, une horloge indique l'heure, Alice se dit qu'elle a du temps devant elle. Voyant un policier qui dirige la circulation, elle marche vers lui. Ce qui faillit lui coûter la vie. L'agent impatienté lui indique l'Est et la prie de demeurer sur le trottoir. Un monde fou se précipite dans tous les sens, elle en est étourdie! Et ce bruit! De quoi ahurir n'importe qui!

Elle pense à sa jolie robe marine, celle que normalement elle devrait porter pour aller à ce rendez-vous, et en taxi, s'il vous plaît, elle se l'était juré!

Elle regarde les numéros qui figurent aux portes, ils varient peu. Et elle marche, marche. «Mes souliers ne tiendront pas le coup», gémit-elle. Elle essaie de mémoriser le nom des rues transversales. Tout à coup voilà que les numéros reprennent mais en sens inverse. Cette fois, c'est impossible, elle n'a pas changé de rue. Elle s'arrête, regarde derrière elle. N'y comprenant rien, elle s'approche d'une dame à qui elle demande une explication. Celle-ci la dévisage, comme si elle venait d'une autre planète, hausse les épaules et continue sa route après lui avoir lancé:

— Mais, vous venez de traverser Saint-Laurent!

Ainsi, pensa Alice, la rue Saint-Laurent coupe la ville en deux. En cet instant, elle ne pouvait prévoir que cette intersection jouerait un si grand rôle dans sa vie!

Elle marchait toujours quand elle vit l'écriteau indiquant la rue Cyclone, l'adresse de sa cousine. «Si je me rendais chez elle d'abord, je pourrais me reposer et faire un brin de toilette», songe Alice. Après un instant d'hésitation, elle reprend sa marche vers le Sud cette fois. Plus elle avance, plus le spectacle est désolant. Ici et là des poubelles renversées traînent, des gosses jouent sur la chaussée sans se soucier des automobiles, les klaxons braillent, des femmes flânent, mâchant de la gomme, la dévisageant sur son passage.

Le numéro correspondant est sur une porte. Et quelle porte! Crasseuse, sans trace de peinture, derrière laquelle un rideau mal fichu couvre à peu près la vitre. C'est là que réside sa cousine! Elle pense rebrousser chemin, mais pour aller où? Elle ferme les yeux, aspire profondément et frappe, timidement d'abord.

— Qui va là? demande une voix forte.

— C'est moi!

— Qui ça, moi?

— Votre cousine.

La porte s'ouvre, on la dévisage.

— Ma cousine, entre et ferme bien!

Alice enjambe le seuil qui avait perdu sa forme originale. Il est creusé au centre par l'usure du temps et des pas. La porte délabrée résiste, grince; ce n'est qu'après un bon coup d'épaule qu'elle épouse enfin l'encadrement tout aussi fichu que le reste.

La maîtresse de maison connaissait sûrement le rituel habituel car elle attendait patiemment.

— Voilà qui est bien, suis-moi.

Alice suit sa cousine chaussée de pantoufles trouées traînant ses deux cents livres, enveloppée dans une robe en lambeaux, dont la propreté laisse à désirer. La cuisine est trop peu meublée pour être encombrée: un évier écaillé, une table branlante, deux chaises: quand le mécanisme du réfrigérateur essoufflé se met en marche, la lumière diminue. Il répète «atchou, atchou, atchou» inlassablement et à la fin de son refrain il émet un son plaintif, «reureu, reureu, re». À chaque fois Alice sursaute.

Sur le plancher, se trouve une caisse de bière.

— Tu as soif? demanda la dame en la désignant du doigt.

— Je prendrais volontiers un café.

— Ouais, un café, mais je n'ai pas de lait.

— Voulez-vous que j'aille en acheter? Indiquez-moi où se trouve l'épicerie.

— Mademoiselle n'aime pas le café noir?

— Oui, bien sûr.

La grosse madame allume le gaz, appuie sa main sur la poignée de la bouilloire, comme si le geste pouvait activer l'effet de la flamme, ce qui fait sourire Alice.

— Tu es une très belle fille.

— Merci.

— Polie avec ça. Ta mère a fait du monde avec toi.

Ce disant, elle lui fait un clin d'œil, qu'Alice lui rend.

— Tu me plais, ma petite.

Elle sourit. Elle est grosse, malpropre, mâche de la gomme, mais elle est sympathique.

— Tu as faim?

— Non, merci. J'ai des pommes, vous les voulez?

— Je ne pourrais croquer ça à cause de mes dents...

— Prenez un couteau.

— Ouais, tu me plais!

Le café fumant est placé devant Alice dans une tasse ébréchée, de propreté douteuse.

— Du sucre?

— Non, merci.

Elle relève le menton.

— La taille?

— Non, l'habitude.

Sa façon de s'exprimer est fascinante, style télégraphique songe Alice; pas de fleur de rhétorique, mais du sourire plein la face.

— Ainsi tu viens travailler dans la grande ville? Ta mère m'a écrit.

— Enfin, je le crois.

— Je n'ai pas grand-chose à t'offrir, mais c'est de bon cœur. Ici, tu es chez toi.

Gentiment, elle lui donne une tape amicale sur l'épaule.

— Tes bagages?

— Perdus en route.

— Je vois.

La dame réfléchit et ajoute:

— Une femme a laissé ici quelques hardes, on verra ça plus tard.

— Je peux m'organiser avec ce que j'ai...

— Ta, ta, ta, orgueilleuse. Tu as un peu d'argent?

— Un peu oui.

— Tant mieux, mon chèque du Bien-être ne rentrera pas avant une semaine. En attendant, nous sommes à l'abri, nous avons des pommes et encore un peu de bière.

Elle fait un autre clin d'œil et enchaîne:

— Nous allons devoir partager le divan du salon pour dormir!

— Ça ira, cousine, merci.

— Laisse tomber les cousines et les mercis, tu me gênes!

— O.K.

— Ouais, tu me plais. Ainsi tu as trouvé du travail?

— Je le crois, oui, j'en saurai plus long cet après-midi.

— Tu as de la veine, il y en a des chômeurs!

— Dites-moi, le petit coin?

— La porte, là.

Avec sa porte rudimentaire qu'il fallait tenir à l'aide du crochet, qui ne jouait plus son rôle puisque l'œil manquait, le petit coin se trouvait là, juxtaposé à la cuisine. Le bruit de la chasse d'eau couvrit un instant la gêne d'uriner en compagnie. Et Alice, qui avait rêvé d'un bain, réalise qu'elle n'est pas tombée au Pays des Merveilles. Elle se regarde dans la glace craquelée elle aussi, comme tout le reste.

Revenue dans la cuisine, elle pèle une pomme qu'elle fractionne en quartiers.

– Goûtez, elles sont délicieuses, mûries à l'arbre... Je dois me rendre à ce rendez-vous...

– Va, ma petite. Et reviens vite. Tu crois que tu sauras retrouver ton chemin?

Ces quelques mots d'attention personnelle font chaud au cœur de la jeune fille.

***

Alice est très étonnée de se retrouver devant un tout petit bureau derrière lequel se trouve une seule jeune fille installée devant une machine à écrire.

Elle prend note du nom de l'arrivante, fouille dans un fichier et prie Alice de s'asseoir. Elle signale un numéro de téléphone, dit quelques mots et place sur la table une carte d'affaires.

Alice, étonnée, ne sait pas quelle question poser, elle ne comprend pas ce qui se passe. Elle jette un coup d'œil sur le carton, le glisse dans son sac et balbutie «merci».

Dans tout ça, il n'y avait qu'une chose de réconfortante, elle a vu que l'adresse se trouve rue Saint-Laurent et elle savait à peu près où la trouver. Elle repart, d'un pas moins assuré cette fois. Elle ne tarde pas à se retrouver devant un édifice terne à devanture pitoyable.

Et on l'informe enfin qu'une agence de placement leur avait fait parvenir son nom, mais que le poste proposé n'était plus disponible. On lui offre un autre genre de travail: dans le domaine de la couture, à la pièce, au salaire minimum. À prendre ou à laisser.

Il n'est pas question d'hésiter, encore moins de jouer les offensées! Elle accepte et on la prie de se présenter à la boutique, mot qui la fait sourire, dès le lendemain matin à huit heures moins cinq pile!

L'homme qui l'avait embauchée avait le verbe cassant, le regard hautain. C'était visible, elle ne comptait pas, elle deviendrait un numéro, elle serait une personne sans nom qui devrait œuvrer, de façon anonyme mais active! Pourtant, l'offre alléchante du journal promettait avancement, avantages sociaux, entraînement gratuit. Alice sortit de l'entrevue, qui n'en était pas une, car elle n'avait rien eu à dire. Une fois de plus, elle s'était fait rouler.

Dans toute cette histoire, la seule belle chose est cette cousine qui sait être heureuse malgré sa misère! Cette fois, c'est avec joie qu'elle revient vers le taudis. Elle raconte son aventure. La cousine qui semble avoir le don de s'adapter à toutes les situations se met à rire à grands éclats.

— Ça arrive tous les jours, ces histoires-là, affirme-t-elle. Tiens, ma chouette, j'ai sorti la fameuse boîte à trésor, choisis dans le tas. La fille avait à peu près ta taille, et travaillait, elle aussi, dans une manufacture. Ça conservera ta belle robe propre.

***

Le lendemain marque un premier contact avec le monde du travail. Fidèle au rendez-vous, à l'heure précise, Alice franchit le seuil, où tous se bousculent. On la conduit dans une salle immense, dès qu'elle en traverse le seuil elle croit descendre aux enfers. À perte de vue s'étalent des rangées de machines à coudre, de gigantesques bobines de fil, des femmes courbées sur leur boulot. Le ronronnement des moteurs étouffe les potins. Ici et là, on rit, pour se taire dès que le surveillant se pointe. Qu'on ait pu rire là-dedans, Alice ne le comprenait pas. Mais qu'on interdise de le faire, ça, ça dépassait son entendement.

Pour comble, elle perd le fruit de sa première matinée de travail car elle n'avait pas «punché», détail qu'on avait omis de lui transmettre.

Et des jours longs, moroses, gris et poussiéreux s'étirent. Huit jours s'étaient écoulés lorsque le surintendant la convoque. L'homme la questionne au sujet de son expérience du métier. Le lendemain, Alice est transférée dans une autre salle tout aussi vaste que la première. On lui remet ciseaux, règles, galons. Le seul fait qu'elle échappe au bruit infernal des machines constitue une promotion, même si le salaire n'a pas encore été discuté. Par contre, dans l'atelier de dessin, il fait une chaleur étouffante, là il n'y a aucun ventilateur. Elle est encore en enfer, un étage plus haut!

Alice demeure longtemps intriguée par cette histoire: comment diable, à travers tant d'ouvrières, avait-on pu déceler le fait qu'elle s'y entendait en couture?

Le soir venu, elle narre ses aventures à Coco qui, en riant, la félicite pour son nouveau poste. À travers les conversations qui deviennent de plus en plus agréables, ces dames apprennent à mieux se connaître, à s'apprécier mutuellement. Entre elles se tissent les liens précieux de l'amitié. Coco, débonnaire et spontanée, a une personnalité attachante qui contraste de beaucoup avec celle de sa mère Thérèse, sans cesse austère ou préoccupée.

Alice ne veut pas être triste, elle tient à chasser l'amertume qui l'a fait quitter sa famille. Elle secoue ses pensées moroses et demande à sa cousine si ce nom de Coco est véritablement le sien ou s'il s'agissait là d'un sobriquet. Coco sourit et raconte:

— Dans ma jeunesse, j'étais radicalement amoureuse de Coco Chanel, de tout ce qu'elle dessinait, faisait ou disait. Si madame Chanel me voit du haut du ciel, elle doit être horrifiée par mes bourrelets et doit avoir le désir fou de me faire des pinces pour ajuster la vieille peau pendante à ma taille!

Elle se lève, pivote sur le bout de ses pantoufles percées, une main à la taille, l'autre au-dessus de la tête. Tout à coup elle s'arrête pile, regarde Alice droit dans les yeux, et sur un ton des plus sérieux, elle jette:

— J'ai été belle, tu sais, autrefois.

Et elle pouffe de rire.

— Ça se voit, Coco.

Elle grimace:

— Ma petite, ne mens jamais, pas même pour me faire plaisir... garde tes convictions profondes: tu en auras grandement besoin!

Alice est médusée: Coco avait abandonné son style martelé et, qui plus est, philosophait. C'est alors qu'elle remarque que la grosse madame avait lavé et coiffé ses cheveux, elle l'avait fait pour elle! Ce qui lui fit chaud au cœur. Elle se lève, l'entoure de ses bras et lui pique un baiser, droit sur le front. Un instant elle crut que sa cousine allait pleurer...

— Demain, lui dit-elle avant de s'endormir, mon chèque du B.S. va rentrer. Nous aurons du lait pour le café...

«Chère Coco, pense Alice, elle n'a pas oublié. Qui sait, peut-être avait-elle eu honte? Sa seule richesse est son amour de la vie et sa capacité d'aimer.»

Le lendemain, la chaleur est particulièrement écrasante et humide. À l'atelier, l'air est infect, la poussière de la craie fait éternuer Alice.

Mais lorsqu'elle entre à la maison, qu'elle voit la

table dressée, qu'elle sent le ragoût qui mijote sur le réchaud, elle se sent, d'un coup, réconciliée avec la vie.

Coco affiche un sourire large comme celui de la lune, la nuit où elle est pleine. Un vrai banquet, leur premier repas complet. La chèque du B.S. avait dû en prendre un dur coup!

– Je ne sais pas comment te dire mon appréciation et ma joie, Coco!

– Tais-toi, petite peste, et mange!

Se sent-elle mal à l'aise à cause de son geste généreux? Dans la soirée, Coco n'allume pas la lumière du salon. Alice remarque qu'elle parle à voix basse. Elle n'ose pas questionner même si elle est fort intriguée. L'explication ne tarde pas à venir; on frappe énergiquement à la porte, une voix d'homme hurle:

– Coco, Coco, ouvre, Coco. Ouvre, Coco ou je défonce!

Coco ne dit rien.

– Je sais que tu es là, Coco. Ouvre.

– Pas ce soir, Jos. Pas ce soir, ni demain soir. J'ai de la visite.

– Ouvre Coco, deux minutes.

Et l'homme continue de frapper dans la porte.

– Va-t-en, cochon, ou j'appelle la police.

– T'as pas le téléphone, Coco, je le sais bien. Ouvre. J'ai une douzaine de *petites frettes*.

– Va-t-en, Jos.

Le vacarme dure encore cinq grosses minutes. Alice, inquiète, a peur que la porte cède. Quand enfin l'intrus s'éloigne, Coco soupire: Sainte Relique!

– Tenace, le Jos!

– Faut que tu comprennes, j'ai personne d'autre... C'est comme ça chaque fois qu'il touche son chèque du B.S.

– Je comprends, Coco. Profitons-en pour dormir tôt.

– Si on crève dans notre sommeil, on ira pas quêter les saints, on a le ventre plein!

Le divan s'ouvre, le sommier grince, Coco s'est allongée. Dans le noir, comme une mère racontant une histoire à son enfant, Coco parle du bon vieux temps, de sa jeunesse et de Coco Chanel. Alice se laisse bercer par la voix et engourdir doucement par le sommeil.

Le chèque du Bien-être social avait été bouffé, tant pis! Alice toucherait son chèque et se réjouissait à l'avance à la pensée des gâteries qu'elle offrirait à Coco.

Bien sûr, elle achèterait des «petites frettes» pour compenser celles qui avaient laissé place au café au lait, et les autres que lui offrait Jos avant sa venue. Alice rêvait de vêtements. Il faudrait se satisfaire de ceux qu'avait laissés la fille; car il y avait plus urgent. Sa pensée errait du beurre frais à une chaude côtelette, pendant que sur le papier le crayon courait.

Mais voilà! Le rêve ne se réaliserait pas aujourd'hui: chaque employé reçoit une enveloppe contenant le salaire, mais elle, rien. Croyant qu'il y a erreur, elle se dirige vers le bureau où se tient le comptable, bien décidée à obtenir des éclaircissements sur la situation.

Elle est accueillie par un énergumène qui n'accepte pas qu'on lui dicte sa conduite. Elle n'avait pas travaillé assez longtemps pour se mériter une paye.

– Mais, c'est impossible! J'ai débuté au premier étage après quoi je fus transférée ici...

Il coupe court à son exubérance; d'une voix sèche et tranchante, il lui dit qu'il s'agit là de deux compagnies différentes et que chacune prélève une retenue sur le salaire du début. Alice perd patience, devient cinglante.

– Vous vous prenez pour qui? Le contrôleur du roi? J'ai un besoin urgent de cet argent...

Vlan! Le panneau de verre qui la sépare de son interlocuteur vient de tomber avec le bruit sec que devait faire la guillotine sur les nuques exposées. Alice rage. Le maigrichon reprend son crayon. Elle aurait aimé l'écorcher vif; elle sonde la porte qui est verrouillée. Le tintamarre lui vaut la visite de la sécurité: ou elle s'éloigne ou on appelle la police.

Lorsqu'elle se présente devant Coco, Alice fond en larmes. La chère cousine l'attire vers elle et la colle contre ses gros seins:

— Ne t'en fais pas, ma colombe. Je garde toujours un sac de riz en réserve pour les mauvais jours. On ne pourra retenir tes gages éternellement, entre-temps, toi et moi, nous mâchouillerons chaque grain de riz...

— Coco, un jour je te le promets, tu prendras ton bain dans du Chanel no 5.

— Il en faudra alors au moins deux barriques!

Elle est prise d'un rire inextinguible qui finit par gagner Alice.

***

Le vendredi suivant, Alice touche enfin une partie de son gain. Il n'y avait pas là de quoi fouetter un chat. Quelque chose, au plus profond d'elle-même, instinct ou mère prudence, fait qu'elle s'arrête à l'épicerie mais n'achète que du pain, du fromage et du thé. Les étalages de bonnes choses la tentent pourtant! Demain, elle reviendrait après avoir consulté Coco, et remplirait un sac énorme de mille bonnes choses.

Elle se dirige ensuite vers ce home qu'elle a pris l'habitude de désigner «la maison». Quelle n'est pas sa surprise et son ahurissement de voir que, chose incroyable, la porte d'entrée est disparue. Un instant elle hésite, il n'y a pas de doute, c'est bien la bonne adresse. Elle enjambe le seuil et s'écrie:

— Coco, qu'est-ce que c'est que cette farce? Qui a fait ça? C'est Jos?

— Oh! non, ce n'est pas Jos.

— Alors?

Coco baisse les yeux, gênée.

— Raconte, Coco, raconte!

— Le... proprio.

— Le quoi?

— Le propriétaire, je n'ai pas payé le loyer, alors comme ça, il espère me voir déguerpir.

— Mais, il est fou! Il fait froid, la nuit.

— Il s'en fout comme de l'an quarante.

— Où habite-t-il, l'animal? Tu vas ôter tout de suite la couverture idiote que tu as placée là.

— Je vais allumer le gaz.

— Tu n'allumeras rien du tout. Dis-moi où il habite cet espèce de fou *braque*.

Le vieil avare ne broncha pas. Depuis la nuit où elle avait neutralisé son grand'père, Alice n'avait pas fait de telle colère. La rage de la fille le laisse froid, impassible, les paroles ne l'impressionnent pas. Tant et aussi longtemps qu'Alice n'eut pas déposé sur la table la plus grande partie de son salaire et fait mille promesses, il garde le regard froid, les oreilles closes et son air dominateur. Seuls les billets verts semblent avoir de l'emprise sur son cœur desséché.

Le crétin pousse la vacherie jusqu'à laisser s'écouler deux heures avant de venir remettre en place la vieille porte qui grince sur ses gonds. Coco, piteuse, semble très humiliée. Alice cligne de l'œil et dit:

— Je ne lui ai pas tout donné...

Elles finissent par rire. Mais au fond de son cœur, Alice ressent une haine accrue de la misère et la pauvreté.

Il semble que pain, fromage et thé noir resteront au menu pour longtemps. Alice remplace le sac de riz de la réserve et achète un pied de céleri. Quel luxe! Assises toutes les deux sur le divan-lit, elles croquent à qui mieux

mieux. En somme, elles sont, malgré tout, heureuses. Les yeux de Coco sont rieurs. À tout moment elle répète:

– Oui, je t'aime bien, je t'aime bien, Alice.

– Je t'aime aussi Coco.

Lorsque enfin elle touche son plein salaire, Alice achète de la nourriture, verse la balance du prix du loyer à ce maudit propriétaire et fait un dépôt de dix dollars pour garantir une «mise de côté» sur un manteau d'hiver. Elle pare au plus pressé.

À l'atelier, le contremaître devient plus gentil, il la salue à son arrivée, Alice en conclut qu'il est satisfait de son travail. Les rudiments de la couture que lui avait inculqués sa mère étaient un atout précieux. Elle produisait de plus en plus vite et parfois, usant de son initiative personnelle, elle poussait la hardiesse jusqu'à améliorer les patrons pour épargner temps et tissus.

Ces efforts, elle les faisait pour sa propre satisfaction; en dehors de son amitié pour Coco, c'était là tout son univers. Elle n'avait que cette grande table à dessins, ces monticules de papier et ces ciseaux; sans son goût de la perfection il y aurait là matière à dépérir. Son acharnement et son amour pour son travail lui valent des heures supplémentaires qu'on ne lui refuse pas et qui arrondissent ses pauvres revenus. C'était toujours l'air renfrogné et les yeux baissés que le contrôleur lui remettait ses gages. Jamais elle ne lui dit merci: ils se haïssent mutuellement.

Alice était loin de se douter que son zèle avait été remarqué et signalé à la haute direction.

***

On lui avait donné comme surnom Galopin. La pauvre fille faisait des petits pas sur ses courtes jambes croches. La nature s'était montrée très méchante envers elle en lui permettant de naître aussi laide. Galopin n'était pas plus haute que trois pommes, avait une bosse énorme au dos, des doigts très courts et gros comme des saucissons, mais la laideur s'oubliait vite devant la douceur et le charme du petit monstre. Elle était partout, voyait et entendait tout. Elle trottinait tout le jour, portait les messages, distribuait les avis lors des changements de postes et d'horaires. Galopin connaissait tous les employés par leurs noms et prénoms. Sa dévotion était aveugle.

Elle vient vers Alice, se hisse sur le bout des pieds, comme elle le fait parfois, et regarde les patrons.

— Tes lignes sont toujours très droites, Alice.

— C'est facile, j'ai une règle.

— D'autres avant toi avaient aussi une règle et les lignes n'étaient pas toujours droites. Le patron l'a remarqué.

— Ah! oui?

— Oui. À propos, il veut te voir.

— Qui? le patron.

— Personnellement en personne!

— Et, quand?

— Dès que tu seras libre. Tu vois la porte grise là, tu la traverses et tu tournes vers ta droite. C'est tout au fond du long corridor que se trouve son bureau.

— Que me veut-il, selon toi?

— Les désirs des patrons sont sacrés.

Elle pivote et s'éloigne. Alice dépose crayon et compas. Elle prend son sac et se dirige vers la porte grise: vers sa destinée...

Chemin faisant, elle brosse ses cheveux, sort son bâton de rouge et souligne le contour de ses lèvres.

À la porte indiquée, elle frappe délicatement. On l'invite à entrer. Elle mémorise le nom inscrit sur une plaquette de bois: Frank Feerman.

La propreté et la simplicité de la pièce la frappent. Elle s'avance, l'homme se lève, lui tend la main.

— Madame?

Le ton est interrogatif, elle hésite un instant puis réalise qu'il ne reconnaît pas en elle l'ouvrière qu'il a convoquée. Elle accepte la main qui s'offre et, amusée, articule lentement:

— Alice Bellefeuille

— Alousse Bellefouille, la nouvelle dessinatrice? Je m'attendais à rencontrer une dame d'âge... plus mûr.

— Dessinatrice, enfin, oui!

Alousse Bellefouille... Sa façon de prononcer son nom et son étonnement non dissimulé la font sourire.

— Vous êtes ravissante!

— Merci, monsieur Feerman.

— Dès votre arrivée ici nous avons pu constater que vous connaissiez le métier; comment avez-vous pu, si jeune, être ainsi initiée?

— Je secondais ma mère dont j'observais chaque geste, la coupe des vêtements m'a toujours fascinée.

— En êtes-vous à votre premier travail en atelier?

— Oui, je dois l'avouer.

— Bien sûr, vous êtes si jeune.

Le patron l'observait, il semblait crédule.

— Le domaine de la mode est très vaste. C'est un bon choix que vous avez fait. Je voulais vous entretenir de la façon dont vous modifiez certains patrons... parler mode.

Il hésite un instant et reprend:

— Vous accepteriez de dîner avec moi, nous serions plus à l'aise pour discuter, avec un bon vin...

— Je ne peux accepter l'invitation.

— Pourquoi?

— Je n'ai rien de convenable à porter.

L'homme devient très sérieux. Il appuie sur un bouton et tout en soutenant le regard d'Alice, articule:

— Moe, préparez un chèque au montant de deux

cents dollars au nom de Alousse Bellefouille. Faites-le moi parvenir, à mon bureau.

Médusée, elle ne sait quoi dire. Cependant, son système d'alarme se déclenche: sa conscience crie péché, le visage de sa mère, format panneau-réclame, s'impose à sa pensée. Sa voix naturelle hurle: occasion de faire le mal, il faut fuir, tout de suite!

Le regard de l'homme, toutefois, n'est ni provoquant ni moqueur et l'image de Coco croquant sa tige de céleri prend place dans l'esprit d'Alice et fait taire ses scrupules. Elle ne bouge pas et soutient le regard qui la scrute.

Galopin entre.

— Voilà monsieur Feerman.

— Disons... qu'il s'agit d'une avance; j'ai de bonnes raisons de croire que c'est un bon placement, ajoute Feerman.

L'heure du rendez-vous fixée, il lui demande à quelle adresse il pourrait venir la prendre. L'estomac d'Alice se noue, elle pense à la porte du logement de Coco, au quartier sordide. Devant son hésitation, il devine sans doute le pourquoi de sa lutte intérieure. Finalement Alice réussit à articuler:

— Si j'allais, moi, vous rejoindre à l'endroit que vous m'indiqueriez?

Il semble réfléchir un instant puis enchaîne:

— Au Colibri-Vert, rue Sherbrooke.

Alice se lève, va sortir lorsqu'il l'interpelle:

— Alousse...

Elle se retourne, le regarde, attend.

— Quand une jeune fille, aussi jeune et belle, accepte de dîner avec un homme de mon âge, elle doit se vêtir de façon... sobre.

Monsieur joue au paternel, pense Alice un instant choquée, mais rien dans l'expression du visage ne laisse croire qu'il a voulu être arrogant ou blessant. Elle s'adoucit et réplique:

— Cela va de soi, un dîner d'affaires où l'on discutera mode...

Elle sort, satisfaite de sa réaction. Elle n'a pas fait plus de trois pas que sa belle assurance tombe. À nouveau les clochettes d'alarmes se mettent à résonner toutes ensemble, elle ressent un sentiment étrange, envoûtant, quelque chose de troublant, de nouveau. Elle revoit ses yeux, son regard enveloppant... Alice secoue les épaules, fait taire ses appréhensions et reprend le chemin de l'atelier.

Lorsqu'elle passe devant le guichet de son ennemi, elle a une réaction sotte, elle s'arrête, pose le chèque sur le guichet et dit:

— Encaissez ceci.

Le ton est froid, mais correct. Un nerf de la joue du comptable palpite, sa grosse pomme d'Adam pointue grimpe, descend, remonte dans son long cou maigre et gris... Il vient sans doute de ravaler des mots cinglants... Alice plie les billets et sous l'œil rageur de l'énergumène place sa fortune dans son sac.

Elle n'a plus la tête au travail, réussit mal à se concentrer. Du savon, deux bières pour Coco, oh! et des souliers, elle n'irait tout de même pas à un dîner en souliers à semelles crêpées... Deux cents dollars pour une robe... Si ce monsieur Feerman croyait qu'elle, Alousse Bellefouille, (elle se surprend à sourire), dépenserait telle somme pour parader à son bras... une avance avait dit l'homme, il s'agissait donc de son argent à elle, elle en ferait ce que bon lui semble. Pourtant, au fond de son cœur, elle désire plus; elle veut aussi être belle... pour l'occasion...

Coco, en faisant sauter la capsule de la bouteille de bière, susurre.

— Tu aurais pu laisser faire ça, c'est gentil de me gâter ainsi. Avec toi dans la maison, la bière c'est... secondaire.

Elle rougit, pivote, comme à chaque fois qu'elle est dans l'embarras: un beau mot d'amour venait de lui échapper.

— Dis-moi, Coco, où pourrais-je trouver une robe bien, mais à prix modique?

Et Alice pénètre dans le grand magasin à rayon Eaton. Quelle belle journée en perspective! Ah le pouvoir de l'argent! Alice a des ailes.

Elle est radicalement éblouie de pouvoir admirer tant de choses sous un même toit. Un escalier mobile la conduit jusqu'en haut: quel endroit magnifique!

Une jeune fille s'approche, son nom se lisait là: Yolaine.

— Je peux vous aider?

— Je veux une robe... chic et modeste pour un dîner.

— Je vois, un dîner d'affaires. Suivez-moi.

Celle-là, pensa Alice, est une fille dégourdie: à imiter.

— Vous avez une couleur préférée?

— Dans les tons de caramel.

Elle était de jersey, moulait juste assez, s'évasait un peu à partir de la taille, elle tombait bien; mieux encore, le prix était réduit de moitié.

— Cette robe vous sied à merveille, croyez-moi, avec un soulier et un sac de chevreau noir, ce sera parfait.

Soulier et sac de chevreau noir... Alice reprend ses remontées et cherche des yeux. Le chevreau, hélas! n'était pas à prix réduit. Elle choisit un bas fin. «Je serai belle comme une reine!»

Le chemin du retour lui paraît très court. À l'est de Saint-Laurent, elle remarque un salon de coiffure. Shampooing et mise en pli... elle ralentit. Puis fonce.

On lave ses cheveux, on masse son cuir chevelu, on parfume ses cheveux, on les rince, on les sèche, on les brosse. Ils reluisent, rebondissent quand elle bouge la tête! Elle se regarde dans la glace, pâmée d'aise, surexcitée, alors que l'instant d'avant, elle avait failli s'endormir sous l'effet du massage.

La jeune fille enlève la collerette de nylon rose, époussette la robe d'une serviette blanche et propre, lui sourit:

— Vous êtes satisfaite?

— Ravie!

Alice paye la note, le sourire de l'autre se fige... Alice ne connaît pas encore l'existence du pourboire!

Elle rentre chez Coco transportée de bonheur.

— Ouahh! Ouahh! s'exclame celle-ci.

Alice enfile la belle robe neuve, les bas, les souliers et, folle de joie, délirante de fierté dans sa première toilette de jeune fille, s'écrie:

— Levez le rideau, j'entre en scène.

Coco applaudit, les larmes aux yeux.

— Ouais, tu es belle fille! Attends un peu.

Elle grimpe sur une chaise et fouille dans le haut de la garde-robe, y déniche un chiffon décoloré par le temps; elle dénoue le nœud. Apparaît une chaînette dorée. Elle la lui tend.

— C'est à toi, cette merveille?

— Ce qui reste de ma jeunesse.

— Tu me la prêtes, Coco?

— Oui, mon cœur.

Alice prend délicatement le bijou, insère l'ongle et le médaillon s'ouvre. À l'intérieur, d'un côté se trouve une photo miniature de Coco tout sourire et de l'autre, celle d'un tout jeune homme. «Tiens pensa-t-elle, ici se cache un secret.» Mais elle ne dit rien, respectant le silence de Coco.

Alice est toute à sa joie, mais le soir, au moment de s'endormir, sa conscience lui fait encore quelques remarques désagréables qu'elle s'efforce de ne pas prendre en considération. Pour l'instant, elle est heureuse et elle veut de tout cœur que ce bonheur dure.

À l'heure fixée, Alice se rend au Colibri-Vert, le cœur en fête. Dans son for intérieur, elle a le sentiment confus de faire un grand pas dans la vie, qu'il s'agit là d'un moment d'une importance cruciale. Le mystère, l'inconnu ajoute du charme à l'expérience toute nouvelle.

Elle est accueillie par un maître d'hôtel au visage sévère.

— Vous êtes attendue?

— Oui.

— Peut-on savoir..

Alice ignore qu'elle vient de mettre les pieds dans un club privé où la carte de membre est exigée. Heureusement, Frank, l'ayant aperçue, s'avance.

— Madame est mon invitée.

On prend son pauvre manteau et le garçon, d'un geste invitant, les prie de le suivre.

— Madame, dit-il courtois et il les précède.

Le ballon de l'émerveillement continuait de se gonfler; Alice sent des regards admiratifs s'attarder sur elle. On tire son fauteuil. Elle remercie d'un sourire.

Frank déplie sa serviette et la place sur ses genoux, le garçon déplie la sienne et la lui remet. Elle imite Frank, et cette fois encore sourit.

— Un apéro, monsieur, madame?

Alice conclut que la bonne manière de faire est de répondre à Frank et non au maître d'hôtel.

Elle apprendra, plus tard, dans un livre d'étiquette, qu'elle avait eu raison.

— Merci, non, Frank.

— Alors le champagne. Gaston, qu'il soit bien frais et sec!

Le bouchon fait paf mais est habilement retenu. Le beau nectar blond mousse, mousse, les bulles s'échappent en un gros tourbillon doré.

— Laissons le mousser, dit Frank, c'est du bonheur.

Il saisit une coupe et récupère un peu du nectar. Il ajoute, suave:

— ... et saisissons au passage tout le bonheur que l'on peut.

Gaston demeure impassible. Frank heurte la coupe de cristal contre celle de la jeune fille.

— Santé! Alousse.

— Santé, répondit-elle.

Maintenant qu'ils sont en tête-à-tête, elle n'osait prononcer son prénom comme elle l'avait fait avec hardiesse plus tôt.

Elle pouvait enfin le regarder, l'observer à loisir. Il est beau dans son costume foncé, semble moins sévère, moins sérieux qu'il lui avait paru derrière son immense pupitre jonché de paperasse. Il a des yeux rieurs, bruns, très foncés, ornés de cils longs et épais, qui épousent le galbe des paupières. Les traits forts de son visage, la carrure de ses épaules, ses gestes décidés indiquent une forte personnalité. D'abord il l'avait troublée, maintenant elle le voit beau, très beau. Il n'a pas le teint clair comme tous les hommes qu'elle a connus, là-bas, dans son village.

Les plats se succèdent, Alice goûte à tout. Soudain, Frank lui répète, comme ça, de but en blanc, sans raison apparente, sans un sourire:

— Vous êtes ravissante.

— Merci.

Troublée, elle baisse les yeux. Le compagnon redevient subitement le patron, parle business: comment avait-elle, en si peu de temps, réussi à améliorer ses croquis au point que la production s'en ressentait?

Alice explique.

— Le fait que j'ai débuté sur la machine à coudre m'a permis de me rendre compte que l'on perd un temps fou à suivre les angles droits et que si l'aiguille ne suit pas exactement le modèle, le vêtement ne s'ajuste pas bien. Comme nous taillons dans du tissu de qualité médiocre, souvent synthétique, les coutures mal faites, s'éraillent. Alors j'ai pris sur moi d'arrondir les angles, ce qui permet d'éliminer bien des obstacles dont la finition à la main. Après quoi j'ai prié le contremaître de me laisser choisir les tissus. Le pékiné se délave facilement, les couleurs unies se prêtent mieux aux agencements, sont plus faciles à combiner, ce qui est primordial pour... Frank hochait la tête. Alice coupe net à son discours.

— Vous ne m'approuvez pas?

— Quelle fille! mais quelle fille! *unbeliveable*.

Pendant qu'Alice discourait, Frank remplissait sa coupe, Alice la vidait, elle ne s'apercevait pas qu'elle s'était lancée dans des énoncés interminables, qu'elle parlait comme une pie et buvait comme du papier buvard.

Une pensée très triste l'envahit tout à coup; voilà la raison de cette entrevue qui aurait dû avoir lieu derrière la porte grise. C'était donc ça: un homme d'affaires qui veut savoir pourquoi et surtout comment, une midinette comme elle, Alice Bellefeuille, avait réussi à faire progresser son business! Pan! elle dégrise, retombe sur terre.

«Je ne suis pas très subtile, voire même, je suis une parfaite idiote. Qu'avais-je espéré? que monsieur s'intéresse à mon sort, à mon avancement... ou encore à moi?» Alice rageait, s'empourprait, devenait amère et sans réfléchir, lança, sur un ton acerbe:

— Si vous vous intéressiez davantage à vos employés, si vous traversiez parfois votre porte grise pour voir ce qui se passe derrière, si vous daigniez vous préoccuper de...

Frank, furieux, s'incline au-dessus de la table, la regarde droit dans les yeux et tranche:

— Sachez, mon petit, que j'ai eu, autrefois, cette

passion des bonnes relations patron-employés et que tu es la seule ouvrière à n'avoir pas quémandé une entrevue par l'entremise de Galopin pour venir me rencontrer et me rendre responsable du coût de la vie, de la grosse famille à nourrir, de l'augmentation du prix du loyer et tout le reste! Sachez aussi qu'avant de trôner sur ce fauteuil de cuir, derrière la porte grise, j'ai dû balayer les planchers des étages, décrotter les bols des cabinets, et ce, la nuit, pour aider mon père, alors immigrant. Ça, mon petit, c'est débuter beaucoup plus bas que sur ta machine à coudre qui se meut à l'électricité, alors que celle qu'opérait mon père était manuelle, qu'il avait appris son métier sous la botte allemande, au camp de concentration.

Il aspire profondément et poursuit:

— La misère, je l'ai connue, un repas de viande par semaine était un festin. J'ai détesté la misère, elle me répugne, je n'en veux pas autour de moi. Le luxe qui m'entoure je ME le dois, je ME le suis gagné, à l'école dure de la vie, n'ayant pas accepté de me complaire dans la misère, j'en suis sorti. Alors j'ai fermé la porte grise...

Il est tendu, crispé. Alice le comprend, oh! comme elle le comprend!

Était-ce sa mauvaise conscience qui l'avait poussée à être aussi cinglante? Elle venait de rompre le charme par sa mesquinerie. Après tout Frank n'était pas responsable de la misère du genre humain! Avec elle, il agissait en gentilhomme, alors pourquoi a-t-elle agi ainsi? Elle a honte, se sent rougir jusqu'à la racine des cheveux. Elle lève les yeux, le regarde. Il s'applique à plier sa serviette.

Elle pose sa main sur la sienne et timidement prononce son nom:

— Frank, Frank... pardon.

Il soupire mais ne dit rien.

— Vous aviez parlé de vin, murmure-t-elle de façon à peine audible.

Gaston est appelé, de part et d'autre on fait des efforts pour surmonter le malaise causé par le malentendu. Peu à peu le nuage se dissipe et le vin aidant, la bonne humeur refait surface.

Alice se souvient, au début du repas, avoir souhaité que Coco puisse être penchée sur une branche de l'arbre garnie de fleurs de soie qui se trouve là, afin qu'elle puisse admirer telle bombance. Et elle l'avoue à Frank.

Euphorisée par l'alcool, Alice, loquace, badine, s'amuse, est tout sourire. Frank la regarde avec l'air entendu de l'homme qui a vécu. Il la trouve tout simplement merveilleuse, cette fille qu'il connaît à peine, merveilleuse et attachante.

— Connaissez-vous le proverbe «être gavé comme une oie?»

— Non, je ne le connais pas.

— Ça n'a pas d'importance, Frank, je sais maintenant ce que c'est que d'être gavée comme une oie. Et je ne veux pas que cette soirée se termine! Et je veux que vous soyez mon ami, un ami bien à moi, que je pourrai admirer, toujours. Frank, je réalise ce soir que j'aime la bonne chère, le bon vin, la musique douce, la lumière tamisée.

— Êtes-vous toujours ainsi, Alousse?

— Je ne comprends pas le sens de cette question!

— Je veux dire, spontanée, sincère, pâmée de tout.

— Il n'y eut jamais d'autres occasions.

— Vous voulez dire...

— Que je suis vierge.

— Oh! je faisais allusion au vin, au dîner...

— Et moi, je réponds: premier grand dîner, premier rendez-vous.

— C'est super gentil ce que vous me confiez là.

La grande salle à manger du Colibri-Vert est déserte.

Le dernier café s'est refroidi dans les tasses. Alice s'exclame:

— Où sont-ils donc tous passés?

— Au fumoir sans doute.

— Et, où est le fumoir? Il n'y a plus personne ici pour admirer ma jolie robe.

Alice se mit à virevolter autour des tables, Frank souriant s'appuie au bar et la regarde évoluer.

Gaston s'approche de Frank.

— Joli brin de fille.

— Madame n'est pas un brin de fille!

Le ton sévère surprend le maître d'hôtel qui s'excuse.

— Pardon, monsieur Feerman.

Alice se laisse tomber sur une chaise.

— Ouf! s'exclame-t-elle.

L'air frais du dehors la surprend, la fouette en plein visage. Assise dans la voiture, elle ouvre la fenêtre et laisse ses cheveux flotter au vent. Les vapeurs de l'alcool se dissipent lentement.

Frank insiste pour aller la reconduire jusque chez elle. Elle hésite mais ne s'y oppose pas.

— Nous sommes amis, Alousse, alors, vous savez...

La grosse voiture la dépose devant sa porte qui, heureusement pense la fille, est en place.

— Bonsoir, Alousse, merci.

Pourquoi merci, pense-t-elle? Elle voit le rideau miteux retomber sur la fenêtre crottée, Coco l'attend donc!

— Bonsoir, Frank.

Elle lui tend la main, il la retient un instant dans la sienne.

***

Coco regarde Alice les yeux pleins d'interrogations.
— Il a été violent?
— Violent? non.
— Gentil, alors?
— Gentil, enfin, oui.
— Pas plus que ça...
— Pas plus que ça.
— Ça alors!
— Que du champagne, de la bouffe. De la bouffe Coco! Assez pour nourrir une armée.
— Raconte.
Et elle narre tout, sauf les confidences en ce qui le concernait, personnellement. Elle décrit dans le détail le beau monde, les nappes blanches, le décor élégant, la musique douce, la courtoisie du maître d'hôtel, elle ne tarit pas sur le sujet. Le vieux visage de la cousine est illuminé.
— Tu es correcte, ma petite, tu es correcte. Tu sais tout, toi, sans avoir appris! Et après...
— Après?
— Oui, après?
— Mais, rien.
— C'est donc vrai?
— Je crois qu'il aime me savoir... comme ça.
— Ne te berce pas d'illusion, il ne s'en doute peut-être pas encore, mais ton mâle laisse mûrir le fruit avant de le cueillir!
Tout au fond de son cœur, Alice souhaite que Coco ait raison. Elle change le sujet de la conversation.
— Tu vois, Coco, les gens fortunés peuvent s'accorder de grandes joies sans que ça fasse mal.
— Ma petite, ils sont riches précisément parce qu'ils ne dilapident pas leurs biens.
Cette façon simple et réaliste qu'a Coco de voir les choses et de les exprimer étonne toujours Alice qui s'est souvent demandé d'où provenait cette saine phi-

losophie qui l'empêche de se révolter, la garde joyeuse et va même jusqu'à lui faire oublier sa misère pourtant grande.

Elle enlève la chaînette d'or, la place dans le creux de la main de Coco et lui donne un baiser sur le front.

Alors que Coco dort, la jeune fille rêvasse, les yeux grand ouverts dans la nuit: tant de choses nouvelles, merveilleuses, grisantes lui avaient été données de connaître ce soir. Elle laisse son plaisir se prolonger.

***

Le lendemain de cette merveilleuse soirée, c'est d'un pas alerte qu'Alice se rend au travail. Là, tout lui paraît maintenant moins sinistre. Son cœur en fête change tout, concède même à ces lieux sinistres, une atmosphère agréable. Elle jette un coup d'œil en direction de la porte grise, heureuse de penser qu'il se trouve là, si près.

Dans les semaines qui suivent, Alice est invitée au bureau de Frank, il est question du travail, du choix des tissus à utiliser. Frank désire que la jeune fille aille visiter d'autres usines où l'on taille et assemble des vêtements.

Alice nage en plein bonheur. Le voir d'abord, oh! oui, être là en sa présence, avec ce regard doux braqué sur elle et sa voix à la fois douce et grave qui l'enveloppe toute.

Le soir elle raconte tout à Coco qui s'étonne et s'émerveille à la fois de la naïveté de cette fille vibrante mais combien sincère! Parfois elle s'inquiète, craint que l'idylle tourne au tragique, mais elle ne dit rien, elle tait ses appréhensions. Pour le moment, la jeune fille vit un beau rêve, puisse-t-elle ne jamais se réveiller.

Chapitre 9

Alice arrive à l'atelier, le surintendant lui soumet un croquis à modifier. Elle doit se concentrer pour fournir l'effort. Le matériel à échantillonner est empilé en ballots, il faut coordonner, tout en respectant l'harmonie.

Juchée sur le tabouret, elle mâchouille son crayon, perdue dans ses réflexions profondes. Elle ne voit pas venir Galopin et sursaute quand celle-ci s'approche, lui remet une enveloppe et file droit son chemin. Celle-ci ne s'arrête pas pour bavarder comme elle le faisait autrefois, elle semble devenue distante.

Alice glisse le pli dans son sac à main et ne l'ouvre qu'à l'heure du dîner. Il contient une note: «Trouvez un meublé moins sombre, je m'absente quelques jours». C'est signé F.F. Un chèque est épinglé à ce bref message. Alice n'en doute plus, sa vie prend un autre tournant.

Après le travail, elle s'arrête à l'épicerie, une heure plus tard c'est Coco qui s'empiffre, tout en criant au miracle.

— Si tu crois que ça c'est un miracle, attends que je te fasse part de la surprise que je te réserve!

— Dis donc, toi, tu tais des secrets! N'aurais-tu pas, par hasard, fait des choses répréhensibles?

— Pas encore.

— Et tu en crèves d'envie!

— Je crois que si, même si j'ai un peu peur. Tout ça est si nouveau!

— Un fait est certain, cet homme tient à toi mordicus. Réfléchis bien.

— Trop tard.

— C'est le cœur qui parle ou l'estomac?

Alice baisse les yeux, hésite un instant, puis demande:

— Dis-moi, Coco, est-ce que les hommes mijotent toujours ainsi leurs histoires d'amour?

— Oh! ça non, ma fille! Ils ont plutôt l'habitude de s'envoyer la belle de leur choix sans crier gare et passent ensuite à une autre. Je crois que tu lui plais.

***

Assise en face des petites annonces classées du journal, Alice s'interroge. Deux et demi, trois et demi à louer. La demie l'embête; était-ce la penderie, ou la salle de bains? Elle visite quelques endroits et arrête son choix sur un trois et demi, un meublé, Coco aurait sa chambre. La cuisinette est dissimulée dans une partie du salon. Mais Alice ne comprendrait jamais le sens de la demie.

La concierge questionne adroitement la jeune fille. Elle a un travail régulier, habite chez une cousine qui demeure depuis toujours à la même adresse, peut fournir de bonnes références; enfin, la magie du chèque opère le miracle: on lui remet une clef, la clef de son home.

Était-ce un geste inconscient? Alice avait choisi son appartement à quelques rues du club sélect «Le Colibri-Vert».

Après avoir rêvassé à la façon dont elle décorerait les lieux, Alice prépare toute une mise en scène pour y accueillir Coco. Elle achète le nécessaire à récurer et faire briller, orne la salle de bains de serviettes, de bons savons et de jolies billes multicolores qui portent le nom invitant de bubble bath. Après avoir disposé le tout, elle retourne chez sa cousine qu'elle invite à la suivre.

Coco, silencieuse comme une carpe, l'œil interrogateur et amusé, joue le jeu. Bientôt l'ascenseur grimpe dans la cage. On fait le tour du meublé. Coco pleure, prend Alice dans ses bras et tourne, tourne, s'échappe et entre dans la salle de bains.

Alice descend acheter le strict nécessaire pour un festin. Lorsqu'elle entre, elle entend la grosse madame qui chante à tue-tête, Coco pratique ses vocalises, assise dans une baignoire remplie à pleine capacité.

— Enlève le bouchon, Coco.

— Jamais de la vie! pas tant et aussi longtemps que cette eau sera chaude.

— Laisse l'eau s'écouler, Coco.

Joignant le geste à la parole, Alice tire sur la chaînette. Coco semble gênée, Alice lui tourne le dos, s'installe, une fesse sur le bord de la baignoire, et refait le plein. Comme une enfant elle prend un plaisir fou à crever les bulles de savon.

Et la mousse monte, monte, scintillante et sent bon les mille fleurs. Coco, émerveillée, ne peut résister à la tentation, elle fait basculer Alice, une Alice toute guindée dans sa belle robe de jersey caramel.

Ce premier jour, dans le nouveau chez-soi, en est un de grande gaieté, les rires n'en finissent plus de fuser. Finis le froid, la peur des méchancetés du propriétaire, les menaces d'expulsion, le tapage de Jos.

— Alice, si ton prince rêvait d'occuper avec toi les lieux... ne la laissant pas terminer sa phrase Alice s'exclame:

— Jamais! ici c'est chez toi, chez moi. Jamais!

Et, comme à chaque fois qu'elle est trop heureuse, Coco se met à pleurer tout en se promenant partout, caressant le velours des meubles, touchant de sa main les tuiles et le marbre.

— Comme autrefois, soupira-t-elle.

À quoi pensait-elle? Alice savait-elle tout de cette

femme? Pour l'instant, elle avait une certitude, Coco a un cœur d'or, et cela seul compte.

La totalité de leurs avoirs avait logé dans un carton de modeste dimension. Lors de l'inventaire, Alice reconnaît le fichu qui contient le médaillon, une gamelle hors d'usage, une boîte, qui autrefois, avait contenu du chocolat.

Le lundi suivant, Alice remet à Galopin un billet à l'intention de Frank: «Mission accomplie, merci.»

Le message reste sans réponse. N'y tenant plus, Alice décide de risquer le tout pour le tout. Elle ne voulait, pour rien au monde, que ses relations avec Frank en restent là. Pourquoi? Bien sûr, elle ne pouvait encore se l'avouer, ses sentiments étaient confus, elle ne savait pas encore discerner le mot amour à travers toutes ces sensations nouvelles qui jouent des mauvais tours à une réflexion qu'elle voudrait saine.

Alice se reprend cent fois avant de rédiger le message qui revêt, pour elle, une si grande importance. Elle écrit tout simplement: C.V. demain, 7 p.m. et elle signe A.B.

Elle regrette son geste dès l'instant où Galopin s'est éloignée avec la note. Ne la jugeait-elle pas opportuniste ou téméraire? Elle est honteuse, a l'impression d'avoir agi en quémandeuse. La réponse ne tarde pas. À l'endos de sa carte d'affaires, Frank a tout simplement inscrit O.K.

Le plus long des discours ne lui aurait pas fait plus plaisir.

Partagée entre l'inquiétude et le bonheur, elle se fait belle pour le rendez-vous. Cette fois encore l'atmosphère agréable du Colibri-Vert la détend, c'est facile en présence de Frank, il est badin, moqueur, plein d'humour.

Elle s'en remet à lui pour le choix du menu; il commande un vin blanc.

— Ça enfièvre moins que le champagne, ne trouvez-vous pas, Frank?

— Dommage. Vous étiez si gaie, si enthousiaste, si... je ne sais comment dire en français.

— Donnez-moi du temps, Frank...

— Je ne vous suis pas?

Quelle étourderie, quelle gaffe! Frank demeure songeur, essaie de comprendre.

— Oh! je vois, vous avez cru que ce chèque...

— Avouez que ça représente une fortune...

— Et vous avez pensé ça! Ça, Alousse Bellefouille, c'est vilain!

— Que pouvais-je croire?

— Tut! tut!

— Je suis maladroite.

— Non, c'est moi l'idiot. J'aurais dû d'abord vous expliquer. J'ai été débordé de travail depuis quelques jours. Sachez, Alousse qu'il s'agit là d'un bonus que vous vous êtes bien mérité, j'ai suggéré le meublé pour votre propre confort, même si, je dois l'avouer, ça ne me concernait pas.

Alice veut protester mais Frank enchaîne:

— Grâce à votre initiative, le coût de revient à l'unité de notre produit a baissé de beaucoup et ce qui est merveilleux dans tout ça, c'est qu'une importante firme de Import-Export nous suggère un contrat de production. Ils font présentement confectionner leur produit à l'étranger pour en réduire le coût; mais voilà que, grâce à notre prix compétitif, ils considèrent la production domestique. Avez-vous une idée de ce que ça représente? Nous envisageons de faire des modifications à... mais, avant de m'étendre sur le sujet, je voudrais tirer une chose au clair.

Frank se penche vers la jeune fille, la regarde droit dans les yeux et demande:

— Qu'ai-je fait, ou dit, pour vous laisser croire... autre chose?

— Je n'ai pas l'habitude... puis, étant une femme...

— Quoi? mais vous n'êtes qu'une enfant! Qu'est-ce que votre sexe vient faire dans cette histoire? Il y a donc deux femmes en vous: une forte et ingénieuse, qui s'impose sur le plan affaires, l'autre l'ingénue qui se sous-estime. Ne vous sous-évaluez jamais. Soit, vous êtes une femme, mais ne commettez jamais l'erreur de faire de votre sexe un handicap, allez-y, foncez d'égal à égal, jamais en perdante, ne comparez pas, ne mesurez pas, soyez ardente, croyante, confiante. Vous avez tout pour réussir, foncez Alousse, ne vous attardez pas à des considérations d'ordre minable, secondaire. Votre valeur personnelle n'est pas le fait de votre âge, de la couleur de votre peau, ni de votre sexe. Connaissez-vous l'histoire de Napoléon et de son aide de camp?

— Non, je ne crois pas.

— L'aide de camp offrit à Napoléon d'accrocher son manteau parce qu'il était plus grand que lui. Napoléon le regarda des pieds à la tête et lui dit: «Vous voulez dire que vous êtes plus haut que moi?»

— C'est suave.

— Réfléchissez à ça. Revenons à nos moutons... votre note m'a intriguée. Vous vouliez me parler?

— Oui, mais avec tous les projets que vous avez en tête, je ne sais pas si c'est le moment.

— Dites toujours.

Alice est lancée. Elle mijotait une idée qui lui semblait lumineuse, elle en avait parlé au contremaître mais il s'était contenté de hocher la tête. Ce qui lui fit croire qu'il aurait préféré qu'elle passe à l'action sans le consulter, la peur de l'échec sans doute. Le contremaître lui donnait l'impression d'aimer se promener dans les sentiers battus, que l'innovation l'effrayait, il n'exerçait pas de contrôle, tout allait à la «va comme je te pousse».

Frank pouffe. Pourquoi rit-il? Cette fois elle n'avait pas dit de sottise...

— Mais, ma chère, vous êtes mûre pour le bureau-chef!

Pan! elle venait de souligner au patron qu'il menait mal sa barque, choisissait mal son personnel. Elle se sent rougir. Frank s'efforce de reprendre son sérieux et demanda:

— Cette idée lumineuse alors?

Elle ravale.

— Vous voulez commander du café?

Il lève le doigt, Gaston accourt. Alice réfléchit, résume sa pensée puis élabore:

— Il s'agirait d'une nouvelle façon de faire l'assemblage des vêtements pour leur conférer un nouveau style; de tailler des lisières dans le sens du biais et de s'en servir sur le côté endroit pour réunir les deux pans. Plus besoin de rabattre, on épargnerait un temps fou. Il suffirait de diminuer la tension de la machine à coudre, d'utiliser un fil plus extensible et le tour serait joué. Si on veut varier les modèles, on n'a qu'à utiliser un biais uni sur un matériel imprimé et vice versa. L'ourlet visible servirait de décoration et, miracle, si on allongeait le gilet, on assisterait à la naissance d'une robe originale et droite, un genre de robe-tuyau. Vous réalisez, Frank, une robe plutôt qu'un gilet pour quelques pouces de tissu de plus. Il n'y a qu'un problème, la finition du bas de la robe.

— Vous oubliez votre café.

Frank ne rit plus. Il la regarde intensément; sa tête travaille. Il lui fait la réponse la plus insolite qui soit, sur un ton qui la frappe en plein cœur:

— J'ai le sentiment très net que je vais vous aimer!

— À cause de ma robe-tuyau? trouva la force de balbutier Alice.

— Non, à cause de votre flamme intérieure qui brûle sans cesse. Vous êtes adorable, Alousse! Demain, oui, demain, vous allez vous mettre à l'œuvre.

— Et la finition du bas de la robe?

— Je ne suis pas inquiet, vous trouverez. Demain, Alousse, vous rencontrerez Ruth, elle va vous aider à vous installer dans un bureau où vous pourrez travailler à loisir.

— Non, il ne faut pas. Je dois demeurer en contact avec l'atelier, c'est ma meilleure source d'inspiration. Au fait, qui est Ruth?

— Ruth Longpré, ma secrétaire.

— Je ne crois pas la connaître.

— Elle n'utilise pas la porte grise...

***

Lorsque Alice entre, une veilleuse brille au salon. Coco dort. Dans sa tête trottent le problème de la finition du bas de la robe-tuyau et les mots «J'ai le sentiment très net que je vais vous aimer», mais pas nécessairement dans cet ordre-là... Alice s'endort heureuse.

Le lendemain, elle se rend rue Saint-Laurent au pas de course. Elle a une hâte folle de faire le croquis de sa robe-tuyau. Elle marche, tête basse, toute à ses réflexions, elle se souvient de sa mère, parce qu'elle était pauvre, elle tirait l'aiguille et parce qu'elle savait tirer l'aiguille elle avait enseigné à sa fille comment tailler sur le droit fil, à agrandir ou rapetisser un patron, à économiser le tissu. Or il s'avérait que son propre succès personnel, elle le devait à sa mère! Dorénavant, je lui ferai parvenir un mandat-poste régulièrement, pense Alice, un instant attendrie.

Le jour de la paye, elle eut une autre surprise. L'enveloppe était remplacée par un chèque drôlement fait. La partie du haut indiquait son nom, le montant à payer et portait deux signatures illisibles. L'autre énumérait des tas d'informations: revenu brut, déductions fédérales, provinciales, syndicales, assurance-chômage, fonds de pension et montant net.

Ainsi, elle qui peinait, voyait ses gains grignotés par des tas d'institutions qui se gavaient à même sa sueur. Le montant «net» la réconforte, car il excède de beaucoup le contenu de l'enveloppe. En outre, son ennemi du guichet avait dit, juste assez haut pour qu'elle l'entende: «Plus besoin de poinçonner.» Finie, l'inscription au chronographe!

Elle avait grimpé un étage, elle grimpait maintenant dans la hiérarchie.

Il y a relâche à l'usine, c'est la fête juive. Alice décide de profiter de l'occasion pour inviter Coco à dîner au Colibri-Vert afin de lui faire admirer les lieux. Mais voilà, l'établissement est clos.

Alice est surprise d'entendre Coco s'exclamer: «J'aime mieux ainsi, tu m'as fait imaginer des choses si belles que, j'en suis sûre, c'est plus beau dans ma tête à moi que là-dedans, et j'aime bien garder mes illusions intactes.» Alice sourit: quelle sage philosophie!

Le jour du retour au travail, il y a sur les lieux, une agitation incroyable. Que de va-et-vient! On mesure, on discute, on s'affaire, un architecte semble avoir pris l'endroit d'assaut. Quant à Frank, il brille par son absence. Alice, une fois de plus, croit avoir été oubliée.

Elle est loin d'imaginer qu'elle est la cause indirecte de tout ce remue-ménage, de tout ce branle-bas. La manufacture se métamorphose, la machinerie neuve remplace le vieil équipement, les conditions de travail seront améliorées d'autant. Le contremaître s'absente de longues heures. Sur la fin du jour, Alice entrevoit Frank qui semble fort préoccupé et surtout très las.

Heureusement, au foyer, les heures coulent doucement; Coco aime cette nouvelle vie confortable et le témoigne par une gaieté accrue. Elle *turlute*, va, vient, cuisine de bons petits plats, son bonheur la rend radieuse. Coco n'est pas sans être consciente de la solitude de la fille qui ne parle plus de son amoureux. Aussi s'efforce-t-elle de l'égayer.

«Demain, jure Alice, au moment de s'endormir, demain j'irai directement à son bureau.» Elle trouve, dans sa tête, mille faux prétextes pour forcer sa porte. L'instant d'après, elle se culpabilise... rien ne justifie cette démarche! Au pis-aller elle passerait, une fois de plus, par l'intermédiaire de Galopin, c'était la règle du jeu. Le lendemain toutefois, sa belle assurance est tombée. Elle se jette à corps perdu dans son travail. Elle ne voit pas venir Galopin qui lui lance, sur un ton impersonnel:

— Monsieur Frank vous attend dans son bureau.

Son cœur se met à battre à un rythme fou. Enfin! Elle va vers lui, l'âme en fête. Ce n'est qu'au moment où elle se trouve devant la porte du bureau qui est ouverte qu'elle réalise qu'il n'est pas seul. Elle allait rebrousser chemin lorsque Frank l'interpelle.

— Entrez, Alousse, je vous présente mon associé, mon frère aîné, Ralph.

La main tendue est grasse et moite.

— Bonjour, monsieur, fit-elle simplement.

La sonnerie du téléphone retentit, Ralph répond et tend le combiné à son frère:

— C'est ta femme.

Pan! Alice sent ses genoux fléchir. Elle a une envie folle de s'enfuir en hurlant, mais elle reste là, clouée sur place. Elle tourne la tête pour cacher son embarras et rive son regard voilé de larmes sur des croquis épinglés au mur.

— Bien sûr, disait Frank. Oui, Sarah, si tu veux. Combien? Un chèque partira ce soir...

Plus tard, Alice se souviendrait du regard malicieux et du ton sarcastique employé par Ralph pour prononcer les mots: «C'est ta femme».

Frank paraît fatigué, soucieux surtout, à ce qu'il

semble à Alice. Elle ne dit rien, attend. L'homme passe la main dans ses cheveux, ferme un instant les yeux. Enfin il sourit et lui demande:

– Alors, la finition de la robe-tube, le problème est-il solutionné?

– La robe-tube? répète-t-elle machinalement. Elle apprenait qu'il était marié, il ne semblait pas se préoccuper de sa peine immense et parlait d'une robe-tube!

– Je dis, tube, enfin, votre beau projet. Car Alice, je suis heureux de pouvoir vous apprendre que votre rêve va bientôt se réaliser: nous organisons présentement une étude de mise en marché du produit fini. Le travail que vous avez accompli est formidable. Nous sommes fiers de vous.

Ralph sort, la porte claque derrière lui. Alice sursaute.

– Alousse, si nous allions célébrer ça, dînons ensemble ce soir, sept heures trente, ça vous convient?

Ainsi c'était ça! Il l'avait tenue à distance parce qu'il était marié. «Pourquoi n'avait-il rien dit? Comme une idiote, je me suis attachée à un homme, sans rien savoir de lui, j'ai été impulsive, je ne réfléchis jamais. J'ai le don de me mettre sans cesse les pieds dans les plats, je ne vois pas plus loin que le bout de mon nez! » Alice pleure sur elle-même.

Et, faisant volte-face, elle trouve des raisons de l'excuser. Je n'ai fait que rêver, il n'a jamais encouragé mes idées folles, a toujours agi correctement avec moi, j'ai perdu la tête, comme une petite fille.

Pourtant, cette phrase «Je crois que je vais vous aimer», il l'avait prononcée. Tout ça était trop compliqué, elle n'irait pas, ce soir. Elle couperait court une fois pour toutes à cette incertitude, à ces malentendus. Il était un patron correct, soit, elle serait, elle, une employée correcte. Mais fini le jeu du chat et de la souris!

Alice secoue la tête d'un mouvement qu'elle veut énergique; tout allait rentrer dans l'ordre. Elle se remet au travail, mais le cœur n'y est pas!

Elle rentre chez elle par la route la plus longue. Inconsciemment elle retarde les échéances, mais plus les minutes passent plus ses bonnes résolutions s'estompent et plus son désir fou de passer la soirée auprès de Frank la harcelle!

Elle se présente devant Coco l'air boudeur.

— Toi, ma petite, tu as ta tête des mauvais jours; ça ne tourne pas rond?

— Je n'irai pas dîner avec lui!

— Ah bon! il ne me reste plus qu'à ranger mes casseroles, mademoiselle mange dehors, ce soir.

Coco place un napperon et dresse un seul couvert. Alice, assise dans un fauteuil, repliée sur elle-même, lime ses ongles avec rage. De temps à autre elle jette un coup d'œil sur la pendule. Coco s'interroge: «Quoi faire pour l'aider à prendre sa décision? Eureka! j'ai trouvé.»

Elle se lève de table, ouvre la penderie et en sort une robe toute nouvelle qu'avait achetée Alice, elle la place sur un fauteuil avec le sac à main et ses plus beaux souliers. Coco chantonne l'air vieillot mais si opportun «Prenons le temps d'aimer, de rire et de chanter...»

Alice pouffe de rire, serre Coco dans ses bras et saute dans le bain que Coco a préparé.

***

Il n'est pas gai, le rendez-vous. Frank semble préoccupé. Le repas traîne en longueur. «M'a-t-il invitée parce qu'il avait besoin d'une distraction?» Elle ne trouve rien à dire, les noms de Ralph et de Sarah la hantent, elle voudrait orienter la conversation en ce sens mais n'y parvient pas.

Au dessert, Frank annonce à brûle-pourpoint: «Alice,

je suis à mettre sur pied un comité mode qui se rassemblera le dernier jeudi de chaque mois, je veux que vous en preniez la direction.»

Le visage haineux de Ralph s'impose à la pensée de la fille qui veut protester, mais Frank lève la main et lui demande de ne pas refuser avant d'avoir mûrement réfléchi sa décision «D'ici un mois, poursuivit-il, les mesures seront prises et l'accord noté au livre des minutes de la compagnie qui, normalement...»

L'homme se tait.

— Frank, ça ne va pas?

Il sort son mouchoir et éponge son front.

— Si vous saviez comme j'en ai marre de me débattre seul! Depuis que vous êtes là, j'ai repris confiance, je me suis dit que je pourrais le faire pour toi le lendemain, je désespère, ce serait te jeter dans la gueule du loup. Je suis si las, excuse-moi, allons, partons veux-tu?

Alice n'a rien compris mais s'inquiète. Une fois sur le trottoir, Frank s'arrête, aspire profondément. De son bras il entoure la taille de la jeune fille et ils cheminent vers le lieu où la voiture est en stationnement.

— Si nous marchions, suggéra Alice, le grand air semble t'aider. Sans s'en rendre compte, elle l'a, pour la première fois, tutoyé.

— Non, faisons plutôt une balade. Vous voulez bien rester avec moi?

Alice prend la main de l'homme et la serre.

La voiture prend la direction du Mont-Royal. Alice, qui ne connaît pas l'endroit, est émerveillée de voir tout le grand Montréal à ses pieds. Elle s'appuie contre lui, il y a un long silence.

— J'ai mis de l'ordre dans ma vie, cette semaine.

Sur un ton badin, Alice réplique:

— Si vous l'avez fait avec autant de brio que vous l'avez fait pour moi dans le passé...

— Ne parlez pas de tout ça. Je suis en dette envers vous.

— Je ne faisais que mon travail, vous m'avez royalement récompensée.

Une fois de plus le silence se glisse entre eux. Alice a tout oublié de Sarah, de Ralph. Tant de choses s'étaient dites, des choses qui la concernent elle, elle et lui. Mille questions lui viennent à l'esprit, elle ne réussit pas à les formuler. Jamais elle n'a senti Frank aussi près d'elle et aussi loin à la fois. Grisée, elle regarde les lumières de la ville qui scintillent dans la nuit enveloppante.

— J'avais pourtant juré que je n'aimerais plus jamais, murmure Frank.

Alice se blottit plus près de lui, mais ne dit rien.

— Sarah, surtout, a su me faire haïr l'amour. Un enfer qui a duré des années...

La fin de la phrase se perd dans le bruit que fait un avion qui précipite sa course dans le ciel.

— Il y a des choses que vous devez savoir.

Se dégageant doucement, il fait démarrer le moteur de la voiture.

Alice pense à la phrase de Coco: l'homme attend que le fruit soit mûr, elle frémit.

Elle ferme les yeux, reste recroquevillée près de lui, sa tête posée sur son épaule. Un des bras de l'homme l'enserre étroitement, ce contact l'émeut, elle est grisée, souhaite ardemment que l'état euphorique qui l'embrase dure longtemps, dure toujours.

Rendus à destination, Frank dépose un baiser dans ses cheveux et, lentement, comme on le ferait pour un enfant fragile, il se dégage de son étreinte, se glisse doucement et lorsqu'il parvient à l'autre portière qu'il ouvre, il lui tend la main, l'invitant à le suivre.

Ils gravissent un escalier, et pénètrent, bras dessus bras dessous dans un salon magnifique.

— Ça vous plaît, Alice?

— C'est d'un luxe!

De son doigt, il soulève son menton et plonge son regard dans le sien.

— Êtes-vous une grande fille, Alice?

— Je le crois, oui.

Elle aurait tant voulu lui crier son amour, lui dire qu'auprès de lui, elle se sent femme, qu'elle ressent un désir fou d'être sienne. Mais les mots s'étranglent dans sa gorge, elle frissonne, le bouleversement intime de son âme la trouble.

Frank la regarde intensément. Il hésite, il semble à la jeune fille qu'il veut lui révéler certaines choses mais qu'il n'ose pas. Pendant une fraction de seconde, elle pense à cette femme, la sienne, dont elle connaît l'existence.

Une pensée folle suggérée par le désir grisant d'appartenir à cet homme et la jalousie que lui inspire l'existence de son épouse gronde dans la tête d'Alice, une Alice qui perd contenance chaque fois que ses sentiments intimes entrent en ligne de compte.

Frank la regarde, il semble triste. C'est la première fois qu'elle se retrouve seule avec lui, si près, dans l'intimité de quatre murs. Incapable de démêler ses sentiments, encore moins de les exprimer, elle commet une gaffe irréparable. Sur un ton maladroit, sarcastique, elle prononce des mots cinglants qu'elle regrettera toujours:

— Aime-moi, prends-moi, tu m'as assez bien payée pour ça, après tout!

D'abord déconcerté, Frank n'a pas de réaction. Il regarde la fille, n'en croit pas ses oreilles. Puis son orgueil d'homme le fait réagir:

— Qui es-tu au juste? Une vierge ou une pute qui n'a pas eu l'occasion de s'émanciper? Es-tu de celles qui ne croient pas qu'on puisse partager la vie d'un être cher sans avoir à acheter sa compagnie?

Alice porte la main à son visage. Elle comprend, devant la colère qu'affiche Frank, que si elle prononce un mot, un seul, il sera de trop. Il sort de la pièce, la devance, elle le suit au pas de course tant il se précipite. Une fois qu'ils ont atteint la sortie, elle court vers la rue. Un taxi passe, elle s'y engouffre et crie son adresse. Rentrée chez elle, tremblante et effrayée elle se laisse tomber sur un fauteuil. Comme elle se hait! Elle a les yeux secs, les joues en feu, essaie de réfléchir:

«Mes paroles, les mots malencontreux que j'ai prononcés, étaient grotesques, déplacés, vulgaires, cinglants! Il ne m'avait rien demandé, ne m'avait jamais manqué de respect. Tu m'as bien payée: le complexe de culpabilité... Je voulais transposer mes scrupules. Salope, j'ai parlé comme une salope. Je venais d'offrir ma virginité à un homme, sous prétexte qu'il m'avait déjà payée pour ça! Payé d'avance comme un manteau miteux qu'on met de côté!... Quelle vacherie! Prends-moi, tu m'as bien payée... prends-moi, ainsi ce ne serait pas moi, la puritaine, qui serait coupable!

Enfin, Alice fond en larmes! Une fois de plus elle s'est conduite comme une couventine. Cette fois, elle a perdu Frank, irrémédiablement perdu, à tout jamais!

Il faudra tout recommencer, trouver du travail ailleurs. Jamais elle n'oserait se présenter à nouveau devant lui.

Roulée sur le divan, dans le noir, Alice vit son désespoir.

***

Pendant que l'amertume continue de la consumer, Frank, malheureux, tourne en rond au volant de sa voiture. Lui aussi est contrit, mais il lutte contre l'amour que lui inspire cette fille, à la fois fleur bleue et femme; il ne réussit pas à démêler la passion qu'elle lui inspire, à lui, cet homme qui n'a pas le droit de faire sa conquête, il l'aime trop pour ça. Il a soutenu la lutte, jour après jour, refoulé ses sentiments, et voilà que ce soir, à cause d'une maladresse, il a brisé ce quelque chose de pur et de beau qui ensoleillait sa vie depuis leur première rencontre. Il lutte mais se sait vaincu... Il revit la scène et se reproche de n'avoir pas su tout expliquer à Alice. Il avait manqué de discernement. Jamais il n'avait cru que les événements prendraient une telle tournure. «Je suis un mufle, elle n'est qu'une enfant, une enfant qui a laissé échapper une phrase maladroite. Je n'ai pas le droit de m'attarder à elle, je le sais et je continue d'attiser ses désirs, de l'aguicher, ça me flatte, je me fais plaisir, puis je m'offense. Elle ne sait rien de moi, ni de mon destin cruel, elle rêve, ses grands yeux trahissent son cœur, c'est son manque d'expérience de la vie qui lui a fait lancer ce cri. Elle n'a connu que la misère, une misère devenue pour moi une occasion de me faire aimer d'elle; que pouvais-je croire d'autre? Son cri était bien légitime, maladroit, mais légitime. Ah! Alice.»

Le visage bouleversé et le regard passionné de la jeune fille s'imposent à ses pensées. L'homme veut soutenir la lutte avec lui-même, mais de minute en minute il sent la défaillance venir. N'y tenant plus, il stationne sa voiture en face de l'appartement qu'habite la femme aimée et signale son numéro de téléphone.

Alice sursaute. Dring! répète l'appareil. Alice se mouche bruyamment et prend le combiné.

— Allô, dit-elle d'une voix enrouée.

— Alousse... ma voiture est stationnée devant votre porte, descendez.

La voix est presque suppliante. Alice se met à pivoter comme une toupie. Elle a perdu un soulier qu'elle ne trouve plus. Sa robe est chiffonnée, ses cheveux pêle-mêle, son nez rougi, elle cherche son sac à main, le trouve enfin, l'empoigne et s'élance vers la cage de l'ascenseur. À cet instant précis, elle admet qu'une fois de plus elle agit comme une enfant, mais elle ne se le reproche pas... trop heureuse de courir vers son bonheur.

Ni l'un ni l'autre n'osent rompre le silence. Elle se glisse sur la banquette, soupire. Petit à petit elle se détend. Le sentir là, si près, après avoir eu peur de l'avoir perdu à tout jamais, éveille en elle l'ardeur de l'amour. Elle se recroqueville, place un bras autour de ses épaules et appuie sa tête contre lui. Elle se sent divinement bien, plus rien ni personne ne compte. Elle ferme les yeux.

La voilure s'immobilise. L'homme descend lentement, vient lui ouvrir la portière, lui tend la main. Alice y place la sienne et le suit là-haut.

Il ne dit rien, elle lui en est reconnaissante, elle laisse tomber ses vêtements et se glisse entre les draps satinés. Elle éprouve la douceur de l'envoûtement, ferme les yeux et se laisse aller à la dérive. Puisqu'il est là, tout près, que l'accord est chose faite, Alice trop entière et trop naturelle pour attendre d'être conquise réagit en sauvageonne, comme une jeune animale en rut, elle s'accroche à lui avec ardeur, avec toute l'ardeur de sa jeunesse. Ni farouche ni effrayée, mais consciente, si pleinement consciente et consentante!

Sous l'effet cuisant de l'allégresse elle s'envole vers l'infini, ressentant sa joie et la sienne, comme un tout qui se décuple. Un instant elle connaît la souffrance qui se confond avec la jouissance, l'une et l'autre se bousculent en elle, la gagnant tout entière. La vierge cède le pas à la femme qu'elle devient. Elle aime la puissance de son corps qui se mêle à la sienne puis se laisse envahir par l'engourdissement que les spasmes du plaisir éveillent en elle. Peu à peu, doucement, elle se sent plus légère, et goûte la joie d'être devenue le vase d'où déverse le trop-plein. Ça lui plaît, doucement elle serre les cuisses pour retenir en elle le flot de la fécondité.

Le contact de la couche devient doux et froid, elle tend les jambes et promène ses orteils pour effleurer et goûter toute cette tiédeur; lascive et langoureuse, elle sombre dans l'abîme du sommeil sans rêve. Cupidon referme ses ailes sur la femme.

***

Chez elle, Coco se promène de long en large. Elle avait entendu arriver Alice, ses pleurs désespérés l'avaient bouleversée. Mais Coco, discrète, décide de rester à l'écart, de respecter ce grand chagrin dont elle devinait bien la cause; il y a de ces souffrances qui ne se partagent pas. Alice ne rentrerait pas, ce soir, cette nuit, en cette minute même se jouait son destin. Coco souhaite de tout cœur qu'elle sorte indemne de l'épreuve, un dénouement à telle idylle ne pouvait tarder.

Coco s'endormit dans le fauteuil même où quelques heures plus tôt, Alice avait tant pleuré.

Tôt le lendemain, Alice entre chez elle avant de se rendre au travail. Coco, courbaturée, saute sur ses pieds. Elle regarde Alice et ce qu'elle voit lui plaît.

– Le fruit était mûr, Coco... il dégorgeait de jus tendre et sucré.

– Il fut gentil?

– Plus encore.

– Savoure ta joie, mon petit, ne perds pas un instant de bonheur.

Alice se rend au travail transportée de bonheur. Elle ne voit plus la laideur des lieux, le bruit est doux à ses oreilles, l'escalier sombre emmuré et laid lui paraît beau. Elle oublie même de gratifier son ennemi d'un mauvais coup d'œil derrière sa cage de verre.

Au début de l'après-midi, elle connaît une autre grande joie: une ouvrière vient vers elle, vêtue de l'échantillon de la robe-tuyau: sa création. Le mannequin s'arrête, pivote sur elle-même, lui remet une enveloppe bleue et s'éloigne. Émerveillée, Alice la regarde aller et voit Frank, debout près de la porte grise, qui lui sourit. Son cœur bondit de joie.

Elle ouvre l'enveloppe, elle contient un chèque tiré à son ordre. Oh! s'exclame-t-elle devant la générosité du patron.

Elle se met au travail, mais ses pensées sont ailleurs, là-bas dans ce grand lit... Sa vie prend un tournant, elle ne sait pas lequel, mais Frank figure toujours dans le décor. Il serait son homme, son ami, son confident!

Ce jour-là, Alice ne revoit pas Frank, ni ce jour-là ni la semaine qui suit. Elle s'inquiète, l'agitation constante des contremaîtres a cessé. Seul le monticule de vêtements ne cesse de croître. Elle pense donner un coup de fil à Frank mais celui-ci ne l'y a jamais encouragée, alors elle s'abstient. De plus, il y a en elle une grande inquiétude qui la bouleverse, Frank ne lui avait pas parlé de sa femme. Elle ne sait rien de sa vie privée sauf ce qu'elle a appris accidentellement. Pour toutes ces raisons, elle décide d'attendre qu'il veuille bien se manifester à elle, Alice se jure qu'elle éclaircirait tous ces mystères; elle le questionnerait.

Ce matin-là elle s'installe à sa table de façon à pouvoir surveiller le va-et-vient en direction de la porte grise qui mène aux différents bureaux. Elle étale son attirail de travail, déroule un immense rouleau de papier sur lequel elle épingle des nouveaux modèles taillés dans du papier de soie. Sa pensée erre, une mèche rebelle ne cesse de tomber, lui obstruant la vue, elle repousse nonchalamment l'épi. La pointe à tracer lui glisse des mains, suit la pente inclinée de la table à dessin et tombe sur le sol. Alice se penche et...

La porte grise s'ouvre, de l'autre côté une fille hurle, il y a une course folle en tous sens. Alice distingue nettement le bruit du panneau de verre que le comptable laisse tomber, le contremaître court lui aussi en direction des bureaux. De l'étage inférieur, des gens viennent, tous semblent électrisés. Alice reste là, immobile, à observer le chahut, tenant toujours à la main la pointe d'acier qu'elle vient de ramasser. Elle a le pressentiment cuisant que quelque chose de dramatique se passe, qu'elle est personnellement impliquée. Soudain elle entend prononcer clairement la phrase fatale:

— C'est le patron, il a une attaque.

Alice frémit de tout son être, elle se sent mortellement inquiète. Tous sont immobilisés, muets, regardant dans la même direction; l'inquiétude est collective.

Un bruit strident approche, s'amplifie, gémit, se tait: l'ambulance est là; à rebours, cette fois, le hurlement de la sirène se fait, décroissant: Frank s'éloigne.

Le contremaître, habituellement tâtonnant, sans esprit de décision, hurle, autoritaire: «Au travail tout le monde. Et vite!»

Il se trouve à quelques pas d'Alice; celle-ci regarde droit devant elle, fixant la porte grise refermée. Elle ne veut se résoudre à comprendre.

— Alors, mademoiselle Bellefeuille?

Alice ne bouge pas. Le tailleur la prend en pitié, s'approche, pose une main sur son bras.

— Venez.

Il prend son sac à main, le lui remet. Comme un automate, elle se dirige vers la sortie. Plus tard elle ne devait pas se souvenir d'être rentrée chez elle!

Coco comprend qu'un malheur est arrivé. Alice, assise sur le divan, tient d'une main son sac et de l'autre la pointe à tracer. Elle regarde droit devant elle.

Dans son âme elle prie. Elle prie Dieu et tous les

saints. À ses oraisons, s'entremêlent des haltes au paradis de ses souvenirs. Elle s'endort; des anges s'amusent avec des guirlandes de fleurs sur le grand carré de ce lit où elle a pour la première fois connu le bonheur d'aimer et de se sentir aimée. Lorsqu'elle se réveille, le lendemain, elle voit que Coco l'a couverte. La réalité de la veille la ramène sur terre.

Elle a un instant la certitude que ses prières ont été exaucées, que Frank est vivant, bien vivant. Ce qui lui donne le courage de prendre un bain, de s'habiller et de se rendre au travail.

Le souvenir du visage fatigué de Frank la hante; ce soir-là, au restaurant... dehors, au moment de le quitter, elle avait cru que c'était une fatigue due au chambardement des ateliers. Frank avait été jusqu'à créer pour elle un poste important! Des bribes de phrases lui reviennent à l'esprit: «J'ai mis de l'ordre dans ma vie; ce serait vous jeter dans la gueule du loup; il y a des choses que vous devez savoir...» Maintenant seulement, elle comprend. «Oh!, Frank, soupire-t-elle, tu savais donc?»

Lorsqu'elle lève les yeux, elle est prise de panique. Là, devant les portes de l'usine, il y a attroupement alors que normalement les employés devraient se trouver à l'intérieur. Lorsqu'on la voit venir, on baisse le ton. Espérait-on qu'elle ait des choses à leur apprendre? On s'écarte pour lui livrer passage. Elle se rive le nez sur la porte et lit la pancarte qui dit: «Fermé pour cause de décès».

***

Coco prépare un café, y ajoute du cognac et oblige Alice à le boire. Celle-ci semble avoir perdu l'usage de la parole. Assise dans le fauteuil, elle est dans un état d'abattement, de désespoir. Coco s'inquiète, elle allume une veilleuse et s'installe près de la fille qui regarde droit devant elle.

N'y tenant plus, elle s'approche et lui murmure doucement:

— Dis-moi quelque chose, mon petit.

— Il, il n'est plus!

— Sainte Relique!

Elle se tait, elle aussi. La nuit s'étire, lentement la jeune fille sombre dans un sommeil agité. Au petit jour, Alice se réveille en sursaut. Tout son être est endolori. La réalité prend un temps à faire surface. L'arôme du café envahit la pièce.

Ainsi, la vie continue! Le soleil s'est levé et se montre à la fenêtre! Pourtant Frank n'est plus!

— Coco, comment est-ce que les choses se passent quand quelqu'un de croyance juive décède?

Coco hausse les épaules.

— Qui pourrait me le dire?

Il y a un long silence.

— Peut-être devrais-tu te rendre à une synagogue et t'informer...

— Je veux le revoir, Coco, une fois, rien qu'une fois.

La dernière fois, la toute dernière fois, il lui était apparu, là, dans l'encadrement de la porte grise, il lui souriait! Toute à son souvenir, elle n'entend pas la sonnerie du téléphone qui retentit. Coco prend le combiné et le lui tend.

— Mademoiselle Bellefeuille.

— Elle-même, dit-elle d'une voix enrouée.

— Ici Ruth Longpré. Je vous appelle de la part de monsieur Feerman, elle hésite et ajoute Frank.

— Pardon?

— Excusez-moi, je suis confuse. Je devrais plutôt dire que c'est à regret que je dois faire cet appel, j'obéis à ses directives. Puis-je vous rencontrer.

— Je vous en prie, faites, venez tout de suite!

Ruth Longpré est une femme d'un certain âge, d'allure décidée, simple, en un mot le style de la parfaite et dévouée secrétaire.

Elle dépose sa mallette sur la table, l'ouvre, prend un colis qu'elle tend à Alice.

– C'est pour vous. Monsieur Feerman m'avait prié de vous remettre ces objets si...

– Je comprends de moins en moins.

– Monsieur Feerman était un grand malade pour qui la médecine ne pouvait rien, et il le savait.

Ainsi il savait! «J'ai mis de l'ordre dans mes affaires». Alice dépose le colis sur la table à café et se laisse lourdement tomber dans son fauteuil «C'était donc ça!» Et elle pense si intensément à Frank qu'elle sent presque son bras qui entoure sa taille. Ruth se penche;

– Ça va, Alice?

– Non, Ruth, pas du tout!

– Voulez-vous que je revienne un autre jour?

– Non, je vous en prie, restez!

– Je vous comprends.

– Je l'aimais, Ruth, comme je l'aimais!

– Lui aussi vous aimait, Alice.

– Qu'en savez-vous?

– Il me l'a dit et vous en aurez la preuve.

– Il vous l'a dit?

– Oui, dès votre première rencontre il s'est épris de vous; je l'ai vu reprendre espoir, s'intéresser de nouveau aux affaires de la compagnie, il chantait en travaillant, il avait des projets plein la tête.

Elle baissa les yeux et ajouta:

– Vous avez égayé la fin de sa vie...

Alice pleure doucement; un baume vient d'apaiser sa douleur. Alice s'informe de ce qui la préoccupe maintenant plus que tout le reste: elle voudrait le revoir. Hélas! ce sera impossible. Selon la coutume hébraïque, seuls les membres de la famille immédiate ont accès au cercueil. Le deuil est très long. On doit présenter ses respects au domicile familial, les membres mâles sont réunis dans une pièce, les femmes dans une autre. Il est d'usage d'offrir un plat cuisiné car les proches du décédé ne posent aucun acte servile. Les miroirs dans la maison sont voilés, on ne peut s'y mirer, à cause de certaines croyances traditionnelles. Avant de franchir le seuil de la porte, il faut faire certaines ablutions. Les membres mâles de la famille doivent se rendre à la synagogue chaque jour pendant un an... jamais incinérés... au cimetière juif...

Alice n'écoute plus. Une seule chose est évidente: elle ne reverrait plus jamais Frank! Jamais.

Ruth reste là, silencieuse. Le message ne semble pas terminé. Alice la regarde et timidement demande:

– Sarah est-elle revenue?

– Sarah?

– Je veux dire son épouse.

– Mais ils étaient divorcés depuis plus de dix ans, vous ne le saviez pas?

«Frank, c'est ta femme». Comme il avait articulé ces mots, le monstre!

– Ruth, croyez-vous que je pourrais... suivre le cortège? Être là quand il...

– Non, Alice. Je vous parle en amie, n'y allez pas. Restez loin d'eux tous.

– Mais pourquoi?

– Ils vous détestent et ont de bonnes raisons de le faire.

– Que voulez-vous dire?

– Je crois que monsieur Feerman aurait souhaité que je vous fasse cette mise en garde. Ne vous exposez pas inutilement à leur méchanceté. Pour le moment, je ne peux rien vous dire de plus.

Ruth se lève. Alice murmure merci. Ruth lui fait l'accolade et sort sans un mot.

Alice regarde le mystérieux colis et ne se décide pas à l'ouvrir.

Coco s'approche et lui dit gentiment:

– Attends, attends à demain, tu as assez connu d'émotions pour le moment. Essaie de te reposer.

Elle lui apporte un verre de lait chaud dans lequel elle a ajouté un léger somnifère. Alice s'endort, elle est si lasse que même le rêve n'aurait pu prendre forme dans son esprit.

Lorsqu'elle se réveille, Coco est là, tenant à la main son éternel café au lait.

– J'ai faim, Coco.

Celle-ci, étonnée, hausse les épaules.

– Je souhaite que cet appétit soit réel, que tu ne te leurres pas, que tu n'essayes pas de retarder une échéance...

Tout en tenant ce discours elle sort la poêle et y casse deux œufs.

– J'étais comme ça, petite, la peine me donnait la fringale.

Surprise, Coco regarde Alice, Alice parle, agit, mais le cœur n'y est pas. Sa peine la subjugue, son esprit est ailleurs, l'épreuve est trop grande, trop subite, la plaie est profonde et sera longue à cicatriser. Coco jouera le jeu mais l'aura à l'œil. Sur un ton qu'elle veut désinvolte, elle riposte:

– C'est beau la jeunesse! Moi, le chagrin me coupe l'appétit et tout le système des boyaux adjacents à l'estomac s'en ressent!

Alice mange mais garde son regard rivé sur le mystérieux colis; Coco tente, mais en vain, de la distraire... N'y tenant plus, Alice repousse son assiette.

– Cesse de te martyriser, ma petite.

Coco prend sa main et la conduit vers le divan. Sur ses genoux elle dépose l'énigmatique colis. Alice ouvre doucement, avec des gestes presque religieux ces rubans qu'il avait noués, à son intention, en pensant à elle! Elle y trouve un étui de velours qui contient une bague qu'elle se souvenait vaguement avoir vue à son doigt et une autre qui portait, gravé à l'intérieur, son nom: «Alousse»; il s'agissait d'un filet d'or agrémenté d'une opale reflétant mille feux rouges. Une enveloppe contient une photo prise au Colibri-Vert; ce devait être le soir de leur première rencontre, puisqu'elle portait à son cou le médaillon prêté par Coco, avec à l'arrière-plan, Gaston qui versait le champagne. Tout au fond, elle déniche une minuscule enveloppe, dedans une clef, ce qui la rend pensive.

«Devrais-je glisser cette bague à mon doigt maintenant? pense-t-elle. Non j'attendrai... ce sera ma façon à moi de porter mon deuil».

Elle se remémore l'assertion de Ruth, le deuil chez les juifs dure très longtemps... «Le mien sera éternel».

Elle est soudainement prise du goût de sortir, de respirer, elle marche longtemps. Puis, elle hèle un taxi, le prie de prendre la route du Mont-Royal. Elle se fait conduire à l'endroit précis où, si peu de temps auparavant, elle avait tour à tour aimé et souffert. Elle regarde Montréal, là, à ses pieds, qui tient caché dans ses entrailles l'homme qu'elle aime. Ses yeux errent sur cette immensité, il s'y trouve, quelque part, inaccessible, si vivant ici dans son cœur, si mort dans la réalité!

Le vent joue dans les feuilles. Le ciel, impassible, est effrontément bleu, la vie continue après lui avoir arraché une grande partie d'elle-même.

Alice Bellefeuille, devenue femme en une nuit, dans les bras vigoureux d'un homme amoureux, a le sentiment d'avoir beaucoup vieilli, beaucoup mûri et ce, en quelques jours seulement.

Chapitre 10

Coco entre dans la cuisine en traînant les pieds, un poing sur la bouche elle retient un bâillement. Elle a un haut-le-corps: Alice l'y a devancée.

– Toi, si tôt!

– Crois-tu, Coco, que je devrais retourner à l'atelier?

– Non, pas maintenant.

– Pourquoi?

– J'ai prié Ruth de nous prévenir quand la manufacture reprendrait ses activités.

– Tu as fait ça, quand?

– Lors de sa visite, avant qu'elle quitte.

– Elle a promis?

– Oui, gentiment.

Et Ruth tient parole. Elle téléphone quelques jours plus tard. Cette fois, c'est sans enthousiasme et d'un pas lent que la jeune femme retourne au travail. Elle se demande si elle agit sagement en revenant en ces murs. La pensée qu'il ait vécu là, l'attire, la rassure. Elle veut maintenant participer au parachèvement de l'œuvre qu'il avait entreprise.

À l'intérieur, une activité fébrile règne. Les têtes sont penchées sur le travail, on ne badine pas. Les énormes bobines de fil se dandinent à qui mieux mieux pour fournir les aiguilles.

Lorsqu'elle parvient au haut de l'escalier, elle croise le tailleur qui murmure «Bonjour» du bout des lèvres. Galopin, la mine piteuse, s'avance vers Alice qu'elle semble attendre. Elle garde les yeux bas, tortille ses doigts en tous sens. Pour un peu, Alice croit qu'elle va pleurer.

— Mademoiselle Alice, monsieur Ralph vous demande à son... bureau.

Alice comprend, le frère occupe déjà le bureau laissé vacant par Frank!

On ne l'invite pas à s'asseoir. Ralph, bien calé dans le fauteuil, l'air arrogant, n'y va pas par quatre chemins.

— Madame, j'ai eu l'occasion de jeter un coup d'œil aux livres. Mon frère s'est montré prodigue envers vous. Trop, beaucoup trop, et cela doit cesser tout de suite. Votre salaire sera ramené à ce qu'il était avant.

— Avant?

— L'homme que vous avez séduit est mort, vous devrez retourner à votre bergerie. Vous appartenez à la classe des ouvriers, dorénavant la porte de ce bureau vous sera interdite.

Incapable de riposter, folle de rage, Alice sort. Il s'en faut de peu pour qu'elle ne heurte Galopin qui se tient près de la porte. Son ennemi derrière son guichet de verre doit drôlement s'amuser s'il la voit ainsi, dans tous ses états.

Elle rassemble ses objets personnels, elle ne restera pas là un instant de plus! Le contremaître s'approche.

— Je regrette, mademoiselle, mon cousin Ralph n'est pas toujours facile.

C'était donc ça! Lui aussi, l'incompétent était un protégé.

— Je ne rentrerai plus, dit-elle simplement.

Elle descendait le sombre escalier lorsque Galopin passa en trombe près d'elle, courant vers l'extérieur, toute en larmes, traînant sa bosse. Elle retournait vers sa misère.

Les mots cinglants de Ralph lui reviennent en mémoire: «Retournez à votre bergerie». Elle revoit le pauvre logis de Coco: une masure que le béton liait à d'autres, toutes aussi sordides les unes que les autres. Une agglomération de nids à punaises où il est inhumain de vivre. Des toitures sans fin, délabrées, qui abritent des murs lézardés qui eux séparent des êtres enchaînés dans la misère. Des tuyauteries bruyantes qui annoncent à tous l'heure où le voisin va trôner, des vitres brisées que le froid givre pendant des mois! Une porte, deux portes, trois portes, comme ça, à l'infini, perdues dans le louvoiement du labyrinthe en hauteur: chaque recoin exploité au maximum, là où la misère physique n'a d'égale que la misère morale.

«Retournez à votre bergerie» Alice a la nausée. Non jamais! Tout, plutôt que ce bourbier! Je ne m'engourdirai pas dans un tel laisser-aller, quand on se cramponne à la crasse, on y gémit, on y crève! Je hais la misère! Je la hais!

***

Un pli timbré attend Alice, elle est convoquée chez le notaire où se ferait la lecture du testament de Frank.

— Pourquoi, Coco, est-ce ainsi?

— Tu es sûrement désignée comme héritière; il t'aimait cet homme, ma petite, oh! oui, il t'aimait beaucoup. Une femme qui a eu le bonheur de connaître un tel amour, ne serait-ce qu'une fois dans toute sa vie, est une femme comblée.

— Et j'aurai à affronter... sa femme, son frère, tous ces gens qui sont mes ennemis, je le sais maintenant.

— Ne t'inquiète pas outre mesure Alice. Il me semble...

— Dis le fond de ta pensée, Coco.

— Depuis que je suis témoin de tout ce qui t'arrive, j'ai comme le sentiment profond que tu es préservée par je ne sais quelle bonne fée: dès qu'une porte se ferme sur ta vie, une autre s'ouvre presque aussitôt!

— J'aurais de beaucoup préféré que Frank vive! Je n'ai que faire de ses biens!

– On ne choisit pas toujours sa destinée, ma petite.

***

À l'étude du notaire se trouvent plusieurs personnes assemblées dont Ralph, le contremaître, le comptable et une femme qui s'avère être Sarah.

Ralph ne lève pas les yeux sur la jeune fille. Il regarde droit devant lui, impassible. Peut-être craint-il que Frank ait testé en faveur de l'ouvrière, alors il aurait à regretter les discours affreux qu'il lui avait tenus.

Le notaire lit les dernières volontés de celui qu'elle chérissait tant! Sarah recevra une rente viagère, Ralph se voyait échoir les actions de son frère Frank, à condition qu'il garde à son service le contremaître et le comptable, des cousins. Quant à Alice Bellefeuille, elle héritait du Colibri-Vert et de ses dépendances. Ralph sursaute, ses yeux se font rieurs. Voilà qui est bien; elle est roulée, la garce, si elle avait cru un instant que sa petite culotte lui vaudrait l'usine... Ralph tend ses jambes, incline la tête, sourit. Dans le garage Frank conservait une vieille voiture verte, décapotable, une vieillerie à laquelle il consacrait trop de temps... «Je verrai à ce que cette bagnole ne soit plus jamais en condition de rouler. Un colibri, quelle farce!»

Alice n'aurait pu prévoir que Ralph ignorait tout du chic restaurant le Colibri-Vert.

Ralph devenait le grand patron... enfin il déciderait tout. Il pourrait améliorer à sa façon. Elle ne put s'empêcher de frissonner; ces êtres mesquins ne tarderaient pas à devenir prisonniers les uns des autres, ils pourront s'exploiter, se jalouser, manigancer. Elle pensa aux ouvrières et frissonna.

Le notaire s'était tu. Alice se lève, il lui remet une enveloppe qui contient des documents timbrés.

Elle remercie et quitte la pièce doucement.

***

Le sort en est jeté. Alice Bellefeuille avait vécu en quelques mois plus que toute jeune fille de son âge en plusieurs années. Elle connut le début d'une carrière qui s'était montrée prometteuse, avait appris à affronter le monde et ses drames, avait goûté la pauvreté, l'espoir, le luxe, l'amour, la vie! Mais elle revenait au point de départ. De nouveau seule, sans travail, avec des obligations nouvelles. Chose étrange cependant, elle n'avait plus peur. La lutte devait se continuer. Elle passait ses jours à rêvasser, se sentait parfois lasse, parfois débordante d'enthousiasme, puis à nouveau, elle sombrait dans une sorte de léthargie, ce n'est qu'avec peine qu'elle réussissait à secouer sa torpeur. Coco la surveillait et hochait la tête. Et les semaines passèrent.

***

Coco dut se rendre à l'évidence: Alice allait être mère, mais semblait l'ignorer.

Elle le lui apprit d'abord en des termes couverts. Elle se mit à lui parler sans arrêt de Frank, de ses qualités, de sa générosité envers elle, des mystères de la destinée, du prolongement de l'amour dans les êtres, de ses seins qui se gonflaient, de son besoin de sommeil inexplicable...

Quand enfin Alice comprit les paraboles, elle se mit à hurler. Non, pas ça! Elle ne mettrait pas d'enfant dans la misère. Coco assena un coup de poing sur la table et cria:

— Qui parle de misère? Tu es jeune, saine, tu as aimé, tu portes le fruit de l'amour en toi, Sainte Relique tu vas cesser de blasphémer! Ton fils vivra et toi tu vivras pour lui.

«Ton fils vivra!» Alice plonge dans la réalité que ces quelques mots éveillent en elle; mon fils, le fils de Frank, notre fils, les mots firent écho dans l'esprit de la future maman, atteignirent son cœur qui s'émut. «Frank revivra, ce petit être frêle qui prend forme dans mon sein me rendra le sourire de Frank, son regard de velours, son amour, il sera ma raison de vivre, il donnera un sens à ma vie.»

Alice est debout devant la verrière, plongée dans ses réflexions qui laissent passer sur son visage des émotions de douceur, d'un grand bonheur intérieur.

Coco est à distance et l'observe. Elle sait maintenant que la lutte est finie, que la paix est revenu dans l'âme de la jeune femme. Et son cœur se réjouit.

Alice, souriante, s'approche de sa cousine, plonge son regard dans le sien, affectueusement elle entoure Coco de ses bras, la serre sur son cœur. Coco accepte la caresse, elle sait ce que l'autre ressent et s'en réjouit.

***

Et ce fut la confection des langes, une layette de soie et de ruban, on capitonna le ciel d'un moïse. Un coin de la chambre se métamorphosa en pouponnière.

Dès que Coco acquiert la certitude qu'enfin la future mère a repris ses esprits, elle la ramène sur terre:

– Le Colibri-Vert, tu ne crois pas que c'est là la solution à tes appréhensions en ce qui a trait à votre avenir pécuniaire, pour toi et ton fils.

– Coco!

Alice sursaute, ferme les yeux.

– Où avais-je la tête?

– Ta tête était occupée à aider ton cœur à reprendre son souffle, à surmonter les peines et les joies qui te sont tombées dessus sans que tu aies eu le temps de tout assimiler. Tes sentiments affectifs ont eu priorité sur tout le reste et c'est à ton honneur, le contraire eût été désolant. Les biens matériels se remplacent, si on les perd, mais ils ne sauraient jamais compenser à la douleur d'un deuil ou à l'amour d'un enfant. Tu sais, Alice...

Coco réalise que la jeune femme ne l'écoute pas, son esprit est ailleurs. «Elle est très jeune, trop jeune, j'ai peur. Les chocs furent trop grands et trop subits, elle n'a pas encore remis d'ordre dans ses sentiments profonds. Comment réagira-t-elle? Quelles seront les conséquences de tous ces bouleversements? J'ai peur.» Coco essuie une larme. Alice ne bouge toujours pas. Elle est là-bas, en pensée.

La remarque qu'a exprimée Coco avait déjà effleuré son esprit, au moment où elle avait fouillé dans l'enveloppe qui contenait les titres du chic restaurant, mais elle ne s'était pas attardée à l'idée. Aujourd'hui, la situation a changé. Il y a des certitudes qu'on a parfois besoin de s'entendre confirmer et c'est ce qu'elle rumine en son for intérieur. Demain, elle ira là-bas.

***

Alice pénètre dans le vestibule. Sur sa gauche, se situe l'entrée du restaurant, l'imposante porte de verre est fermée. Alice est désemparée, elle fait quelques pas et elle s'apprête à rebrousser chemin, lorsque Gaston surgit, de nulle part.

— Madame Bellefeuille?

Le ton est interrogatif. Pourtant l'homme ne semble pas surpris, il connaît déjà cette dame qui dînait ici, occasionnellement, à titre d'invitée du patron de l'établissement.

Tout le temps que dure la conversation, Alice a

l'impression que quelque chose lui échappe, Gaston ne dit pas tout, il est évasif. Le Colibri-Vert est un restaurant privé dont seuls les membres assurent la rentabilité, oui, il se ferait un plaisir de le rouvrir, il se chargerait de rappeler le personnel.

– Je suis le gérant de l'exploitation de l'affaire depuis de nombreuses années, affirme Gaston. Je commençais à désespérer, je ne recevais pas de directives.

Il vient à l'esprit d'Alice de parler de Frank, elle voudrait savoir tant de choses, tout ce qui concerne l'homme qu'elle aime. Mais elle n'ose pas, elle ressent un drôle de malaise, une sorte de pudeur l'empêche de mentionner le nom de Frank. Désignant la porte de la salle à manger, Alice demande:

– Vous voulez bien ouvrir?

Gaston se lève, quitte le bureau et invite Alice à le suivre.

– Laissez-moi seule, dit-elle à mi-voix.

– Bien sûr, madame.

Alice s'avance doucement, comme si elle entrait dans un sanctuaire, le cœur serré par l'émotion. Le visage de Frank s'impose à elle, elle ferme les yeux. Elle entend sa voix, il rit, badine, devient sérieux, elle tourne comme une toupie, à son bras, il s'éloigne, elle danse.

C'est trop! Elle vacille sur ses jambes. Alice s'appuie contre le comptoir que ses larmes viennent mouiller.

Elle ne lutte pas contre sa peine, elle pleure, doucement. Dans ses pensées, comme sur un écran, ses souvenirs défilent, entremêlés: la nuit où elle a connu l'amour, la promenade sur la montagne, la porte grise où elle l'a vu, pour la dernière fois, le champagne qu'il récupère dans une coupe, ses yeux sombres, sa voix chaude, toutes ses heures de bonheur goûté affluent, pêle-mêle.

Elle ne sait plus combien de temps elle est demeurée là, immobile. Gaston a allumé les lumières, les candélabres de cristal miroitent, forment au-dessus de sa tête comme un baldaquin ensoleillé. Alice frémit, revient à la réalité. Quelque chose en elle, comme un changement, s'est opéré: «Je suis ici chez toi, Frank, chez nous, avec ton fils que je porte en mon sein. Promets que tu nous protégeras toujours de là où tu te trouves.»

Et un autre souvenir déchirant l'assaille: elle revoit sa grand-mère Stella gisant dans la neige, immobile, d'où elle ne s'est jamais relevée, d'où elle est partie sans jamais revenir. La brisure, la rupture causée par la mort lui apparaît, soudainement, dans toute sa macabre réalité. Alice tressaille à la pensée qu'elle ne reverra plus jamais Frank!

***

Pendant ce temps, Gaston tourne en rond dans son bureau. La patronne lui semble bien jeune et bien peu expérimentée pour exercer le métier qui l'attend. Plus il réfléchit, plus il est convaincu que la jeune femme ne connaît pas réellement les activités qui se déroulent en ces lieux. Il se doit de la questionner, il cherche ses mots, se demande à quel point elle est informée.

Il se souvient que Feerman lui avait fixé un rendez-vous qui devait avoir lieu le jour même de son décès, il avait alors ressenti une grande inquiétude, avait craint de perdre son travail auquel il a de bonnes raisons de tenir par-dessus tout. Il avait compris également que l'homme était amoureux de cette fille qui se pavanait de plus en plus souvent à son bras et à qui il s'adressait avec une infinie tendresse, les yeux débordant d'amour.

Gaston avait pressenti que quelque chose se tramait, il avait eu peur. Aujourd'hui, c'est à cette jeune femme, qui s'éternise dans la salle à manger, qu'il doit rendre des comptes. Son esprit calculateur lui suggère un instant de ne rien dévoiler des dessous de l'affaire et de continuer d'opérer sans la prévenir. Mais il est trop averti pour savoir que cette solution serait dangereuse. Non, il parlera à Alice, si enfin elle daigne bien sortir de ce satané restaurant!

Cependant lorsqu'Alice paraît devant lui, si jeune, si pure, si fière, avec son visage imprégné d'une grande douceur, fruit de la profonde méditation dont elle émerge à peine, Gaston, gêné et maladroit, ne fait que balbutier.

Oui, dès lundi, il verrait à ce que la réouverture du restaurant se fasse; non, il n'est pas question de publicité: le Colibri-Vert est un club privé, dont les membres assurent la rentabilité... Il insistait sur ce point, «sans doute pour me rassurer», pensa Alice.

La première semaine s'avère un véritable succès, la clientèle est fidèle au rendez-vous. Puis, peu à peu, elle déserte tout à fait. Alice, qui a donné carte blanche à Gaston, se demande ce qui se passe réellement là-bas où elle n'est pas retournée depuis le jour de l'ouverture; Coco le lui a interdit car elle a un mauvais rhume.

— Ce qui n'empêche pas ce gérant de malheur de pouvoir venir jusqu'à moi!

Alice signale le numéro du Colibri-Vert; une jeune fille lui apprend que monsieur Gaston est absent. Après avoir causé quelques instants avec celle-ci, Alice l'invite à venir la rencontrer chez elle.

Chapitre 11

Coco n'était pas sans remarquer que l'inquiétude qui s'était un temps estompée sur le visage de sa cousine semblait de nouveau l'envahir. Elle en conclut que tout n'allait pas pour le mieux au niveau de la rentabilité du restaurant.

La décision de réouvrir le Colibri-Vert était la première initiative prise par Alice depuis les récentes épreuves qu'elle avait grand-peine à surmonter; un échec s'avérerait sûrement dévastateur pour elle. Coco s'inquiétait, mais n'osait pas s'immiscer dans les affaires personnelles d'Alice. Elle espérait que la jeune femme s'ouvre à elle, lui confie ses déboires. Alice, de son côté, évitait d'entamer le sujet pour épargner celle à qui elle avait déjà tant donné de soucis.

Cependant, Coco avait entendu la conversation qu'Alice tenait au téléphone. Dès que le carillon de la porte d'entrée se fit entendre, elle accueille la visiteuse puis, s'adressant à Alice, lui dit de but en blanc:

— J'ai préparé des amuse-gueules et un grand pot de café. Moi, je cours vers l'épicerie.

Coco s'éloigne, tenant à la main son éternel sac de jute dont elle ne se départit jamais. Alice sourit et hoche la tête.

— Elle est toujours très discrète.

— C'est votre mère?

— Non, ma cousine. Ainsi, Reina, vous travaillez au Colibri-Vert, quel poste y occupez-vous?

— Gaston ne vous a rien dit?

— Qu'aurait-il pu me dire?

— Ou dû vous dire, corrige la jeune fille.

Alice, intriguée, regarde attentivement la jeune fille. Celle-ci, c'est évident, est très embarrassée.

— Vous ne savez pas? Gaston vous désigne comme étant la patronne et vous ne savez pas?

— Savoir quoi? Qu'y a-t-il, Reina, vous m'intriguez, que devrais-je savoir?

Reina se lève, tourne en rond autour de la pièce et répète inlassablement: Ça alors! Ça alors!

Interloquée, Alice ne sait que penser.

— De grâce, parlez! Dites-moi quelque chose.

— Il ne m'appartient pas de...

— De?

— Franchement, vous ne savez rien?

— Savoir quoi? Dites-moi, à votre avis, pourquoi la clientèle fuit ainsi le restaurant?

— Le restaurant, quel restaurant?

— Mais le Colibri-Vert. Ne me dites pas qu'il n'existe pas, je l'ai vu, j'y ai mangé, j'en ai même hérité.

— Vous en avez hérité... C'est donc ça! C'est pourquoi vous ne savez rien. Vous croyez avoir hérité d'un restaurant... mais le restaurant n'est qu'une... façade.

— Une façade? Qui cache quoi? Non, mais, allez-vous parler, à la fin?

Reina prend son sac à main et sort précipitamment. Alice, ahurie, reste là, figée sur place.

«Le restaurant n'est qu'une façade»...

***

Alice traverse le vestibule, entre dans le bureau de Gaston, s'installe dans un confortable fauteuil et formule mentalement les questions qu'elle posera à son gérant. En la voyant, l'homme sursaute.

— Ma présence vous gêne, peut-être? J'attends vos explications.

Alice se mord les lèvres, ce n'était pas ce qu'elle

avait l'intention de dire, mais ce sont les seuls mots qu'elle a réussi à articuler.

— Que voulez-vous que je vous explique?

Devrait-elle avouer avoir découvert que le restaurant sert de couverture à une autre activité? Non, elle ne mentionnerait pas le nom de Reina, ne lui laissera pas le loisir de dissimuler plus longtemps la vérité, elle lui a déjà donné l'occasion de tout lui dire et il a joué au plus rusé.

Gaston sait que la minute de vérité a sonné. Il bafoue, hésite, parle sans rien dire. Alice braque sur lui un regard imperturbable. Il finit par lâcher le morceau.

— Tout a commencé quand Sarah...

— Madame Feerman! tranche Alice, qui ferme les poings avec tant de force que ses ongles s'ancrent fortement dans la paume de ses mains qu'elle dissimule sous le bureau, pour cacher son embarras.

Et Gaston explique que monsieur Feerman s'était embarqué dans cette galère afin de réunir la somme d'argent nécessaire pour rembourser les dettes de jeux de sa femme qui, de plus, avait trempé dans une sordide histoire de trafic de drogue aux États-Unis.

— Cette galère, questionne la jeune femme, de quelle galère s'agit-il, Gaston?

La voix d'Alice est tranchante, il n'y a pas de doute, elle ne sait rien, le patron ne lui avait rien dit. L'homme fait les cent pas et finit par expliquer qu'il savait déjà que le restaurant serait vite déserté si la clientèle n'y retrouvait pas sa raison d'être véritable soit une maison close opérée avec discrétion, achalandée par une classe d'élite qui la fréquente assidûment: un bordel de luxe, quoi!

Les explications se succèdent: usines, finance, grève, club, protection. La clientèle huppée ne se tenait pas nécessairement au Colibri-Vert pour sa bonne cuisine mais, et surtout, parce qu'il servait de point de rencontre à des amours folles. Ces messieurs sont friands de partouzes, la bonne chère se doit surtout d'être vivante et agissante...

Alice, figée, n'a aucune réaction, elle écoute sans broncher. Gaston s'énerve, il craint que sa bonne étoile le fuit. L'attitude déconcertante de la femme le trouble, il est loquace, ne tarit plus sur ce qui le préoccupe tant: le côté lucratif de l'affaire. Comme par magie, la phrase prononcée par Ralph Feerman revient à la mémoire de la jeune femme: «Retourne à ta bergerie».

Gaston soutient que si ce n'est pas au Colibri-Vert que les assidus prendront leurs ébats, ce sera ailleurs et qu'il ne lui appartenait pas à lui, de décider de la morale du genre humain.

— De vos réflexions, Gaston, je peux me passer. Y a-t-il autre chose que je devrais savoir concernant cet établissement?

La phrase a été prononcée sur un ton neutre et froid. Gaston semble soulagé de pouvoir faire dévier la conversation, car il sent qu'il fait fausse route, qu'il, parle trop. Alors il apprend à Alice que là-haut, à l'arrière de l'établissement, se trouve l'appartement de Frank Feerman.

— Mais voilà, dit Gaston, je n'ai pas la clef, je n'y ai jamais mis les pieds.

«L'appartement de Frank Feerman»...

Alice se dresse, elle ne veut pas en entendre plus, elle est à la fois confondue et honteuse, elle a le sentiment de vivre un cauchemar.

Comme un automate, elle se dirige vers la sortie et s'appuie au mur. «Son appartement»... Ces mots éveillent en elle une foule de sentiments confus. Elle fouille dans son sac à main: cette clef mystérieuse, elle la tient, la regarde, elle espère et a peur à la fois. Elle veut monter là-haut, mais elle n'ose pas, un instant elle pense inviter Coco à l'accompagner, aussitôt elle prend conscience de l'absurdité de sa pensée: comment avouer toutes ces choses à Coco? Il lui faudrait dire tout ce qu'elle sait! Lui confesser que l'homme qu'elle a aimé, le père de son enfant, n'était qu'un vil personnage.

Ça, elle refuse de le croire, elle se hait d'avoir eu cette pensée. «Je dois tout savoir à son sujet avant de le condamner». Elle reprend sa marche, contourne l'édifice, pénètre dans la cour intérieure, reconnaît l'escalier qu'elle a gravi un soir avec lui et son cœur se serre.

Elle tient toujours à la main la fameuse clef qui l'a tant intriguée.

Elle se rend là-haut, ouvre, hésite, une veilleuse jette une lumière blafarde sur les lieux, c'est le silence le plus complet. Elle éclaire la pièce, reconnaît le grand salon, tel qu'elle l'a vu ce soir-là. Alice n'ose pas se rendre dans la chambre, elle erre d'une pièce à l'autre, c'est à peine si elle voit les choses tant ses yeux sont embués par les larmes. Il lui semble qu'il est là, quelque part, qu'il va surgir de l'ombre, lui parler: «Alousse».

Elle pleure comme une enfant. Son enfant choisit cette occasion pour lui souligner sa présence dans son sein. Il a bougé, Alice goûte le mystère de la vie qui germe en elle. Elle pose sa main sur son ventre et une grande bouffée d'amour vient la réconforter: je suis mère! Le souvenir de celui qui a permis ce miracle l'envahit, la quiétude revient dans son âme torturée. Alice laisse errer son regard sur tous ces objets qu'il a touchés, hume le tabac à demi consumé qui se trouve dans la pipe posée là, feuillette le livre abandonné sur une table. Soudain son attention est attirée par une minuscule lumière qui scintille, elle s'en approche. Il y a là un magnétophone, elle met l'appareil en marche. Un instant elle a peur de défaillir, son cœur se met à battre à un rythme fou, puis la voix de Frank emplit la pièce. Ses oreilles bourdonnent, une surdité nerveuse la tenaille, elle se laisse tomber dans un fauteuil et s'évertue à retrouver son calme.

«Alousse je n'ai pas eu le courage de te le dire; mais je sais que ma fin est proche. Merci, mon ange, de m'avoir donné tant de bonheur. Jamais tu ne sauras comme ta présence me fut douce. Je ne sais pas ce que sera demain, mais je sais que ce soir j'ai vécu des instants grisants et merveilleux. Tu es suave, tendre, droite et bonne. Je t'ai désirée en te voyant, dès la première minute, mais je savais que je n'avais pas le droit de te le dire, de te laisser t'attacher à moi. Surtout lorsque tu m'as dit, de ta voix douce, que tu étais vierge, j'ai failli me lever, t'embrasser pour tant de candeur! Mais qui aurait compris mon geste?

Aurais-tu compris, toi?

Une seule fois j'ai douté de toi. Quand tu t'es écriée: «Prends-moi». Je ne voulais pas... ça. L'heure d'après je compris, c'était un cri maladroit, Alousse, un simple baiser aurait suffi à me faire fléchir!...

Cet autre jour où il fut question de ton... appartenance... c'est ça le mot? au sexe féminin et que je t'ai tenu tout un discours. Ne l'oublie pas Alousse, dans la vie il suffit d'avoir de l'intelligence, du cran et de la veine. Et tu possèdes tout ça, Alousse.

Je ne t'ai pas aimé parce que tu es belle. Je t'ai aimée parce que tu as du nerf, de l'allure, que tu es une fille racée. Tu réussiras, ta monstrueuse robe-tuyau le prouve! C'est un succès déjà!

Si je dois vivre assez longtemps, tu verras ce que l'on pourra accomplir toi et moi. Tout demande tant de temps, l'aurai-je ce temps?

Si oui, Alousse, tu n'entendras jamais ces mots, mais tu en entendras mille autres qui font partie de mes projets.

Alousse, je ne suis pas un sentimental, la vie ne m'a pas façonné gentiment, elle a été rude pour moi, comme pour toi, ça je l'ai compris. Tu sais, ce qui compte c'est de faire, d'accomplir, d'exécuter, de s'oublier, de se faire violence si nécessaire. Voilà que je parle comme un vieux rabbin gâteux...

Je m'étais juré de ne te dire que des mots d'amour, des mots tendres, des mots qui fourmillent dans ma tête, je t'aime, ma chérie, je t'aime tant! Je voudrais te bercer comme une enfant, te chérir. Alousse...»

Il s'était tut. Puis il reprit d'une voix brisée:

«Alousse, le jour se lève, je dois dormir quelques heures. J'espère que demain j'aurai un peu de temps à te consacrer, alors je confierai à Galopin un billet pour toi, un billet sur lequel j'aurai déposé un long et tendre baiser.»

Des larmes chaudes inondent le visage de la jeune mère sans qu'elle ne songe à les essuyer, sa peine est moins amère; ce qu'elle vient d'entendre la rassure. Elle n'avait pas compris, ce qu'elle avait cru être de la générosité calculée de la part de Frank était en réalité une façon de lui porter secours, d'assurer son avenir. Il l'aimait donc, vraiment! L'argent qu'il lui avait donné sous prétexte qu'il la rémunérait pour son travail devait en fait l'aider à réajuster sa vie après son décès qu'il savait éminent. Qu'il avait dû souffrir! Elle regrette qu'il ne lui ait pas confié ses tourments véritables. L'instant d'après elle lui est reconnaissante pour ces quelques semaines de bonheur euphorique que ce silence lui a permis de connaître. Alice laisse errer son regard dans ce décor qui fut celui de l'aimé, elle ne peut s'empêcher de rêver à ce qu'aurait pu être sa vie et celle de son fils auprès de lui. Pourquoi le mauvais sort s'acharne-t-il à la poursuivre, à toujours semer des embûches le long de sa route? Elle est lasse de lutter et de voir ses espoirs s'anéantir, l'un après l'autre.

Alice ressent une très grande lassitude, ce jour fut long, pénible, rempli d'émotions fortes qui la laissent abasourdie, désemparée. Elle n'a plus la force de réfléchir.

Elle rentre chez elle, dans la chambre de Coco la radio joue un air joyeux, mais dès qu'Alice se glisse entre les draps, la musique se tait derrière la cloison...

***

Dans le courrier se trouvent plusieurs factures, Alice s'inquiète. Coco hésite à donner son opinion, elle n'est pas sans avoir remarqué que la jeune fille ne lui fait plus de confidences, qu'elle semble, au contraire, s'efforcer de lui cacher ses problèmes, qu'elle ne lui fait part d'aucune de ses décisions. Au début elle s'est peinée de cette attitude, mais avec le temps elle en est venue à la conclusion qu'Alice veut surtout lui épargner des inquiétudes.

Coco est heureuse, elle apprécie le confort douillet qui l'entoure, elle peut à loisir cuisiner de bons petits plats, se balader, flâner dans les grands magasins, pourquoi oserait-elle se plaindre? Elle comprend les inquiétudes d'Alice, aussi s'efforce-t-elle de lui rendre la vie aussi douce et agréable que possible. De plus il y aura bientôt un enfant qui viendra égayer leur vie, à toutes deux. Coco a une hâte folle de tenir ce poupon dans ses bras, de l'aimer, de le choyer.

Elle regarde Alice qui semble bouleversée, elle risque une question:

— Tu reçois de mauvaises nouvelles?

— Des factures, des tas de factures qui ne cessent de s'accumuler.

— Et tu n'as pas les fonds nécessaires pour en défrayer le coût? Habituellement, Alice, lorsqu'on opère un commerce, on se doit de tenir une comptabilité qui fait état des revenus et des dépenses; tu te dois de garder un œil vigilant sur les livres.

Ces quelques mots ont le don de réveiller, une fois de plus, la méfiance de la jeune femme envers Gaston.

Elle se rend au Colibri-Vert s'enquérir de la situation financière de l'établissement.

De fait, les colonnes de chiffres des revenus du restaurant figurent là, mais les sorties des derniers mois avaient excédé les entrées car «Monsieur Feerman transférait des fonds, investissait dans son autre commerce.» Alice comprend. Toutes les améliorations apportées à l'usine lui avaient occasionné des frais excessifs. «Je mets de l'ordre dans ma vie». Les mots martèlent dans son cerveau. Alice se lève, s'approche d'une fenêtre, regarde sans la voir la foule qui circule, pressée et indifférente.

Elle revient vers Gaston, le regarde droit dans les yeux et dit simplement.

— Remettez le rouage en marche, mais auparavant, je veux rencontrer ces jeunes filles.

Alice décèle dans le regard de l'homme une lueur de satisfaction qu'il ne peut contenir. Alice en est convaincue, il crie victoire.

En cet instant, elle le hait. Elle n'a pas le choix, elle doit s'en remettre entièrement à lui. «Jusqu'à quel point Frank lui faisait-il confiance? pense-t-elle.»

Les dés sont jetés, elle ne peut pas reculer, elle doit miser le tout pour le tout. Elle ne cherche pas encore d'excuses à sa décision, elle est trop aux prises avec les obligations pressantes. Alice ne peut se permettre de tout perdre pour une question de scrupule. La fatalité elle même lui dicte sa conduite.

Elle revoit sa vie, la misère qui fut son lot, pense à ses devoirs vis-à-vis Coco et à cet enfant qui naîtra bientôt. Non, elle n'a pas le choix. Mais la maison en serait une de qualité, il n'était pas question de gaspiller la jeunesse de ces filles sans pouvoir en retour leur permettre d'assurer leur avenir. Elles seraient heureuses, protégées, auraient du loisir. Elles seraient marchandes de sexe, soit, mais elles avaient droit, elles aussi, au bonheur. Ces messieurs n'avaient qu'à bien se tenir!

***

À la maison, Coco l'attend avec ses éternelles gâteries.

— Tu es loin, Alice, à quoi penses-tu?

— À des pommes cueillies sur le bord d'une certaine route, à mon travail que j'ai perdu, au décès de l'homme que j'aimais, je suis née sous une mauvaise étoile!

Et elle éclate en sanglots. Coco s'installe près d'elle, l'attire dans ses bras, la berce doucement, sans mot dire.

Puis, brusquement, sans motif apparent, Alice retrouve son optimisme.

— Coco, tu n'auras plus jamais faim, je te le jure, ni toi, ni mon enfant, ni... aucun de ceux qui dépendront de moi. C'est fini, la merde, à tout jamais.

— Bravo et amen, s'écrie Coco, profondément bouleversée par ces revirements excessifs et inexplicables.

Le lendemain, Alice se lève tôt, «ce jour sera long et pénible», soupire-t-elle. Avant de se rendre au restaurant elle monte là-haut. Il serait bon d'entendre une fois de plus la voix chaude et enveloppante de Frank. Dès qu'elle ouvre la porte d'entrée, elle a le sentiment que quelqu'un se trouve sur les lieux, perplexe elle hésite et lentement avance vers le salon. Sur la table se trouve une note de la blanchisserie qui date de la veille.

Une voix s'élève:

— Bonjour, monsieur Frank. J'ai renouvelé la provision d'eau douce; nous voilà redevenus des porteurs d'eau et cette fois ce n'est pas uniquement la faute des Anglais!

La jeune fille rit, sort de la cuisine, et voit Alice.

Pan! Un vase de cristal tombe de ses mains, se brise en mille miettes, des fruits roulent en tous sens sur le tapis.

— Ça alors! s'exclame-t-elle.

— Qui êtes-vous? demande Alice.

— Monsieur Frank sait que vous êtes là?

— Bien sûr, vous le connaissez?

— Et comment! Mais il est absent, en voyage, peut-être?

— Quel est votre nom?

— Cléo.

— Vous travaillez à la salle à manger?

— La salle à manger? Non, je m'occupe de l'entretien et occasionnellement, je fais les courses pour monsieur Frank.

— Cléo, vous ne savez pas?

— Il vous a embauchée à ma place! et la fille se laisse tomber sur une chaise.

— Qu'allez-vous chercher là? Dites-moi, Cléo, vous l'aimez bien monsieur Frank?

— Pensez donc! depuis la nuit où il m'a abritée.

Alice la regarde, elle n'est pas richement vêtue mais sa tenue n'indique pas la misère. Alice sait reconnaître la pauvreté quand elle la rencontre, elle l'a connue: les robes délavées, usées à la trame, les souliers éculés, ah! le martyre des souliers percés et trop étroits! Cléo est sobrement mais décemment vêtue.

— Cléo, fit-elle doucement, monsieur Frank ne reviendra pas.

— Ah! non? Il prolonge son voyage?

— Non, Cléo.

— Mais alors? il m'aurait prévenue. Il me prévenait...

— Il n'a pas pu.

Alice informe la jeune fille de la triste réalité. Cléo verse un torrent de larmes. Alice tente, mais en vain, de la consoler. Et Cléo confie ses peines, depuis cette nuit fatidique où elle avait fui la maison paternelle à cause d'une colère affreuse que faisait son père. Gelée et tremblante, elle était venue se réfugier dans le stationnement et s'était tapie sous l'escalier. Monsieur Frank, en garant sa voiture, l'y avait découverte, effrayée. Elle avait hurlé. Monsieur Frank l'avait calmée et invitée ici, où elle avait dormi. Depuis, elle lui vouait une reconnaissance sans fin.

Elle frissonnait, parlait de la peur qui la menaçait sans cesse, car elle ne savait jamais quelle humeur son père aurait en entrant à la maison; l'hiver, la situation est plus affreuse car, souvent, il chôme, alors il boit davantage. Le langage est décousu, elle bafoue, se reprend, s'embrouille; décidément cette fille est terrorisée.

Elle remonte ses genoux sous le menton, se roule en boule et regarde droit devant elle, absente. Alice s'efforce de la réconforter, elle la questionne sur différents sujets. C'est ainsi qu'Alice apprend où est située l'épicerie, où les prix sont les plus raisonnables, le meilleur coiffeur, la buanderie, le cordonnier habile et la banque avec guichet automatique.

Alice s'aperçoit que Cléo est parfaitement cohérente lorsqu'il n'est pas question de son père: «Tous les enfants sont donc malheureux, se dit-elle, seul le nom de la victime change!» Sans savoir pourquoi, le souvenir de Galopin lui revient, cuisant. Sans doute parce que dans les deux cas, ces filles avaient été protégées par Frank.

La jeune femme retourne chez elle, marche lentement. Elle est si bouleversée qu'elle se heurte sans les voir aux gens qui circulent sur le trottoir. À son logement, elle se dirige vers sa chambre et, sans se dévêtir, se laisse tomber sur son lit.

Dans son âme c'est le chaos. Elle a l'impression

d'être aiguillonnée de toute part; elle se sent comme prisonnière dans un tube opaque, ayant à l'extrémité plusieurs miroirs sur lesquels une lumière pivotante fait tourbillonner les êtres, les choses et les événements. Rien ne s'aboute, rien ne se tient, tout est incohérent.

Même les réalités semblent absurdes, Frank, doux et bon, Frank s'est laissé enliser dans un bourbier: Frank et la prostitution? Elle ne parvient pas à le croire. Qu'avait-il dit, ce soir-là, alors que les bruits de l'avion couvrit le son de sa voix? Et Reina, cette fille à peine plus âgée qu'elle, qui est venue jusqu'ici, elle avait un visage innocent, la candeur d'une fille sage, elle, une prostituée? Et les autres filles, qui sont-elles? Qu'est-ce qui les a conduites jusque-là? Alice veut savoir, Alice veut tout savoir.

Elle est très lasse, peu à peu, le sommeil la gagne. À son réveil, Coco est là, dans l'embrasure de la porte de la chambre qui l'observe.

— Tu m'as fait peur! Sais-tu, Alice, que tu dors depuis plus de douze heures?

— Je meurs de faim!

Alice s'étire, porte ses mains à son ventre et badine;

— Lui aussi a la fringale.

— Alors, madame et monsieur, venez vous attabler, tout est prêt.

Coco est ravie, Alice a retrouvé sa belle humeur, son goût de l'humour. Elle chantonne et se hâte de garnir l'assiette.

Alice mange en silence, son visage semble détendu.

— Te voilà sereine, comme aux beaux jours d'autrefois, rien en pourrait me faire plus plaisir.

— Sais-tu ce que c'est, Coco, de flotter dans l'inconnu, d'avoir à découvrir, sans aucun point de repère, ce que fut la vie de l'homme aimé, du père de mon enfant à naître, de tout apprendre, bribe par bribe?

— Et hier le passé de cet homme t'est apparu beau, réconfortant.

— Hier, oui. Hier j'ai pris certaines décisions... et hier j'ai rencontré une jeune protégée de Frank. Tu avais raison de dire qu'il était bon.

Alice parle de Cléo, de l'appartement luxueux qui est devenu le sien, de la possibilité qu'elles emménagent bientôt là-bas.

— Alors toutes tes inquiétudes se sont fondues...

— Ah! non, ce n'est pas si facile! Au contraire, je devrai être plus alerte que jamais.

— Pense surtout à ton enfant, Alice. Que cette pensée ait priorité sur tout le reste! Tu n'es pas seule, je suis là.

— Je sais, Coco, je sais. Je t'ai négligée, récemment, je...

— Tut, tut! plus un mot. Je t'aime, ma grande, seul ton bonheur compte pour moi.

Alice se ressaisit, elle est contente que Coco l'ait interrompue car elle se serait laissée aller à des confidences qu'elle n'aurait pas manqué de regretter. Coco ne doit rien savoir, ni elle ni son fils, de la décision qu'elle a prise. Elle se jure, à elle-même, que c'est temporaire, que, dans un avenir prochain, elle laissera tomber ce commerce maudit qu'elle n'exploitera que le temps de se renflouer monétairement. Elle pense à Gaston dont elle a également hâte de se débarrasser.

Petit à petit la conscience d'Alice se tait, les arguments que la vie semble vouloir lui imposer parlent plus fort, prévalent sur le plan pratique. L'idée même d'être affiliée de près ou de loin à une maison de prostitution lui répugne, va à l'encontre de tous ses principes. Cependant, à écouter Gaston, tout semble simple: c'est un commerce comme un autre. Ceux qui s'y associent le font par choix, un choix bien personnel, non influencé. Quelque chose chez Gaston déplaît à Alice. Elle ne sait pas au juste quoi; elle n'aime pas son regard fuyant, il est trop calme, trop pondéré, insensible, peut-être! Elle sent un mur infranchissable s'élever entre eux, décidément, pense-t-elle, lui et moi n'avons qu'une chose en commun, nous vivons sur la même planète.

— Coco, demande Alice embarrassée, profiterais-tu de ce beau soleil pour aller faire tes courses? J'ai donné rendez-vous ici et...

— Quel ton solennel! De grâce, ma chère Alice, laisse tomber les formalités. Bien sûr, mon chou, je vais m'éclipser, ça faisait même partie de mes projets.

Et Coco sort en fredonnant. En toute autre circonstance, Alice aurait ressenti le malaise de sa compagne, mais aujourd'hui, elle est aux prises avec ses propres inquiétudes, elle est nerveuse, bouleversée, elle ignore tout du sujet à traiter, et dans moins d'une heure «ses filles» seront là, elle devra leur faire face.

Le timbre du carillon de la porte d'entrée la fait sursauter. Déjà! La jeune fille qui se présente la surprend par son allure, elle est calme, sereine. Elle explique, en des mots simples, qu'elle a dû venir plus tôt que convenu car elle doit retourner au travail. Ses compagnes, cependant, seront à l'heure prévue.

Alice, embarrassée, lui dit à tout hasard:

— Gaston m'a dit de belles choses, à votre sujet.

— Gaston nous connaît bien peu; il n'est que le gérant de la boîte, je dis nous, je parle du groupe. Alors, Gaston, vous savez... Et la jeune fille a un geste évasif de la main.

— Pourquoi avoir choisi ce métier?

Alice n'a pas sitôt posé la question incongrue qu'elle la regrette. Son interlocutrice réprime à peine un sourire.

— Pourquoi une fille choisit-elle le métier de fille de joie? Ça vous intrigue, dit-elle en riant, vous n'en êtes pas. Ça se voit, vous êtes mal à l'aise, vous cherchez vos mots. Pour vous je suis une source de mystères. Chut! Ne dites rien. Laissez-moi tenter de définir ce à quoi vous vous attendiez. Vous avez cru que je me présenterais à vous, fardée à outrance, en tenue criarde...

Alice tente de protester, ce qui amuse la fille. Celle-ci va allumer une cigarette, mais elle se reprend: pointant de son index le ventre de la maman, elle dit gentiment:

— Non, pas maintenant, pour lui.

— Merci.

Elle se lève, fait quelques pas, revint vers Alice.

— C'est au Colibri que j'ai appris à vivre, à être heureuse. Pour simplifier mon histoire disons que je n'ai jamais eu de famille. À quatorze ans, j'étais déjà sans foyer. Je rencontrai un garçon à peine plus âgé que moi et ce fut le grand amour. Bref, mon amoureux avait plusieurs filles dans sa vie. Il sut nous convaincre, toutes, que l'on devait se soumettre à ses exigences. C'était un être infâme. Mais quand j'en pris conscience, il était trop tard, j'étais subjuguée et de plus, sans ressources. Je continuais donc à faire le trottoir et à lui remettre le fruit de mon travail.

Un jour, j'arrivai au bar d'où il opérait et je demandai au caissier de me donner une pièce de vingt-cinq sous pour placer un appel téléphonique. Sur la droite était assis un grand jeune homme qui me sourit. Paul me remit la pièce qui accidentellement roula sur le plancher. Je me penchai pour la ramasser et mon attention fut attirée par les souliers bien cirés et les bas noirs du client au sourire. Ça faisait «uniforme» et cadrait mal avec ses jeans délavés. Je flairai le policier déguisé. Lorsque je me relevai, il me dit d'un ton qu'il voulait désinvolte: «Ton prix est le mien».

— Je ne comprends pas?

– Voyons, ma belle, ne fais pas d'histoire, toi et moi... tu as bien un petit quart d'heure? Ce faisant il me montra un billet de vingt dollars. J'étais appuyée au comptoir et voyais dans le miroir un autre flic attablé, aussi mal déguisé que le premier. Alors je regimbai.

– Non, mais pour qui me prends-tu, espèce de grand escargot? Pour une putain? Vous entendez ça! Un petit quart d'heure à vingt dollars et je continuai de gueuler à haute voix. L'escargot se leva, déposa sur le comptoir l'argent pour payer sa consommation et sortit; son acolyte le suivit. Tout ça s'était passé bien vite! je riais, je dis à Paul, le caissier: «Tu vois comment on peut faire déguerpir la police?»

Je n'avais pas remarqué la présence de mon amie Gisèle, une rivale qui m'a vue argumenter avec l'homme. Elle s'empressa d'aller informer mon amoureux qui, furieux, vint à moi et m'administra une raclée dont je souffre encore, rien que d'y penser. Paul dut intervenir. Je me sauvai vers les toilettes et lavai mon visage ensanglanté. La colère s'empara de moi. Cette fois, c'était trop. Je profitai du moment de confusion pour m'enfuir. Je me souviens d'avoir couru à en perdre haleine. Arrivée à ma chambre de misère, je réunis le peu de choses que je possédais, fourrai le tout dans un sac. Grâce au ciel, j'avais en poche la recette de mon vingt-quatre heures. Je pris l'autobus qui me conduisit à la sortie de la ville de Québec afin de faire de l'auto-stop. Je tremblais de tous mes membres. Ce n'est qu'une fois assise dans la voiture d'un voyageur qui se rendait à Montréal que je réussis à me calmer. Il dut comprendre que je fuyais quelqu'un ou quelque chose. Il ne me questionna pas, mais au moment de me laisser descendre, il me remit un numéro de téléphone au cas où j'aurais besoin d'un emploi. Et comment! C'est ainsi que je me suis trouvée au service de cette maison, plus précisément à la cuisine. Vous devinez la suite. Je tremble encore à la pensée de ce qui me serait arrivé si j'étais demeurée là-bas. J'avais une peur bleue de la drogue, je ne doute pas que j'en serais devenue une adepte, comme Gisèle et les autres.

La fille s'est tue. Alice ne parvient pas à trouver les mots pour rompre le lourd silence. Son bébé bouge, elle étire une jambe et pose sa main sur son ventre. La fille sourit:

— Vous permettez?

— Bien sûr.

Elle place sa main près ce celle d'Alice, ses yeux s'agrandissent:

— Oh! dit-elle; il bouge... vraiment!

Alice va se lever, la fille lui fait signe de n'en rien faire. Elle tend la main, avant de sortir elle se retourne et dit d'une voix douce:

— Soyez gentille, avec ce petit ange. Merci de m'avoir écoutée. Et si je peux me permettre d'ajouter un commentaire personnel, j'ai hâte de laisser tomber l'uniforme de serveuse... à propos, mon nom est Maude. Et elle sort.

Après son départ Alice reste longtemps songeuse, l'histoire de cette petite doit exister à mille exemplaires. Elle se sent profondément troublée. Elle se remémore le jour où elle s'était réfugiée chez sa cousine Coco, seule, effrayée, sans ressources. «Les filles de la misère» pense-t-elle.

Maude, elle le sent, lui serait toujours dévouée, elle semble avoir un cœur d'or.

«J'ai hâte de déposer le tablier», avait-elle dit. Ainsi, Gaston, le fourbe, avait gardé les filles de joie au service du restaurant. De ça, il ne l'avait pas informée. Qu'avait-il bien pu leur promettre?

Alice ignorait que la jeune fille qui venait de la quitter avait été envoyée en éclaireuse. Dès que Gaston les eut informées de la rencontre qui devrait avoir lieu, il y eut réunion de toute la meute. Ces jeunes demoiselles n'en étaient pas à leur première embuscade. Déjà, lorsque le hasard avait mis Reina en présence d'Alice, la nouvelle de son existence et de sa condition de future patronne fut communiquée au groupe. Une madame! Elles auraient affaire à une madame. Ça c'était nouveau.

Du patron avant elle, elles n'avaient jamais rien su, sauf qu'il gardait, à distance, un œil vigilant sur la maison. On le soupçonnait de faire partie de la clientèle, mais aucune d'elles n'aurait pu l'identifier. L'héritière serait-elle aussi discrète? Quel deviendrait le rôle de Gaston qui est de plus en plus nerveux et préoccupé depuis la fermeture de l'établissement? Il est muet comme une carpe, on n'a pas réussi à lui soutirer aucune information.

Aussi la rencontre d'Alice et de Reina avait soulevé bien des commentaires et suscité foule de suppositions. Une héritière, jeune et jolie et ce qui plus est, enceinte, avait donné l'ordre à Gaston d'organiser une rencontre à son domicile. Elle les attendait, sans doute avec la même curiosité qui se lit dans les yeux des jeunes enfants que l'on conduit au zoo pour la première fois. Madame est la propriétaire d'un lupanar, elle est aux prises avec sa conscience et s'inquiète; il lui faut savoir, s'informer, voir ces filles de joie. Eh! bien elles iraient, puisqu'elles n'avaient pas le choix, se faire évaluer... mais on verrait qui tomberait dans le traquenard.

Elles passèrent la soirée et l'avant-midi du lendemain à élaborer leur projet.

L'une d'elles alla jusqu'à suggérer qu'on laisse tomber la boîte et qu'on aille s'installer ailleurs avec la complicité de Gaston.

— Et qui fournira des locaux aussi spacieux, une clientèle aussi huppée? Nous n'avons pas les fonds nécessaires pour mettre sur pied un autre projet aussi bien structuré.

— Je déteste penser que je devrai répondre de mes agissements à une femme!

— Qui nous dit qu'elle nous empestera la vie? C'est une idée fixe que nous entretenons et qui nous empêche de voir plus loin que le bout de notre nez. Si vous voulez mon avis, la jolie jeune dame pleure son riche amant et s'inquiète bien plus de sa maternité que de nos minois. Si elle n'avait pas l'intention de rouvrir le bordel, elle ne nous convoquerait pas chez elle, elle se contenterait de nous éclipser sans nous connaître.

Un long silence suivit cet énoncé, voilà qui semblait fort logique.

— En somme, il s'agirait, pour servir notre cause, de faire miroiter aux yeux de la patronne, les avantages pécuniaires de notre participation active à son commerce, et à la rassurer sur notre conduite discrète.

— Sans doute devrions-nous également lui confirmer la pureté de nos intentions...

La boutade les fit bien rire, ce qui détendit l'atmosphère. Et on en vint à un plan d'action.

***

Dans un restaurant, de l'autre côté de la rue, les filles s'énervent: que faisait Maude? Pourquoi tarde-t-elle tant? On se morfond en hypothèses. Les aurait-elle laisser tomber, aurait-elle oublié le lieu du rendez-vous? On avait jugé que Maude était la plus apte à aller sonder le terrain avant la ronde finale; elle devait leur apporter le plus d'informations possibles sur les intentions de la dame.

Lorsque enfin Maude parut, toutes s'empressèrent autour d'elle.

— Raconte, alors?

— Ce n'est pas si simple...
— Zut! tu te payes notre tête?
— Non.
— Tu dois avoir des choses à raconter, avec tout le temps que tu es demeurée là-bas.
— C'est que...
— Que? s'impatiente Géraldine.
— Elle est très intelligente, la dame.
— Explique-toi, tourpinouche!
— Elle m'a eue...
— Toi, Maude!
Et toutes s'esclaffent.
— Je t'avais pourtant prévenue, Maude, souligne Reina. Elle a une façon de questionner qui déboussole.
— Le confessionnal, alors, tonne Géraldine!
— Le quoi?
— Laisse tomber. Écoutez, les filles, si on se tient toutes, si on se présente ensemble, qu'on donne une tournure gaie et désinvolte à l'entretien, nous aurons plus de chances de faire bonne impression que si l'on se soumet à ses interrogatoires. Allons-y, l'heure approche. Laissez-moi diriger la conversation.
Géraldine baisse la tête, ferme les yeux. Elle semble réfléchir sérieusement. Tout haut elle explique:
— Elle est l'héritière, elle est enceinte. Or elle était la maîtresse du patron...
— Eh! Dis donc, c'est peut-être ça qui la chicote, qu'en dis-tu, Reina?
— C'est pas bête, ce que tu avances là.
Géraldine retourne à ses pensées, toutes la regardent. Elle esquisse un sourire et déclare en se levant: allons-y. Conduisez-vous comme vous le feriez devant un juge d'instruction... mesurez la portée de vos propos.
— Eh! s'écrie Maude, ne nous laissez pas poireauter ici trop longtemps, n'oubliez pas de venir nous rejoindre.
Et c'est la ruade vers la sortie. Ce n'est qu'en quit-

tant l'ascenseur pour se diriger vers l'appartement d'Alice qu'elles reprennent leur sérieux, se composent un visage de circonstance.

Maude et Reina demeurent un instant silencieuses, inquiètes, si elles allaient gaffer et se mettre Alice à dos! Elles ne doutaient pas un seul instant que Gaston ne perdrait pas de temps à les remplacer.

— Mais ça, la dame ne le sait pas. J'ai l'impression qu'elle se méfie encore plus de Gaston que de nous.

— Encore faudrait-il qu'elle ait vraiment l'intention de nous permettre de continuer d'exercer notre métier à l'intérieur de ses murs.

— Je crois que oui, le contraire me surprendrait.

***

Confortablement assises dans les fauteuils capitonnés, les demoiselles formaient un cercle autour d'Alice, d'un ton mesuré elles faisaient la conversation, tenaient entre elles des discours banals alors que Géraldine s'entretenait avec Alice sur un ton si bas, qu'on l'eût dit confidentiel. Géraldine n'en finissait plus de narrer, dans le détail, la joie qu'elle avait ressentie le jour où elle avait dû assister sa jeune sœur qui avait mis au monde un joli bébé, alors que toutes deux, sans expérience pertinente, se trouvaient en pleine forêt, loin de tout secours possible.

Elle n'était pas sans remarquer qu'Alice n'écoutait que d'une oreille car ses pensées étaient ailleurs. Géraldine faisait des pauses, gardait le ton sérieux, tâchait de mettre de la conviction dans le ton.

Alice, pour sa part, regardait ses filles détendues et rieuses qui semblaient fort à l'aise. «Elles pourraient être mes sœurs, songeait Alice, rien ne permet de déceler quelle vie elles mènent.» Elle extériorise vaguement sa pensée en s'adressant à Géraldine.

— Quel âge avez-vous?

— Je n'en ai pas, répondit-elle, en badinant, je ne vis qu'une heure à la fois. Mais je n'aurai de repos que le jour où j'aurai gagné ma gageure...

— Oh! Géraldine, je t'en prie, pas ça...

Et toutes se mirent à rire. Véranne, s'adressant à Alice expliqua:

— Il s'agit d'un pari que nous avons fait au sujet de notre patron; Gaston, vous le savez, n'est que le gérant du Colibri-Vert. Mais ceci ne vous intéresse pas...

— Pourquoi ne pas tout raconter, c'est plutôt amusant, insiste Roxanne.

S'adressant à Alice, Géraldine explique:

— Certaines d'entre nous prétendent que le grand responsable de la boîte fait partie de la clientèle, un grand personnage, sans doute fortuné. Je maintiens le contraire.

Alice appuie fortement la main sur le bras de son fauteuil, elle prend subitement conscience que ce détail l'avait fortement préoccupée sans qu'elle se le soit avoué.

Les filles moussaient le propos se complaisant de leurs gaillardises, comme elles l'auraient fait hors de la présence d'Alice; comme des petites filles qui tiennent des discours pernicieux, elles roucoulent, jacassent.

— Grand-Dieu, s'exclame Géraldine en se levant, nous devons partir, nous serons en retard!

Les demoiselles quittent Alice qui n'a pas prononcé plus de trois phrases. La rencontre si redoutée venait d'élucider plusieurs de ses doutes.

«Ces filles sont humaines, leur comportement est correct, elles ont de l'élégance et ce qui plus est, elles semblent très heureuses.»

Sur ce dernier point Alice reste perplexe. On lui a appris que derrière le vice se cache la laideur et la dégradation, comment alors expliquer la désinvolture et la gaieté de ces filles? Qui leurre qui? Gaston lui a affirmé que la clientèle en est une de choix. Serait-ce là l'explication? Alice, jeune et inexpérimentée, ignore que lorsque nu, même l'érudit, s'il est dévergondé, est ramené à la dimension de son pénis et que ses lubies n'ont pas plus de dignité que celles du commun des mortels.

Le geste indécent et grotesque de son grand père demeure, inconsciemment, le barème de son jugement. Ce qu'elle a vu et entendu aujourd'hui lui permet de faire taire certaines de ses appréhensions: Alors qu'Anne était une enfant sans défense, ses filles sont des adultes qui ont fait un choix.

Alice ne s'aperçoit pas qu'elle est à étouffer les derniers élans de sa conscience, car en réalité elle ne cherche qu'à apprivoiser ses scrupules.

Comme pour aiguiller ses décisions, le passé surgit dans les pensées de la jeune femme: non, elle ne veut pas retourner dans l'indigence.

***

Reina et Maude voient revenir leurs compagnes, la gaieté de celles-ci est telle que fondent leurs appréhensions. La porte s'ouvre avec fracas, elles s'enlacent, dansent en rond, comme des petites filles.

Seule Géraldine reste à l'écart, sa joie est moins délirante, ce qui refroidit un peu les jolies donzelles.

— Eh! Pourquoi es-tu aussi désemparée?

— Toi et ton éternelle logique je suppose, jette méchamment Reina, tu trouves le tour d'être rabat-joie!

— Qu'est-ce qui t'inquiète, Géraldine, demande Roxanne, as-tu peur qu'elle fléchisse?

— Non, mais ce que nous avons fait n'est pas correct, c'est de l'abus de confiance.

— Écoutez-moi ça!
— Si, nous avons abusé d'elle et de sa naïveté!
— Dites donc, vous toutes, insiste Maude, vous avez vu le palace de la dame? Ça sent la fille entretenue à plein nez. De plus elle hérite du Colibri, ce qui représente une fortune, et on va la plaindre? Je me demande qui abuse de qui, n'est-ce pas elle qui va profiter de nous, des sommes rondelettes qu'elle pourra ajouter à son magot!
— Tu n'as rien compris, Reina. Elle n'est qu'une enfant, qui a sans doute été abusée par un gars sans scrupule qui a crevé après l'avoir engrossée, elle est seule à se débattre avec tout ça, elle ne comprend pas ce qui lui arrive, ne sait pas comment se débrouiller, elle a peur, une peur bleue. Elle n'est qu'une petite fille inexpérimentée.
— Ça, ce n'est pas notre problème. Le nôtre est beaucoup plus épineux. Qu'un salaud m'engrosse après m'avoir couché sur son testament, je ne me plaindrai pas.
— Tu as vécu, comprends donc, tu es mieux armée qu'elle pour affronter la vie, elle n'est qu'une ingénue.
— Bla-bla-bla, blanc bonnet et bonnet blanc!
— Qu'est-ce que tu suggères, toi?
— Rien, je n'y peux rien, ça ne me concerne pas, mais il faut savoir reconnaître les faits.
— De toute façon, elle ne se pointera pas là-bas, pas plus que son *mec* ne l'a fait, tout retombera sur la conscience et dans les mains de Gaston.
— Tu as sans doute raison.
— Tu sais que j'ai raison. Nous, nous devons continuer de travailler pour vivre.
L'exaltation joyeuse est tombée. Reina rompt le silence.
— Ne t'en fais pas, Géraldine, on l'aura à l'œil, ta demoiselle, nous la protégerons et tâcherons de lui

épargner tous soucis. Mais il ne faut pas aller jusqu'à en faire une vierge-martyre, elle doit apprendre, elle aussi. Nous sommes toutes nées nues, chacune doit sauver sa peau, avec les moyens mis à sa portée.

Véranne et Géraldine échangent un coup d'œil, les deux filles se sont fait des confidences; l'une et l'autre travaillent au bordel pour défrayer le coût de leurs études universitaires, ce qui décuple leur responsabilité, aujourd'hui surtout, elles ne sont pas fières d'elles-mêmes.

Pendant ce temps, Alice s'entretient au téléphone avec Gaston, un Gaston triomphant qui doit se contenir pour ne pas crier sa joie. Enfin! il pourrait remettre en marche le rouage des opérations...

***

La plus grande préoccupation était maintenant classée: les activités reprendront au Colibri-Vert. Maintenant Gaston passerait à l'action. D'abord et avant tout, s'assurer que la clientèle de choix de la maison lui est demeurée fidèle.

Gaston verrouille la porte de son bureau, il réfléchit. Il ne se leurre pas, la situation est délicate. Il ne doit pas gaffer, le client huppé ne tolère pas la plus petite maladresse. Il doit tenir compte de la respectabilité de ces personnes et veiller à ce que leur réputation soit jalousement protégée.

Il laisse courir ses doigts sur le clavier de l'ordinateur, l'écran lui fournit les informations codées qu'il défriche, Gaston n'a plus qu'à établir les contacts avec les intéressés.

Enfin! elle reprendra, la merveilleuse vie qu'il a eu si peur de perdre, il est grand temps, ses dettes s'accumulent.

Gaston consulte sa montre-bracelet, les filles tardent, qu'est-ce qui peut bien les retenir? Il lui faudra sévir, ce qui lui répugne. Au fond il n'est qu'un faible personnage, un minable. Il joue les durs, les fanfarons. Il affiche une forte personnalité, donne l'impression d'avoir une autorité indiscutable, mais derrière ce masque se cache un être craintif. Gaston ne se fait pas d'illusion, il sait pertinemment qu'il dépend de ses filles de joie. Il les trie sur le volet, comme il choisit la clientèle du club, il ne veut pas s'attirer d'ennuis.

Lorsque ces demoiselles se pointent enfin, il se contente de dire, d'un ton qu'il veut autoritaire:

— Les vacances sont finies, mesdames, n'oubliez pas d'être à l'heure et de respecter les directives...

Il ne peut terminer sa phrase, l'une d'elles, il ne sait pas laquelle, l'interrompt.

— Bien sûr, bien sûr, monsieur le fauconnier!

Elles pouffent de rire, ce qui choque Gaston, il n'a pas compris l'insulte, mais le ton sarcastique lui fait deviner qu'il s'agit d'une incongruité.

Gaston sent la moutarde lui monter au nez, il lève la main, ouvre la bouche pour riposter, Maude intervient:

— Doucement, patron, les victimes sont déjà dans l'arène, mais les bêtes fauves n'y sont pas encore. Alors, si tu veux, laisse tomber! À demain, la semonce. Nous, ce soir, nous fêtons.

Ce n'est pas la première fois que Maude rétablit la paix, au sein du groupe. Elle vit, depuis si longtemps de son métier, qu'elle en connaît tous les rouages.

— Soit! s'exclame l'homme, fêtez ce soir...

Il esquisse un sourire niais et se dirige vers le bureau dont il ferme bruyamment la porte.

— Zut! Tu n'aurais pas pu te taire, toi? Ne nous le mets pas à dos. Si jamais il se rend compte de la fragilité de son emprise sur nous, il va durcir ses positions et nous rendre la vie insupportable. Qui sait? Il pourrait même devenir violent.

— Dis donc, mais tu en as peur, ma foi!

— Non, c'est la paix que je veux! C'est déjà suffisant d'avoir à supporter l'humeur de nos capricieux clients; Gaston, je m'en balance, je m'en contrebalance!

***

À l'âge où, normalement, Alice devrait recevoir les lauriers que l'on offre à une jeune diplômée, elle devenait la tenancière d'un bordel chic pour clientèle huppée.

Chapitre 12

— Coco, nous déménageons.

— Hein! Encore.

— Nous irons vivre chez moi, cette fois, dans mon appartement. Maintenant que le restaurant est sur le point de redevenir rentable, nous pouvons nous permettre certaines extravagances. Là-bas, chacun de nous aura sa chambre privée avec salle de bains attenante. Le grand luxe! Attends de voir ça, un coin de rêve, avec vue sur le ciel, des verrières, des puits de lumière, il y fait toujours soleil.

— Mais, il y a peu de temps encore, tu...

— Je t'en prie, Coco, fie-toi à moi, ne brise pas mon élan. Ce sera tellement plus simple d'emménager maintenant avant la naissance du petit, qui bientôt va nous accaparer, réclamer toute notre attention.

— Qu'adviendra-t-il de cet appartement-ci?

— Je dois respecter le bail, il sera à nous encore quelque temps...

«Tiens, c'est une idée ça, pense Alice. Pourquoi ne garderais-je pas celui-ci comme refuge, qui sait? Frank lui-même n'habitait pas là-bas en permanence, pourquoi?...»

— Te voilà encore partie à cent lieues!

***

Les deux femmes n'ont jamais autant fureté dans les grands magasins. Alice s'attarde aux étalages exposés par les décorateurs. Ainsi elle risque moins de se tromper. La chambre de cet enfant sera un petit royaume.

Coco s'amuse comme une petite fille à choisir des fleurs de soie qui orneront leur home.

Cléo est sur les lieux le jour où elles emménagent. Coco est ravissante à voir et à entendre. Celle-ci s'exclame, tourne comme une toupie, s'épate de tout ce qu'elle voit. On s'installe à demeure; la conversation revient immanquablement sur le même sujet: le bébé qui viendra bientôt ajouter à leur joie.

Alice goûte enfin la détente. Les jours passent joyeux, paisibles. Elle va jusqu'à oublier la fatigue que lui occasionne sa grossesse; elle marche recourbée vers l'arrière comme si la lordose compensait pour le poids de son ventre.

— Ta gaieté est agréable, Alice, garde toujours ce sourire plein d'amour, ma grande, goûte ton bonheur, partage-le avec ton enfant, c'est le plus beau cadeau que tu puisses lui faire.

La jeune femme contrôle de plus en plus ses émotions, elle peut entendre la voix de Frank sans s'émouvoir à outrance, comme aux premiers jours. Elle a parfois l'impression très vive que Frank est à ses côtés, lorsqu'elle se glisse dans le lit où elle a connu l'amour.

Les lieux sont insonorisés, on n'entend pas le bruit du trafic, sur la route. De plus, c'est aménagé de façon à ce que l'entrée soit tout à fait privée. Alice gardait l'œil à l'affût. Au début elle redoutait devoir croiser Gaston ou une de ses filles sur son chemin, mais elle ne tarda pas à se rassurer, son intimité était bien protégée. Même Cléo lui parut ignorer l'existence du chic restaurant situé à l'étage inférieur, à l'avant de l'édifice. Alice soupçonne bien que la cloison sans ouverture, qui traverse l'appartement, la sépare des lieux occupés par ses filles qui s'adonnent à leurs ébats. Mais elle ne veut pas y penser. Depuis qu'elle a pris la décision fatale, elle s'évertue à faire taire les interventions de sa conscience qui l'assaillent de moins en moins souvent. Et pour cause: en un temps record, comme par magie, les affaires du restaurant, comme Alice aime à les désigner dans ses pensées, sont de plus en plus florissantes, elle s'émerveille; l'occasion lui était donnée d'apprendre qu'il suffit d'être fortuné pour se tailler une place au soleil, que cette place va de pair avec l'importance du pécule.

Elle se contente de sourire quand Coco la félicite de la façon dont elle sait aplanir les difficultés, relever les défis, gravir les étapes.

— Tous les jours je remercie le ciel pour une table aussi bien garnie, pour l'eau qui coule chaude du robinet, c'est si merveilleux qu'à chaque fois je crains que le miracle cesse...

Le bonheur de Coco ravit Alice, voilà un autre motif valable pour faire taire ses remords.

***

— Coco, réveille-toi, Coco. Je ne sais pas ce qui m'arrive, je suis toute mouillée.

— Tu quoi? Oh! Doux Jésus, bon saint Gérard-de-Loyola!

— Magella, Coco. Magella, lance en riant Alice. Ohohoh!

— Sainte Thérèse d'Avila!

— Vite, Coco, vite, qu'est-ce que je fais?

— Tu ne bouges surtout pas.

Coco court vers la salle de bains, prend une serviette, en fait un énorme tampon qu'elle glisse sous la robe de nuit d'Alice.

— 941, non, 911. Mon doux Jésus!

Alice gémit, Coco se tient près d'elle, morte de peur.

— Tiens bon, reste calme, respire doucement, nous y sommes presque.

L'ambulance s'arrête enfin, la civière roule sur les

dalles, deux larges portes s'ouvrent et se referment et Coco se laisse tomber sur un banc. Elle est si inquiète qu'elle ne réalise pas qu'elle est là en petite tenue et en pantoufles.

Une infirmière s'approche. Coco bondit sur ses deux pieds.

— C'est un beau garçon, félicitations, grand-maman.

Coco pleure et à travers ses sanglots elle s'exclame: je le savais, je le savais.

***

Seule à la maison, Coco erre d'une pièce à l'autre. La chambre de bébé est prête à accueillir celui qui, hier encore, appartenait au monde de l'infini.

«Il a failli me faire perdre la tête, ce petit. Quelle idée il a eue de naître comme ça, en pleine nuit! J'en avais oublié tous les noms des saints!» Elle s'installe dans la berçante de rotin et à tue-tête entonne les berceuses dont elle s'efforce de se remémorer les paroles. Bientôt elle les chantera pour le chérubin.

Coco chante si fort qu'il s'en fallait de peu pour qu'elle n'entende pas la sonnerie du téléphone. Elle court vers l'appareil. Si c'était Alice...

— Oui.

Après un moment d'hésitation une voix d'homme demande pour parler à Alice.

— De la part de qui? s'enquit Coco, intriguée.

— Je suis le gérant de madame, répond-il sur un ton des plus respectueux.

Le gérant de madame! Alors Coco peut faire part de la bonne nouvelle, partager avec lui le grand bonheur qui l'inonde: madame Alice repose à l'hôpital, elle a donné naissance à un fils magnifique!

Gaston communique l'information à Maude. Il n'en doute pas, elle sera divulguée à toutes les filles.

***

La naissance de François s'avère la plus grande joie qu'Alice ait connue de toute sa vie. Son bonheur est si grand que parfois il l'effraie. Elle sent presque la présence de Frank à ses côtés, elle se complaît à voir dans les traits du fils la réplique exacte du père. Il est tout chiffonné, presque chauve, braille à rendre l'âme mais sa mère le trouve splendide.

Elle aime d'un amour fou ce petit être frêle qui dépend maintenant d'elle, et d'elle seule. Tout lui semble possible, pour lui, à cause de lui. L'heure de la tétée est la plus merveilleuse de toute la journée. Elle aimerait que le temps suspende son cours, qu'ils en restent là, lui et elle, si étroitement liés, qu'il demeure à tout jamais ce poupon rose et glouton qui s'accroche à elle comme une sangsue, se gave à même son sein qu'il fait dégouliner sous la succion gourmande de ses lèvres caressantes. «Nous serons heureux, mon petit, je te le promets».

***

Maude organise une visite surprise qui se ferait à la mère, le dernier jour qu'elle passerait à l'hôpital. Ce soir-là, les filles se présentent les bras pleins de fleurs et de cadeaux pour l'enfant. Lorsqu'elles quittent, la porte se referme sur les heures les plus réconfortantes qu'ait connues Alice. Elles sont heureuses, heureuses et bonnes, pense-t-elle. Le regard brouillé de larmes, elle laisse ses yeux errer sur les jolies fleurs, les papiers de soie chiffon et les rubans qui couvrent son lit.

Avec une dévotion pieuse, Coco plie les vêtements miniatures. Des sentiments confus troublent son âme. «J'aurais dû être mère... je m'efforcerai cependant d'être une grand-mère à la hauteur!»

— Chère Coco, viens que je t'embrasse, tu trouves toujours des mots magiques pour souligner les grandes joies; allons, ne sois pas triste... ne pleure pas.

— Je ne suis qu'une vieille imbécile!

— Je t'interdis de parler ainsi de la grand-maman de mon fils!

— Toi, je t'aime! et ton fils! et toutes ces filles qui ont des cœurs d'or. Tu en as de la chance d'avoir auprès de toi un personnel aussi choisi. Le moins que l'on puisse dire est qu'elles ont du tonus!

Gênée, Alice détourne son regard. Elle ajoute tout bas, presque pour elle-même: «Je suis la plus mièvre de toutes.»

Coco n'entend pas les mots murmurés mais ressent l'amertume que laisse percer la voix. Elle se lève, pivote et lance joyeusement:

— Alice, je crois que je vais retourner à mes vieilles amours. L'heure des visites est terminée et je ne veux pas me retrouver seule; je veux partager ma joie avec Jos. Non! Ne proteste pas; sois tranquille, il ne saura pas où nous habitons... Il fut longtemps mon seul ami, je veux qu'il sache... puis, j'ai le goût d'une petite bière, pour mouiller tout ça... la surprise que je vais lui causer ajoutera à mon plaisir présent... tu me comprends, dis, Alice?

— Et je t'admire, ce besoin inné que tu as de faire plaisir, de tout partager, ta force devant la lutte, ta capacité d'aimer dénotent une âme magnifique.

— Je ne crois pas que ce soit inné, crois-moi. Il m'a fallu acquérir tout ça à force d'efforts soutenus tout au long de ma misérable vie; c'est elle, surtout, qui nous façonne avec ses soubresauts abrupts qui nous subjuguent, nous tyrannisent, nous bousculent. Les choix sont rares. Les miracles encore plus, comme celui qui s'est produit le jour où tu as frappé à ma porte... tu as réveillé en moi des tas de sentiments jusque-là endormis... mais voilà, je redeviens gâteuse, tu vois bien que j'ai besoin d'une bière.

Elle rit aux éclats, embrasse la jeune maman et sort en trottinant.

Pendant quelques minutes, Alice se sent honteuse pour tous ces mensonges, ces duperies qui se glissent dans sa vie. Mais, ce soir, elle veut oublier ce côté lugubre de son existence. Elle pense à son fils, à ces filles rieuses, s'étire et finit par s'endormir paisiblement.

***

La première nuit que l'enfant passe à la maison, Coco demeure à son chevet, jouant le rôle d'ange gardien. La respiration du marmot l'inquiète, son manque d'expérience des bébés lui fait redouter le pire.

Par contre, Alice s'y connaît bien, en nourrissons, pour avoir si souvent secondé sa mère, autrefois. Le bain et autres soins n'ont pas de secret pour elle. Elle passe des heures à regarder dormir son enfant. Des sentiments confus l'assaillent, elle va de la joie délirante à l'inquiétude. La pensée que son fils grandira sans père la préoccupe. Elle espère de toute son âme que les conséquences soient moins néfastes pour un garçon qu'elles ne l'ont été pour elle. Saurait-elle jouer adéquatement le double rôle du père et de la mère?

***

Pendant les quelques jours passés à l'hôpital, Alice avait revécu en pensée les mois précédents. Grâce au recul, tout lui semblait maintenant plus simple. Ne s'était-elle pas échauffé l'esprit inutilement? Elle donnait raison à Gaston sur un point: si ce n'est pas au Colibri-Vert que ces messieurs donnent libre court à leurs fantaisies, ce sera ailleurs. L'interattraction ne date pas d'hier, chacun cherche le compagnon ou la compagne qui soit apte à offrir ce que l'on cherche. Ce doit être la même chose sur le plan sexuel. Seules ses filles pourraient lui fournir des explications sur le sujet. Oserait-elle l'aborder et leur en parler? L'opinion de Gaston, en ce domaine, ne lui serait d'aucune utilité.

Toutefois Alice veut aller là-bas, voir ce qui s'y passe: l'ignorance aiguillonne sa curiosité. Elle ira, dès qu'elle serait remise sur pied.

Elle se souvient que lors du premier rendez-vous avec Frank, elle s'était étonnée de voir que la salle à manger était déserte. À sa question, Frank lui avait répondu: «Ils sont probablement passés au fumoir...»

Coco tente de dissuader Alice de sortir si tôt après l'accouchement. En vain, jamais Alice ne s'était sentie aussi en forme. Sa taille fine retrouvée n'en finit plus de l'épater. Enfin! elle pourrait se payer le luxe d'une grande robe à la hauteur de ses aspirations, elle aurait tous les escarpins de chevreau voulus pour accompagner ses toilettes.

Elle brosse ses cheveux, la glace lui renvoie l'image d'une femme jeune et belle. Alice sourit. Elle s'attarde un instant auprès du bébé endormi et promet à Coco d'être là bien avant l'heure de la tétée.

Gaston, surpris de son arrivée, se lève pour l'accueillir. Il lui paraît plus infatué que jamais.

– Où est situé le fumoir? demande Alice, sans préambule.

Gaston, interloqué, blêmit. Il semble avoir perdu l'usage de la parole. «Il cherche à gagner du temps», pense Alice. De l'inquiétude plein la voix, il parvient à murmurer faiblement: «Comment savez-vous? Qui...» Il se tait à nouveau, une lumière clignotante avait attiré son attention.

– Je vais être obligé de vous prier de sortir un

instant. Je vous expliquerai. Allez vous asseoir au bar, ce n'est qu'une question de minute.

Cette fois, il ne badine pas, le ton est sérieux. Alors Alice s'éloigne. Quelques clients sont attablés, le service est assuré par des garçons de table qui font un travail consciencieux.

— Monsieur Gaston vous prie de vous rendre à son bureau, lui dit le barman.

— Les visiteurs passent d'abord ici, explique Gaston, je dois veiller à ce qu'ils ne fassent pas de rencontres inopportunes...

— C'était donc ça. Gaston, je veux visiter les lieux, dans tous les coins et recoins.

— Mais il faudra le faire quand l'endroit est désert... vous comprenez? Le dimanche, il y a relâche, dimanche, madame pourra venir.

— Ces demoiselles seront-elles absentes?

— La plupart, oui, car elles ont soit un appartement ou une famille chez qui elles vont en visite.

***

Tout en se préparant pour se rendre au Colibri-Vert, Alice prend la décision d'avoir une conversation sérieuse avec son gérant. Car celui-ci l'entoure de trop de mystères, des questions restent sans réponse, il est évasif, rusé. Par contre, il semble avoir la main haute sur le personnel, sait assurer la bonne marche de l'établissement et ce qui plus est, les revenus ne manquent jamais de la surprendre. Alice doit admettre que quelles que soient leur divergence de caractères et leur inamicale relation, elle ne doit pas se mettre l'homme à dos. Il pèse trop lourd dans le rouage de l'organisation. Elle doit faire taire sa rancœur, être dans ses bonnes grâces, même s'il lui faut, pour ce faire, marcher sur son orgueil! Et ce, jusqu'au jour où elle mettrait un terme à ses activités.

Aujourd'hui elle souhaite rencontrer Géraldine. Celle-ci lui avait fait bonne impression, semblait plus sérieuse que les autres. Mais seule Reina était présente.

Après avoir visité les cuisines, Alice avait gravi l'escalier et arpenté les corridors. L'établissement étant fermé, le silence l'impressionna. Les portes des chambres étaient ouvertes, pour la plupart. Elles se ressemblaient toutes. Le mobilier luxueux, les décorations simples et de bon goût, la propreté impeccable, rien de particulier n'attirait l'attention, si ce n'est qu'à l'intérieur de chacune des portes, on pouvait observer un capitonnage sur lequel était peint un croquis invitant à l'érotisme. Alice regardait, bouche bée, n'en croyait pas ses yeux; ce qu'elle entrevoyait pour la première fois, la laissait estomaquée. Elle n'avait aimé qu'une fois, mais ce qu'elle en gardait de souvenir n'était pas illustré ici.

Les différentes positions exhibées lui semblaient être des tours d'acrobatie impossibles à exécuter, d'autres lui paraissaient de mauvais goût, dégoûtantes. Certains visages extasiés, d'autres torturés, semblaient avoir été empruntés à une mythologie très primitive.

Un frisson la parcourt. Elle ne parvient pas à s'éloigner de ces scènes lascives, se sent troublée dans tout son être; des sentiments nouveaux, qu'elle ne saurait définir, la bouleversent. «Sont-ce là les jeux de l'amour?» Était-ce pour les découvrir ou les goûter que ces maisons existent? Sont-ce là des plaisirs que l'homme ne peut connaître auprès de la femme qu'il aime?

Elle se laisse tomber dans un fauteuil, se prend la tête entre les mains, se rend compte qu'elle tremble, que ses jambes ne la portent plus.

«Grand Dieu que j'ai été naïve!» Mais Alice connaît bien, au fond de son cœur, la cause de son trouble: elle est jeune, a besoin d'aimer, son appétit sexuel dort toujours, là, dans tout son être et ne demande qu'à être réveillé.

Elle pense à Frank, à sa douceur, à la chaleur de son corps près du sien, à ses mains caressantes, à son haleine chaude qui chatouillait son cou, ses oreilles, à ses murmures incohérents auxquels elle ne prêtait pas attention tant elle était elle-même imprégnée de bonheur, de plaisir.

«Pourquoi es-tu parti? Pourquoi m'as-tu abandonnée? J'ai tant besoin de toi! Frank, je te veux.»

Ces derniers mots, elle les a criés, inconsciemment, elle les a criés très fort, sa voix s'est répercutée avant de s'engouffrer dans le passage.

Reina sursaute, elle se croyait seule. «C'est une voix de femme!» Elle s'avance et voit Alice, prostrée dans le fauteuil. Elle s'en approche et lui pose une main sur les épaules, Alice sursaute. Reina ne dit rien mais l'attire à elle, elle la conduit vers sa chambre, place devant elle des mouchoirs de papier. Sans retenue, Alice pleure.

— Je serai dans la chambre voisine, si vous avez besoin de moi. Reposez-vous.

La voix est douce, enveloppante, sans reproche ni arrogance.

Lorsque enfin Alice retrouve son calme, elle se sent stupide de s'être ainsi donnée en spectacle. Elle pense un instant à partir sans prévenir Reina, mais se ravise. Elle veut en savoir davantage. Alors il ne lui reste qu'à marcher sur son orgueil. La glace lui renvoie l'image d'une femme aux yeux bouffis, aux cheveux défaits: elle rage à la pensée qu'elle devra se présenter ainsi devant Gaston qui doit se morfondre en bas.

Reina se montre belle joueuse, elle badine.

— Vos émotions vous ont joué un vilain tour?

— Avouez qu'il y a de quoi être remuée, je n'avais aucune idée de tout ça.

—Je l'avais bien deviné; votre ignorance vous honore. Ça n'a rien de rigolo, ce n'est qu'un moyen de gagner sa vie. C'est le métier le mieux rémunéré. Au début, on éprouve certains scrupules, mais on s'y fait, on finit par comprendre. Ce n'est pas nous qui avons inventé le commerce du sexe. Le bordel existait déjà dans l'antiquité. On dit même que c'est dans ses murs qu'est né l'amour courtois. Pompéi, en Italie, était, au VIe siècle avant Jésus-Christ, le lieu de plaisance de riches Romains. Paraît-il qu'aujourd'hui encore on peut y voir des peintures magnifiques qui illustrent les mœurs d'alors. Au-dessus de la couche des courtisanes, une illustration indiquait la position dans laquelle la dame aimait qu'on la possède. Plusieurs grands auteurs vont jusqu'à prétendre que la position du missionnaire est la préférée de toutes, qu'elle s'est méritée le suffrage universel.

— La position du missionnaire? ne peut s'empêcher de questionner Alice, surprise de son intervention.

— Oui, celle que nous adoptons toutes, naturellement: couchées sur le dos, les genoux relevés.

— Ah! s'exclame Alice.

Elle ne s'attendait pas à une explication aussi crue, aussi franche, qui avait été prononcée sur un ton désinvolte, sans fausse pudeur. Alice pense à Frank, à sa nuit d'amour à elle, la sienne, la seule qu'elle ait vécue et lors de laquelle elle avait adopté, elle aussi, la position du missionnaire. Reina continuait son boniment:

— On retrouve les mêmes choses ailleurs, dans des îles grecques, les lieux invitaient aux ébats sexuels en plaçant à la porte d'entrée un phallus, ce qui ne pouvait prêter à confusion. L'homme était sans doute moins hypocrite, alors; aujourd'hui c'est la femme qui sert d'appât: est-ce à dire que nous sommes plus civilisés? En Orient, dans des cages en bordure de la route, on offre en location des femmes de joie que l'on peut choisir et s'offrir, selon son bon caprice. Tout est dans la tête. Plus près de nous c'est encore plus pernicieux.

Reina fait une pause, se tourne vers Alice et poursuit:

— Avec tous les mouvements de libération de la femme, c'est encore l'homme qui y a gagné; l'amour est devenu libre et par conséquent gratuit. Depuis qu'il y a relâche au niveau des mœurs, il y a un renouveau au sein de la luxure. Les filles de joie ont dû se renouveler, trouver des moyens plus subtils pour exercer leur métier. On tente de donner une allure légale au commerce sous formes d'escortes, de dames de compagnie. C'est plus élégant, mais le but est le même. Tous les hommes ne peuvent se permettre d'afficher la liberté des mœurs frivoles. Les gros bonnets se doivent de garder patte blanche à tout prix... ils ne doivent, en aucun cas, ternir leur réputation. Ce sont ceux-là qui forment notre clientèle; l'élite, la crème, ils sont membres de clubs privés qui ne sont pas fréquentés par qui le veut bien. Il faut avoir ses lettres de créances pour y accéder. Nous avons donc pour clientèle, la crème de la crème, celle qui paye bien, qui est prête à débourser beaucoup pour assouvir sa soif de plaisirs et participer aux jeux interdits. Là réside le secret du succès de cette maison...

Alice est médusée, elle ne peut s'empêcher de penser comment une fille si jeune, peut-elle ainsi résumer une situation, tirer des conclusions aussi subtiles? La vie qu'elle mène ferait-elle d'elle une femme avertie, mûre avant l'âge? Cette conversation la laisse perplexe. Après un long silence, elle hasarde:

— Dites-moi, vous parlez parfois avec Gaston?

— Très peu, nous, du Colibri-Vert, étions désaxées quand on nous apprit la fermeture de l'établissement. Nous formions un si bon groupe! Quand je me suis présentée chez vous, j'avais le cœur plein d'espoir. C'est sans doute mon exaltation qui a fait que je me suis confiée à vous aussi spontanément... c'était la première fois que je résumais ainsi ma vie, avec des mots, sans crise émotive. Tout dort en moi depuis si longtemps! Parfois j'étouffe. Vous savez, il ne saurait être question de faire des confidences à ces messieurs les clients... ils auraient vite fait de prendre la poudre d'escampette! Quant à Gaston nous ne l'aimons pas beaucoup. C'est un homme froid, insensible. Mais il faut admettre qu'il fait très bien son travail. Il est discret, poli et ne perd jamais le contrôle de ses nerfs. Il est le seul à connaître tous les clients et ceux-ci lui font entièrement confiance. Nous n'avons jamais eu de démêlés avec la justice et je crois que c'est à lui que nous le devons. Si vous voulez mon avis, je crois que les femmes... ne l'intéressent pas... Je vous en prie, que tout ça demeure bien entre nous. La discrétion est une qualité vitale dans ce milieu.

Alice sourit, à qui pourrait-elle colporter de tels propos?

«Quelqu'un vient», dit Reina.

— Comment le savez-vous?

— Regardez, le signal vert, là. Il y en a un rouge quand on laisse partir un client, ainsi, personne ne croise personne.

— Ça alors!

— Et Gaston contrôle le tout!

— Ah!

— Chut! Oubliez tout ce que je vous ai raconté.

Et, haussant le ton, Reina se met à parler de la pluie et du beau temps, elle se lève et ferme sa porte.

Sur le capitonnage figure un ange au visage souriant qui affiche un pénis démesuré orné de guirlandes de fleurs.

Alice pouffe d'un rire bruyant: elle s'arrête sec, place sa main sur sa bouche.

— J'ai oublié, murmure-t-elle.

— Riez autant que vous le voulez, la porte étant fermée le danger est inexistant... tout est insonorisé.

— Ça alors! s'exclame encore Alice. Et pour sortir inaperçue?

Reina tend la main.

— Même mes compagnes ne sauront rien de votre visite.

— Merci.

— Suivez le corridor jusqu'au bout, ne prenez pas l'escalier, gardez la droite.

Et Reina presse un bouton rouge qui assurera le passage libre. Alice pose les pieds légèrement sur le sol mais elle voit que l'épaisseur de la moquette étouffe le bruit que feraient ses talons. Comme par magie elle se retrouve à l'extérieur. Elle n'a pas revu Gaston... elle se retourne, la porte qu'elle venait d'emprunter n'est plus visible, elle s'est confondue avec le mur... Elle s'éloigne, perplexe. Il y a là un terrain de stationnement désert, elle le traverse, longe un mur, une fois derrière elle, se reconnaît, la cour intérieure qui est là, est la sienne et donne sur l'escalier qui mène chez elle. Elle se retourne, essaie de tout préciser dans sa tête, elle n'y parvient pas. «Un labyrinthe digne des contes les plus burlesques», songe Alice.

Pendant ce temps, Gaston se morfond. Comment se fait-il qu'Alice ne soit pas revenue par l'escalier? Pourquoi avait-elle parlé du fumoir? Comment sait-elle tant de choses? Serait-ce Feerman qui lui aurait tout expliqué? Croyant la voir revenir par le même chemin qu'elle avait emprunté, il va s'asseoir à la salle à dîner et lit distraitement le journal. Lorsqu'il s'aperçoit que la visite s'éternise trop, il revient à son bureau et à l'aide de l'ordinateur pénètre à l'intérieur de chaque pièce. Mais trop tard, l'écran ne lui montre que des chambres vides et dans l'une d'elles, Reina, allongée sur son lit semble dormir, sa porte est fermée. Dans une autre chambre il voit entrer Roxanne qui tient encore à la main son sac de fin de semaine d'où elle sort maintenant des vêtements.

La fripouille! s'exclame Gaston, furieux, elle m'a bien eu, elle connaît tout le mécanisme de l'affaire.

***

Coco entend la porte d'entrée, elle s'approche, tenant dans ses bras le jeune François.

– Eh! maman, ce bébé a faim! Mais, dis donc, toi, qu'est-ce que tu as? Tu es pâle comme un suaire, as-tu rencontré le diable? A-t-on idée de s'imposer telle fatigue en pleine période d'allaitement! Cours vite prendre un bon bain chaud pour te détendre. Allez, allez, bouge.

Alice ne demande pas mieux que d'obéir, elle est contente de se retrouver seule, c'est beaucoup à absorber en un seul jour; tout ce qu'elle a vu et entendu lui tourne dans la tête.

Lorsqu'elle reparaît enfin Coco s'exclame.

– J'aime mieux ça, tu m'as fait peur. Veux-tu bien me dire, Alice, ce qui t'es arrivé? Où es-tu allée?

– À l'école de la vie, j'ai assisté à un cours d'immersion.

– Ça manque de sérieux, tu t'arranges pour perdre ton lait. Contrôle tes émotions, François n'a pas à être pénalisé pour tes fredaines et tes caprices!

Alice n'en revenait pas. Jamais Coco ne lui avait parlé sur ce ton.

– Je badinais, Coco, je badinais.

– Occupe-toi de ton enfant!

La réplique avait été prononcée sur le même ton désapprobateur.

– Je te prépare un chocolat chaud.

– Cléo n'est pas ici?

– Alice... c'est dimanche!

– Oui, bien sûr... dis-moi, Coco, pourquoi lui confies-tu les courses?

— Et François, devrais-je lui confier François et courir les magasins?

— Je suis là, Coco, je suis là, moi.

Coco plisse les yeux. Embarrassée, elle s'éloigne. Alice s'étonne de la réaction que lui a causée sa remarque. Coco a failli donner libre court à ses pensées profondes et souligner clairement à sa cousine ses inquiétudes concernant son attitude et son égocentrisme. Oui, elle est là, de corps, mais absente d'esprit; l'ardeur et la dévotion qu'elle mettait à dorloter son fils s'étiole de plus en plus. «Tu agis comme une petite fille qui se désintéresse de sa poupée, aimerait crier Coco, le bébé te plaît quand il est fraîchement lavé et poudré, ton amour est inconstant!»

L'amertume qu'elle ressent ne fait que croître, Alice met de plus en plus de soins à sa toilette, les boutiques pour dames retiennent plus son attention que celles qui se spécialisent dans les vêtements d'enfants. Mais fait-on de tels reproches à une maman?

Il fut un temps où Coco s'efforçait par tous les moyens de faciliter la vie de la jeune femme, elle la savait aux prises avec d'énormes difficultés, financières surtout; la perte de Frank fut une longue et difficile épreuve à surmonter, elle dut envisager des tas de déboires, mais maintenant que tout semble rentré dans l'ordre, que les revenus de la jeune femme sont assurés, si on en juge par les dépenses qu'elle fait, pourquoi n'est-elle pas heureuse? Pourquoi cet air morose qu'elle affiche de plus en plus? Et ces longs silences, cette obstination qu'elle met à ne rien lui confier, comme si Coco n'avait pas la faculté morale de la comprendre.

Coco se sent très lasse, elle ne veut surtout pas paraître devant Alice avec ce visage défait par la peine qui la ronge. Elle l'interpelle:

— Tu ne dois pas t'absenter de nouveau, Alice?

— Non, Coco.

— Alors moi, je vais dormir.

Elle est sur le point de faire un tas de recommandations concernant le bébé, mais elle se contient et ajoute seulement:

— Bonsoir, Alice, embrasse bien le petit pour moi.

Coco ferme doucement la porte de sa chambre et reste là, pensive, à ruminer ses inquiétudes.

Chapitre 13

Lors de la rencontre hebdomadaire qui se tenait chaque samedi midi, Alice et Gaston échangeaient à peine quelques mots. Le gérant remettait à la jeune femme une épaisse liasse de billets de banque et le double du bordereau des dépôts de banque sur lequel figuraient les revenus de la salle à manger qui, seuls, étaient reportés au grand livre. Cette fois encore Alice ne put s'empêcher de se demander à combien s'élevait la somme qu'il devait s'approprier en sus de son salaire officiel. Elle se promettait d'interroger Reina, peut-être saurait-elle lui apporter certaines précisions sur la façon dont se passaient réellement les choses.

– Madame, comme à chaque année, il y aura relâche, dans huit jours. Tous auront congé, même le restaurant ferme ses portes.

Alice ressentit un pincement au cœur. Oui, de fait, elle se souvient du jour où elle s'était présentée au restaurant avec Coco, jour qui coïncidait avec la fête juive et qui maintenant lui rappelait l'anniversaire du décès de Frank.

Alice place l'épaisse enveloppe dans son sac à main et s'éloigne tristement. Le reste de la journée la laisse plongée dans la peine. Cet anniversaire ravive des souvenirs pénibles qu'elle veut à tout prix oublier. De vieux scrupules refont surface; Alice regrette avoir à dépendre de la prostitution pour gagner sa vie et celle de son enfant. Au début de l'aventure, elle s'était mille fois répété que ce n'était que pour un temps limité, que bientôt ses économies lui permettraient de changer cet état de chose.

Mais inconsciemment, elle s'ancrait de plus en plus

profondément dans la satisfaction de la réussite; l'appât du gain prenait le dessus sur les remords. Dans son esprit, fermente un projet: elle a une occasion unique de se montrer reconnaissante envers ces filles qui ne lui demandent rien et lui témoignent, à chaque occasion, beaucoup de compréhension et de fidélité. Puisqu'elles ont congé, elle leur offrirait un week-end à la campagne, dans un hôtel huppé des Laurentides.

Alice réunit ses filles dans le bureau de Gaston. Elle est émerveillée devant leur joie bruyamment manifestée; ça lui fait chaud au cœur. Pour ne pas laisser paraître l'émotion qui l'étreint, Alice se surprend à faire des recommandations sages: détendez-vous, délassez-vous, oubliez tout le reste, dénouez vos cheveux et laissez pénétrer le soleil. De grâce, demeurez digne, ne prenez pas l'allure des filles du métier!

Maude, la plus dégourdie, s'exclame:

— Ne vous en faites pas, Lady Cupidon, nous saurons garder la position verticale!

Toutes s'esclaffent. Alice se sent stupide. Roxanne ajoute mi-miel, mi-vinaigre: «et pas de gomme, pas d'ail et pas de pommes au bordel...».

— Pas de pomme? questionne Alice.

— Vous avez oublié? Un jour je vous ai croisée dans le hall, je mangeais une pomme et vous vous êtes exclamée: «Non, pas de pomme ici, j'ai horreur des pommes!»

La rencontre se termina sur une note de franche gaieté; à partir de ce jour, la jeune femme conserva son titre de Lady Cupidon.

Alice allait sortir lorsqu'une de ses filles vient lui confier qu'elle ne peut s'absenter et accompagner le groupe. Elle explique qu'elle n'aurait pas le loisir de contacter un important client car elle n'a aucun moyen d'entrer en communication avec lui.

— Mais la maison sera close!

— Je l'attendrai à l'entrée et lui ferai le message de façon discrète.

Alice hésite un instant puis elle ouvre son sac à main et donne une adresse:

— Je vous prête cette clef. Vous l'utiliserez si bon vous semble; n'oubliez surtout pas de me la remettre.

— Merci, merci pour tout. À propos, votre fils est toujours aussi mignon?

Les traits d'Alice se durcissent; Véranne réalise qu'elle a gaffé! Elle s'excuse et s'éloigne.

«Le seul moyen d'éviter ce genre de familiarité est de me tenir à l'écart. Je ne peux me permettre de laisser aucune d'elles se glisser dans mon intimité. Ce fut sans doute une erreur de lui avoir prêté cette clef! Et dire que je me mets martel en tête, je n'ai pas à me culpabiliser. Si le bordel existe c'est que certains hommes sont sujets à la paraphrénie et qu'ils trouvent là la solution à leurs problèmes, dont une paix relative. Pourquoi la femme devrait-elle être la seule à endosser toute responsabilité dans un jeu qui se joue à deux? Ah! et puis zut!» Elle hâte le pas pour rentrer chez elle.

Chemin faisant elle retrouve sa belle humeur au souvenir de la fille qui lui avait confié qu'elle n'aime pas faire l'amour avec les vieux, car ils sont toujours en pâmoison devant ses belles fesses roses, immanquablement survoltés, mais rarement capables de joindre le geste à la parole. Par contre, ils sont très généreux pour se faire pardonner leur déconfiture.

— Tu n'as jamais craint de devenir enceinte?

— Non, avait-elle répondu en riant, je garde toujours une caisse de Coca-Cola sous le lit.

Alice avait mis du temps à comprendre l'utilité du liquide effervescent...

***

Le soir de l'anniversaire du décès de Frank, Alice se rend auprès de son fils, le regarde dormir, paisible et beau, comme le sont les enfants endormis; sa menotte dodue repose sur un ourson rose. Elle s'attendrit et sent que sa peine va déborder, elle s'éloigne doucement.

Elle prend un châle dont elle se couvre les épaules et prend la direction du promontoire de l'Oratoire.

Elle est là, debout, immobile, plongée dans ses souvenirs. Ses yeux embués de larmes errent sur l'infini. Soudain le vent s'élève, se saisit de son châle blanc, le fait un instant tourbillonner et le laisse tomber sur le flanc de la montagne. La tache de lumière s'accroche un instant à la cime d'un arbuste, se secoue comme un papillon que l'on poursuit et reprend sa course folle. Elle le voit disparaître tout à fait. Dans son cœur, elle fait un rapprochement entre la destinée du carré de soie et son trop bref amour. Elle agrippe ses mains sur le parapet et se met à hurler dans la nuit. Elle hurle sa peine, elle hurle son désespoir, elle hurle sa solitude. Elle aimerait pouvoir pleurer, mais ses yeux demeurent secs. Elle regarde tout autour, écarquille les yeux pour scruter la nuit, le fichu n'est nulle part. Pourtant il est là, quelque part, comme l'était Frank le soir de sa mort. Il était là mais inaccessible, comme ce fichu: à tout jamais! Elle recule lentement. Une rupture vient de se faire tout au fond de son cœur; puisque tout lui échappe, lui file entre les doigts, elle n'aurait d'attention que pour son fils, il serait le centre de sa vie, la raison de toutes ses motivations, elle saurait le retenir.

La femme qui rentra chez elle ce soir-là n'était plus la même que celle qui avait quitté quelques heures plus tôt.

À partir de cette nuit, Lady Cupidon devint plus exigeante avec la vie, elle se durcit un peu plus chaque jour. L'ambition la rend parfois tyrannique. Coco crut d'abord qu'il s'agissait de cette grande peine ravivée par ce pénible deuil mais elle dut se rendre à l'évidence, la charmante, l'ingénue petite Alice devenait amère voire même acerbe, ne savait pas accepter sa souffrance, et encore moins les contradictions. Coco s'inquiète. Mille fois elle tente d'en discuter avec la jeune femme mais toute tentative échoue, Lady Cupidon, repliée sur elle-même, décourage tout dialogue. Coco réserve donc ses tendresses pour l'enfant.

Coco ne comprend rien à la morosité d'Alice et s'inquiète de la voir aussi taciturne. La jeune mère déborde de gaieté en présence de son fils qu'elle gâte outre mesure mais dès que celui-ci est au lit elle se renferme dans le mutisme.

À voir le train de vie onéreux qu'elle mène, à en juger par le luxe dont elle s'entoure, tout porte à croire que le Colibri-Vert rapporte beaucoup. Coco cherche à comprendre ce qui traumatise sa cousine autrefois si communicative. Elle s'efforce de lui faire plaisir, cuisine de bons petits plats, garde leur home d'une propreté impeccable. Il lui semble que de plus en plus, Alice accepte tout comme si c'était dans l'ordre naturel des choses. N'eut été l'amour que lui voue le jeune François, elle n'hésiterait pas à rompre avec cette vie sans amour. Elle n'en a que faire de ces manières de grande dame bourgeoise qui se complaît dans le faste sans que jamais rien ne parvienne à égayer son âme. Tout est trop facile: l'argent rend inutile toute lutte quotidienne, élimine tous soucis, ce qui laisse Coco désemparée; elle se sent manipulée, elle est devenue une «chose» dans toute cette histoire.

Ses soirées de folle gaieté avec Jos lui manquent. La vie des gens aisés lui paraît moche: les désirs sont assouvis avant même d'avoir été des rêves. Les contraintes de la misère imposent des luttes à soutenir et quand on réussit à les surmonter on se sent valorisé, ragaillardi. Le piquant d'autrefois manque à sa vie présente. Bien sûr il y eut l'excitation du «tout nouveau tout beau», mais il lui semble maintenant que la solitude et les souffrances morales sont plus pénibles que les ennuis financiers. Dans cette luxueuse et calme demeure, où tout est immaculé, elle s'ennuie du brouhaha de sa rue, où il y avait un va-et-vient constant, des éclats de voix des enfants, des êtres qui se crient des mots pas toujours tendres, bien sûr, mais qui prouvent qu'on est conscient de la présence de l'autre.

Coco s'accuse parfois de n'être qu'une ingrate, et c'est pourquoi elle n'ose faire des reproches à Alice. Cette femme est si repliée sur elle-même, si fermée aux sentiments des autres qu'elle ne saurait pas comprendre. L'échelle des valeurs diffère trop pour que le dialogue puisse avoir lieu. Alors, on s'en tient à des conversations banales qui excluent tout sujet intime. On ne parle que de pluie et de beau temps, des achats à faire, des souliers du bambin à remplacer.

François reçoit double dose d'amour; son jeune âge ne laisse pas encore percevoir le côté néfaste qu'aurait sur lui cet état de chose. Hélas! Coco le pressent, Alice apprendra un jour que la santé de l'âme est d'importance capitale et doit primer sur le succès matériel.

Même Cléo semble éviter Alice qui a le don de semer la mélancolie autour d'elle!

***

Au Colibri-Vert, les activités se poursuivaient. Parfois une fille de joie quittait le bordel mais était aussitôt remplacée par une nouvelle.

Alice se faisait un point d'honneur de ne pas intervenir dans leurs affaires de sexe ou de cœur. Pour elle, seul le résultat comptait.

Véranne était la belle d'un homme qui lui rendait

visite et hommages une fois la semaine. Il coûtait beaucoup au capricieux personnage ce rendez-vous clandestin. Monsieur avait insisté pour que sa belle lui réserve l'exclusivité de son amour et de son temps. L'intrépide Gaston avait juré à son digne client qu'il en serait tel qu'il le souhaitait. Véranne fut mise au courant de l'arrangement et réserva tous ses jeudis à son respectable client, à qui il arrivait, bien sûr, de briller par son absence, mais qui ne manquait jamais d'en payer le prix. Véranne respectait la consigne, trop heureuse d'être l'élue. Elle se souvenait du jour où Gaston l'avait priée de dîner dans la grande salle, de prendre place directement sous le lustre de cristal. Discrètement, elle avait observé tout autour car elle se savait l'objet d'une requête bien spéciale. Mais rien n'avait confirmé ses soupçons. Ce n'est que le lendemain, qu'elle sut qu'elle ne s'était pas trompée; Gaston l'avait convoquée, et lui avait expliqué l'entente prise. Véranne se devrait de le bien servir, ne pas lésiner, car si le monsieur est si généreux c'est que ses pulsions sont excessives.

Gaston lui en avait tant dit qu'elle fut effrayée le jour du premier rendez-vous. Qu'exigerait cet imposant personnage, ce richard?

Les trois heures passées en sa présence la laissèrent désemparée. Après l'avoir regardée, admirée sur toutes ses coutures il l'avait prié de se revêtir d'une longue robe de soie blanche qui, comme par hasard, se trouvait dans la penderie.

— Appelle-moi Tonton, la supplia-t-il agenouillé devant elle, s'accrochant au pan de sa robe. «Il est fou à lier», fut la première réaction de la fille. Tonton demanda à être puni car Tonton avait mouillé sa culotte et exigeait que sa nounou le lave et enduise ses pauvres petites fesses d'une bonne poudre à bébé. À la dernière supplique, Véranne éclata de rire. Oh! Tonton le prit très mal et l'égratigna; pour le punir elle le fit se mettre à genoux dans un coin. Tonton obéit; alors elle comprit. C'était son jeu à lui... Elle lava les petites fesses mais la bitte de Tonton demeurait ratatinée, boudeuse.

Après quelques heures de ces foutaises qui se ressemblaient toutes, Véranne se demandait combien de temps durerait ces stupidités. Heureusement, la montre-bracelet de Tonton ramena l'homme à la réalité en faisant entendre un air joyeux.

L'homme sauta sur ses ergots et sur un ton autoritaire, il s'écria, indigné:

— Mademoiselle, je vous en conjure, sortez de cette robe idiote, sur le champ!

Il se dirigea vers la salle de toilette, et il en ressortit vêtu de son complet marine, d'une cravate à pois, son crâne à demi dégarni se para de son couvre-chef et le vieux monsieur sortit dignement, la tête haute.

— C'est tout! s'exclama Véranne une fois seule.

Elle fut prise d'un rire hystérique. Décidément les hommes avaient de ces lubies qui n'en finissaient plus de la surprendre. Il n'avait même pas songé un instant à se pieuter.

Après plusieurs de ces séances où variaient les caprices mais jamais le thème, Véranne comprit que dans toute cette histoire, elle n'était qu'accessoire. Puisque Tonton aimait sa nounou, la nounou serait gentille avec Tonton: elle lui acheta un hochet rose et des sucettes qu'elle lui offrirait quand il serait sage; Tonton ronronna de plaisir.

Véranne coulait donc une vie douce, s'adonnait tout à loisir à ses études, mais dès que Tonton se pointait, elle se devait d'être là, attentive. Elle s'évertuait à inventer à son intention, des jeux qui enchanteraient un jeune enfant. Le vieux monsieur fut tout particulièrement ravi et fort généreux le jour où, oh! bonheur suprême, elle enduisit de miel ses deux seins dodus et lui ordonna de les lécher. Tonton roucoula.

Chapitre 14

La soirée avait débuté comme toutes les autres. Au dîner, le jeune François remarquant que Coco ne mangeait pas, prit une cuillerée de son potage et la lui offrit:

— Mange, Coco, c'est bon, bon!

— Cher petit ange! merci, oui, c'est bon, bon!

— Tu en veux encore?

— François chéri, ça ne se fait pas ces choses-là. Coco est grande, elle peut manger seule, dit Alice.

— Mais, Coco n'a pas faim...

Pour faire plaisir à l'enfant, Coco termina son repas et se dirigea vers la cuisine. Alice et l'enfant dialoguaient et elle les écoutait, mais ce soir, le cœur n'y était pas. Elle se sentait lasse, très lasse. Ça lui arrivait assez souvent depuis quelque temps. N'ayant jamais été douillette, elle se disait que ça passerait et ne s'inquiétait pas outre mesure.

Mais au milieu de la nuit, la douleur revint et cette fois, très aiguë. De peine et de misère elle se traîna jusqu'à la chambre d'Alice et s'agrippa à ses couvertures. Lorsque enfin la jeune femme se réveilla, elle fit de la lumière, elle avait cru qu'il s'agissait de François mais vit Coco, livide, qui glissa sur le bord du lit et, hurlant de douleur, s'affaissa sur le parquet. Elle tenta en vain de la ranimer. Elle appela à l'aide. Coco fut transportée à l'hôpital.

François était accouru et avait vu Coco, là inerte, étendue sur la civière. Alice eut beaucoup de mal à calmer l'enfant qui réclamait Coco à grands cris.

L'après-midi du même jour, Alice se rendit au chevet de la malade, celle-ci était consciente, elle gisait là, lucide et calme, le regard empreint d'une grande tristesse.

— François, murmura-t-elle, et elle ferma les yeux.

Rassurée, Alice quitta la pièce qui lui déplaisait par son austérité.

Les heures se succédaient, traînaient en longueur; Coco dépérissait. Parfois sa pensée s'accrochait à des souvenirs très anciens, des clichés effleuraient son esprit. Parfois c'étaient des images plus précises, dont la tête de l'enfant qu'elle adorait et qu'elle souhaitait revoir, puis tout se confondait, tourbillonnait, s'étiolait, se volatilisait et elle sombrait alors dans un sommeil léthargique.

À ces périodes creuses de total dépaysement succédait celle de la triste réalité. Coco le sentait, sa fin approchait. Alors un désir fou l'assaillait; elle voulait revoir François, une fois, rien qu'une fois encore.

Quand Alice reviendrait, elle lui ferait cette prière, elle ne pourrait refuser. Alice, cette petite qu'elle avait aimée comme si elle avait été sa propre fille, avec qui elle avait partagé le grabat, qui l'avait sortie de sa misère, comme elle l'aimait! À en avoir mal!

Bien sûr, elle était parfois hautaine, dédaigneuse, égoïste, mais aujourd'hui tout ça ne comptait plus. Coco s'accrocha à son espoir de la voir s'approcher de ce lit pour lui adresser sa requête, à Dieu elle demandait de lui accorder le délai nécessaire.

L'espoir aidant, Coco éloignait l'échéance: elle se cramponnait à la vie: «La petite viendra, la petite viendra.» Après, elle pourrait paraître devant son Créateur, dignement, résignée. Et le temps passait, minute après minute, une seconde à la fois!

L'appel téléphonique que reçut Alice ce jour-là la troubla beaucoup. Ce devait être sérieux, très sérieux. Tout en se préparant pour se rendre au chevet de sa cousine, elle faisait un retour en arrière, se souvenait de Coco dans ses pantoufles usées, la cousine qui l'avait protégée et secourue. Un frisson la parcourut, elle secoua les épaules pour chasser ces pénibles souvenirs, Coco doit guérir vite, et revenir!

Chaussée d'escarpins à hauts talons, moulée dans sa robe de shantung, les cheveux savamment coiffés, elle avançait sur les dalles froides dans le froufroutement de la soie.

Elle allait d'un pas rapide, le regard fixé droit devant elle craignant de voir de trop tristes réalités, comme celles qu'il lui avait été donné d'entrevoir lors de ses dernières visites. «C'est incroyable! Comment ces personnes peuvent-elles décliner ainsi?» s'était-elle demandé, horrifiée.

Arrivée devant la porte fatale, elle s'arrêta, avala sa salive, cligna des yeux, se préparant mentalement à affronter le drame qu'elle appréhendait devoir envisager.

Sur sa couche immaculée la moribonde luttait contre la mort. La porte s'ouvrit, lentement d'abord parce que très lourde et Alice entra. L'infirmière se dirigea vers Coco, s'affaira à ramener la couverture qui pesait lourd sur le corps endolori.

Lady Cupidon s'approcha et murmura: «Coco».

L'autre battit des cils, tenta de lever la main, eut une grimace qui se voulait un sourire.

— ...

— Oui, Coco?

— Veux...

— Que veux-tu, Coco?

— Fran...

— Il est très, très bien... et beau, il a grandi, il t'attend.

Coco ferma les yeux, murmura:

— Veux...

— Que veux-tu, Coco?

L'infirmière se pencha pour essayer de saisir les

mots trop faiblement murmurés. Elle regarda Alice, hochant la tête. Les yeux de la malade s'étaient fermés.

Alice se réjouit de n'avoir plus à subir ce regard perçant qui la fixait. Elle s'éloigna, hésita un instant et pivota sur ses talons. L'élégante dame sortit précipitamment.

Une fois de plus le destin se faisait cruel. Mais Alice ne saisissait pas encore la pénible vérité. Elle souhaitait ne jamais avoir à revenir en ces lieux par trop morbides! Elle regardait droit devant elle, pressant le pas pour s'éloigner au plus vite.

«La maladie est une calamité, murmura-t-elle, et tout ce qui l'entoure». Lorsque enfin elle se retrouva dehors, elle poussa un grand soupir de soulagement. Le mal ne pouvait qu'être passager, jamais Coco ne s'était plainte de quelque malaise que ce soit. Elle était dans le meilleur hôpital, bien traitée. Alice avait insisté pour qu'elle reçoive les meilleurs soins, qu'elle soit assistée d'une infirmière jour et nuit. Dès qu'elle reprendrait des forces elle reviendrait à la maison pour y faire sa convalescence. Mais, là-haut, dès que Lady Cupidon eut quitté la chambre, de grosses larmes rondes se formèrent dans les yeux de Coco, se brisèrent, glissèrent sur ses joues et lentement cheminèrent dans les sillons des rides qui couvraient le visage ravagé par les ans. Coco n'était plus!

***

Le décès de Coco jeta Alice dans le désarroi le plus total. Elle ne s'habituait pas au vide créé par son absence. Mille petits riens, auxquels elle n'attachait pas autrefois d'importance, prenaient maintenant des proportions énormes. Alice se sentait prisonnière, souffrait d'insécurité. La maison devenait trop grande, les responsabilités quotidiennes trop lourdes.

François qui s'était toujours avéré être un enfant doux et docile devenait de plus en plus renfrogné, entêté. Plus encore, son sommeil devint agité.

Décidément la vie s'acharnait à lui ravir un à un les êtres qu'elle chérissait le plus. Elle regardait dormir son fils et les larmes brouillaient son regard. «Il ne me reste plus que cet enfant à aimer. Il est si petit, si vulnérable!»

Lorsqu'elle se réveilla, le lendemain, elle fut étonnée de ne pas entendre la voix de son fils. Elle alla vers sa chambre, il n'y était pas. «François», cria Alice, effrayée. L'enfant ne répondait pas. Alors la femme courut à travers les pièces de la maison pour finalement trouver François qui dormait dans le lit de Coco.

«Il a un besoin urgent d'une présence constante auprès de lui.» Alice s'assura des services à temps plein de Cléo. Le fait que la jeune femme et l'enfant étaient déjà liés d'amitié, rendit la situation plus facile à supporter.

Alice eut la maladresse de ne pas avouer à son fils le décès de Coco. Elle lui promit qu'elle reviendrait un jour. Cet espoir rassura l'enfant. Et les jours passèrent permettant une certaine accalmie dans les cœurs traumatisés. Peu à peu, Alice reprenait confiance. Dans ses pensées, le souvenir de Coco rejoignit celui de Frank, ces êtres si chèrement aimés avaient, chacun à leur façon, marqué sa vie et tracé son destin. Pourquoi la mort était-elle venue faucher leur vie, alors qu'elle avait tant besoin d'eux. Pourquoi?

***

Les semaines qui suivirent furent si affreuses qu'elles ressemblaient plus à un cauchemar qu'à la plus triste des réalités.

Coco en quittant ce monde semblait avoir emporté

avec elle toute la quiétude, voire même tout semblant de paix que possédait Alice. Les drames se succédèrent à un rythme fou. Les efforts qu'avait faits Alice, ses projets et ses beaux rêves s'effondraient, tout s'effritait soudainement, comme si le mauvais sort s'était mis de la partie.

D'abord ce fut Gaston qui semblait s'être volatilisé. Alice, horrifiée, se rendit compte qu'elle ne savait rien de lui. Pas même son nom. Comment rejoindre un quidam? Elle réunit ses filles de joie et les pria de remettre les rendez-vous.

— Pourquoi? s'écria Maude. Pourquoi suspendre les activités? On peut opérer sans lui, ce n'est pas parce que le monsieur est alité pour un rhume que nous changerons notre train-train quotidien! Nous sommes des grandes filles! Lui, vous pouvez le remplacer, Lady Cupidon. C'est nous qui sommes indispensables, pas lui!

Devant le remous provoqué par ses inquiétudes, Alice décida de prendre temporairement la gérance des lieux. Ce qui faillit tourner au drame n'eut été l'intervention de Maude.

Un client se présente et voyant la jolie Alice, s'écrie:

— Tiens, du sang neuf! Quelle jolie belle brune s'offre à nous ce soir! Viens, ma belle nymphe de la nuit, toi et moi allons connaître ensemble une myriade de plaisirs fous dont tu rêveras toujours.

Il lève le bras pour attirer la femme vers lui. Alice, horrifiée, le gifle en plein visage.

— Tiens, c'est là ton style, ça me plaît, à moi aussi.

Il saisit Alice par la taille, la pousse vers le mur, immobilise ses mains pour qu'elle ne puisse se défendre et tente de l'embrasser.

Furieuse, Alice se débat de toutes ses forces. Elle hurle: «Salaud».

Maude, entendant crier, accourt.

— Tiens, mais c'est notre chevalier! Viens, mon valeureux démon, suis-moi dans la géhenne.

Elle l'empoigne par la chevelure et les deux énergumènes se perdent dans l'escalier.

Alice tremble des pieds à la tête. La rage laisse place à la frayeur. Elle entre dans le bureau où se trouve habituellement Gaston. Là, enfouie dans le fauteuil de cuir, elle fait des efforts surhumains pour se calmer. Elle se sent sale, atteinte jusqu'au plus profond d'elle-même. Comme un éclair surgit dans sa tête le souvenir de sa sœur Anne et de son grand-père. Elle se sent près de la crise d'hystérie.

***

Le lendemain de cette soirée morbide, elle s'informe auprès de Maude.

— Est-il un habitué de la maison?

— Hercule, bien sûr, même qu'il est très assidu.

— Et tu, tu n'as pas peur, tu, tu lui permets de...

Maude fait entendre un long rire qui n'en finit plus de s'égrener.

— Hercule est plus égrillard qu'autre chose; il aime les mots ronflants et les pirouettes mais il n'est pas vilain. Il s'agit de savoir le prendre. J'en connais de moins malléables! J'en ai connu surtout, oh! la la et que oui, j'en ai connu des plus coriaces... moins aisés à mater!

— Je croyais...

Lady Cupidon ne révèle pas le reste de sa pensée. Elle reste là, songeuse. Elle qui croyait que tout se passait calmement, sans anicroche, dans ce paradis d'amour.

Et Gaston qui ne donne pas signe de vie!

Des jours plus paisibles s'écoulent. Alice toutefois garde de sa mauvaise expérience un souvenir amer. À chaque instant, elle craint qu'un autre drame ne survienne. Quand elle entre chez elle, le soir, elle se sent vidée, rompue. Que peut-il bien être arrivé à Gaston qui ne se manifeste plus?

Le vendredi est toujours la soirée la plus mouvementée. Alice l'a compris car la salle à manger du Colibri-Vert est immanquablement achalandée ce soir-là. Mais depuis l'incident récent, Alice n'ose plus se présenter au restaurant. Elle craint de se retrouver en présence de ce chenapan, de cet Hercule. Devant lui, elle le sait, elle ne saurait contenir sa colère. Aussi se contente-t-elle de se tapir derrière le bureau de Gaston.

Le lendemain, elle décide de fouiller la pièce pour trouver des indices concernant son gérant. Peine perdue, elle ne trouve là que des factures pour les victuailles, d'autres qui proviennent de la buanderie, et la liste des salaires versés aux employés.

Dans un tiroir, elle déniche un appareil comme elle en possède un, qui sert à changer les postes de la télévision. Elle le prend et machinalement le manipule, rien ne se produit. Elle tente d'écrire son nom en se servant des touches du clavier: toujours rien. Elle continue de jouer son jeu et tout à coup le mot «fumoir» lui revint à l'esprit: miracle, l'écran s'illumine. Alors elle recommence à manipuler ce qui ressemble fort à son télésélecteur et voilà que sur l'écran de ce qui lui avait semblé être un simple ordinateur elle voit apparaître l'intérieur des chambres pour le moment désertes. «Ça alors! s'exclame-t-elle. Gaston, un voyeur, oh! le salaud!» Elle ne comprend pas que c'est là le poste d'observation tout désigné pour faire régner l'ordre dans ce lieu de débauche.

Ce qu'elle ignore aussi, c'est que paraîtra dans les journaux du lendemain le portrait robot d'un homme trouvé sans vie dans un appartement minable. La mort remontait à quarante-huit heures et semblait avoir été causée par une overdose. On cherchait à mettre un nom sur ce visage inconnu...

***

Alice rumine des tas de choses dans sa tête. Sa solitude est telle qu'elle ne réussit plus à dormir ses nuits complètes. Si Gaston ne revient pas, elle n'aura pas d'autre choix que de fermer ses portes, même si l'appât du gain la tenaille. Elle se sait incapable de gagner sa vie seule; tout semble lui échapper chaque fois qu'elle croit avoir assuré sa sécurité. Et sa conscience qui ne manque jamais de lui reprocher sa conduite! Pourquoi se ferait-elle plus de soucis que tous ces hommes qui se croient tout permis parce qu'ils payent pour les services reçus? Est-ce là l'équivalent à l'absolution plus la rémission due au péché? Ils ne s'inquiètent pas, eux! Ils se soucient encore moins du sort de ces femmes qu'ils s'offrent à volonté. Pour assouvir leurs caprices passagers. Pour eux la femme n'est qu'un simple joujou!

Elle manipule machinalement un coupe-papier qui traîne sur le pupitre, tout aussi machinalement elle met en marche le circuit fermé de télévision. Dans une chambre, un couple danse, dans l'autre deux de ses filles «jasent» et rient à s'en tenir les côtes. Soudain, Alice sursaute: «Ça alors! Mais c'est de la folie furieuse! Qu'est-ce que c'est que ce vaudeville? Pareille singerie ne relève sûrement pas des plaisirs sexuels! C'est absurde, démentiel, ils sont cinglés!»

Alice se lève, se rassoit, gesticule mais garde les yeux rivés sur l'écran. En cet instant, elle pardonne à Larousse la définition qui l'avait autrefois outrée. «Mâle: animal de sexe masculin, en particulier l'homme par opposition à la femme».

Le mâle gît là, étendu sur un paillasson de misère,

nu comme un ver, si ce n'est des rubans fixés à ses poignets et à ses chevilles qui le retiennent immobile, parfaitement écartelé. Le plus grotesque ou le plus cocasse de la situation (Alice ne sait plus quoi penser) est la tenue de la fille, elle-même en costume d'Ève, ses longs cheveux flottent, épars sur ses épaules, parsemés de papillons brillants. La taille et les chevilles sont parées de grelots qui doivent tinter à chacun de ses mouvements. Le poil du pubis est taillé en forme de cœur et enduit de paillettes scintillantes. La fille se dandine, s'approche de l'homme, assez prêt pour le toucher, mais s'en éloigne aussitôt, imposant le supplice de Tantale à son prisonnier. Celui-ci rue, joue des reins sur sa couche rude s'y écorchant les fesses mais malgré tous ses efforts son pénis demeure désespérément inerte.

La fille multiplie ses courbettes, se saisit d'une longue plume, en caresse la plante des pieds de l'homme, le bas-ventre, les aisselles, elle trempe son doigt dans un liquide et en humecte ses lèvres. Il semble gémir, ferme les yeux, se rue sur son grabat de torture. La dulcinée rit, danse, se louve, toujours hors de la portée de son amoureux, comme si le plaisir de le voir se languir l'amusait vraiment. «Ils sont devenus complètement dingues! C'est pour se faire torturer qu'il la paye? s'étonne Lady Cupidon. Ils ne connaissent rien à l'amour, ni au sexe! Et elle se remémore cette nuit merveilleuse où elle avait goûté l'extase dans les bras de Frank.

Alice soupire, ferme les yeux. Elle ne réalise pas que le spectacle burlesque auquel elle assiste émoustille ses sens, avive ses désirs. La scène la choque. Elle se sent soudainement honteuse à l'idée d'avoir associé son bel amour à ces ébats disgracieux. Rageuse, elle s'empare du coupe-papier et se met à marteler le pupitre. Accidentellement elle active le sélecteur et par le fait même est transportée dans une autre alcôve.

La scène qui se déroule maintenant sous les yeux de Lady Cupidon est aussi amusante que burlesque.

Un homme sans vêtement autre que ses chaussettes et une cravate nouée à son cou sur son torse nu, marche sur la pointe des pieds et fouille la chambre du regard.

Il avance vers le lit, se penche, regarde dessous, se relève, se rend jusqu'à la garde-robe, en ouvre brusquement la porte, y pénètre, revient vers le lit, se glisse dessous, en ressort du côté opposé et, toujours sur la pointe des pieds, se dirige vers la fenêtre, la sonde pour s'assurer qu'elle est verrouillée, tâte les tentures, se gratte la tête, avec sur le visage, une expression d'incrédulité.

— À quoi joue-t-il? se demande Alice. Où est passée la fille?

Le lit est ouvert, les draps sont rabattus sur le pied du lit et traînent sur le plancher. La partenaire semble s'être volatilisée.

L'homme paraît abasourdi. Le voilà qui reprend ses recherches. Cette fois il se dirige vers la porte qui mène au corridor, risque la tête, regarde dans les deux directions, referme la porte et s'y adosse, scrute encore la pièce. Il lève les yeux et regarde le plafond. Alice rit à s'en tenir les côtés.

Le voilà qui repart, ouvre les tiroirs de la commode, comme si la pauvre fille avait pu s'y tapir, jette tout sur le plancher. Pas de femme! Il s'accroupit sur le sol, se relève aussitôt et s'essuie les fesse de ses mains.

Alice rit aux larmes, la voilà aussi intriguée que l'homme qui, debout au centre de la chambre, regarde encore le plafond.

— Bravo, petite, bravo. Mais de grâce, où te caches-tu? murmure Alice.

Il n'y a plus de doute dans l'esprit de Lady Cupidon, ces deux là jouent à cache-cache!

Mais voilà que les choses se gâtent, monsieur semble irrité, fâché même. Il gesticule, mais rien ni personne ne bougent.

Monsieur ne semble plus avoir le goût de jouer, il lance tout ce qui lui tombe sur la main.

C'est alors que Maude se manifeste. L'ingénieuse fille s'était tout simplement étendue en travers du pied du lit avant de rabattre les couvertures sur elle, se confondant ainsi tout à fait avec ce qui semblait être un bourrelet formé par les draps.

Elle émerge dans un élan, riant, battant des mains, fière de son exploit. Mais, hélas! Monsieur ne prise sans doute pas l'astuce, Alice ne peut entendre les discours tenus mais comprend très vite que le client voulait bien s'amuser mais n'apprécie pas que l'on se paye sa tête!

Il saisit Maude par les cheveux, ne lui donnant pas le temps de se mettre debout il la projette sur le sol et se met à la rudoyer.

Maude cherche à se protéger, mais en vain. L'homme alors saisit la ceinture de son pantalon et l'utilise pour frapper la fille qui, effrayée, se met à crier. Le cuir lui lacère les jambes et les reins pendant que, recroquevillée, elle garde un bras replié devant son visage et se protège la poitrine avec l'autre bras.

Le jeu amusant, anodin, devient cruel, n'amuse plus le mâle devenu subitement démentiel.

Alice se lève, observe, plisse les yeux, incrédule. Est-ce encore un jeu idiot? Soudain, elle distingue tout à fait le visage de la jeune fille, qui semble terrorisée. Furieuse, Alice se lève d'un bond et tenant toujours à la main son coupe-papier, elle grimpe à l'étage.

Alice intervient. Une Alice horrifiée, si horrifiée qu'elle perd lumière. Elle lève la lame qu'elle tient et l'enfonce dans le bras de l'homme, le sang gicle.

— Toi, lève-toi, hurla-t-elle à Maude.

— Je ne peux pas.

— Lève-toi, idiote!

Ahuri, l'homme ne pense pas à fuir. Alice prend un bas-culotte, en fait un garrot pour arrêter l'hémorragie. Pâle comme un linceul, l'homme semble effrayé, n'ose pas bouger. Pourtant le sang de la jeune fille n'avait pas réussi à l'émouvoir!

— Va te laver, crie Alice à Maude.

— Maman! hurle le triste personnage.

— Toi, mon escogriffe, saute dans ton falzar et cours vers ta mère.

Sous la douche la pauvre fille pleure. Lady Cupidon sort et revient avec une flacon de lavande.

— Tiens, mon petit, asperge-toi.

— Merci, balbutie la fille.

Alice avait roulé les draps et les avait déposés dans la poubelle. Soudain elle éclate de rire.

— Je crois que je viens de faire plus pour faire réfléchir cet énergumène que n'aurait réussi un psychiatre en vingt séances sur le divan!

— L'animal!

— Pas de gros mots, jamais de gros mots, ça ne fait que durcir le cœur; c'est un accident du métier, un accident de parcours. De tout temps il y eut des dénaturés sur cette terre, le hic est de ne pas se trouver là en même temps qu'eux.

Cette fois, Lady Cupidon se sent dépassée. Elle avait réagi sous l'impulsion du moment et s'étonnait d'avoir su surmonter sa haine et son dégoût.

Pourquoi ce gueux avait-il imposé un tel traitement à cette fille? Cherchait-il à mousser ainsi son plaisir? Comment expliquer cette soif du mâle d'asservir la femme, la source se situerait-elle au niveau du pénis même? Certains mâles se soucient de leur tenue, de leur rang social, de leur foie, de leur bedon, mais tous doivent se prouver que leur appendice sacré est toujours vert, actif, sain. La science se penche sur cette précieuse partie de l'anatomie et excelle en trouvailles de toutes sortes pour soigner et entretenir ce précieux organe. Mais qui a fait de la femme la libido d'objet. Et ce, sans jamais se pencher sur l'interdépendance des besoins réciproques?

Et ce Gaston de malheur qui a filé! Si elle pouvait, en ce moment même, lui mettre la patte dessus, elle l'écrabouillerait! Comme elle se sentait profondément malheureuse!

Depuis la mort de Coco, ses soirées coulaient comme ses nuits, souvent peuplées d'angoisse et de cauchemars. Quand tout allait bien pour elle, elle n'avait pas pensé aux autres mais maintenant que tout allait mal, Lady Cupidon criait à l'injustice. Elle ne méritait pas, elle, tant d'épreuves et de contrariétés!

Chapitre 15

Véranne, joyeuse, détendue, profite de ses heures de liberté pour se faire belle. D'abord ce serait le massage de boue sur le visage et de jaune d'œuf dans les cheveux. Puis elle s'installera dans le bain tourbillon et se laissera caresser par l'eau parfumée pendant qu'elle se livrera à la lecture d'un roman récemment publié, dont on disait tant de bien.

Pour le moment, elle chantonne, ses cheveux ramassés sont retenus par un fichu de coton blanc. Elle ouvre le robinet, fait couler l'eau tiède dans ses mains et asperge son visage pour nettoyer les traces du masque raidi. La peau se fait de plus en plus satinée au fur et à mesure que le rinçage progresse. Elle est revêtue de sa robe de chambre de ratine, retenue par un ceinturon et chaussée de ses savates préférées dans lesquelles elle saute quand c'est l'heure du repos solitaire.

Elle est là, inclinée au dessus du lavabo, les jambes écartées, s'amuse à s'asperger avec de l'eau de plus en plus froide: l'astringent par excellence. Soudainement, elle s'arrête, un bruit inusité lui parvient; c'est l'heure de la journée où tout est habituellement calme. Elle reste immobile, tend l'oreille.

— Police! au nom de la loi, ouvrez!

Un frisson la parcourt. «Non pas ça!» D'instinct, elle ferme le robinet, recule, regarde derrière elle. Il y a là une porte qui ferme le placard étroit qui contient le nécessaire au nettoyage. Impossible de s'y cacher! Ses mains tremblent, elle regarde dans le réduit; elle y voit le seau et la vadrouille dont se sert le concierge pour faire le nettoyage des planchers.

Elle retient son souffle, s'efforce de calmer sa nervosité; elle prend des torchons, en place un sur son épaule, l'autre dans la chaudière, elle y dépose son sac à cosmétiques avec une boîte de savon et le contenant de poudre à récurer. Elle tient le tout d'une main, se tourne, se regarde dans la glace. Après une hésitation, elle bouge la pointe du tissu et brouille ses cheveux, quelques mèches tombent. Véranne a été victime, jeune, d'un accident d'automobile qui fut la cause de la perte de ses dents. Elle avait souvent pleuré devant l'horreur de sa bouche édentée, au moment de sa toilette. Elle n'hésite pas, elle enlève ses dentiers, les place dans la poche de son négligé, serre les gencives; la dimension de son visage change, l'expression aussi. Elle se mire. «Je dois agir vite!» Elle prend une profonde aspiration, courbe l'échine, traîne ses pieds dans ses mules éculées et risquant le tout pour le tout elle s'apprête à sortir.

Un policier est de faction devant la porte. Véranne gueule:

— Excusez-moi, mon petit.

Le policier fait deux pas de côté, elle le frôle de son sceau. Elle se dirige vers l'escalier dans lequel deux flics s'avancent, mais l'heure n'est pas à la réflexion. Elle s'engage en frôlant le mur. Miracle! Le plus colosse des deux se glisse derrière l'autre pour livrer passage à la vieille femme de ménage; Véranne s'enhardit, elle prend le corridor qui mène à l'arrière de l'édifice. Là, c'est plus calme, mais dès qu'elle ouvre la porte extérieure, elle voit, stationnées dans la ruelle, des voitures de patrouille. Elle se courbe davantage, étreint très fort l'anse de la chaudière qui lui coupe la main, traîne ses pieds, serre les gencives! Elle a une peur bleue. «Lentement, lentement, ma fille, ne pas courir, surtout!» Elle ajuste le chiffon qui glisse de son épaule et s'avance de son pas traînard entre les deux édifices qui lui font face...

Là, c'est la rue, la rue c'est la liberté. Des passants

regardent l'être insolite qui déambule, drôlement attifée, tenant son attirail de nettoyage à la main. L'étonnement des curieux ne semble pas l'atteindre. Elle va maintenant plus vite. Son cœur bat à se rompre. Véranne risque un œil derrière. Rien, personne! Libre, elle est libre! Un passant vient en sens contraire, elle le frôle et la vadrouille tombe, la frappe aux jambes. Elle trébuche. Là, étendue sur le trottoir, elle éclate de rire, d'un rire sonore, qui frise l'hystérie.

— Dis donc, la droguée, ça ne va pas?

— Oui, oui, ça va, monsieur!

L'homme hausse les épaules et continue son chemin. Véranne se relève, le timbre de sa voix l'a ramenée à la réalité. Un instant elle hésite, ne sachant pas quelle direction prendre. Elle regarde autour d'elle et voit une haie qui clôture un carré de pelouse. Elle se dirige là et y dépose ses articles de ménage; dans son sac de produits de beauté elle prend une brosse qu'elle passe dans ses cheveux. C'est alors qu'elle pense à ses prothèses dentaires. Elle les remet en place avec dédain. Elle plie son fichu qu'elle dépose dans le sac.

— Et je suis là, sans vêtement, sans argent! Les larmes lui montent aux yeux. Ses doigts viennent de s'arrêter sur un objet au fond de la pochette. Miracle! Un miracle s'est produit. Un jour, Lady Cupidon lui avait remis une clef, lui offrant un refuge bien à elle, alors que ses compagnes se rendaient à la campagne, elle lui avait fait promettre de la lui remettre. Véranne, pour être sûre de ne pas l'oublier, l'avait placée avec ses cosmétiques dans l'étui de toile. Mais voilà qu'elle voit qu'elle l'a encore en sa possession, ce simple petit objet lui épargnerait des tourments. Il n'était pas question qu'elle se rende à son appartement de peur d'y voir arriver la police; encore moins de retourner au Colibri-Vert. Véranne connaissait le danger que représentait la situation, elle ne veut pas de dossier judiciaire. Elle déambule maintenant au centre-ville dans sa tenue pour le moins bizarre. Certaines gens se détournent sur son passage mais la majorité l'ignore. Elle a une hâte folle de se retrouver entre quatre murs.

— Maudite saloperie, marmonne-t-elle.

Jamais un divan ne lui avait paru aussi douillet. Elle s'y cale, les tremblements la reprennent. «Maudite saloperie». Finis la paix, le revenu assuré, le charme de la présence de ses compagnes, les heures passées ensemble toutes sur le même plumard à se raconter fredaines et aventures, à rire, à se confier. Elle pensa à son calepin resté chez elle, dans le tiroir de sa table de chevet. Et si la police passait par là? La mise en garde souvent répétée de Lady Cupidon lui revint en mémoire: «Ne laissez pas de traces derrière vous, ne soyez jamais présomptueuses sur le sujet, je vous trouve parfois téméraires». Voilà! l'événement d'aujourd'hui lui donne raison.

En somme, je n'ai là-bas, rien de compromettant. Deux cent dollars et des vêtements, devrais-je tout perdre, ce n'est pas bien grave. Ma liberté vaut mille fois plus. Si seulement je pouvais savoir ce qui se passe là-bas, au Colibri-Vert!

Elle pense téléphoner mais se ravise; il ne faut pas, peut-être la ligne est-elle piégée. Elle en déduit logiquement qu'elle doit vivre dans l'incertitude la plus complète, qu'elle doit peser chacun de ses gestes avant d'agir, que sa liberté en dépend. Le refuge est anonyme. Ici, on ne pourrait jamais déceler le moindre indice qui indiquerait la raison d'être des lieux. Elle-même ignorait sous quel nom il était loué. On ne vient ici qu'occasionnellement. Elle comprenait enfin que Lady Cupidon avait parfois des raisons de s'inquiéter et de prêcher la prudence. Véranne pense au jeune François, qu'adviendrait-il de l'enfant si Lady Cupidon... Elle frissonne.

Ses savates gisent sur le tapis touffu, les jambes repliées sous elle, elle se surprend à haïr ce silence enveloppant. Elle se lève et ouvre la radio. À cet instant, elle pense au journal... Trop tard, demain... Elle se dirige vers la cuisine. Dans le réfrigérateur se trouvent quelques œufs, du fromage ranci. Dans un verre, placé bien en vue, se trouve un billet de dix dollars enroulé avec la note suivante: «Pour les imprévus... prière de remplacer». Elle sourit. Il ne lui reste qu'à attendre.

***

L'intervention de la police fut si subite que nulle autre que Véranne n'eut le temps de réagir. La rafle surprit les occupantes qui étaient toutes présentes y compris Lady Cupidon. Un ramdam terrible s'ensuivit. On s'énervait, on criait au scandale. Imperturbables, les policiers ne donnèrent aucun repos aux filles de joie qui furent poussées vers le «panier à salade» sans leur laisser le loisir de toucher à quoi que ce soit, dans la tenue qui était la leur au moment de l'irruption. Alice, chaussée de hauts talons aiguille et d'une jupe fourreau si étroite, n'aurait pu atteindre le marchepied de la wagonnette sans qu'un colosse ne la saisisse et ne la hisse vers l'intérieur. Le contact de l'homme la crispa, elle se mit à hurler de rage; elle vit, avec horreur, des curieux qui s'attardaient devant le défilé de ses filles et des photographes zélés qui croquaient la scène.

Maude s'approcha et regarda Lady Cupidon, elles se comprirent: le merdeux avait sans doute vendu la mèche. Dès que la porte se fut fermée sur elles, dans un bruit métallique qui les glaça jusqu'aux os, Géraldine, se penchant vers Alice, lui chuchota à l'oreille: «Ne dites rien, pas un mot, demandez la présence d'un avocat.» Alice frémit.

La randonnée dans les rues de la ville était commencée, le cauchemar débutait. Une des filles pleurait à rendre l'âme, l'obscurité était presque totale. Parfois de derrière la grille qui séparait les prisonnières de leur bourreaux, surgissait le rayon d'une lampe de poche. C'était lugubre au possible.

Géraldine s'expliquait mal l'absence de Véranne qu'elle avait croisée quelques minutes avant la descente. «Nous aurait-elle trahie, par excès de zèle? Ça lui paraissait impossible, elle était mon amie, elle m'aurait prévenue.» Mais elle crut bon de garder cette réflexion pour elle-même.

***

Peu à peu, Véranne retrouve son calme, tout s'était passé si vite, de façon si inattendue, qu'il lui était difficile de se faire une idée juste de la situation.

L'absence de Gaston occupe maintenant sa pensée. Lady Cupidon l'aurait-elle remercié de ses services et il se serait vengé en vendant le pot aux roses? Ça lui semblait absurde: au contraire, il avait avantage à ne pas vendre la mèche, car il se trouvait mêlé à cette affaire depuis trop longtemps.

Au moment de la descente, elle en avait la profonde conviction, il ne se trouvait aucun client sur les lieux; en outre, il lui semblait que les activités s'étaient ralenties depuis quelques jours. Quel en était la raison? Quel était le clou de toute l'affaire?

«Que puis-je faire? Comment savoir!» Une idée lui traverse l'esprit: sa meilleure chance d'apprendre quelque chose de pertinent est de se rendre au palais de justice, peut-être qu'avec un peu de chance, elle pourra y rencontrer quelqu'un qui la mettrait sur la piste. Plus elle réfléchissait, plus ce lui semblait la meilleure chose à faire.

Demain, j'aviserai. Véranne se roule en boule et cherche le sommeil qui tarde à venir. Lorsqu'elle se réveille, la lumière du jour se glisse faiblement entre les lattes des stores. Un instant dépaysée, elle ne tarde pas à se remémorer le drame de la veille.

Véranne étudiait le droit, elle en était à sa quatrième année universitaire, encore quelques mois et elle aurait quitté le Colibri-Vert qui lui avait permis d'étudier à loisir, loin de tout problème pécuniaire. Aussi, elle lutte avec elle-même, ne valait-il pas mieux qu'elle laisse les événements suivre leur cours sans intervenir? Ne prenait-elle pas trop de risque en se mouillant les pieds dans cette affaire? Elle pense à Géraldine qui, elle, étudie en médecine. Elle pense à toutes ses compagnes auprès desquelles elle a vécu pendant toutes ces années. Elle reste là, figée, en proie à son dilemme, tiraillée entre deux choix. Écouterait-elle son égoïsme qui lui suggère de ne s'inquiéter que de ses intérêts personnels ou son cœur qui l'incite à secourir ses compagnes? Elle qui ferait bientôt corps avec la justice, n'avait-elle pas l'obligation morale de ne pas intervenir afin que la situation suive son cours normal?

«Je perds un temps précieux à m'endormir avec des sornettes, je moralise comme une oie blanche, je suis égoïste et lâche!»

Véranne se lève, se dirige vers la garde-robe de la chambre. Dans un sac de plastique se trouvent quelques robes, une droite, toute simple, qui porte encore l'étiquette: c'est la première robe tuyau qu'a autrefois dessinée Alice. L'autre est de jersey caramel, ajustée à la taille, avec mouvement au bas de la jupe... Véranne l'enfile, se mire dans la glace, noue son abondante chevelure, enfile des souliers un peu justes, saisit un sac à main, elle y dépose le billet de dix dollars. Le cœur plein d'espoir, elle quitte son refuge, d'un air décidé.

***

Véranne s'arrête à un kiosque à journaux, consulte les titres, rien n'attire son attention. Elle reprend sa course. «L'affaire ne s'est pas encore ébruitée, c'est trop tôt, pense-t-elle». Si elle avait acheté un journal, elle aurait pu découvrir le nœud de l'intrigue: le portrait robot de Gaston, dont le corps reposait à la morgue et que l'on cherchait à identifier. Le portrait fut publié à quelques reprises, ce qui ne manqua pas d'attirer l'attention de certains fervents des lieux qui, alertés, restèrent à l'écart.

Alice avait bien raison de se méfier de Gaston: celui-ci semblait trop parfait pour être réel! Il ne prenait pas de congé, ne se liait d'amitié avec personne, donnait l'impression d'être un forcené du travail. Plus d'une fois, Alice s'était demandée pourquoi il déployait autant d'énergie pour assurer la rentabilité du Colibri-Vert. Cette question la tenaillait, elle s'était jurée de l'élucider.

Gaston n'avait qu'une passion: la drogue, il vivait pour elle, à travers elle. Elle seule lui donnait l'assurance, la hardiesse, le courage. De son vice il était vite devenu l'esclave, ses besoins n'avaient cessé de grandir, aussi il travaillait sans relâche, assurait les longues heures de travail sans accepter de partager la charge afin d'en contrôler tout le revenu.

Gaston vivait seul dans une minable pièce perchée à trois étages du sol. Il évitait tout contact, ne se liait jamais d'amitié, prenait ses repas au Colibri-Vert et la journée terminée, il réintégrait son misérable logis et, derrière les rideaux tirés, s'offrait la récompense ultime. Un jour, il exagéra la dose, son euphorie fut peut-être douce, ses hallucinations extatiques mais son «trip», si merveilleux fut-il, a été le dernier.

Alertés par l'odeur nauséabonde du cadavre, les

voisins avaient fait la macabre découverte de cet homme sans nom, qui semblait vivre là de façon temporaire. Quelques habits du soir, d'une grande élégance, des draps très fins, quelques babioles furent trouvées, mais aucun papier qui eût pu aider à l'identifier. Par contre, une importante quantité de cocaïne se trouvait sur les lieux.

À la suite de la publication du portrait de l'homme, on reçut un banal appel téléphonique qui réussirait à ébranler à sa base, l'organisation si patiemment montée pour administrer ce nid des amours interdites qu'était réellement le Colibri-Vert: On croyait reconnaître en cet homme le gérant d'un chic restaurant: le «Colibri-Vert».

Voilà que ça promettait de devenir intéressant! Sans doute le restaurant servait-il de couverture à un important réseau de drogue. Ce n'est qu'une fois sur les lieux que les officiers de la justice comprirent qu'il s'agissait là d'une maison close, sans doute florissante.

Rien ne leur permettait cependant de faire le lien entre le corps de l'homme qui gisait à la morgue et ce qui se trouvait sur les lieux. On préleva des empreintes et passa au peigne fin le sanctuaire de ces dames. On ne respecta rien, on fouilla les murs, les matelas, on tailla dans le velours des fauteuils. Peine perdue, elles avaient les pattes propres, les petites. Ça ne signifiait pas la libération pour autant: quelques lignes insérées dans les pages du code criminel le confirment. Celles qui violent la loi en faisant le trafic de leur corps doivent en répondre devant l'autorité!

Pendant que l'on massacre le paradis des jeux interdits, Véranne pénètre au palais de justice. Sa connaissance des lieux aidant, elle se rend à l'étage des assises criminelles, elle laisse errer son regard sur ceux qui se trouvent là, espérant voir un visage ami. Elle s'installe sur un banc qui longe le corridor, elle se sent tendue, se tient droite comme un pylône, ses souliers, trop étroits, la font souffrir. Voilà que de paisibles qu'ils étaient, les lieux deviennent achalandés; il doit y avoir reprise des activités des tribunaux.

Peu à peu le va-et-vient cesse, seuls quelques policiers font les cent pas: service de l'ordre, sans doute. Un homme à la toge de soie s'avance, à pas mesurés, sûr de l'impression qu'il crée. À chacun de ses pas, la robe se gonfle autour de lui, lui conférant un air important, il passe si près de Véranne que le pan du majestueux vêtement frôle sa jambe. Il s'arrête devant une porte, hésite, redresse la tête, la porte s'ouvre, derrière on entend le remue-ménage que fait l'assistance en se levant.

Véranne a d'abord baissé la tête pour ne pas être remarquée, puis elle frémit, elle connaît cet homme! Elle l'observe alors qu'il pause, elle n'en doute plus; aussi impossible que ça puisse sembler, elle doit le croire, se rendre à l'évidence. C'est lui, c'est son généreux pourvoyeur, son Tonton chéri qui aime les toutous de peluche et ses seins au miel, le Tonton qu'elle berce si souvent dans ses bras, dont elle a lavé les fesses! Elle n'en revient pas, se croit victime d'une hallucination, elle veut savoir! Elle pense entrer dans la chambre d'audience mais craint qu'il ne la repère. Elle se dandine sur le banc, aux prises avec sa curiosité qui devient de plus en plus vive.

Risquant le tout pour le tout, elle se lève, le plus doucement possible, elle ouvre la porte et se glisse à l'intérieur. Un policier la regarde et lui indique une place libre au fond de la salle. Dès qu'elle est assise, elle regarde dans la direction de l'éminent magistrat. Sa tête est appuyée sur le dossier du fauteuil, ses yeux fermés, ses bras croisés. Celui qu'on a surnommé l'auditif, se contente d'écouter.

Le Juge Faraud est redouté de tous, ses savants

exposés ont fait frémir plus d'un avocat. Il est très strict et sa façon de jauger un témoin est souvent très surprenante. Il parle peu, ce qui énerve les plaideurs car ils ne savent jamais à quoi s'en tenir avant la fin du procès.

Impassible, l'honorable Juge demeure hermétique, imperturbable, ne laisse percevoir aucune émotion qui pourrait aider la partie défendante à diriger son interrogatoire.

Grâce à cette tactique déconcertante il avait décortiqué de savantes intrigues, désarçonné des grands hommes protégés par la puissance politique ou sociale, il avait percé des mystères de tout acabit et fait frémir des blocs de pierre. Parfois il inclinait la tête, on croyait qu'il somnolait, les procureurs s'énervaient, bafouaient, se mettaient les pieds dans les plats: en somme Faraud connaissait la bêtise humaine et savait miser sur les erreurs des orgueilleux qui tôt ou tard parlaient trop, s'embourbaient, vendaient la mèche.

L'honorable Juge Faraud en tirait toute la gloire, son jugement était respecté, tous l'admiraient sans oser le lui dire, car il était d'une droiture qui ne permettait pas que l'on ose discuter justice en sa présence. On l'admirait, on le redoutait.

«C'est impossible, tout à fait impossible, pensa Véranne, pourtant, c'est bien lui!» Elle n'en croyait pas ses yeux. De cet instant, elle n'entendit, ne vit plus rien. Dans sa tête, mille pensées l'assaillaient en même temps, ses oreilles bourdonnaient, elle était surexcitée, craignait d'être victime d'une hallucination. Elle s'efforçait de demeurer calme, de penser sensément, il lui fallait réfléchir et vite!

Elle avait maintenant la certitude que le sort de Lady Cupidon et des autres filles reposaient sur ses épaules, elle ne devait pas commettre d'erreur. Elle ferma les yeux et pensa: «Si seulement il parlait, si je pouvais entendre le timbre de sa voix!» Mais l'honorable magistrat se taisait, gardait un visage impassible. Véranne quitte la salle d'audiences le plus discrètement possible et retourne dans le couloir.

Nerveuse, elle fait les cent pas. Sur une porte elle lit l'inscription: Honorable Juge R.C. Faraud.

«Mais... c'est d'ici qu'il est sorti pour se rendre au tribunal...»

Elle jette un regard furtif tout autour, hésite un instant, puis se glisse à l'intérieur. «Si je me suis trompée, je le saurai assez tôt, je n'aurai qu'à m'excuser et partir.»

Une attente qui lui semble interminable commence. Celle qui bientôt, sous l'oeil protecteur de Thémis, devra s'appliquer à faire respecter la loi, improvise le plus incohérent des plaidoyers qu'il lui sera donné de prononcer dans sa future carrière.

L'homme entre, voit la jeune fille, l'invraisemblable face à face le déroute. «Elle? ici, dans sa chambre privée, au palais de justice!»

Véranne, d'un ton déférent, décline nom, prénom et profession.

«Je me dois de vous informer, votre honneur, qu'une malencontreuse injustice est sur le point d'être commise: l'arrestation d'un groupe de jeunes femmes contre lesquelles, à mon avis, ne pèse aucun mandat. Véranne spécifie que les lieux étaient libres de toute présence illicite, qu'aucune infraction à la loi n'avait cours au moment de la descente. Elle insiste sur ce point, parle de vices de procédure.»

L'homme de robe se tait. «Nous en sommes donc toujours à l'époque où l'on enfonce la porte pour savoir ce qui se passe derrière? C'est le sentiment que j'ai eu en voyant ces policiers faire leur intrusion au Colibri-Vert». Dès qu'elle a prononcé le nom, Véranne le regrette, mais c'est trop tard, elle hésite un instant et reprend: «Pourtant, il n'y avait là-bas aucune activité, aucun client sur les lieux, par conséquent aucune sollicitation de faite, par aucune d'entre nous.»

Véranne fait une courte pause, puis enchaîne:

— Pourquoi l'argent qui passe de la main d'un mâle à celle de la fille devient-il illicitement gagné? Il n'existe donc pas d'argent illicitement dépensé? Je n'eus qu'un seul client, régulier comme l'horloge, un jour, oui un jour, je le remercierai car il aura permis à une fille qu'il croit sans doute être une fille de rien, d'avoir décroché un diplôme universitaire, et peut-être aussi d'avoir pu orienter sa vie d'une façon plus sage après avoir fait taire ses propres scrupules pour satisfaire ses goûts exotiques. De tout temps, on se scandalise que des filles de joie que l'on qualifie dédaigneusement de putains, de racoleuses, choisissent de gagner ainsi leur vie. Pourquoi n'en auraient-elles pas le droit? On le fait bien avec sa tête, ce n'est là qu'une partie du corps, pourquoi est-ce moins noble de le faire avec ses fesses, par pruderie?

L'homme se tait toujours, Véranne voit, dans ce silence, une invitation à poursuivre son discours. Elle explique:

— Je fus mise, un jour, en présence d'une vérité sans équivoque: d'un côté, j'avais besoin de gagner ma vie, de l'autre, il y a sur terre des hommes généreux qui ont des fantasmes à assouvir et qui recourent à une étrangère pour lui faire remplir le rôle qui leur répugnerait de voir tenir par leur épouse. Pendant ce temps, les législateurs étudient la possibilité de légaliser la prostitution afin qu'une quote-part des revenus puisse être déduite à la source et rejaillir dans les goussets de l'État.

Au moment où elle avait prononcé les mots déduits à la source, Rosanne avait eu un certain sourire.

— Qui sait, continua-t-elle, dans un mois, six, douze peut-être, serons-nous acceptées par notre chère société, protectrice de la vertu, au même titre que le divorcé ou l'homosexuel.

Elle fit une pause et renchérit:

— Je remercie votre seigneurie de m'avoir écoutée, de m'avoir permis de m'exprimer aussi sincèrement: j'aime ces filles, elles sont mes sœurs, mes amies, elles sont humaines, loyales, beaucoup plus qu'on le croirait. Notre misère existe mais ne vient pas de nous seules, elle provient de la complicité des mâles capricieux qui, eux, s'en tirent patte blanche!

Véranne, à bout de souffle se tait enfin. Sa colère laisse subitement place à la gêne, son visage s'empourpre, encore un peu et elle s'excuserait.

L'homme daigne enfin cesser de fixer le mur qui se trouve devant lui, un instant leurs regards se croisent. Il tend la main, prend le Code criminel et le place devant la jeune fille, de l'index il pointe l'article 195.

Il se lève, enlève sa toge, Véranne voudrait fondre tant elle a honte. Elle s'éloigne la mort dans l'âme.

***

Le lendemain matin, deux policiers se présentèrent et prièrent Lady Cupidon de les suivre. La phrase jetée par Géraldine lui revint en mémoire: «Ne dites rien». Elle suivit son escorte qui la mena au huitième étage de Parthenais. Une fois entrée dans une pièce exiguë, ils la firent s'approcher d'une fenêtre couverte d'un rideau, celui-ci glissa et Lady Cupidon vit, de l'autre côté de la vitre, nul autre que Gaston étendu sur une civière.

— Gaston! cria-t-elle à tue-tête.

Elle venait d'identifier le corps de l'homme. Mais on ne put tirer d'elle aucune autre forme d'information.

Revenue dans sa cellule, où on la traîna presque,

Alice se laissa glisser sur le sol, se roula sur elle-même et se mit à gémir. «Maman, maman...»

Tout se bousculait dans sa tête. Trop de choses lui échappaient. Une fois encore la mort avait fauché un être qui s'était approché d'elle. Elle se crut maudite, frappée d'un mauvais sort. Peu à peu, elle sombra dans un engourdissement profond, incapable de pensées cohérentes.

***

Dès qu'il se retrouve seul, l'homme de la Justice laisse tomber le masque et se sent en proie à un grand désespoir: sa carrière, sa vie, sa réputation, tout dépend maintenant de cette fille.

Son honorable personne le préoccupe tant qu'il ne parvient pas à mettre de l'ordre dans ses idées. Ses facultés semblent se figer sous le choc qu'il vient de recevoir.

Un souvenir cuisant fait surface. Un jour qu'il avait amèrement sermonné son fils qu'il avait surpris travesti en fille, celui-ci avait coupé court à la semonce: «Je ne veux pas de votre morale, de votre conformisme, père, connaissez-vous le vieux dicton qui dit: «Si haut que soit ton trône, tu n'y seras toujours assis que sur ton cul!» Aujourd'hui l'un et l'autre sont en cause!

L'intraitable monsieur a des sueurs froides, après avoir si longtemps redouté que l'inconduite tapageuse de son fils n'entache son nom, il n'a plus qu'à s'en prendre à lui-même: il est l'artisan de son propre malheur!

Tout haut il gémit «Grand Dieu! Si mon fils devait apprendre tout ça!» Celui qui se réjouissait de pouvoir pénétrer les raisons secrètes des choses est tout à fait décontenancé. Après avoir si souvent sondé les reins et les cœurs, jugé ses semblables, prononcé maints et maints jugements, lui, un pilier de la justice, venait de rencontrer son Waterloo.

La voix rauque et chaude de Véranne lui revient en mémoire. Elle avait l'allure d'une petite fille, auprès de qui il goûtait la détente, elle savait le distraire, l'amuser, il avait pris goût à ce jeu; la jeune fille lui inspirait confiance, il se souvenait de l'instant où elle lui avait confessé, avec le sourire, qu'elle devrait bientôt lui dire adieu car elle quitterait l'école et entrerait sur le marché du travail. «Ruse du métier» avait-il songé, et il s'était montré très généreux, ce jour-là.

Voilà que ça coïncidait avec ce qu'elle venait de lui apprendre, ici même, quelques minutes plus tôt. Elle ne blaguait donc pas?

Dans sa tête, il établissait le parallèle entre le visage enfant de la belle fille à la longue crinière qui flottait sur ses épaules, à la croupe cambrée, légère sur ses pieds agiles, qui râlait comme un jeune faon: la fille de ses ébats et la femme qui venait de le quitter, au visage empreint de sérieux, aux cheveux tirés, à la tenue impeccable. Puisqu'elle n'était pas en taule avec ses compagnes, qu'elle n'avait pas été inquiétée, pourquoi avait-elle fait cette démarche? Pourquoi se trouvait-elle au palais de justice? S'agissait-il d'une supplique ou d'une mise en garde? Elle semblait plus confuse que sûre d'elle-même... Alors? Était-ce un jeu du hasard? Étant donné qu'elle connaissait son identité, serait-ce une forme de chantage?

Ou vraiment cherchait-elle à protéger, à aider ses compagnes du Colibri-Vert?

Qu'elle soit, ou pas, venue en émissaire, il devait, pour sa propre sécurité, se pencher sur cette affaire.

Chapitre 16

Thérèse Bellefeuille s'est attardée à terminer la robe qu'Anne étrennera demain, étant en retard pour le travail, elle hâte le pas. Le soleil de cette fin d'après-midi est radieux, le sentier tant de fois emprunté lui semble long à parcourir.

Thérèse fait sont entrée au Pub, comme à chaque jour, elle préparera les tables pour le repas du soir, avant que la clientèle n'afflue dans le bar-restaurant. Fait inhabituel, la place est déjà très achalandée; étonnée, Thérèse s'empresse à mettre son tablier, le silence ambiant ne manque pas d'attirer son attention, il lui semble, en outre, que tous les yeux sont braqués sur elle.

Un arrogant personnage s'approche de la femme et, effrontément pose sur son sac à main un journal qui affiche, en première page, un titre ronflant: «Descente dans un bordel» écrit au-dessus d'une photo où figure Alice et d'autres jeunes filles en petite tenue.

Thérèse, sans méfiance, se penche pour voir de quoi il est question et reconnaît sa fille, au même moment le patron s'approche pour tenter de s'approprier du papier. Thérèse le retient, ouvre le journal à potins: «Une marchande de sexe et ses filles de joie écrouées.», Thérèse comprend, elle porte la main à la bouche pour ne pas crier.

Raymond semble vraiment mal à l'aise devant le désespoir qui se lit sur le visage de la femme; il est intransigeant, soit! mais pas méchant, en cet instant, il partage la peine de la femme.

— Laissez tomber, monsieur Raymond. Tôt ou tard j'aurais su...

Thérèse enlève son tablier, le plie, le dépose sur le comptoir, prend le journal et sort.

Raymond la regarde s'éloigner, il sait qu'il s'agit d'un départ sans retour, le cœur chaviré, il se rend compte à quel point la brave femme compte pour lui.

***

Si la honte pouvait tuer, Thérèse se serait écroulée sur les lieux. Elle s'éloigne, comme un automate, prend le chemin du retour. Elle tient toujours à la main l'abominable papier qui répandra partout la nouvelle: sa fille aînée est devenu un monstre. Elle a mal, Grand Dieu qu'elle a mal! Elle s'arrête, jette un autre regard sur le journal, espérant peut-être un miracle. Mais la photo ne ment pas: cette femme est Alice, Alice que des officiers de police poussent dans un «panier à salade».

Thérèse chiffonne la feuille de chou avec rage, elle en fait une boule qu'elle lance au loin, mais la paix ne revient pas pour autant dans son âme meurtrie. Être abandonnée par son homme, être aux prises avec l'incompréhension d'autrui, bûcher pour gagner son pain, subir des assauts de toutes parts, accepter des deuils sont des épreuves cruelles qui s'abattent sur l'être humain sans crier gare et qu'il faut savoir surmonter pour ne pas sombrer dans le désespoir. Thérèse a eu ce courage.

Mais aujourd'hui, le malheur qui la frappe a une autre dimension. C'est dans ce qu'elle a de plus cher au monde qu'elle est éprouvée: une de ses enfants, Alice s'est égarée, s'est écartée du seul sentier qu'elle connaisse, le droit. Et Thérèse ne comprend pas. Des sentiments contradictoires l'envahissent, la submergent, et de ceux-là, la colère prime. Comment et pourquoi sa fille a-t-elle pu dégringoler si bas? L'affront est terrible, l'humiliation cuisante. Elle pourrait tout surmonter, mais pas ça. Alice est devenue une vulgaire madame qui vit des revenus de la prostitution! Et, pour ce, elle a à son emploi des filles comme Anne, Isabelle, les enfants de d'autres mères. «J'ai tout raté, ma vie et l'avenir des miens. Comment? Pourquoi? En quoi ai-je si désastreusement failli à mon rôle de mère? Comment a-t-elle pu glisser ainsi dans la délinquance? Qu'est-il advenu de sa conscience, de ses principes religieux et familiaux? A-t-elle seulement pensé à nous, pourquoi n'a-t-elle pas eu recours à moi?»

Thérèse accablée, ploie sous le joug de la souffrance qui l'écrase. Elle rentre enfin chez elle, une fois la porte refermée, elle se laisse tomber sur une chaise, le regard perdu dans le vague.

Anne qui range la vaisselle est étonnée par le retour de sa mère. Elle suspend son travail et s'en approche, les traits décomposés de celle-ci lui font comprendre qu'un grand malheur est arrivé. La question qu'elle allait poser meurt sur ses lèvres. Anne réunit les enfants autour d'elle et les invite à aller se réfugier dans leurs chambres, puis elle revient vers la cuisine et reste là, silencieuse, à observer sa mère.

Soudainement un bruit suspect se fait entendre, un objet vient de heurter la vitre de la porte d'entrée. Anne se lève, ouvre et là, sur le perron, se trouvent des journaux qu'elle ramasse, dépose sur la table et déplie pour les consulter. Thérèse n'a rien vu, rien entendu, Anne comprend tout le drame. Il est question de meurtre, de réseau de drogue relié à la prostitution: le portrait robot de Gaston, le gérant du célèbre restaurant chic le Colibri-Vert, propriété de Alice Bellefeuille, sert d'entrée en matière à toute une série d'hypothèses plus farfelues les unes que les autres.

Anne reste là, immobile, éberluée. Elle ne parvient pas à assimiler les propos grossiers, burlesques, équivoques: comment Alice aurait-elle pu être mêlée à tout ça? Ça lui semblait invraisemblable.

Anne regarde sa mère effondrée, et s'inquiète; immobile, Thérèse est plongée dans un engourdissement profond. Anne veut la sortir de sa torpeur, la ramener à la réalité.

— Maman, maman...

Thérèse ne réagit pas. Anne tente le tout pour le tout, elle étale le journal sur les genoux de sa mère, prenant soin de mettre, bien en évidence la photo d'Alice. La réaction est immédiate: Thérèse laisse s'échapper un son rauque, ses mains tremblent.

— Anne, c'est toi, Anne!

— Maman, maman chérie, oui, c'est moi, Anne.

— Mon Dieu! s'exclame-t-elle, mon Dieu! Et les larmes abondantes et chaudes inondent son visage.

— Maman, nous devons penser à Alice.

— Il est trop tard!

— Ne dites pas ça, maman.

— A-t-elle pensé à nous tous, elle, là-bas? Elle nous a trahis! Et Thérèse hurle sa colère, contre Alice, contre Coco, contre la vie, contre tout le village, contre le genre humain, sa rage éclate, explose avec véhémence.

Là-haut, les enfants effrayés se serrent les uns contre les autres, pétrifiés. Juneau se lève, s'avance dans la cuisine, dévisage sa mère dont le visage empourpré l'effraie. Il vient jusqu'à elle, doucement, d'un pas incertain, il la touche, pose sa main sur la sienne qu'il presse fortement.

Le garçonnet ne saurait saisir les raisons de cette souffrance mais semble en connaître la profondeur.

— Maman, je t'aime!

Les mots, faiblement murmurés, ont l'effet d'un baume sur la plaie profonde qui a déchiré le cœur de la mère. Thérèse baisse la tête et, à travers ses larmes, sourit à l'enfant. Celui-ci s'accroupit aux pieds de sa maman, couche sa tête sur ses genoux et de ses deux petits bras, lui encercle les jambes, dans un geste tendre.

— Mon petit! et de sa main Thérèse ébouriffe les cheveux du bambin qui, réconforté, ferme les yeux.

— Viens, Juneau, dit Anne, viens faire dodo. L'enfant sourit et glisse sa menotte dans la main de sa grande sœur qui l'entraîne vers son lit où elle le borde affectueusement.

Thérèse, les coudes plantés sur la table, réfléchissait; maintenant que sa colère avait éclaté, elle retrouvait peu à peu le calme. La voix de la raison dominait celle du cœur. Alice avait besoin qu'on l'aide, cela seul comptait pour l'instant, son devoir était tout tracé, elle se devait d'être près de sa fille. Quant au pardon, plus tard, elle aviserait...

Thérèse déniche les lettres que lui avait adressées Alice, elle les avait lues et conservées. Coco aussi avait donné des nouvelles qui se voulaient rassurantes: Alice travaillait dans l'industrie du vêtement et habitait chez elle.

Puis, plus rien, la mère s'était inquiétée, à deux reprises on lui avait retourné le courrier avec mention: «Parti sans laisser d'adresse».

Coco soupçonnait bien que Thérèse aurait été horrifiée d'apprendre que sa fille était devenue l'héritière d'un homme qui l'avait engrossée sans qu'elle soit sa femme devant Dieu et selon la loi. Il appartenait à Alice seule de se confier à sa mère, alors Coco cessa d'écrire. Elle se souvenait du scandale qu'elle avait causé et de la réprobation de sa famille quand elle avait coupé les ponts avec les siens pour aller vivre seule, loin de la surveillance familiale.

Alice, par pudeur, avait cessé de donner de ses nouvelles. Elle craignait la réaction de sa mère, elle remettrait toujours à plus tard la surprise qu'elle lui ferait lorsqu'elle mettrait François dans les bras de grand-mère. C'est à ce prix, elle le savait, qu'elle obtiendrait le pardon pour son inconduite.

Coco et Alice n'avaient jamais discuté du sujet mais une entente tacite leur avait dicté la manière de procéder. Thérèse, bien sûr, supposait des tas de raisons à ce silence complice mais elle était loin de soupçonner l'étendue et la gravité des malheurs de sa fille! Tout était là, étalé sous ses yeux et ceux de tous. Non seulement Alice s'était laissée glisser sur le chemin du mal, mais elle avait accepté d'en retirer des profits en devenant tenancière de bordel. «Une vulgaire madame», pense Thérèse avec dédain. «Une belle poule de luxe» dit le journal. La honte de la mère s'est métamorphosée en dédain, puis en colère. Thérèse fulmine, peu à peu elle devient maîtresse de ses émotions, son sens pratique et son cœur de mère la ramènent à la réalité: Alice s'est égarée du droit chemin, or Alice a besoin d'aide pour se reprendre en main, pour se ressaisir. Ce n'est pas ici, dans ce lointain village, qu'elle pourra secourir sa fille. Elle ignore ce qu'elle devra faire, comment elle le fera, mais elle sait qu'elle se doit d'être auprès de son aînée.

Elle pense aux enfants, ils sont aussi sa famille, Alice les aimait, elle les aime sûrement encore. Il est temps de jeter un pont sur la distance qui les sépare depuis trop longtemps!

— Anne...

— Oui, maman.

La fillette se réjouit d'entendre enfin la voix de sa mère qui lui semblait si lointaine depuis de très longues heures.

— Tu dois m'aider, nous partons.

— Tous?

— Oui, sauf grand-père. Il gardera la maison. Nous irons chez Alice ou chez Coco, je ne sais pas, mais nous

nous devons d'être là-bas, pour aider Alice, tu me comprends? Occupe-toi de rassembler le linge des enfants et de tout ce qui peut leur être nécessaire.

— Quand partirons-nous?

— Tôt demain.

«Suis-je trop impulsive, se demande Thérèse? Ma décision est-elle la bonne? Ne vaudrait-il pas mieux attendre?»

L'incertitude l'étreint, elle doute d'elle-même. La scène qui s'est déroulée au Pub lui revient en mémoire; jamais elle ne retournera là-bas, ce qui signifie qu'elle est sans travail. Dorénavant il ne serait plus loisible aux enfants de fréquenter l'école du village. Ce patelin ne fut jamais hospitalier, le quitter devrait la réjouir, elle a tant eu à y surmonter de souffrances et d'humiliations! L'occasion n'est pas des plus joyeuses, mais elle s'impose, Thérèse décide d'aller de l'avant, elle ne reculera pas.

La nuit se passe en préparatifs multiples et variés. Une fois de plus Thérèse fuira vers l'inconnu. Là-bas, elle et sa famille se fondront dans la foule des indifférents, y dissimulant gêne et misère.

***

En quittant le palais de justice, Véranne hésite un peu puis se hasarde à aller fureter dans les environs du Colibri-Vert. Elle arpente le trottoir du côté opposé de la rue, l'activité y est moindre mais semble se maintenir. Elle remarque des piétons qui ralentissent devant l'établissement et y jettent des coups d'œil furtifs mais non moins inquisiteurs, elle en conclut que l'affaire s'est ébruitée.

Elle se dirige vers les stands à journaux, effectivement on fait grand état du scandale à sensations. Véranne prend alors la direction de son appartement, là tout semble paisible. Elle monte chez elle et prend connaissance des articles qui s'inscrivent sous les photos et qui la font trembler de fureur. Les caractères d'imprimerie sautent devant ses yeux, plus elle lit, plus sa colère gronde: la mort de Gaston est, de fait, le nœud de toute cette macabre histoire. Un malheureux concours de circonstances avait déclenché cet effroyable branle-bas: Lady Cupidon et ses compagnes y perdaient leur réputation! Véranne frémit à la pensée qu'elle aurait pu subir le même sort, c'en eût été fait alors de sa carrière, de son avenir!

Certains journalistes n'y étaient pas allés avec le dos de la cuillère, la femme, une fois encore, devenait la cible des flèches empoisonnées des mâles qui ont le scandale facile quand ils ne sont pas directement impliqués.

«Les cochons, pense-t-elle! Quand ils ont soif de plaisir ils sont tout miel et n'hésitent pas à user de sophismes pompeux pour nous amadouer, mais dès qu'ils sont assouvis, ils nous dédaignent vachement». Elle se surprit à réfléchir à la chose: souvent elle avait remarqué que le mâle qui se présentait à elle était fringant mais la séance des ébats terminée, il s'empressait de se sauver, comme gêné, la tête basse, la queue sur la fesse!

Véranne s'attardait à analyser les reportages signés par des journalistes féminines, leur sévérité était la même. Pourtant, pensait Véranne, la seule différence entre l'épouse et moi est bien mince; elle dit «mon mari», je dis «mon client». Dans les deux cas, l'homme nous est prêté; dans les deux cas, il paye les factures. Quant à la femme affranchie qui se fait une gloire de multiplier les conquêtes, est-elle plus digne parce qu'elle le fait gratuitement? Ou parce qu'elle est rémunérée autrement qu'en argent? Auprès de moi, l'homme se sent libre de choisir son heure, pas de risque de pension alimentaire, pas de frais de divorce... de querelle de ménage. Je ne leur demande pas de m'aimer, ils n'ont pas à me séduire. J'aime la présence de l'homme dans mes bras, c'est pour moi un réconfort, une joie sécurisante.

Qu'est-ce qui m'arrive? Pourquoi est-ce que je rumine toutes ces choses? C'est une véritable prise de conscience, je suis drôlement ébranlée, je me suis si souvent répété que ce que je désirais le plus au monde était de laisser tomber à tout jamais ce mode de vie et voilà que je suis bouleversée à la pensée que les événements me forcent maintenant à y mettre un terme.

Sa pensée va vers Lady Cupidon et ses compagnes, vers ceux qui ont exprimé leurs sentiments de répugnance. Tout ça lui semble injuste, en somme, les filles de joie du Colibri-Vert n'agissent pas seules, elles ne provoquent personne, ce sont les hommes qui viennent vers elles et entretiennent le bordel par leur assiduité et leur deniers. Sans eux, les maisons closes deviennent vite chose du passé.

Ainsi, Tonton, si généreux, qui aimait se gaver de miel sur ses jeunes seins de même que tous ces importants personnages qui n'hésitaient pas à délier les cordons de leur bourse pourvu qu'on leur donne l'occasion de satisfaire leurs phantasmes, ne seraient pas incommodés par cette intrusion qui ne manquerait cependant pas de ternir, à tout jamais, la réputation de toutes celles qui se trouvaient sur les lieux, à l'heure fatidique.

Véranne se souvient tout à coup de l'index de Tonton qui pointe un article du Code criminel. Elle se saisit du livre de Loi, le feuillette, s'arrête et relit l'article fatal qui traite des activités sexuelles illicites. Mais étant personnellement impliquée, ses réflexions bifurquent, sans cesse ramenées à la dimension de ses émotions.

Véranne souffre et espère car elle a confiance en la justice; les circonstances et les faits seront analysés, les vices de procédure, le manque de preuves, sont des éléments qui pèseront lourd dans la balance. Toutefois Lady Cupidon et ses filles de joie éclaboussées traîneront toujours avec elles les stigmates de l'opprobre!

Roulée en boule sur le divan, Véranne revit l'affreux cauchemar. Elle est transie à la pensée qu'elle aurait pu, elle aussi, être entraînée, comme ses compagnes, dans la désastreuse aventure: ses pensées l'accablent, tout ça lui semble incohérent, grotesque. «L'homme qui se rend au bordel pose un geste libre, conscient, réfléchi, un geste éclairé lorsqu'il rapplique, alors que, le plus souvent, la femme qui l'accueille n'est là que pour gagner sa vie. Le plus vieux métier du monde n'est pas nécessairement une partie de plaisir, mais il est définitivement le mieux rémunéré, toutes proportions gardées! L'homme a fait la Loi, le Code criminel stipule que quiconque attente à la pudeur d'une personne du sexe féminin est passible d'un emprisonnement de cinq ans. Par contre, l'attentat à la pudeur d'une personne du sexe masculin est passible d'un emprisonnement de dix ans. Comment expliquer l'écart? Par la gravité du crime? La dégradation aurait donc un sexe préféré? Le sexiste a bonne conscience: la femme ne doit pas solliciter pour satisfaire l'appétit sexuel de l'homme, mais l'homme peut casquer la femme consentante sans être ennuyée! Tout n'est donc qu'un jeu de mots: le mâle «fait affaire» avec une prostituée, la prostituée, elle, «vend son corps!»

De guerre lasse, Véranne glisse dans le sommeil, un sommeil agité de grouillements et de coups de grisou.

Lorsqu'elle se réveille, le soleil est haut dans le ciel, la lampe, restée allumée n'a plus d'éclat.

***

Aucune accusation ne pesait sur Lady Cupidon et ses filles, aucune plainte n'avait été déposée concernant les activités qui se déroulaient au Colibri-Vert. Il fut établi que ces dames n'avaient jamais trempé dans le commerce de la drogue. De plus, les demoiselles avaient des dossiers vierges.

Leur remise en liberté leur causa d'autant plus de joie qu'elles ignoraient encore le branle-bas médiatique dont elles avaient été la cible. Leur rire se mêlait à leurs larmes; seule Lady Cupidon gardait un visage sidéré. Le choc, trop grand, la laissait stupéfiée. Géraldine l'entourait, tentait, mais vainement, de la réconforter. Elle ne semblait pas consciente de ce qui se passait.

Reina, la plus douce de ses filles, semble être la seule à pouvoir capter son attention, Lady Cupidon accepte la main qu'elle lui offre et consent à la suivre.

Géraldine donne l'adresse du Colibri-Vert, à tout hasard, comme si c'était la chose la plus naturelle à faire. Lorsque enfin on se trouve sur les lieux, Reina attire Alice, qui, comme un automate, emprunte l'endroit dissimulé qui conduit à son appartement. Il se fait un grand silence, aucune d'elles ne connaissait le secret, toutes croyaient qu'elle habitait toujours l'appartement où elle les avait convoquées, quelques années plus tôt.

Cléo, ignorante de tout ce qui se passait, vivait des jours angoissés auprès du jeune François. L'absence prolongée de la mère de l'enfant lui avait causé mille tourments. Aussi lorsqu'elle vit Lady Cupidon, elle poussa de hauts cris.

François, qui dormait, accourut en appelant: «Maman, maman». Alice sursauta, un éclair de lucidité traversa son regard, elle se pencha vers son fils et tenta de le prendre dans ses bras. Mais l'enfant s'échappa de son étreinte et continua de crier «maman, maman». Il alla d'une fille à l'autre, scrutait les visages et continuait de réclamer sa mère. Les traits de Lady Cupidon se figèrent. L'enfant s'éloigna, se colla contre le mur, baissa la tête, et se mit à jouer machinalement avec ses doigts. Cléo se pencha vers l'enfant et lui dit, d'une voix très douce:

— Elle est là, ta maman.

L'enfant, boudeur, hocha la tête. Reina s'approcha de Lady Cupidon et lui dit tendrement:

— Il est si petit, il a oublié, donnez-lui un peu de temps, il va se ressaisir. Venez, madame, venez vous reposer, vous semblez exténuée.

Cléo, de la main, indiqua la chambre de Lady Cupidon où Reina l'entraîna, l'obligea à s'étendre et s'assit près d'elle.

— La putain de vie! s'exclama Maude. Alors que nous devrions toutes être dans la joie, voyez ce qui arrive!

— Vous voulez m'indiquer où se trouve un téléphone, demande Géraldine à Cléo.

— Oui, bien sûr, suivez-moi. Si vous voulez vous asseoir, mesdemoiselles, je vais préparer du café.

Les filles se consultent du regard.

— Pourquoi pas, souligne Géraldine, il faut tout de même que l'on prenne certaines décisions; mais d'abord je vais tenter de rejoindre Véranne, sa disparition m'étonne et m'inquiète.

— C'est pourtant vrai! s'exclama Marjorique, je l'avais oubliée, celle-là. Elle se trouvait là, le matin de...

— Hum! l'interrompt Géraldine en désignant Cléo du menton.

***

Véranne arpente la pièce en tous sens, le silence et l'incertitude la font se morfondre. Aussi sursaute-t-elle en entendant la sonnerie du téléphone. Sa première réaction de surprise passée, elle s'inquiète: qui peut bien appeler? Elle regarde l'appareil et hésite à répondre. Puis, elle espère; ce matin le journal mentionnait qu'on avait identifié le cadavre de Gaston, le simple entrefilet ne mentionnait rien concernant le Colibri-Vert, ni la perquisition qui y avait été faite.

— Hello, risque-t-elle d'une voix à peine audible.

— C'est toi, Véranne?

— ...

— Véranne, c'est Géraldine.

— Non! Où es-tu, que fais-tu, où...

— Tout doux! Tout doux!

— Tout doux! Tu en as de bonnes, toi! Je me morfonds seule ici et tu me dis «tout doux».

— Eh! Véranne, viens nous rejoindre, ce sera plus simple.

— Où? Vous êtes libres?

— Bien sûr que nous sommes libres, penses-tu que l'on fournit les appareils téléphoniques en taule?

— Où êtes-vous?

— Rends-toi au lieu de travail...

— Hein! tu es malade, non?

Géraldine pouffe de rire.

— Joli lapsus, déformation professionnelle... Viens au Colibri-Vert.

— Tu es sérieuse?

— Je t'attends devant la porte d'entrée, je t'expliquerai, hâte-toi.

Véranne est folle de joie. Elles sont libres, libres! Son miroir lui renvoie une piètre image, ses cheveux sont rebelles, ses traits tirés, sa tenue négligée, mais la fière Véranne s'en fout éperdument, elle est heureuse, si heureuse! Dans son énervement elle allait partir sans son sac à main, elle se ravise, s'assure d'avoir ses clefs, elle pense aux dix dollars qui l'ont si bien tirée d'embarras et qu'elle veut rendre à Lady Cupidon.

***

Géraldine se tient un peu à l'écart de la porte d'entrée du restaurant, observe discrètement pour s'assurer que les lieux ne font pas l'objet de quelque surveillance policière. Mais tout semble d'un calme plat jusqu'à l'instant où un taxi s'immobilise devant la porte du Colibri-Vert. Une femme en descend, sort un papier de sa bourse, le consulte, regarde en direction du restaurant et dit quelques mots au chauffeur. Les portières s'ouvrent et toute une kyrielle d'enfants s'alignent sur le trottoir où s'entassent maintenant des bagages qui devraient sûrement emplir le coffre arrière de la voiture.

— Pour l'amour de Dieu, qu'est-ce que ça signifie? s'exclame Géraldine.

Voilà que Véranne arrive dans une autre voiture et des yeux, cherche Géraldine. Alors, la dame qui semble être la mère des enfants demande à la jeune fille:

— Vous connaissez le Colibri-Vert? Il s'agit bien de cet endroit-ci?

— Oui, madame, répond Géraldine, surprise.

Véranne s'approche pour entendre Thérèse Bellefeuille demander: «Vous savez où je peux rejoindre Alice Bellefeuille.»

— Ce nom ne me dit rien, je regrette, madame.

Thérèse baisse les yeux pour cacher sa honte et ajoute dans un murmure: «Lady Cupidon»...

— Vous connaissez Lady Cupidon?

— Elle est ma fille, jette-t-elle dans un souffle, d'une voix brisée par l'émotion.

Véranne et Géraldine se taisent mais comprennent sa gêne, elles sentent les yeux des enfants rivés sur elles. Véranne est la seule à imaginer le drame: cette femme ignorait tout des activités de sa fille Alice. Les articles de journaux empoisonnés l'avaient informée de la situation: cette mère accablée venait au secours de son enfant.

Géraldine s'approche, pose sa main sur le bras de Thérèse:

— Venez, madame Bellefeuille, je vais vous conduire auprès de votre fille.

Se penchant, Géraldine empoigne une valise, tous l'imitent. Et dans le silence le plus profond la procession emprunte la voie qui mène à la cour intérieure.

— Tu nous mènes où, au juste, Géraldine? demande Véranne.

— Lady Cupidon habite ici.

— Ici?

— Je t'expliquerai...

Le timbre du carillon de la porte d'entrée se fait entendre, toutes les têtes se tournent et Cléo ouvre, Géraldine et Véranne, suivies de Thérèse et de sa famille entrent. Cléo reste là, bouche bée, Géraldine s'empresse d'expliquer: «Je vous présente madame Bellefeuille et la famille de Lady Cupidon.»

Un malaise incroyable se crée dans la pièce, les filles ressentent un grand embarras, le regard de Thérèse est éloquent, ses yeux vont de l'une à l'autre.

— Elle n'est pas là? s'enquit Thérèse en regardant Cléo?

Cléo, confuse, ne sait pas de qui il est question. C'est Véranne qui explique:

— Votre fille, madame, est dans sa chambre.

Thérèse se lève et emprunte le corridor. Elle ouvre une porte, celle de la chambre de François. Sur le lit, dort un bambin, couché en chien de fusil, les cheveux bouclés épars, le pouce dans la bouche.

Cléo s'avance vers Thérèse et rectifie:

— La chambre de madame est située de l'autre côté du couloir.

— Chut! fait Thérèse, et s'éloignant demande:

— Qui est ce jeune enfant?

— Le fils de madame.

— Pardon? Avez-vous bien dit qu'il s'agir du fils de... ma fille?

— Oui, répond timidement Cléo.

Thérèse revient sur ses pas, regarde l'enfant pendant de longues minutes, elle est tellement bouleversée par cette révélation qu'elle ne parvient pas à mettre de l'ordre dans son esprit: des sentiments contradictoires l'oppressent. Elle est grand-mère! Elle était grand-mère et ne le savait pas. Qui a fait un enfant à sa fille? Dans quelles circonstances? L'enfant est-il la résultante ou la raison de la conduite d'Alice? Pourquoi Coco n'a-t-elle rien dit? De fait, où est Coco? Quel rôle a-t-elle joué dans toute cette histoire? Thérèse pense à sa mère qui n'a jamais connu ses petits-enfants, à Pierre qui les a trahis, et maintenant ce jeune enfant... Le noir destin s'acharne contre la famille, que faut-il faire pour le conjurer?

— Quel âge a-t-il? demande Thérèse d'une voix angoissée?

— Il aura bientôt trois ans.

Thérèse n'ose pas s'informer de Coco, elle laverait son linge sale en famille!

Dans le salon, les filles s'entretiennent à voix basse, Véranne n'ose pas s'aventurer à narrer son aventure, la présence des enfants la met mal à l'aise, elle sait qu'elle suscitera des éclats.

Juneau s'approche et dit à Maude:

— Madame, Estelle veut faire pipi.

— Viens, Estelle, viens avec moi.

Et voilà que les enfants se suivent à la queue leu leu vers le petit coin.

— Ça suffit! s'exclame Véranne, on n'a rien à faire ici, partons, nous irons là-bas.

— Là-bas? Au sanctuaire?

— Tu es malade, non?

— Tu y es retournée, toi?

— Non, mais j'ai la clef de... l'autre maison. Attendez-moi une minute, nous partons.

Véranne se dirige vers la cuisine, ouvre le réfrigérateur, sort des pommes qu'elle dépose sur la table, un pot de lait, des verres, invite les enfants à s'attabler. Ceux-ci, c'est visible, ont faim, Véranne leur sourit. Tous, sauf Anne, rendent le sourire.

Cette fois, ce sont les filles qui font la file et quittent silencieusement.

Le bruit que fait la porte d'entrée qui se referme attire Cléo. Thérèse s'éloigne de l'enfant et se dirige vers la porte d'en face où se trouve sa fille.

Cléo vient vers la cuisine où Anne est occupée à faire des tartines, Cléo dispose du fromage et des viandes froides sur une assiette. C'est à ce moment que François fait son entrée.

— Bonjour, lance la jeune Estelle.

Gêné, François s'accroche à la jupe de Cléo.

— Viens faire le pique-nique avec nous, invite Juneau qui, en se tassant, offre au marmot de venir partager sa chaise. François s'avance timidement d'abord, puis se joint aux enfants.

***

Réunies autour de la table, les jeunes filles sont suspendues aux lèvres de Véranne qui narre sa grande aventure et explique par quel subterfuge elle a réussi à filer d'entre les pattes de la police. Elles rient à s'en tenir les côtes, Véranne mime ses paroles, met de l'emphase dans son discours. «Ça ne va pas, la droguée?» La question que lui avait posée le passant choqué lui semble aujourd'hui hilarante. Véranne confesse la trouille qui la tenaillait, que son seul désir était de s'échapper, de fuir loin, le plus loin possible. Aujourd'hui tout lui semble du plus haut comique.

Ses compagnes boivent ses paroles. Véranne ne tarit plus, elle leur parle de son désir fou de les sauver toutes, de cette impasse. Elle va leur parler de sa surprise au palais de justice, lorsqu'elle a rencontré Tonton. Mais elle se tait subitement; une certaine pudeur la retient, ce qui n'échappe pas à son auditoire.

— Que nous caches-tu? Pourquoi ce mystère dans tes yeux? Raconte...

Véranne sourit.

— Censure! se contente-t-elle de répondre.

Mais elle parle de la publicité qui a entouré l'affaire, leur explique le nœud de l'intrigue: la mort de Gaston.

— La putain de vie, s'écrie Maude!

— Tu n'as pas eu l'idée de téléphoner à certains des clients de la maison pour qu'ils viennent nous tirer d'embarras? J'en connais plus d'un qui ont la patte pesante et qui se seraient empressés de faire étouffer l'affaire.

— Tu as leur adresse, toi?

— Et comment! Je prends mes précautions, moi...

— C'est une lame à deux tranchants, réplique Maude. Dans les cas de prostitution, les femmes n'ont jamais raison.

— La justice serait mieux servie si elle s'attaquait à l'homme, au client!

— Ce serait faire cesser toute activité clandestine, ils sont d'une lâcheté!

— Rien ni personne ne pourra jamais détourner le mâle de son besoin inné d'obéir à son membre le plus viril, son levier de vitesse, ni à sa pulsion sexuelle, pour eux, nous sommes seulement des objets.

— Ce n'est pas aujourd'hui que nous allons régler les problèmes de l'humanité souffrante, s'exclame Reina, je m'inquiète bien plus de ce que sera demain!

— Avec la popularité qui nous est tombée dessus...

— Ce qui a sans doute alerté la mère de Lady Cupidon.

— Elle en a du courage, cette femme! Vous avez vu son accoutrement? La déconfiture et la peur se lisaient sur le visage des enfants. Quel drame se cache derrière tout ça?

— Lady Cupidon en a de la veine, s'il s'était s'agit de ma mère, ce ne serait pas la tristesse qu'aurait manifestée son visage mais la rage, une rage à laquelle je ne voudrais pas avoir à faire face!

Un silence de mort suivit cette remarque. Les filles venaient de se rendre compte que leurs familles respectives étaient maintenant sûrement alertées.

— Qu'est-ce que nous allons devenir!

— Quand je pense que mon lit, dorénavant, ne me servira plus qu'à dormir!

— Tu en as de la chance, toi, de pouvoir faire de l'esprit. J'ai froid dans le dos rien que de penser à ce qui nous attend. Qui sait? peut-être serons-nous dorénavant surveillées.

— Chose certaine, il faut oublier le Colibri-Vert.

— J'ai des objets personnels, là-bas, que j'aimerais bien récupérer. Ce Gaston de malheur, avec son visage de saint, son attitude condescendante, son air paternel et protecteur s'est bien ri de nous. Un jour je l'ai aguiché. Il a pris un air scandalisé et s'est exclamé: «Bas les pattes, ma petite, j'ai femme et enfants.» Vous imaginez? De ce jour, je n'ai vu en lui que le bon papa qui trime fort pour gagner sa vie. Le fourbe! Non seulement il nous a exploitées au possible mais il a dû jouer avec les cachets, détourner des revenus en sa faveur.

— N'oublie pas d'ajouter que non seulement il nous a rogné les ailes, mais à cause de lui, notre réputation est irrémédiablement entachée!

— La crapule!

— J'y pense... ce serait donc ça!

— Que veux-tu dire?

— Le choc de la patronne... elle fut amenée entourée de policiers et est revenue dans un état de torpeur tel qu'elle n'a pas parlé depuis. Et là, c'est son fils qui ne la reconnaît plus! La pauvre! Son drame est plus grand que le nôtre.

— Heureusement qu'elle a sa famille auprès d'elle.

— La famille! S'il fallait que je compte sur la mienne! Si comme Lady Cupidon, j'avais une mère qui n'est pas toujours saoule et crassée, si j'avais des sœurs et des frères, quelque médiocre que serait notre condition, je n'en serais jamais venue à la prostitution. J'espérais y trouver un peu d'amour et de joie même si je savais que ces joies seraient fausses et éphémères...

— Tu as connu l'amour, toi, au bordel?

— Oui. Des bras qui m'entouraient, la présence d'une chaleur humaine, des éclairs lumineux dans les yeux de certains hommes plus déboussolés que moi, des mercis maladroitement formulés.

— Et tu appelles ça l'amour!

— Si tu avais connu l'enfer que fut le mien, tu comprendrais. Un père et une mère qui s'engueulent, se saoulent, se battent, le réfrigérateur plein de canettes de bière, les planchers crottés, des vitres fêlées, un voisinage merdeux, la peur aux tripes. Le plus souvent je me cachais derrière un meuble placé en coin dans le salon, d'où je voyais, j'entendais, mais où on ne me voyait pas, je m'épargnais ainsi les coups non mérités, et jusqu'à la honte, car parfois on exigeait que je quête, vêtue de haillons, afin de pouvoir se procurer du whisky. Au Colibri-Vert, j'ai dormi pour la première fois dans des draps propres, les caresses étaient souvent grossières, mais ne m'étaient pas affligées par la cruauté de mon propre père! Je me souviens qu'un jour, il m'avait forcée à quêter sur la rue. J'arrêtai une femme qui passait, elle m'écouta réciter mon boniment: j'avais faim, mon père était sans travail. Elle m'entraîna dans un restaurant et me fit servir un steak grillé. Je n'avais jamais vu une telle pièce de viande, sa vue seule me donna la nausée. La dame comprit que je n'aimais pas ça et elle m'a fait servir un énorme plat de crème glacée, de bananes et de sauce au chocolat. J'avalais avec difficulté, tant j'avais honte. Puis elle me conduisit dans une épicerie et acheta un sac de provisions qu'elle m'aida à transporter jusqu'à la maison. J'avais une peur bleue de monter chez moi, je savais que ce que mon paternel voulait était de l'argent sonnant, pas de la nourriture. Jamais je n'oublierai le visage haineux de mon père qui vida le tout sur le plancher en blasphémant. «Cours, me dit maman, rejoins-la, dis-lui que nous avons besoin d'argent pour payer le loyer, allons va!» Je sortis, la dame marchait lentement de l'autre côté de la rue, de temps à autre elle levait la tête en direction de la maison. Je me tapis contre le mur, et profitai du passage d'un camion pour continuer ma descente et disparaître sans qu'elle me voit. J'allai me réfugier dans une ruelle où je frissonnai de peur et de froid toute la nuit.

La voix de la fille se brisa, elle sanglota un instant puis continua:

— Au Colibri-Vert je vous ai rencontrées, vous toutes. Vous avez été mes sœurs, j'aurais donné ma vie pour chacune d'entre vous. Ce Gaston de malheur, ce sale rat, il était beaucoup plus vil que nous, car c'est à son propre vice qu'il nous sacrifiait!

— Comment peux-tu parler d'amour? T'aperçois-tu que pas un seul des habitués de la maison n'a daigné nous informer de la parution de la photo de Gaston dans le journal. Pas un! Sûrement que certains l'ont vue et ont pu l'identifier. Ils se sont contentés de se tenir à l'écart, de se taire, et sans doute d'observer de loin, en lâches, ce qui se passerait. Ça vous semble normal, à vous? Les truands! Pensez qu'ils auraient pu, d'un simple coup de téléphone, nous épargner toute cette merde.

— Il ne faut pas confondre amour et altruisme;

l'amour désintéressé, moi, je n'y crois pas, je n'y ai jamais cru. Pourquoi ne dis-tu rien, Maude?

— Peut-être que je ne veux pas vous entraîner dans le gouffre qu'ont été mon enfance et ma jeunesse. Je n'en ai parlé qu'une fois, dans toute ma vie, et c'est à Lady Cupidon précisément. Elle a su m'écouter, mes confidences m'ont aidée à faire le point; à partir de ce jour, je n'ai eu qu'une idée en tête: changer de vie. Je crois que ce moment est venu. J'ai accumulé une certaine somme d'argent, je rêve d'un petit commerce, bien à moi. Qui sait, peut-être qu'un jour je rencontrerai l'homme d'une vie...

— Tu rêves en couleur!

— Et alors, tranche Véranne? Pourquoi essayes-tu de détruire son beau rêve? Qu'as-tu à lui offrir à la place?

Chacune semblait méditer sur son propre sort. Elles se taisaient, l'insécurité du lendemain les plongeait dans le désarroi. Alors qu'elles devraient se réjouir d'être en liberté, elles s'inquiétaient de l'avenir.

— La putain de vie! s'écrie Maude, je revois Lady Cupidon assise sur le divan, enceinte de son bébé, elle semblait être aux prises avec le même dilemme que nous envisageons ce soir. Si j'en juge par les vêtements de sa mère et des enfants, il est facile de conclure que ce bel appartement n'est pas celui qui l'a abritée dans son enfance...

— Elle est jeune, bien tournée, en bonne santé, c'est avoir beaucoup d'atouts en main. De plus, puisqu'elle a conservé cet appartement-ci tout ce temps, elle devait avoir certains projets...

— Si vous voulez mon avis, nous devrions nous terrer ici, attendre un peu avant d'aller récupérer nos choses là-bas. Mais laissons quelque temps à Lady Cupidon pour lui permettre de reprendre son souffle.

Chapitre 17

Thérèse, debout devant la porte de la chambre de sa fille hésite, doit-elle frapper ou entrer directement? La vue de François, le fait de savoir qu'il est le fils d'Alice l'ont adoucie, sa colère est tombée et ses sentiments sont confus. Elle se rend compte qu'elle ne sait rien en ce qui concerne son aînée, ni des sentiments qui l'animent ou l'ont animée. Thérèse connaît si peu sa fille Alice! La vie les a réunies par les liens du sang mais n'a pas permis qu'elles se saisissent, se comprennent. Dans son esprit, surgit la phrase terrible entendue autrefois au téléphone: «Je l'ai tué». Aujourd'hui, Thérèse comprend que tout le drame a pris naissance la nuit de l'attentat du grand-père... Il s'était fait une rupture au niveau de leurs sentiments réciproques: une espèce de malentendu qui ne fut jamais éclairci. «Erreur de jugement et de jeunesse de ma part, elle a traîné sa souffrance avec elle, causant une plaie qui ne s'est jamais cicatrisée!»

Thérèse se redresse, ferme les yeux, hume une grande bouffée d'air et se décide à entrer.

Elle est d'abord éblouie par ce qu'elle voit. La chambre est immense et d'un luxe à couper le souffle. Alice, debout, lui tourne le dos. Un déclic se produit, une voix se fait entendre: la voix d'un homme, la voix de Frank qui prononce des mots d'amour, des mots intenses qui font frémir. Alice baisse la tête, à la voix de l'invisible amoureux se mêlent les sanglots de la femme aimée. Thérèse a le sentiment de violer l'intimité de ces deux êtres, elle recule lentement, s'éloigne et sort en fermant doucement la porte. Elle est de plus en plus confuse.

Le silence qui règne surprend Thérèse, elle s'avance vers le salon, les demoiselles ont quitté, seule la voix des enfants lui parvient. Elle se rend à la cuisine et voit ses petits attablés qui s'empiffrent avec, au milieu d'eux, le jeune François qui partage la chaise du Juneau. Elle est si émue que les larmes lui viennent aux yeux.

— Venez, dit Cléo, venez manger.

Mais Thérèse ne pourrait rien avaler. Elle s'efforce de sourire et s'éloigne; il lui faut se retrouver seule, mettre de l'ordre dans ses pensées.

***

Le soir venu, on improvise: les épais matelas sont glissés sur le plancher, les sommiers servent de lit aux plus petits, Thérèse n'a jamais connu de couche aussi confortable. François partage son lit avec Juneau.

Alice ne parut pas de la journée ni de la soirée. Le lendemain, Thérèse prépara un plateau bien garni et décida de se rendre auprès de sa fille. La trouvant endormie, elle déposa le repas sur la table de nuit.

Cléo qui avait l'habitude de la grosse famille, semblait ravie, François encore plus. Enfin! il avait des amis, ça bougeait dans la maison. Il ouvrit son coffret de jouets et la chambre ne tarda pas à se métamorphoser en véritable capharnaüm. Sont-ce les rires des enfants qui intriguèrent Alice? Elle était là, debout dans l'embrasure de la porte et regardait les enfants. Réalisant sa présence, ils se turent soudain. François baissa la tête.

— Chéri, murmura Alice, viens voir maman.

Elle tendit les bras, espérant de toute son âme qu'il vienne s'y réfugier. Mais l'enfant se colla contre Juneau, celui-ci l'entoura d'un bras protecteur.

— Laissez-nous jouer, Alice, pria Juneau.

La femme détourna son regard et se dirigea vers la cuisine. Anne l'y suivit.

— Écoute, Alice, je ne sais pas ce qui se passe, j'ignore le problème qui existe entre ton fils et toi, mais avec les jeunes enfants, il faut savoir être patient. Il adore Juneau, ce qui est formidable, laisse-les faire plus ample connaissance. Attends, attends un peu. Alice... Il est beau ton fils et il a un cœur d'or. Tu aurais dû être là, hier, il semblait si heureux de voir que nous ne le quittions pas. Il n'y a pas de doute, il s'ennuie... Je vais tenter de savoir ce qui le trouble et je te le dirai. Sois patiente, ce n'est qu'une question de temps.

— Anne a raison, Alice, renchérit Thérèse.

— Toi, de quoi te mêles-tu? Qui t'a demandé ton opinion?

— Doux Jésus! Quel langage! Parler ainsi à sa mère!

— À sa mère! Quelle mère? Où étais-tu, toi, quand j'étais enfant?

— Où j'étais? tu ne sais pas où j'étais? Je m'éreintais à gagner ton pain, ma fille. Ton pain et celui de tes sœurs et frère. Je n'avais pas à choisir, c'était manger d'abord pour ne pas crever. Voilà où j'étais. Alors que toi, c'est visible, tu as choisi le luxe et pour l'obtenir tu t'es tournée vers la luxure. Voilà la différence! Et ne me sers pas ta salade de l'enfance malheureuse, c'est trop facile de se borner à accuser l'autre, le père, la mère, le monde entier s'il le faut, pour excuser ses erreurs et ses faiblesses. Il faut s'en sortir, de son enfance, quand on atteint l'âge adulte, on coupe le cordon, bonté suprême! Ne t'étouffe pas avec. Ruminer un passé malheureux, c'est sacrifier le présent et handicaper le futur! Il faut couper avec le mal qui fait souffrir: si on veut guérir une plaie, on ne la gratte pas de peur de l'envenimer!

— Amen! hurle Alice.

— Bravo, bravo! répond François qui s'est avancé avec, sur le visage, un grand sourire. Il applaudit à tour de bras et court vers sa chambre en lançant un cri de guerre. Il revient vers le salon, un fusil jouet à la main.

Pan! Pan! Pan! fait l'arme pointée vers Thérèse, Anne et sa mère.

Alice bondit sur ses pieds, lève la main, Thérèse l'attrape et la projette brutalement sur sa chaise.

— Ne lève surtout pas la main sur ton fils, toi!

Bravo! crie encore François en pivotant sur lui-même.

Anne se lève, prend le bambin sur ses genoux et lui explique gentiment qu'elle n'est pas son ennemi.

— Je sais, répond l'enfant. Je sais, nous jouons un jeu. Ce disant, il noue ses bras autour du cou de sa tante et lui fait promettre de ne plus jamais partir, de rester avec lui, Juneau, Cléo et tous les autres parce que, avant, il s'ennuyait très, très fort et que maintenant, on s'amuse bien.

— Voilà! jette Thérèse, voilà la réponse. Elle est sortie directement du cœur de cet enfant.

— Viens dans les bras de maman, supplie Alice.

— Maman n'est pas là, s'obstine François. Maman n'est pas encore revenue.

Alice s'est levée, comme mue par un ressort, s'est précipitée vers sa chambre en pleurant, sans voir sur son passage Juneau et Estelle qui se tiennent bien serrés l'un contre l'autre et Claire qui, pâle de peur, reste là, livide. Anne s'en approche, serre l'enfant sur son cœur et la berce doucement.

— N'aie pas peur, mon ange, ce sont des jeux vilains, mais ça n'arrivera plus jamais.

Ce disant, Anne jette un regard désapprobateur à sa mère qui rougit sous l'apostrophe cinglante.

***

Thérèse se sent dépassée par la situation; elle s'en veut âprement de s'être laissée emporter devant les réactions de sa fille. «J'ai tout gâché à la première occasion que j'avais de me rapprocher d'Alice: Dieu que j'ai été maladroite! Je n'ai réussi qu'à creuser davantage le fossé qui nous sépare! Je suis d'une agressivité malsaine, je dois éviter à tout prix d'entraîner Alice et les enfants dans un gouffre sans fond. Ma fille a sûrement subi un traumatisme profond et elle ne trouve pas, en elle-même, les éléments pour le surmonter. La plaie vive demeure dans son inconscient, elle ne manque pas de surgir, sournoisement, de façon inattendue. Il faut effacer la présence amère de cette blessure qui la pousse à poser des gestes irréfléchis; François semble aussi déchiré par quelque dramatique expérience qui le porte à fuir sa mère: il doit souffrir d'une peine inconsolable. Fasse le ciel qu'il me soit donné la grâce de tout comprendre et de les protéger contre eux-mêmes.»

Thérèse est si profondément plongée dans ses réflexions qu'elle n'a pas entendu la sonnerie du téléphone suivie de celle de la porte d'entrée.

Reina est là, souriante, qui s'entretient avec Alice. Il est question du restaurant.

Pendant que Lady Cupidon se dirige vers sa chambre, Reina tend la main vers un vase qui contient des raisins verts.

— Vous permettez?

Thérèse sursaute.

— Je vous en prie, servez-vous.

Reina, embarrassée, prend quelques fruits. La jeune femme se rend bien compte que l'harmonie ne règne pas encore entre la mère et sa fille.

— Vous vous absentez? demande Cléo. Serez-vous de retour pour dîner?

— Oui, bien sûr, nous descendons au... bureau, répond Lady Cupidon.

— Tu permets que je vous accompagne? demande timidement Thérèse.

Alice se contente de hausser les épaules. Tout en marchant vers le Colibri-Vert, Thérèse ne peut s'empêcher de constater que ce n'est que bribe par bribe qu'elle découvrira les mystères qui entourent la vie de sa fille, car celle-ci n'est pas encline aux confidences. Elle prend la ferme résolution de se taire, quelles bouleversantes que soient les surprises que cette visite lui réservera.

À la porte du restaurant, le groupe de filles attendait patiemment le retour de Reina. Lady Cupidon leur sourit tristement et sort de son sac la clef qui peut ouvrir les lieux.

Il se fait d'abord un très grand silence, comme si l'émotion les gagnait, toutes. Seule la porte d'entrée n'avait pas subi l'assaut de la destruction; Alice entre la première et pousse un cri d'horreur. Tout était sens dessus dessous, on eût pu croire qu'une tornade était passée et avait tout ravagé. Même les murs avaient été saccagés, le crépi des plafonds pendait, les meubles renversés gisaient pêle-mêle, verres, coutellerie, vaisselles étaient éparpillés. Rien n'avait été épargné, on avait fouillé minutieusement chaque recoin.

La première réaction passée, Alice pâlit et se contente de laisser errer son regard sur l'endroit dévasté. Mais la colère des filles s'exprime plus bruyamment.

– Ce ne sont pas des policiers, ce sont des barbares. C'est du pur vandalisme, crie Maude en se promenant d'un coin à l'autre. Ce doit être beau là-haut!

Et voilà qu'elles se précipitent vers l'escalier dont les marches avaient également été en partie arrachées.

Alice saisit un tabouret qui avait échappé à la destruction, s'y juche et continue de regarder autour d'elle, les traits crispés, accablée de tristesse. Soudainement, elle fait volte-face et se mit à fixer l'endroit où elle avait, ce soir-là, dîné pour la première fois avec Frank. Des larmes coulent sur ses joues, des larmes qu'elle oublie d'essuyer. Thérèse observe sa fille, n'ose pas s'approcher, elle comprend qu'une fois de plus, la vie lui porte un dur coup. Discrètement, elle sort du restaurant et constate l'étendue des dommages faits dans le local qui avait été le bureau de Gaston. Là, plus qu'ailleurs, les dégâts sont terribles.

Là-haut, la colère est à son paroxysme, matelas, oreillers, mobilier, tout avait été passé au peigne fin. À travers les débris, les filles, furieuses, reconnaissent leurs jolis dessous de dentelle, leurs mules de soie, leurs clinquants de tout acabit. Elles fulminent, jamais auparavant elles n'avaient utilisé aussi librement le langage du métier, toute retenue, toute discipline oubliée, la furie en faisait des femmes déchaînées qui crachaient leur venin.

Thérèse revint dans la salle à manger, Alice tenait à la main une tige ornée de fleurs de soie, elle faisait glisser ses doigts sur les pétales.

— Maman, que vais-je faire de tout ça?

— Es-tu en train de me dire que tout ceci t'appartient, Alice?

— Oui.

— Cet édifice est ta propriété?

— Oui.

— Tu en es sûre? Il ne s'agit pas d'une location?

— Non, je suis la propriétaire.

— Mais... Alors, Alice, tu n'avais pas besoin de... Thérèse se tait, il y a un instant, elle s'était promis de se montrer plus humaine, de faire preuve de compréhension et de souplesse dans ses rapports avec sa fille. Elle se mord les lèvres.

— Tu es en possession des titres?

— Oui.

— Et l'hypothèque?

— Qu'est-ce que c'est l'hypothèque?

— Ça alors! Ma pauvre petite, ma pauvre enfant, mais tu es riche!

Alice esquisse un pâle sourire:

— Je suis pauvre ou je suis riche?...

— Non, enfin, j'essaie de comprendre, tu es en train de me dire que tout ceci est à toi, bien à toi?

— Pourquoi mentirais-je?

— Saint sirop de gadelle! Mais tu es riche comme Crésus! Un édifice comme celui-ci, en plein cœur de Montréal, pour utiliser l'expression du chauffeur de taxi qui nous a conduis ici, tu ne pourrais imaginer ce que ça peut représenter! Et... je n'ai pas tout vu, j'imagine.

— Là-haut, il y a des chambres...

— Le bordel! Le restaurant ne te suffisait donc pas?

Voilà! Le gros mot était lâché, Thérèse se sent soulagée. Elle n'avait pas l'habitude de dissimulation et la diplomatie n'était pas son fort.

— J'ai essayé, maman. Ça n'a pas marché.

La voix était empreinte de tristesse, Alice gardait la tête baissée, ses doigts caressaient toujours les mimosas, comme pour y puiser force et courage, tel un talisman.

— Tu as fait la comptabilité?

— Non, j'avais un gérant, Gaston s'occupait de ces choses-là.

— C'est celui qui est mort?

Alice ne répondait pas, Thérèse réfléchit puis ajoute.

— Où sont les livres?

— Dans le bureau, je suppose.

— Viens avec moi, Alice. Sors de cette pièce. Allons voir là-bas.

Tout ce qu'elles dénichèrent fut un amas de papiers épars. Thérèse entreprit de tout regrouper. Sur l'entrefaite, Maude arrive avec, entassés sur son bras, ce qui restait de ses vêtements. Dans une taie d'oreiller, elle avait fourré ses objets personnels. Elle allait crier sa colère, mais la vue de Thérèse accroupie lui cloua le bec.

— Les truands! se contenta-t-elle de s'exclamer.

Thérèse lève la tête, la regarde et rétorque d'un ton laconique:

— Votre bien le plus précieux est votre liberté, le reste est bien secondaire.

La logique de la réplique muselle Maude. Véranne remet le billet de dix dollars et la clef de l'appartement à Lady Cupidon qui regarde les objets sans comprendre, alors Véranne s'explique.

— Si ça peut vous accommoder, gardez cette clef, nous en reparlerons.

Les filles se taisent, embarrassées.

— Pouvons-nous faire quelque chose pour vous, Lady Cupidon?

— Merci, Véranne. Pas pour le moment.

— Nous aimerions savoir si...

Thérèse saisit l'allusion, elle lève la tête et avant que sa fille ait eu le temps de formuler une réponse elle dit doucement:

— Donnez-lui encore un peu de temps, tout s'est passé si vite!

— Hourra! Hé! les filles, venez voir ce que j'ai trouvé, une bouteille de rhum intacte, venez voir ça.

Thérèse ne peut s'empêcher de sourire devant la soudaine gaieté de ces femmes-enfants qui pourraient être ses filles. Celles-ci cherchaient dans l'amas de tessons et chaque fois que l'une d'elles trouvait un flacon intact, elles s'exclamaient et rigolaient.

— Une fortune! Assez de nectar pour ouvrir ce bar et remettre le commerce en marche...

Thérèse n'en entendit pas plus, elle écarquilla les yeux et son cerveau se mit à travailler: c'était une trouvaille, ensemble, toutes ensemble, elles feraient une équipe du tonnerre!

— Géraldine.

— Oui, madame Bellefeuille.

— Venez, conduisez-moi là-haut.

— Là-haut?

— Oui, venez avec moi.

Thérèse suit la jeune fille et appuyée contre le mur du corridor elle scrute les lieux avec un intérêt qui va grandissant.

— C'est désolant, n'est-ce pas, tout ce gâchis?

— Pas tant que vous le croyez...

Thérèse revient vers le bureau, entasse la paperasse qu'elle a glanée et y jette les yeux. C'est Alice qui vient l'interrompre.

— Venez, maman, nous montons.

Thérèse regarde sa fille, la voix de celle-ci n'est pas tranchante, comme à l'accoutumée. «La présence de ses compagnes semble l'avoir rassérénée» songe la mère, ravie.

— Dis-moi, Alice, pourquoi faut-il contourner l'édifice, n'y a-t-il pas moyen de communiquer de l'intérieur?

— Pas que je sache, ce fut ainsi construit.

«Ainsi voulu, songe Thérèse, on séparait délibérément les deux univers... J'ai tendance à oublier la raison d'être de l'établissement.»

Mais, ce soir-là, dans le silence de sa chambre, Thérèse dresse des plans. Toutes ces chambres serviraient admirablement bien son projet de s'installer là, à demeure, avec ses enfants, et de un, puis, oh! merveille, faire revivre les lieux en utilisant le premier étage pour y opérer un chic restaurant; son rêve, depuis toujours. Thérèse ne réussissait pas à trouver le sommeil, ses pensées allaient vers le Colibri-Vert, montaient l'escalier, longeaient le corridor, son souvenir des lieux lui indiquait six puis huit chambres, la salle à manger prenait des dimensions énormes, était meublée de tables couvertes d'un carré de toile blanche, immaculée, une clientèle fidèle dégustait des mets fins, sirotant le champagne. Thérèse soupirait, se tournait sans cesse dans son lit, rêvait les yeux grand ouverts. L'enthousiasme du moment la grisait. Poussant à bout sa rêverie, elle se retrouva assise dans son lit, voyant presque les filles de joie occupées à évoluer autour des tables, à faire le service. Ainsi elle sauverait Alice et toutes ses compagnes! «La manne qui nous tombe du ciel!» Du coup ses enfants prenaient l'allure de princes qui fréquenteraient les grandes écoles.

Et la réalité reprenait le dessus: la casse qu'on avait fait subir aux lieux devait être réparée, le mobilier remplacé, le mur à l'étage percé, afin qu'on puisse accéder aux chambres, les escaliers condamnés, et pour ça il fallait des sous, beaucoup de sous. Elle pensa vendre sa maison, mais avait-elle le droit de sacrifier le seul toit qu'avaient connu ses enfants au profit de sa fille aînée? Alors ses beaux projets dorés lui semblèrent utopiques. Mais l'instant d'après Thérèse réinventait, trouvait l'aide précieuse, la somme d'argent nécessaire, à nouveau tout redevenait possible.

***

Anne se tenait debout, près du lit de sa mère et la regardait dormir. Il était plus de midi, ce long sommeil lui semblait anormal, comment aurait-elle pu deviner que Thérèse s'était endormie au lever du jour?

— Maman, articule faiblement Anne, maman.

Thérèse ouvre de grands yeux hébétés.

— Que se passe-t-il?

— Vous avez vu Alice sortir?

— Alice? non.

— Elle est nulle part!

— Pourquoi t'inquiètes-tu?

— J'ai craint que vous ayez encore eu une dispute et qu'elle soit partie fâchée.

— As-tu questionné Cléo?

— C'est ce qui m'étonne, selon elle, Alice ne sort jamais sans prévenir.

— Ne t'en fais pas, elle reviendra.

Mais Alice ne donnait pas signe de vie et les heures passaient. L'inquiétude gagnait la mère qui se rendit à la chambre de sa fille et constata que le lit n'était pas défait.

L'attention de Thérèse s'arrêta sur le magnétophone, elle pria Anne de sortir. Elle hésita puis le mit en marche. La voix de Frank emplit bientôt la pièce, suscitant chez Thérèse des émotions qui troublèrent son âme de femme. Le parfait inconnu donnait au drame de sa fille des dimensions nouvelles: Alice avait aimé, puis perdu cet amour. Elle n'en doutait plus, François était le fruit de ce magnifique roman, d'un très grand amour. «Comme le bonheur est fragile, chatouilleux, frêle, facilement destructible, ne put s'empêcher de penser Thérèse avec tristesse, je me dois d'aider Alice à extirper cette peine de ses entrailles, ce deuil la ronge intérieurement, l'empêche de reprendre contact avec la réalité, la déroute complètement. Elle est, on ne peut plus, vulnérable!»

La mère essayait de découvrir un indice qui aiderait à expliquer l'absence de sa fille. Elle se dirigea vers la garde-robe qu'elle ouvrit. Ho! s'exclama-t-elle, en reculant de deux pas. Jamais elle n'avait vu pareil étalage de vêtements somptueux. Elle marcha vers l'intérieur, une immense glace parait le mur arrière, de chaque côté s'alignaient des toilettes variées de toutes couleurs, des boîtes à souliers, à chapeaux; sur des tablettes étaient rangés des sacs de peau de toutes teintes: comment reconnaître dans tout ça la robe de lin beige qu'elle portait la veille? «Ce n'est pas une garde-robe, c'est un entrepôt, qui convient plus à une impératrice qu'à Alice Bellefeuille! Comment a-t-elle pu s'entourer d'autant de luxe, elle qui a grandi dans la plus grande pauvreté! La salope! Je m'éreintais à nourrir les enfants pendant que mademoiselle se dandinait sur ses talons aiguilles dans le satin et la dentelle. Ce n'est pas étonnant qu'elle ait chaviré, son égocentrisme n'a d'égal que son ambition! Dès qu'elle eut goûté à la richesse elle a cessé d'avoir un cœur. Mademoiselle est révoltée, pas malheureuse, révoltée. Elle en veut au monde entier. Je vais la ramener sur terre, je ne sais pas ce qui me retient de tout saccager ici comme ça l'est en bas, dans son maudit bordel!»

Thérèse criait. Elle referma la porte qui obéit, mollement, glissant sur ses gonds précieux. Le mot bordel flottait encore dans l'air, Thérèse s'y attarda. «Elle est peut-être en bas, à flatter ses pétales de soie, je vais aller lui en faire, moi, des grimaces de vierge martyre!» Thérèse s'élança vers la sortie et se rendit au Colibri-Vert. Elle ouvrit la porte qui ne résista pas, il ne lui vint même pas à l'idée qu'elle aurait dû se heurter à une porte verrouillée. Elle enjamba le gâchis et se dirigea vers le restaurant. Sur le tabouret, Alice était assise, sa tête reposait sur ses bras posés sur le comptoir. Elle dormait. Près d'elle, une bouteille de rhum à demi-vide et un verre expliquaient ce sommeil lourd.

Thérèse hoqueta! Sa fureur était telle qu'elle voyait noir devant elle. Elle se mit à hurler. Alice ne bougeait pas, n'entendait pas. «Elle est ivre, ivre, ivre!» Et Thérèse se mit à faire passer sa rage sur tout ce qui lui tombait sous la main. L'image de son père, de Trefflé qui rôtit dans les flammes, de Pierre son violeur de mari, de sa muette de mère, tout le carnage qui avait servi de trame à sa vie de misère et de solitude la faisait éclater de rage, de mépris, de haine, comme si tous étaient là, témoins de sa misère, assistaient à son désespoir, sans vergogne. Thérèse cria sa détresse à chacun des absents, vivants ou morts, les tenant tous responsables de ce qu'elle voyait là, sur le tabouret, sa fille déchue, saoule, faible et moche, une fille à l'âme de guimauve. C'était ça, ce n'était que ça qu'elle recevait comme résultat de l'effort qu'elle avait déployé pendant toutes ces années d'abnégation totale? Eh bien! Non. Ça ne se passerait pas ainsi. Elle tenta de secouer Alice, peine perdu, elle ouvrait des yeux hagards, vitreux, et retournait à son univers creux, où l'âme n'a plus de place, car la bête domine.

«Dors, garce! dévergondée, crève, si le cœur t'en dit. J'ai fini de tempérer, de pardonner, d'accepter, de me taire, de me dévouer. Cuve ton vin et crève! La recette de la douceur et du silence ne m'a apporté qu'échecs et traumatisme, je ne recommencerai pas à vivre cet enfer avec l'autre génération Allez tous vous faire f...»

Rageusement Thérèse prend les clefs, verrouille la porte à sa sortie, et laisse là sa fille qui roupille. Anne qui voit entrer sa mère comprend que quelque chose s'est passé. Thérèse est rouge de colère, ses mouvements sont brusques, elle a sa tête des mauvais jours.

— Tu as vu Alice?

— Oui. Mais ne m'en parle pas.

— Si, je vais t'en parler. Où est-elle?

— Dans son bordel, ma chère, saoule.

— Est-elle en danger, seule?

— C'est son choix.

Alice suivit sa mère qui se dirigeait vers sa chambre, au pas de course. Celle-ci lança les clefs sur son bureau et se jeta sur son lit qu'elle se mit à marteler de ses poings. Alice se plaça devant elle et lui dit froidement.:

— Modère tes transports, maman, épargne au moins les enfants, ils n'y sont pour rien, eux!

Thérèse mordit dans son oreiller. Anne prit les clefs, s'éloigna, ferma la porte derrière elle, se rendit à sa chambre, prit une couverture qu'elle plia et se dirigea vers la sortie.

Parvenue devant la porte mystérieuse où elle avait tremblé d'inquiétude le jour de leur arrivée, elle glissa la clef dans la serrure, ouvrit. Alice dormait toujours, un bras ballant près du corps. Anne fit de l'espace sur le plancher, saisit sa sœur sous les aisselles, la laissa glisser jusqu'au sol et la couvrit. Puis elle revint vers la maison et remit les clefs là où elle les avait prises. Sa mère dormait, d'un sommeil agité.

— Ça va, dit-elle à Cléo, il ne faut plus vous inquiéter.

— Merci, doux Jésus!

***

Alice connut une nuit atroce. Elle se réveilla avec un mal de tête fou, tout tournait autour d'elle, ouvrir les yeux lui donnait le vertige. La rigidité de sa couche lui rompait les os, elle grelottait, dès qu'elle bougeait elle avait la nausée. Elle râlait, elle n'aurait jamais cru pouvoir autant souffrir. «Maman» gémissait-elle, désespérément. Roulée en boule, comme un jeune chat apeuré, elle s'accrochait à sa couverture qui ne réussissait pas à la réchauffer. Elle ne sentait plus ses membres, sa nuque brûlait comme si on y avait apposé un charbon ardent. Et pour comble de malheur elle fut prise d'un hoquet fou qui lui imposait l'odeur fétide de l'alcool non digéré. Quand enfin elle sombra à nouveau dans le sommeil, son corps fut secoué de spasmes et le réveil fut encore plus brutal. Les heures passèrent, le corps sain de la jeune femme relevait le défi, seul son foie refusa le cruel traitement auquel elle l'avait soumis. Alors Alice vomit, pour plonger à nouveau dans un sommeil agité. Quand enfin, elle prit conscience de son état, elle fut horrifiée: la vue du merdier dans lequel elle gisait la ramena à la cruelle réalité. Elle se sentait honteuse et dégoûtante. La vue de la couverture souillée ne cessait pas de hanter son pauvre cerveau qui refusait de réfléchir. Et elle avait soif! Grand Dieu qu'elle avait soif! Elle aurait tout donné pour un grand verre d'eau, la langue lui collait au palais, elle avait la bouche pâteuse et grinçait des dents. Elle réussit enfin à s'asseoir et se prit la tête à deux mains, ferma les yeux, l'étourdissement la reprit: «J'ai mal aux cheveux, hurla-t-elle. Maman!» Les larmes lui montèrent aux yeux, des yeux qu'elle n'osait plus ouvrir tant sa tête menaçait d'éclater.

Alice se laissa à nouveau choir sur le côté. Son corps était secoué de tremblements convulsifs. Son visage, d'une extrême pâleur, exprimait son état physique. Quand à nouveau elle s'immobilisa, Thérèse, qui assise à l'écart, l'observait depuis longtemps, s'avança, la força d'avaler un peu d'eau et baigna son visage d'eau fraîche. La mère, maintenant, s'inquiétait. Alice semblait plus amochée que la normale. Elle en avait vu des ivrognes, plusieurs, qui cuvaient leur vin, mais ils semblaient moins mal en point que sa fille. Elle craignait maintenant avoir trop attendu pour la secourir. Elle enleva le gilet qu'elle portait et le fit enfiler à sa fille qui réagissait peu. Elle la força à se lever mais les jambes d'Alice ne la soutenaient pas. Alors Thérèse la massa pour tenter de la revigorer. Assise à même le sol elle tenait sa fille assise entre ses jambes et la faisait boire, goutte à goutte. Peu à peu les spasmes diminuèrent. Thérèse déplia la couverture dégoulinante et du côté le plus propre couvrit sa fille. D'un mouvement cadencé elle la berçait maintenant, le dos de la fille collé contre sa poitrine. «Tout doux, mon bébé, tout doux, ça passera, maman est là, Alice, maman est là.» Et la mère passait les doigts affectueusement dans la chevelure ébouriffée de sa fille qui respirait maintenant plus paisiblement. Alice s'endormit enfin. De temps à autre, elle émettait un gémissement. Alors Thérèse humectait ses lèvres et son front et continuait de la bercer.

Lorsqu'elle eut confiance à un rétablissement complet elle se leva doucement et la laissa là, allongée, couverte avec, à sa portée, l'eau qui pourrait la désaltérer. Et Thérèse quitta le Colibri-Vert, laissant sa fille se débrouiller avec ses malheurs. Lorsqu'elle rentra là-haut elle rencontra le regard courroucé de sa fille Anne.

— C'est bien, ce que tu as fait, Anne. Alice va mieux, elle montera bientôt. Mais, je t'en prie, ne lui dis rien, elle souffre déjà assez. Tu es une bonne fille, tu as le sens de la justice, tu as une âme loyale.

Et Thérèse rentra dans sa chambre. Anne resta là, médusée, jamais sa mère ne lui avait tenu des propos aussi humains et profonds.

Thérèse avait la quasi certitude que la leçon durement apprise porterait fruit. Alice ne tremperait pas de sitôt les lèvres dans l'alcool. Cependant, le fait qu'elle se soit tournée vers la bouteille ne cesse de la tourmenter. Pourquoi? Est-ce une prédisposition due à l'hérédité? Ou serait-ce la solitude qui la mine? Dès qu'elle entrera, je vais l'entretenir de mon projet, c'est peut-être là la solution à tous ses problèmes; Alice n'a plus de rêve et cesser de rêver est cesser de vivre!

***

Alice rentra très tard dans la soirée. Les enfants dormaient, seules Anne et Thérèse avaient l'oreille aux aguets. La jeune femme entra dans sa chambre et prit une douche. Roulée dans sa robe de chambre, une serviette drapée sur la tête, les pieds chaussés de mules de satin, elle marcha vers la cuisine. Thérèse vint l'y rejoindre et lui servit un jus de tomate qui eut le don de lui donner des haut-le-cœur.

– Bois, à très petites gorgées, c'est ce qu'il y a de mieux pour toi. Tu es très belle avec ce turban qui rend encore plus sombre le noir de tes yeux.

– Ma mère était très belle, ajoute Alice.

– Était?

– Aujourd'hui, ta bonté surpasse ta beauté.

– Voilà un compliment bien tourné, ma grande.

Alice grimace mais réussit à avaler le liquide froid.

– Va dormir, demain est un autre jour, plus rien n'y paraîtra alors.

– Merci, maman.

– C'est Anne qui eut l'idée de la couverture...

– Ah! elle m'a vue dans cet état?!

– Oui, inutile de se taire et de dissimuler, vous êtes devenues des grandes filles, nos erreurs font partie de nos expériences et se portent garantes de notre sagesse future.

– Maman, restez encore un peu avec moi.

– Non, ma grande, je dois aller dormir. Je suis lasse. Bonne nuit.

Thérèse s'éloigne lentement, comme à regret, elle aimerait poursuivre sur ce ton, toute la vie, mais elle sait maintenant qu'elle doit être ferme, se montrer déterminée, c'est ce qui peut le mieux aider Alice qui a une forte tendance à l'égocentrisme, elle doit lui montrer à penser aussi aux besoins et aux aspirations des autres.

Thérèse pense à Pierre, à son père, des gens égoïstes, des preneurs qui attendent tout des autres et se spécialisent dans l'art de soutirer sournoisement, qui par flatterie, qui par sollicitation humble et insistante, n'hésitant pas à jouer les victimes pour qu'on s'apitoie sur leur sort. Tôt ou tard ces êtres deviennent victimes de leur propre mièvrerie, ils ont perdu un temps précieux à berner les autres, ont oublié de s'épanouir et par ricochet n'ont réussi qu'à se brimer eux-mêmes.

Le donneur par contre goûtera double récompense,

celle d'avoir su être généreux et l'ultime satisfaction de n'avoir été que la poire, mais jamais le couteau!

Ce soir, Thérèse oublie ses beaux projets d'ordre matériel, c'est son cœur qui est à l'affût, aussi s'endort-elle très vite, heureuse, consciente d'avoir agi sagement.

***

Les jours qui suivirent furent empreints de détente, les enfants semblaient conscients de l'atmosphère de paix qui avait surgi tout à coup; il s'y donnaient à cœur joie, profitant de l'accalmie. Alice fut horrifiée lorsqu'elle vit que ses beaux fauteuils de velours avaient perdu leurs coussins et que toutes les couvertures étaient devenues qui une tente, qui un tunnel. D'enfants, plus de trace, tous étaient dissimulés dans un réduit ou un autre, le plus grand des silences régnait. Le gardien du phare était Juneau, sa tête parut et il lança:

– Tut, tut, Alice, abrite-toi, ce sera l'attaque dans trente secondes.

Alice haussa les épaules. Alors ce fut Thérèse qui souleva le coin de son abri et fit signe à sa fille de s'éclipser. Puis ce fut la cohue, un roulement de tambour se fit entendre et il y eut une sortie générale. Seule Thérèse périt dans le combat car elle ne réussit pas à se lever à temps. François riait à s'en tenir les côtes, Anne et Cléo applaudissaient, Thérèse affichait l'air vaincu: «Tu est notre prisonnière, criait Estelle, aujourd'hui, tu obéis et c'est nous qui commandons.

Thérèse ferma les yeux: un souvenir cuisant lui revenait en mémoire, le bonhomme de neige qui avait tant amusé ces mêmes enfants, puis, plus cruel encore, le souvenir de la grand-mère Stella étendue, inerte, dans la neige. Des larmes coulèrent sur ses joues, les enfants croyaient qu'elle jouait toujours le jeu. Ce fut François qui s'attendrit.

— Ne pleure pas, grand-maman, nous ne sommes pas méchants, nous ne sommes pas de vrais ennemis...

Et cette fois Thérèse pleura à chaudes larmes: c'était la première fois que son petit-fils la nommait ainsi. Embarrassé, François alla se réfugier auprès de Cléo qui lui désigna sa grand-maman;

— Va, va la consoler.

Le garçon s'élança vers sa grand-mère et se pendit à son cou. Alice ferma les yeux très fort, des larmes brûlantes lui montaient aux yeux. Elle pivota sur ses talons et entra dans la cuisine.

Lorsque l'accalmie fut revenue, Alice se fit amère;

— Vous encouragez ces jeux non civilisés, ce brouhaha est intolérable!

Thérèse répliqua du tac au tac:

— Ma fille, tu as voulu ajouter un fils au nombre de mes enfants, tu vas maintenant te rendre compte que, si je n'ai pas réussi à te satisfaire, toi, eux par contre, ont pour moi toute l'importance du monde. Si le bruit que tu nous reproches de faire réussit à réveiller ta conscience et à te ramener sur terre, fais-moi signe. En attendant, cesse de nous casser les pieds et renferme-toi dans ta chambre.

— Maman, ne suis-je pas, moi aussi, votre enfant, au même titre que les autres?

— Oui, ma fille, mais je ne peux pas les sacrifier tous à ton caprice. Il est beau de vouloir vivre à sa guise mais il faut savoir respecter les autres, le soleil luit pour tout le monde.

— Je suis si seule, maman.

— Non, Alice, tu n'est pas seule, l'erreur est que tu essaies de vivre comme si tu l'étais, tu oublies de partager, de t'intéresser aux autres qui pourtant t'aiment beaucoup.

— Ceux qui s'intéressent à moi, ceux qui croisent ma route, meurent... j'ai peur.

Thérèse faillit crier, et moi, suis-je morte? Mais elle se contint.

– Parle-moi de ces décès, Alice, parle, cesse de refouler tes émotions, donne libre cours à tes sentiments!

Alice baissa la tête, elle semblait chercher ses mots. Thérèse attendait patiemment, sachant bien que si sa fille ne réussissait pas à s'ouvrir, à se confier, le poids de sa souffrance, trop lourd, finirait par l'étouffer et elle avait peur des conséquences qu'un tel abattement moral pourrait avoir sur sa vie. Elle posa sa main sur l'avant-bras de la jeune femme qui soupira. Puis, Alice évoqua le passé, sa première rencontre avec Frank. Mais elle en vint très vite à son décès, celui de Coco, l'autre, plus près, de Gaston, comme si la mort de chacun avait seule quelque importance et marqué le début d'un nouveau drame.

Dans le récit, les personnages se confondaient. Le temps, l'espace, les dimensions, tout se bousculait dans le cerveau d'Alice qui laissait jaillir le trop-plein de son amertume sans chercher à rendre son discours cohérent. À l'entendre, Thérèse aurait pu croire que la descente effectuée par la police eut lieu le jour même des funérailles de Frank. Telle une balle qui bifurque de son objectif, les propos étaient sans consistance, pleins de contradictions.

Thérèse écoutait, médusée. Le cœur de sa fille était profondément ulcéré. Le nom d'Anne et la nuit tragique de l'enfance faisait partie intrinsèque de ses peines. Thérèse comprit. Sa fille n'avait pas vécu ses deuils, l'homme aimé n'était pas vraiment mort dans le cœur de la femme, elle n'avait jamais vu son cadavre et ne pouvait accepter l'idée de son décès, la rupture ne s'était jamais faite! Gaston, gisant à la morgue, avait sûrement suscité des angoisses terribles dans l'âme de la femme. Les absents continuaient de tout bousculer dans sa vie car ils la hantaient encore. C'est en aveugle, en désespérée, que la jeune femme s'était inconsciemment tournée vers le luxe, avait développé la manie de la possession, comme un palliatif à sa soif irréfléchie, en victime de l'incidence. Elle est traumatisée jusqu'au plus profond de son âme.

Alice se tut enfin, elle était d'une pâleur terrible. Ses yeux fixaient le mur devant elle. Thérèse se taisait aussi, comme par recueillement, par respect pour cette grande souffrance, ce grand chagrin.

«J'ai peur à la pensée de ce qui pourrait s'être produit si elle n'avait pas enfin laissé échapper le trop-plein de sa peine, qu'arrive-t-il à ceux qui traînent leur drame enfoui en eux? C'est assez pour perdre la raison!»

Alice laissa soudain échapper un long soupir, rien n'aurait pu mieux rassurer Thérèse. Elle posa la main sur celle de sa fille et, d'une voix douce, lui demanda:

— Parle-moi de Coco.

— Oh! Celle-là!

Et d'une voix plus calme, Alice relata les faits du début, la disparition de la porte d'entrée, la ration de riz, les visites de Jos et le cheminement jusqu'à sa demeure actuelle.

— Tu es pleinement heureuse, ici?

— Oui, bien sûr.

Alors Thérèse parla de son projet de restaurant. Alice apporta comme objection la mauvaise expérience vécue avant la réouverture du bordel.

— Ne crois-tu pas que ce Gaston de malheur y était pour quelque chose, dans cet échec? N'avait-il pas de bonnes raisons de vouloir opérer l'autre commerce beaucoup plus lucratif et moins sujet à contrôles?

Alice dut avouer que le raisonnement de sa mère se tenait.

— As-tu une réserve, je veux dire des économies qui

nous permettraient de remettre l'endroit en état de bon fonctionnement?

Maintenant que la conversation avait pris une tournure rationnelle, Alice faisait preuve de beaucoup de sens commun. Les deux femmes discutèrent fort tard, ce soir-là, en femmes d'affaires, apportant objections et suggestions. Au moment de se quitter Alice embrassa sa mère. «Ma grande fille est sur la bonne voie, songea Thérèse. La perte d'un seul être aimé réussit parfois à chambarder toute une vie, elle eut à en envisager plusieurs de ces pertes et ce, dans des circonstances plus dramatiques les unes que les autres, ce dut être atroce!»

Le premier choc d'un grand deuil est le sentiment d'abandon de l'autre et de sa propre impuissance qui mène au désarroi total. On s'accroche alors désespérément à la première consolation qui apaise: la pensée que l'être qui nous à quitté est à l'abri, ne souffre plus, mais cette rémission est de courte durée, car l'absence se fait alors sentir, cuisante, toujours présente, obsédante, dont on ne parvient plus à se défaire. L'absent impose la présence de son absence, qui martèle l'esprit, pince le cœur; les souvenirs prennent une force et des dimensions nouvelles, on s'attarde au beau, au fascinant, on les reconstitue en les épurant de leurs failles.

Cette façon, bien humaine, de valoriser l'autre, ouvre alors la porte au combat cruel qu'il faut livrer ensuite avec soi-même, un combat dont on n'est pas sûr de sortir vainqueur, car on ignore encore à quel point il faut le vouloir pour réussir. Plus la mémoire est fidèle, plus les liens ont été étroits, plus la lutte s'avère difficile et longue, car le passé veut dominer le présent.

On ne discerne pas encore le principe du mysticisme de la fidélité de l'après-mort que, de façon bien humaine on invente, car notre foi dans la vie se veut éternelle. Le culte de l'être disparu, que l'on a aimé, n'échappe pas à cette croyance.

Il est dans l'ordre normal des choses de choisir, dans ses expériences passées, les heures de bonheur et d'émotions enrichissantes. Mais on ne doit pas oublier que ce vécu commun constitue alors une étape qui se veut un chaînon qui assurerait l'évolution dans le temps et dans l'espace; la vie appartient aux vivants. Celui qui n'est plus ne demande rien, s'il pouvait exprimer un souhait à l'intention de ceux qu'il a quittés, il serait sûrement empreint du vœu le plus doux: l'amour de la vie, bonheur et richesse ultime.

Il suffit d'ouvrir les yeux, de regarder jouer et grandir les enfants, d'écouter une voisine qui réclame un peu d'attention, de s'attarder aux besoins des siens, de cette société que nous constituons, et l'on constatera à quel point on a pas le droit de s'abîmer dans de moroses pensées, de priver autrui de l'apport que nous leur devons car, qu'on l'admette ou pas, nous faisons tous partie de ce grand corps mystique qui est la communion des saints, communauté spirituelle de tous les chrétiens vivants et morts.

Si on laisse à la vie le temps de nous le prouver, on constatera très vite, sans trop avoir à y réfléchir, qu'il ne s'agit pas ici d'une désinvolture choquante: la vie appelle la vie, celui qui a pleuré se consolera, celui qui a su aimer aimera. C'est l'essence même du principe de vie, tenter d'y échapper c'est manquer au devoir de vivre.

Cette nuit-là fut la première empreinte de paix pour tous ceux qui dormaient sous ce même toit.

***

Cléo vint réveiller Thérèse, on demandait madame Pierre Bellefeuille au téléphone.

— Vous avez bien dit «madame Pierre Bellefeuille»?

— Oui, j'en suis sûre, j'ai pensé que c'était vous.

Thérèse se leva et se dirigea vers l'appareil. Lorsqu'elle reposa le combiné, elle resta là, la main rivée au récepteur téléphonique.

«Je ne dirai rien, cette histoire ne concerne que moi, je ne ressens rien, rien, absolument rien! Je suis incapable de souffrir, d'avoir du chagrin. J'irai là-bas seule.»

Thérèse revint vers sa chambre et prépara son départ. On venait de lui apprendre le décès de son père. Un instant elle eut peur, craignant que Pierre lui apprenne son retour. Ça, elle ne le voulait pas. Elle ne permettra pas à ce mari cruel de revenir briser la paix qu'elle goûtait avec ses enfants.

Elle pensa à Alice, à Anne. Ni l'une ni l'autre n'avaient de lien affectueux envers leur grand-père qui avait tout gâté, tout détruit par son inconduite. Oui, elle irait seule là-bas. Elle prévint Cléo de son départ sans lui en expliquer la raison et elle prit le chemin de son village. Pendant la durée du parcours, elle décida de faire inhumer son père auprès de cette chère Stella.

La vue de la maison lui fut pénible. Elle s'arrêta un instant à l'endroit précis où sa belle-mère était décédée. Des souvenirs doux et d'autres pénibles affluaient dans son esprit. Le piètre état de désordre qui régnait à l'intérieur lui en apprit long sur la conduite passée de son père. Il avait bu, jusqu'au dernier jour sans doute. Elle accomplirait son devoir filial envers son père, mais rien de plus. Elle ne versait pas de larme, n'éprouvait aucun chagrin.

Elle se rendit à l'étage, il était évident qu'il n'y était pas venu, tout était dans l'ordre, comme au jour de son départ. L'homme avait occupé sa chambre, celle de sa belle-mère avant elle. Une photo d'Alice, enfant, traînait sur le bureau, une photo qu'elle n'avait jamais vue. Même ce fait ne l'impressionna pas. Mais quand elle ouvrit le porte-feuille de son père et qu'elle déplia une note qu'il avait rédigée, des années plus tôt, elle sentit son cœur se serrer, ses nerfs se tendre, sa tête éclater. Elle lut et relut cent fois l'horrible message: «Aujourd'hui j'ai appris que la fille de Trefflé a donné naissance à mon enfant, une petite fille.»

Le monstre! hurla Thérèse, l'ignoble goujat! Le scélérat! Couchée sur son lit elle se roulait tant elle avait mal. Son cerveau voulait éclater, la douleur la transperçait, cuisante et aiguë. Elle avait si mal qu'elle ne réussissait pas à résumer ses pensées. Puis sa colère l'emporta, elle se mit à lancer tout ce qu'elle trouvait sous sa main, elle déchiqueta un oreiller qui sema ses plumes dans la pièce, elle le secouait en hurlant. Elle se laissa enfin choir sur son lit et versa un torrent de larmes. Épuisée, elle s'endormit mais le réveil fut tout aussi cruel. Elle ressentait sa souffrance, comme si on l'avait marquée avec un fer rougi par le feu.

«Qu'il accuse ma mère d'avoir été la maîtresse de Trefflé, j'en doute et je m'en fous. Trefflé n'était ni pire ni mieux que lui, les deux crapules se valaient; mais qu'il aille jusqu'à prétendre qu'Alice est sa fille...»

Un souvenir lui revint tout à coup à l'esprit: sa belle-mère, Stella, avait dit en voyant le bébé pour la première fois: «Elle est bien en graisse, cette enfant, pour un bébé prématuré.» Ce jour-là, elle était si heureuse qu'elle ne s'était pas arrêtée à cette remarque. «Vous auriez besoin d'un fortifiant... vous dormez beaucoup...» Avant même qu'elle se sache enceinte, sa belle-mère faisait des allusions à son état: ainsi ce jour de la première dispute avec Pierre... Celui-ci le savait-il? Pourquoi avoir parlé de Trefflé... Qu'avait-il dit, au juste? Et dans sa pauvre tête, Thérèse sentait que tout se bousculait.

Ainsi, ce viol, il n'était pas incestueux... si elle était la fille de Trefflé! Ça expliquerait le silence de maman, oh! l'infâme! Il lui a fait payer une erreur de jeunesse par une vie entière de cruautés et de mesquinerie!

L'attachement qu'il portait à Alice, petite... jusqu'à ce soir maudit, c'était ça? Et ce cri délirant qu'il a poussé quand je l'ai mis en garde de toucher un seul cheveu de la tête d'Alice, «Tu es folle? Alice est ma fille!... Et plus tard: tu ne comprends donc jamais rien?» ... Non, elle n'avait rien compris jusqu'à cette minute cruelle, maintenant elle vivait l'instant de vérité! Et cette vérité lui faisait mal, atrocement mal.

Thérèse se demandait si la note avait été vraiment rédigée lors de la naissance de sa fille ou si son père avait inventé cette fausseté uniquement dans le but de la faire souffrir. Elle fouillait maintenant, agenouillée dans le gâchis et cherchait à repérer le papier maudit. Elle l'examina, l'usure des ans avait fait sa trace, la feuille était jaunie et les coins rognés, de plus l'encre du stylo s'était décolorée, tout laissait croire en son authenticité.

Thérèse relut l'odieux message. Elle prit une allumette et y mit le feu, elle regarda la flamme orangée le consumer, ne sentit pas la douleur du feu qui lui grillait les doigts. Le papier prit une teinte grisâtre, se contorsionna puis, réduit en cendres, il s'effrita. Elle restait là, pensive, et se prit à espérer que ce torchon maintenant brûlé, elle connaîtrait enfin un peu de paix. Thérèse se réjouissait qu'aucun de ses enfants n'eut été témoin de sa colère qu'elle n'aurait pu expliquer.

Dans le fin fond de son cœur, elle enfouirait son affreux secret, Alice porterait le nom de Bellefeuille ainsi que son fils François. «Il n'avait pas le droit de commettre ce crime, car c'en est un. Son égoïsme, son amère agressivité l'empêchèrent de prévoir le mal qu'il me fait.»

Alice ne devra jamais le savoir! Elle souffre déjà assez, elle a déjà trop de problèmes à surmonter ses propres peines et ses afflictions.

Elle vendrait cette maison, ce toit ne leur fut jamais

favorable en dehors du fait qu'il les avait protégés des intempéries. On y avait trop souffert, trois générations de cette famille y avaient connu des tourments, comme si le mauvais sort s'acharnait dans ses murs. Même l'héroïque Stella y avait perdu la vie de façon tragique! Le froid, la faim, la douleur morale, la solitude, l'éloignement, la cruauté du voisinage, tout rendait la vie en ces murs très sinistre. Thérèse laissa errer son regard, sur les meubles vieux et délabrés, l'escalier abrupt et trop étroit dans lequel elle s'était éreintée à courir, enceinte ou pas, tenant souvent un enfant dans ses bras. Les colères de Pierre, il lui semblait encore les entendre, et cette nuit tragique où celui qu'elle appelait papa s'attaqua à la petite Anne, seul le souvenir de la douce Stella laissait un rayon de lumière percer à travers tant de désolation mais il ne réussissait pas à contrer tant de chagrin!

Thérèse ne voulait plus frémir de peur. Elle quitterait cette maison à tout jamais. Puisque le destin voulait qu'elle se retrouve avec les siens auprès de sa fille Alice, elle recommencerait sa vie à partir de la voie nouvelle qui s'ouvrait devant elle. Elle y mettrait tout son cœur, toute son âme, et ensemble ils sortiraient vainqueurs.

Si elle avait eu des doutes concernant le choix qu'elle avait récemment fait de s'allier à Alice, ce soir, ils se dissipaient.

«Si je me trompe, eh bien! tant pis. Je dois m'habituer à ne pas empoisonner ma vie en regrettant des décisions prises après les avoir mûries, bien pesées. Et ce, quelles que soient les conséquences de mes conclusions! Je décide à la lumière des faits présents, au meilleur de ma connaissance. Il n'est pas question que je m'engage dans cette affaire avec des idées défaitistes. Je tourne une page sur le passé, je n'emploierai pas le reste de ma vie à gémir!

Thérèse revient vers sa chambre, la vue du désastre la désole. Elle monte l'escalier et se glisse dans le lit de ses enfants, où elle connaît une nuit paisible.

Le lendemain, elle nettoya les dégâts. «Je suis colérique, cette colère était ridicule, mais je dois l'avouer, elle m'a beaucoup soulagée.» Elle se rendit ensuite chez le notaire et lui confia la mission de disposer de sa propriété, puis prit le chemin du retour vers la grande ville qui lui parut court et agréable. Ses épaules étaient soulagées d'un poids très lourd.

Aux questions qu'on lui posa sur son absence, qui n'avait pas manqué de les intriguer, Thérèse répondit bien simplement que grand-papa était décédé. Anne baissa la tête, mais ne dit rien. Juneau eut une réaction fort sympathique:

«Voilà qu'il se trouve maintenant au ciel avec grand-maman Stella.» Thérèse, touchée, embrassa son fils sur le front, il lui rendit sa caresse par un grand sourire.

***

Thérèse s'attela à la tâche, les jours lui paraissaient trop courts. Elle n'en finissait plus d'élaborer des plans, elle arpentait le Colibri-Vert dans tous les sens, mesurait, calculait. Elle noircissait des feuilles de chiffres bien alignés, refaisait mille fois ses calculs. Alice, étonnée, s'émerveillait de la clairvoyance de sa mère, jamais elle ne l'aurait cru aussi alerte, aussi débrouillarde. Souvent dans son cœur elle lui avait reproché d'être terre à terre, de ne penser qu'à bûcher. Et voilà qu'elle s'avérait réfléchie, avisée.

Son idée d'embaucher les filles de joie fit sourire Alice. Elle les réunit et leur soumit le projet. Reina se dit emballée, Géraldine et Véranne révélèrent leur statut particulier d'universitaires, Maude promit son aide mais ne se voyait pas reléguée au rang des femmes qui ne pensent qu'à trimer dur pour gagner leur pitance, ce qui équivalait, dans son esprit, à de l'esclavage. Après le départ de Lady Cupidon, les réflexions fusèrent.

— L'aider, dit Maude, c'est bien beau, mais elle est riche, on ne donne pas d'eau à la rivière!

— Pourquoi pas, objecte Reina, si l'occasion nous fut donnée d'y puiser... Elle le mérite, elle ne nous a jamais laissées tomber, l'aide qu'elle réclame est beaucoup plus d'ordre psychologique que monétaire.

— Tu crois?

— Elle affiche femme forte et fière, au fond elle tremble et a peur. Sinon elle n'aurait pas toléré la présence de Gaston qu'elle ne semblait pas porter bien haut dans son estime.

— Tu as sans doute raison. Par contre, sa mère semble drôlement tenace.

— Elle a dû en voir de toutes les couleurs, elle a la binette d'une femme qui a été abandonnée avec sa couvée.

— Je ne plains pas les femmes d'aujourd'hui, moi. Nos grand-mères faisaient plus pitié. Maman Bellefeuille peut toujours compenser à l'absence de son mari par une couverture électrique, ce qui lui donnera l'illusion d'une présence humaine sans les inconvénients de la grossesse.

La repartie fit éclater les filles d'un rire joyeux.

— Et vive Hydro-Québec!

— Pensez-y, c'est la réalité, les femmes d'aujourd'hui ont un réfrigérateur, la laveuse qui obéit au doigt, sèchent leur cheveux sans l'aide du coiffeur, la médecine étatisée prodigue gratuitement les soins à tous, on peut visiter le monde assis dans le salon, un monde en couleur qui explique tout, on jouit de l'aide sociale et, pour comble, on touche une pension, la vieillesse venue! Les vieux l'avaient plus pénible, la vie, avec leurs planchers en bois mou, les rues pas déneigées, la lampe à l'huile...

Les filles riaient tellement que Géraldine se tut.

— Toi, tu lis Michel Tremblay, suggère Véranne.

Les liens de l'amitié n'en finissaient plus de se resserrer autour du groupe des filles.

***

Thérèse affiche un air déterminé en présence d'Alice, elle ne se départit pas de son sang-froid, fait mine d'avoir une confiance inébranlable en son projet. Mais dès qu'elle se retrouve seule elle s'inquiète. Le travail ne lui fait pas peur, elle a du courage à revendre, mais elle n'a jamais, jusqu'à ce jour, eu à faire face à des projets d'aussi grande envergure que celui qu'elle entreprend et cela l'inquiète. Elle ne veut pas se tromper; c'est une chose que de besogner, mais c'en est une autre que d'administrer un gros commerce. Elle n'eut d'expérience pertinente que son maigre budget à administrer et un petit héritage, qu'elle sut faire durer, le plus longtemps possible, mais qui finit par fondre malgré toute sa bonne volonté; la bonne volonté ne suffit pas, on dit «que l'enfer en est pavé» soupire-t-elle. Mais à qui s'adresser? Vers qui se tourner pour trouver l'assistance nécessaire?

Soudain, son visage s'éclaire: Raymond! s'exclame tout haut Thérèse. Elle se lève, enfile sa robe de chambre, se dirige vers le salon, fait les cent pas, réfléchit, pèse le pour et le contre de la décision qu'elle est sur le point de prendre. Se rapprocher de Raymond en de telles circonstances, elle n'en doute pas, signifie s'impliquer personnellement. Pierre, son mari, n'a jamais reparu depuis la nuit fatale, mais il vit sans doute toujours. Toutes ces années, elle a vécu seule, à se dévouer, à élever ses enfants, sans ne jamais oser avoir une pensée pour sa vie personnelle et intime. Elle ramène les pans de sa robe autour d'elle, elle se sent seule, si seule, mélancolique, rêveuse...

La pudeur l'avait toujours empêchée de se lier trop étroitement avec cet homme qui lui avait permis de gagner sa pitance et celle de sa famille. Elle avait adroitement repoussé ses avances, année après année. Lui, Raymond, était libre d'aimer, mais elle, elle ne l'était pas! Alors elle luttait. Ce soir, elle le sait et a la franchise de l'admettre, elle veut Raymond près d'elle. Oui, bien sûr, pour l'appuyer dans son projet, pour la seconder et la faire bénéficier de son expérience mais il y a plus, elle a faim de lui!

Thérèse lutte, sa conscience s'interpose, les enfants sont là, ont besoin d'elle, elle a plus de quarante ans... Assise au fond d'un douillet fauteuil elle lutte de tout son être, mais la tentation est forte.

Là-bas, au village, c'est l'heure de la fermeture du Pub. Il est là, elle le voit presque, déambulant dans ce décor familier où elle a tant œuvré! Elle s'approche de l'appareil du téléphone, hésite encore puis signale le numéro.

Le destin veut qu'il réponde lui-même à l'appel. Thérèse se sent troublée, le son de sa voix la bouleverse.

— Raymond, ici, Thérèse Bellefeuille, bonsoir.

— Non! Ça alors! Thérèse, bonsoir; comment ça va? Quelle joie de t'entendre, tu reviens au boulot?

Sans s'en rendre compte, il la tutoie ainsi, comme ça, naturellement. Il semble agréablement surpris. Thérèse explique: elle a besoin de ses conseils, le prie de venir la rencontrer, ici, au Colibri-Vert, elle décline ses coordonnées, l'informe vaguement de son désir de former équipe. Sa voix se fait chaude, persuasive, l'homme lui semble favorablement réceptif. Il promet de prendre les arrangements nécessaires et de venir très bientôt. Thérèse pose le combiné et reste là, pensive. Une grande paix, un grand réconfort l'envahit tout entière; depuis longtemps, elle n'a pas ressenti une telle sérénité. Elle revient vers son fauteuil, laisse errer ses pensées. Le calme de la nuit et son état d'âme font que bientôt elle sombre dans un profond sommeil.

Elle se réveille avec l'aurore, surprise de se trouver là. Puis la réalité lui revient, la pensée de Raymond l'assaille. Thérèse laisse errer son regard sur ce qui l'entoure, le faste de la pièce où elle se trouve ne finit pas de l'étonner. Le jour qui pointe fait miroiter les verres des vitraux qui épaulent les fenêtres, les bleus et les pourpres s'illuminent; le jeu des ombres et de la lumière rend le décor encore plus somptueux.

Thérèse, maintenant apaisée, marche lentement vers la cuisine et se prépare un copieux déjeuner qu'elle savoure sans se presser, sans s'inquiéter de l'heure et du reste de l'univers. Thérèse est heureuse, les siens dorment, ils sont tous réunis sous un même toit. Ce bonheur, cette sécurité, elle en fait le serment, elle les préservera.

Chapitre 18

Thérèse, patiemment, extrait des débris les nappes de toile blanche qui gisent sur le plancher.

– Elles sont fichues, se lamente Alice, comme les jolis rideaux de dentelle qui furent éclaboussés.

– Je crois que je pourrai les récupérer, nous pourrons les utiliser de nouveau. Je vais les plonger dans une faible infusion de thé, nappes et rideaux prendront une teinte écrue très pâle et ce sera tout aussi joli sinon plus. La recette n'est pas nouvelle, maman le faisait chaque année avec les rideaux de salon.

– Tu ne m'as jamais parlé d'elle, auparavant.

– Beaucoup de choses n'ont pas été dites, nous venons à peine de nous connaître... toi et moi.

– Dommage, maman, que tu n'aies pas connu Frank, tu l'aurais aimé.

– J'en suis sûre. Quel nom penses-tu donner à ce restaurant, on ne peut garder celui de Colibri-Vert.

Adroitement Thérèse avait fait bifurquer la conversation, c'était la première fois qu'Alice faisait allusion à son passé sans amertume, ce qui semblait de bon augure.

– C'est dommage, c'était joli.

Les noms les plus saugrenus étaient suggérés, mère et fille avaient un plaisir fou. Soudainement Thérèse devint sérieuse.

– Et pourquoi pas «Les Sans-Culotte».

– Là, où l'on bouffe à la française, renchérit Alice.

– C'est ça! Quelle réclame publicitaire!

– Dans un ancien bordel!

– Ma foi, oui. Ce serait là la seule bouffonnerie de toute l'affaire. Car nous servirons une cuisine superfine, des vins superfins. Ce serait un coup d'audace qui jouerait en notre faveur...

– Ah! tout de même!... Maman! Toi, habituellement si réservée!

– Attends de mieux me connaître... Mets-moi à l'épreuve! À propos, je rêve d'une robe neuve, tu sais où je pourrais me la procurer?

Le souvenir de Coco s'imposa un instant à l'esprit d'Alice. Oui, elle savait, et le lendemain, mère et fille se retrouvèrent dans le grand magasin à rayons.

– Nous reviendrons avec les enfants, dit Alice, ce ne sera pas un luxe. Anne devient une belle jeune fille, elle est d'âge à goûter ces joies.

– Je remarque que tu ne t'achètes rien.

– J'ai déjà beaucoup trop de vêtements, plus que je peux en porter.

– Oh! ne put s'empêcher Thérèse de s'exclamer.

– Par contre, maman, j'ai un projet, je m'absenterai une dizaine de jours. Je veux réfléchir, j'ai besoin de m'isoler.

– Où as-tu l'intention d'aller?

– Fermer une porte sur mon passé...

Après le souper, ce soir-là, Thérèse parada vêtue de sa robe neuve, elle prenait des airs de petite fille gênée, ce qui amusait les enfants.

– Ta robe bleue est la plus belle, grand-maman, trancha François.

Alice se raidit mais ne dit rien.

***

La famille au grand complet s'était retirée pour aller dormir. Seule une veilleuse jetait une tache de lumière dans l'immense salon.

Thérèse goûtait le calme qui régnait dans la maison. Elle qui avait besogné toutes ses soirées au Pub, appréciait ces fins de jour libre de toute obligation. Ces heures lui semblaient tout particulièrement propices à la réflexion! «Est-ce que je ne me réjouis pas trop vite? Alice semble reprendre son équilibre mais est-ce dû seulement aux circonstances? Elle est superémotive et très influençable.»

Thérèse n'avait pas été sans remarquer le voile de tristesse passé dans les yeux de sa fille quand la veille elle avait énoncé le désir d'aller acheter une robe. Qu'est-ce que ces simples mots avaient-ils bien pu évoquer comme souvenir chez elle? Elle devint un instant si triste!

Trois douloureux deuils et une naissance et ce, dans l'espace de quelques années! Si jeune et déjà mère, il manquait des données à tout ce casse-tête. Est-ce que le temps saura panser ces blessures profondes?

Au fond de son cœur, Thérèse se réjouissait du décès de ce Gaston, eut-il survécu que la situation malsaine durerait encore.

Thérèse toutefois ne jugeait pas sévèrement. Elle fut elle-même si longtemps aux prises avec un destin cruel qui s'acharnait à gâcher sa vie sans qu'elle ne puisse s'en échapper. Thérèse avait connu une vie pénible, pleine de souffrances, des souffrances souvent atroces quelle devait subir sans aide, se débattant seule, atrocement seule. Ce soir elle s'accusait du lot de malheurs qui avait finalement échu sur les épaules de sa fille et qui était la conséquence directe de son enfance. Le passé nous talonne, nous éclabousse, veut s'accrocher à nos pas! Si seulement Coco avait eu le courage de me prévenir!

Pourtant, qu'aurait-elle pu faire avec toute cette kyrielle d'enfants qui dépendait d'elle?

Ce soir encore quand le jeune François la complimenta en l'appelant affectueusement «grand-maman», Thérèse vit le désespoir figer un instant les traits d'Alice.

Le petit est gentil et poli avec Alice, mais ce ne sont pas là des relations de mère à enfant; aucun lien d'amour ne semble exister entre eux. François semble considérer sa mère comme une grande sœur, sans rien de plus.

Même Juneau, bien que jeune adolescent, sent parfois le besoin de venir se blottir dans mes bras. Elle en souffre, je le sais, je le sens. Que s'est-il passé entre eux?

Parfois j'aimerais discuter de tout cela avec elle mais je crains de raviver d'amers souvenirs, pour rien au monde je ne veux la voir retourner dans ce trou noir dont elle émerge lentement. Il faudra de la patience, beaucoup de patience. Les petits bonheurs se souderont les uns aux autres et serviront de baume pour cicatriser tant de plaies profondes.

Si un jour Alice décide de pousser plus loin dans ses confidences, je l'écouterai. D'ici-là je dois m'armer de patience et de courage. Elle semble se prendre en main, c'est ce qui me rassure le plus. Elle ressent le besoin de s'éloigner, tant mieux ça l'aidera à prendre un certain recul qui ne pourra manquer de lui faire voir les choses sous des angles nouveaux. Ma chère grande fille, puisses-tu enfin trouver la paix, le bonheur! Je suis prête à t'aider, à te soutenir.

Lorsque Thérèse chemina vers sa chambre elle eut une pensée pour sa belle-mère, la douce et sage femme, qui lui avait donné tant d'amour et de soutien dans les heures pénibles de sa vie de jeune femme. Elle, Thérèse, l'imiterait en pratiquant la douceur et une maternelle compréhension.

***

Le téléphone annonçant l'arrivée de Raymond coïncida avec le départ de Lady Cupidon. Thérèse fit part de cette visite à sa fille et essaya de lui dépeindre aussi précise que possible, l'image de cet homme en qui elles pourraient avoir confiance.

Alice quitta emportant quelques vêtements et des objets de toilette.

— Donne-moi des nouvelles, si tu le peux, Alice.

— Oui, répondit simplement la jeune femme.

Et pour la première fois, Alice revint vers ce qui avait été sa première demeure, où elle avait connu des heures à la fois douces et déchirantes. Un certain désordre régnait, ces demoiselles n'avaient pas eu la délicatesse de tout ranger. Mais ce qui étonna le plus Alice, fut que la réalité ne cadrait pas avec ses souvenirs. Les lieux étaient exigus, sombres alors que sa mémoire les gardait ensoleillés et vastes. Elle ouvrit les fenêtres, erra d'une pièce à l'autre, la vue de la chambre de Coco lui imposa de pénibles souvenirs: son décès, si vite arrivé, l'étrangeté de sa conduite d'alors. Elle voyait tout sous un aspect nouveau.

«Comment ai-je pu agir si égoïstement? Elle si patiente, si bonne, si attentive à mes besoins! La grosse Coco dans la baignoire, qui pataugeait dans les bulles de savon, comme un bébé rieur... Coco et sa tasse de chocolat chaud, Coco toujours digne dans sa misère! Coco aux mille attentions toutes plus subtiles les unes que les autres. Et elle a quitté ce monde seule, sans une caresse, incapable de formuler une dernière requête qui sans doute, pour elle, avait à une ultime importance...» Les jours qui précédèrent la naissance de son fils lui revinrent en mémoire, de même que la joie de sa cousine à la vue du bébé, Alice s'en aperçoit aujourd'hui, elle avait ressenti un profond sentiment de jalousie à cause de l'amour que lui vouait l'enfant. «La seule peine que je lui ai épargnée fut de la laisser dans l'ignorance des activités du Colibri-Vert. À bien y penser, je l'ai sans doute fait par honte de ma conduite. Et maman, maman à qui j'ai osé adresser des reproches. Je pense sincèrement que j'ai frisé la folie de près... Je glissais dans un gouffre sans fond.» Alice eut subitement le goût de fuir, de retourner auprès de sa mère. Puis elle se reprit: «Je cherche encore à me berner moi-même, je joue une fois de plus à la victime, je cherche l'évasion malsaine, j'ai peur de mes propres faiblesses, j'étouffe ma conscience! Je fus aussi stupide dans mes relations avec Frank, je n'avais pas assez d'envergure d'esprit pour croire en lui, je n'ai pas su l'aimer. Voilà peut-être pourquoi j'ai tant pleuré sa perte. Je n'ai pas eu le temps de m'accrocher à lui, en désespérée qui n'a pas le courage de ses convictions! Je ne fais que tout compliquer, je cherche la bête noire partout. Et ainsi, j'ai perdu mon fils... Alice sauta sur ses deux pieds et répéta à haute voix: et ainsi j'ai perdu mon fils! Même à un enfant, j'ai tenu tête, je fus si peu mère qu'il ne me reconnaît pas comme telle aujourd'hui. Maman dut me retenir le bras pour ne pas que je le frappe parce qu'il me renie. Mon Dieu! Quelle est grande, ma misère! François, mon petit, mon agneau que j'ai comblé d'oursons et de jouets pour compenser à mon manque de ferveur. Lui pour qui je croyais avoir fait l'ultime en lui offrant vêtements et luxe excessif... Comme j'étais loin de la vérité, de la réalité! Tout ce dont il avait besoin était d'un peu d'amour. Aujourd'hui il se fait des joujoux de ses couvertures, invente des jeux gratuits parce qu'il a trouvé auprès de lui une grand-maman. Il ne connaît même pas le sens du mot, mais il le prononce avec amour. Et je suis allée me réfugier au Colibri, un soir, pour éviter les regards des miens qui voyaient dans mon âme noire. Je me suis saoulée pour n'avoir pas à envisager ma souffrance, la souffrance dont je suis la source même. Comme tu dois me haïr là où tu es, Frank, de n'avoir pensé qu'à moi! Je n'ai pas su écouter tes paroles quand tu parlais de notre avenir. Je n'ai pas été assez femme pour assurer le bonheur de notre enfant et faire un cheminement droit et honnête. Je t'ai trahi, toi aussi, Frank. Je dénigrais Gaston alors que je jouais le même jeu que lui; sa faiblesse était la drogue, la mienne l'égoïsme! Je cherche toujours à m'inféoder à plus fort que moi, il me faut toujours une béquille. Je suis lâche! Je choisis constamment la loi du moindre effort.»

Assise dans le fauteuil où, des années plus tôt, elle avait tant pleuré le décès de l'être aimé, Alice faisait un examen de conscience sévère. Elle passait en revue sa vie de femme, de mère. Ses réflexions étaient douloureuses: «Je vis parce que je ne meurs pas... en dehors de ce principe, je ne fais que végéter. Les colifichets dont je m'affuble ne font que servir de paravent pour cacher la petite personne égoïste, sans amour et vindicative que je suis.»

Alice s'endormit, elle se réveilla les membres ankylosés. Elle avait froid, elle avait faim. Coco n'était plus là pour la couvrir, la couver, comme une mère poule. Le visage de sa mère s'interposa dans son esprit, sa mère avec son esprit de décision, son sens de la débrouillardise, son humour corsé, cette femme humble et franche qui n'avait jamais reculé devant le devoir à accomplir. Aujourd'hui elle est encore là attentive aux besoins de tous et de chacun. Elle avait su gagner le cœur de François, sans mièvrerie, sans user d'artifices, l'enfant sut la reconnaître, l'aimer. Elle ferait, elle aussi, confiance à sa mère; Thérèse deviendrait son modèle, Thérèse qui avait réussi à surmonter les épreuves sans devenir amère: «Nos erreurs se portent garantes de notre sagesse future», ces mots prononcés par sa mère lui reviennent à l'esprit et mettent ce soir un peu de baume et d'espoir dans l'esprit de la jeune femme.

***

Assise dans la baignoire, Thérèse s'amusait à essorer l'éponge et à faire dégouliner l'eau sur ses membres. À son bain, elle avait additionné une huile parfumée qu'utilisait Alice. Peu à peu, la détente se métamorphosa en un engourdissement qui frisait l'ivresse. Elle plia les genoux et se laissa glisser dans l'onde parfumée. Les yeux fermés, imbue d'une douce quiétude, elle promenait les bulles sur son corps. La pensée de Raymond, qui serait bientôt là, finit de la griser. La femme se laissait engourdir et rêvait. Une main s'attarda sur ses seins, elle frémit. Depuis longtemps elle n'avait pas connu cette volupté. Elle ne cherchait plus à se défendre contre ses pensées sensuelles, tout son être désirait la présence de l'homme.

Des cris perçants retentirent bientôt, elle conclut que les enfants se chamaillaient, mais son état de béatitude était tel qu'elle ne se laissa pas détourner de ses rêveries. Elle idéalisait Raymond, leur compréhension mutuelle, et, lascivement, imagina leur étreinte future.

Lorsqu'elle sortit de son étang elle dédaigna la serviette et les mules, laissa la trace de ses pas mouiller les tuiles et la suivre jusqu'au grand miroir qui lui renvoyait l'image d'une femme rosie par le bonheur. Son regard s'attardait à ses seins qui furent fontaine de vie, à ses hanches qui abritèrent ses anges. Elle aimait ce corps solide et vaillant qui ne lui avait jamais failli. Le temps était venu, pour elle, de le faire revivre et fleurir.

***

Pendant ce temps, un différent était survenu entre les enfants et dégénérait en tempête.

– Les femmes ne se mêlent jamais de leurs affaires! tempêtait Juneau.

François pleurait. Estelle avait eu la maladresse de faire s'écrouler son château de cartes.

– Ce château n'est pas le tien, rectifia Anne. De quoi te mêles-tu?

– C'est le château de mon ami.

– De ton cousin!

– Estelle est une peste.

– Cette peste est ta sœur!

– Merde.

– Va à ta chambre, chenapan, file!

Juneau partit, François lui emboîta le pas et alla se réfugier sur son lit où il versa un torrent de larmes. Anne attendit que le calme revienne et vint vers l'enfant. La jeune fille eut le temps de le voir dissimuler un objet qu'il cacha au creux de sa main derrière son dos.

Elle sourit, s'installa à plat ventre, auprès de l'enfant boudeur.

– Que tiens-tu dans ta main, demanda Anne?

Buté, l'enfant ne répondait pas.

– Laisse-moi voir, montre-moi ton secret, lui dit-elle à mi-voix, sur un ton complice, après s'être accroupie près de lui. Amadoué, il baissa la tête mais ne répondit pas.

– Je ne toucherai pas, je te le promets, j'aimerais seulement voir, je te promets que je ne toucherai pas.

Alors François avança la main dans le creux de laquelle se trouvait un bijou doré.

– C'est joli!

L'enfant ouvrit le médaillon et lui montra la photo qu'il contenait.

– Qui est-ce? demanda Anne, étonnée.

– C'est ma maman, ma maman à moi, répondit fièrement François.

Anne frémit, la grosse dame qui figurait là n'avait rien de Lady Cupidon, mais répondait en toute lettre au portrait que sa mère lui avait dressé de la plantureuse cousine, Coco...

***

Au repas du soir, Thérèse se sentait aguichante. Ses yeux brillaient d'un éclat nouveau, ce qui n'échappa pas à l'oeil d'Anne qui lui en fit la réflexion.

— Je me sens femme, femme!

— Peut-on savoir pourquoi?

— Ma robe neuve, un bon bain parfumé, le succès de notre future affaire, la bonne et belle vie, tout ce luxe et, par-dessus tout, votre présence à tous, autour de moi, mes chers enfants.

Les garçons boudaient, Thérèse l'avait remarqué, aussi se montra-t-elle affectueuse de façon toute particulière. Elle raconta une histoire de son cru dont les héros lunaires avaient les prénoms de François et de Juneau.

Dès que les enfants allèrent se coucher, Thérèse s'affaira à débarrasser sa chambre des objets dont elle pourrait avoir besoin et les plaça dans la somptueuse suite que l'absence d'Alice rendait libre. Ainsi, Raymond dormirait dans son lit. Cette pensée continua de la faire rêver...

***

Raymond était là, vêtu d'un complet bien taillé, la tête libre du stupide bonnet blanc qu'il portait toujours au Pub. Sa chevelure noire et abondante ondulait légèrement, ses yeux noirs et perçants semblaient constamment épier, scruter. Il paraissait grand, comme Thérèse ne l'aurait pas cru! Son allure d'homme du monde lui avait échappé. Ses mains épaisses et fortes évoquaient une puissance inouïe. «Il pourrait sûrement craquer une noix sans effort», songea-t-elle, au moment où il prit celle qu'elle lui tendait pour l'accueillir. Ils échangèrent un regard qui en disait long sur leur joie de se revoir. Thérèse sentit ses joues rougir.

Raymond semblait fort à son aise, il accepta l'invitation à habiter sur les lieux et le plus naturellement du monde, il invita Thérèse à lui expliquer ce qu'elle attendait de lui.

Thérèse avait mille fois préparé son préambule, elle avait choisi des mots qui masqueraient les faits sans les déformer. Mais ce soir, elle ne sentait pas le besoin de ruser. Raymond connaissait déjà les grandes lignes de l'affaire du Colibri-Vert. Aussi, on en vint vite aux projets nouveaux.

On visita les lieux, élabora des plans, tout semblait possible et facile. Raymond se dit confiant de la rentabilité future du restaurant, magnifiquement situé.

— Vous étiez épatante au Pub, vous serez extraordinaire ici, dit-il.

Comme ça, bien simplement, ils avaient de nouveau recommencé à se vouvoyer. En tout temps, l'homme se montrait respectueux et correct. Thérèse lui en savait gré. Quand il se tenait très près d'elle, qu'il se penchait par-dessus son épaule, elle sentait son cœur qui s'énervait et battait à tout rompre. Toujours d'une tenue correcte, jamais familier, Raymond était courtois et plein d'attentions.

Un jour, ils s'étaient attardés plus qu'à l'accoutumée et n'avaient pas dîné. Lorsqu'ils rentrèrent du travail, Raymond offrit de préparer un goûter. Ils s'étaient attablés dans la cuisine et dégustaient une salade tout en conversant amicalement.

— Je suis ravi de la tournure qu'ont pris les événements, Thérèse. Vous méritiez bien ce répit. Les enfants semblent s'être fort bien adaptés à ce nouveau genre de vie.

— Bientôt, il me faudra penser à les inscrire à l'école.

— Ce sera relativement facile, je suppose. De plus, les hivers seront moins rigoureux ici que là-bas, ne serait-ce que le problème de la neige et de l'état des routes d'éliminés, c'est énorme.

— Ce ne fut pas toujours facile, mais c'est inouï comme on oublie vite les inconvénients. Je vous dois une fière chandelle, Raymond, sans ce travail je ne sais pas ce qui nous serait arrivé!

Thérèse n'en dit pas plus, mais elle se remémorait le jour où il avait pris sa défense, lui, un parfait étranger. Le souvenir de ce détail lui soulignait, une fois de plus, la délicatesse d'âme de cet homme qui, cette fois encore, n'avait pas hésité à accourir pour la secourir.

— J'ai vite compris que vous étiez du bon pain.

— Heureusement que vous n'avez pas eu l'idée d'en référer à l'opinion du curé...

Et ils s'éclatèrent de rire. Reprenant son sérieux, Raymond ajouta:

— Vous offriez une certaine garantie...

— Laquelle?

— Votre marmaille. Je vous enviais. J'ai toujours rêvé d'une pleine maisonnée d'enfants, plaisir qui me fut refusé. J'avais un père malade et une mère infirme, je leur accordai toute priorité.

— Je ne savais pas.

Et voilà que le cœur de la femme se mit à nouveau à valser de plaisir.

— Et maintenant, vous préparez votre avenir, j'ai toujours désiré une immense salle à manger, de beaux petits plats savamment cuisinés et servis, une clientèle chic, le métier vécu dans l'élégance, quoi!

— Si seulement on pouvait prévoir sa chance future dans les heures sombres, ça aiderait à vivre.

— Oui, mais enlèverait tout le charme à l'imprévu, fausserait nos élans, alors que, grâce à l'espérance, on peut toujours garder les yeux rivés sur une bonne étoile. En parlant d'étoile, c'est le soleil qui paraîtra si nous n'allons pas dormir!

Au moment de se diriger vers leurs chambres respectives, Raymond déclara:

– Les beaux petits plats, au contenu harmonieux et coloré, respectant les lois de la gastronomie, accompagnés d'un vin bien choisi, servis selon le protocole de l'étiquette, dans un décor et une ambiance agréable, au son d'une musique douce, appropriée, sont autant d'éléments favorables à une eupepsie parfaite, ce qui ne manque pas d'inviter la clientèle à demeurer fidèle aux lieux de délectation.

– Voilà que vous rendez le métier très romantique...

– Pourquoi pas? N'est-ce pas plus agréable de tout faire avec amour?

Thérèse se préparait à se mettre au lit, mais ses pensées restaient accrochées à Raymond. Il était là depuis peu de temps et la vie semblait changer de cours. «Il faut qu'il ait une très forte personnalité. Au travail il se montre tenace, autoritaire, vindicatif, dans l'intimité je le découvre affable, attentif, bon.»

Elle l'imaginait étendu sur son lit, nu, beau, ses bras puissants relevés derrière sa tête et soudainement, elle eut froid, très froid. Elle se revêtit de sa robe de chambre, glissa ses pieds dans ses pantoufles, et le cœur battant s'appuya contre le mur. Elle avait une envie folle d'aller vers lui, de se blottir dans ses bras qu'elle sentait presque se refermer sur elle tant elle le désirait! N'y tenant plus, elle se dirigea vers sa chambre, posa la main sur la poignée de la porte, hésita un long moment, puis retenue par une espèce de fierté ou de pudeur elle n'osa pas poursuivre son geste. Avec regret elle s'éloigna lentement.

À cet instant précis, Thérèse ne le savait pas, mais elle n'aurait pas assez d'une vie pour se féliciter et se réjouir d'avoir su résister à la tentation...

***

La famille était déjà attablée quand Thérèse parut au petit déjeuner. Fait assez inusité un grand calme régnait. Elle entendait distinctement la voix de la jeune Estelle qui comptait tout haut, vingt-quatre, vingt-cinq... Chaque enfant portait sur la tête un chapeau improvisé fait de la serviette de table. Tous les yeux étaient levés en direction de la cuisine où Cléo se tenait, debout devant la porte, de faction semblait-il. Au chiffre trente, Raymond parut. Ce fut l'hilarité générale, les applaudissements fusèrent. L'homme qui avait parié pouvoir devenir un vieillard en trente seconde venait, échine courbée, pieds nus, la tête et les épaules couvertes d'une nappe blanche, les sourcils et le dessous du nez parés de mie de pain. On applaudit à tour de bras. «Venez aider pépère, mes petits, venez m'aider à m'asseoir» gémissait le comédien. Lorsqu'il aperçut Thérèse, il sembla un instant embarrassé. Alors elle cria des bravos, repris en chœur par la meute joyeuse.

«C'est la fête d'Estelle», expliqua Cléo.

«Ils sont merveilleux, vos chérubins, Thérèse, souligna plus tard Raymond. Je vais tâcher de trouver une pâtisserie dans les environs. Nous rentrerons plus tôt afin de souligner cet anniversaire.»

Et, au souper, à l'heure du dessert, un gâteau énorme, surmonté d'un feu d'artifices spectaculaire ravit les enfants que les étincelles avaient un instant inquiétés.

Et pour la première fois, depuis très longtemps, Thérèse pensa à Pierre, son mari, et se sentit très triste à la pensée de la vie heureuse qu'ils auraient pu connaître ensemble si les choses s'étaient passées autrement.

***

Pendant ce temps, Lady Cupidon terrée dans sa retraite, revivait ses souvenirs, oscillait entre la joie et la peine. Elle retourna à la montagne, en pèlerinage, s'étonna de ne pas pleurer. Elle se rendit au cimetière où reposait Frank, se recueillit dans le lieu de repos en invoquant le Dieu d'Isaac et de Jacob. Les jours se succédaient, lui apportant un peu plus de paix. Alice vivait son deuil, acceptait enfin les pénibles réalités de sa vie.

Elle se fixait maintenant des objectifs: d'abord et avant tout elle se consacrerait à la conquête du cœur de son fils, puis elle se dévouerait au bonheur de sa famille.

Elle vécut son dernier soir de solitude plongée dans une profonde quiétude. C'est sans regret qu'elle remit les clefs de l'appartement à la concierge. De ces lieux, elle tâcherait de ne garder que de bons souvenirs.

Chapitre 19

Lorsque Alice revint, Thérèse était seule, tous dormaient.

— Te voilà, ma grande, tu es lasse? Cette porte qui t'a causé des problèmes s'est-elle fermée?

— Pas tout à fait, maman. Je crois que c'est plus sage ainsi, ce serait prématuré, mais j'ai fait le tour de mon jardin et je me suis attardée aux mauvaises herbes.

Thérèse n'avait pas l'âme disposée à la philosophie, elle fit bifurquer la conversation qui les aurait conduites trop loin de son monde à elle.

— Raymond est là, il a emménagé dans ma chambre, j'ai pris la liberté de m'installer dans la tienne.

— Le lit est assez grand pour deux, vous avez bien fait. Et François?

— Toujours aussi espiègle et bon vivant. Il fait front commun avec Juneau, cette relation entre eux est des plus saines.

— Et votre projet?

— Mon projet?

— Enfin, ce rêve...

— Tu auras des surprises, nous n'avons pas perdu de temps, Raymond a un frère, contracteur en construction. Il est venu avec un énorme camion et nous a débarrassés de tous les déchets qui encombraient la place. Nous avons réussi à sauver quelques pièces du mobilier et les ustensiles de la cuisine sont intacts. J'avais hâte que tu reviennes car il te faut décider où tu désires que soit pratiquée l'ouverture qui nous permettra de communiquer avec l'avant de la bâtisse.

— Je me fie à votre jugement.

— Non, c’est ta propriété, tu dois t’impliquer.

— Je n’y connais rien en bâtiment.

— Quand apprendras-tu? Crois-tu que la connaissance est une vertu innée? L’expérience s’acquiert à la «cuillère à thé».

Alice gardait la tête baissée, cette fois encore, elle le constatait, elle cherchait à s’épargner des ennuis.

— Allons dormir, demain tu aurais l’occasion d’évaluer le boulot qui nous attend.

Alice entra dans la chambre de son fils. Il dormait comme un bienheureux.

Le lendemain, à son réveil, Alice enfila une robe de chambre et vint vers le salon.

— Bonjour, Alice, cria François qui semblait heureux de la revoir. Vite, Cléo, prépare un gros déjeuner pour Alice, elle a faim, elle est pâlotte.

Et les enfants entourèrent la jeune femme, ravie d’un tel accueil.

— Grand-maman n’est plus jamais ici, elle et Raymond travaillent toujours.

— Pourquoi m’appelles-tu Alice, François?

— Parce que tout le monde le fait, c’est ton nom, non?

— Oui, c'est mon nom. Et quel était celui de ta maman?

Alice avait très peur de la réponse, elle ne savait pas du tout à quoi s’attendre.

— Œuf, répondit l’enfant.

— Œuf?

— Oui, Œuf. Tu sais bien, Alice. Tu l’as connue, ma maman.

— Œuf?

— Bien sûr, viens, je vais te montrer.

Alice craignait que ses jambes ne puissent pas la porter, elle se leva et prit dans sa main la menotte que l’enfant y glissait.

— Tu vois, sa chambre est ici. Œuf était très grosse, comme son lit. Elle touchait ici et ici, je grimpais sur son gros ventre et je me balançais sur elle, et elle riait, riait. Tu as oublié Œuf!

— Coco! s'exclama Alice. Coco!

— Coco, oui, Coco ou Œuf, c'est pareil, non?

— Mon Doux Jésus! Coco.

Dans la tête de l'enfant, les mots Coco et Œuf s'étaient confondus, alors que son esprit gardait le souvenir de cette femme affectueuse et tendre qui avait marqué sa petite enfance.

Alice pleura, François se colla contre elle, tenta de la consoler. «Elle va revenir, Alice, je le sais, elle a dû oublier l'adresse de la maison. Ne pleure pas, elle va revenir.»

Et pour la première fois, depuis si longtemps, Alice serrait son fils sur son cœur. Une brèche s'ouvrait enfin dans ce mur impénétrable qui les avait si longtemps séparés.

— Attend, je vais te montrer

Il ouvrit son tiroir, fouilla, en sortit le médaillon doré et l'étala, triomphant, sous l'oeil attendri d'Alice.

— Elle me l'a donné, et m'a promis de m'aimer toujours, regarde, c'est maman.

Alice ne trouva pas le courage de lui apprendre la triste vérité, elle attendrait le moment propice. Il serait maladroit de briser ses espérances alors qu'il se fait si conciliant. Elle le laisserait continuer d'espérer en ce retour. La mort est un mot si cruel à prononcer et autour de lui gravitent tant de désespoir et de déchirements.

Tout à coup, une idée lui traverse l'esprit:

— Viens, François, viens avec moi.

Main dans la main, ils se rendirent dans la chambre d'Alice.

— Moi aussi, j'ai une belle surprise pour toi.

Elle prit une clef et l'inséra dans la serrure qui fermait son bonheur du jour. Elle en sortit une photo sur laquelle elle figurait accompagnée de Frank.

– C'est ton papa, dit-elle sur un ton doux.

– Mon papa?

Les yeux de l'enfant étaient songeurs.

– Oui, ton papa. Là, c'est moi.

– Toi, et tu portes la photo de maman dans ton cou?

– Elle me l'avait prêtée.

– Ah!

– Tu la veux, cette photo?

– Oui.

Et spontanément, François baisa l'image.

– Mon papa... murmura-t-il.

Il ne restait plus qu'à attendre que le miracle se produise.

***

Anne, assise sur une méridienne d'okoumé parée de brocart, observait Alice qui appliquait du poli sur ses ongles avec une dévotion peu commune.

– Je ne m'habitue pas à te voir aussi coquette toi, ma sœur, alors que moi, tout ça me semble du temps perdu en frivolité.

– Attends, sois patiente, quand tu croiseras l'amour sur ton chemin, tu attacheras plus d'importance à ta personne.

– Tu crois?

– Je ne le crois pas, je le sais! Ça s'appelle le miracle de l'amour.

– Que tu as connu?

Alice suspendit son geste, ses yeux se perdirent un instant dans le vague, elle soupira.

– Oui, Anne. Un amour dont l'ardeur n'eut d'égal que la brièveté.

— François est le fruit de cet amour?

— Oui, un fruit que je faillis laisser gâter par manque de soin, mais, depuis hier, j'ai repris confiance.

Anne se mettait martel en tête, elle se sentait partagée entre la promesse qu'elle avait faite à l'enfant de taire son secret et l'obligation d'informer Alice de la pénible vérité; ce qu'elle venait d'entendre la rassurait, la réconfortait. Elle fit dévier la conversation.

— Ta chambre est un vrai paradis, tout ce luxe!

— Une phobie. Je cherchais, je crois à me venger de la vie. Anne, ouvre la penderie.

— La penderie?

— La garde-robe.

— Grand Dieu! s'exclama Anne, émerveillée.

— Vas-y, pige à loisir, nous avons presque la même taille, choisis ce que tu aimes.

Et les deux filles passèrent un temps fou à jouer les mannequins. Alice prit délicatement le sac qui contenait sa robe de jersey, la plaça à part, et la désignant elle souligna: «Tout, sauf ceci: réservé.»

***

Thérèse quitta la chambre sans bruit. Alice dormait d'un sommeil paisible. La salle à manger, adjacente au salon, résonnait d'un bourdonnement d'activité qui la fit sourire.

Comme tous les matins précédents, les enfants accaparaient Raymond qui partageait leurs jeux. Cette fois son rôle était ingrat.

Les yeux couverts d'un bandeau, les mains liées derrière le dos, les pieds retenus à ceux de la chaise qu'il occupait, on s'évertuait à l'immobiliser encore plus solidement en l'encerclant de ceintures qui menaçaient de l'étouffer. Raymond émettait des gémissements douloureux qui faisaient rire les enfants aux larmes.

Seul François n'était pas de la fête, agenouillé sur une chaise, il se tenait incliné sur la table, la tête posée sur ses mains, appuyé sur ses coudes. Il semblait songeur et observait la scène. Parfois il souriait devant la joie de ses cousins mais il redevenait sérieux et continuait de fixer Raymond.

À quelques reprises il quitta sa place, courut vers sa chambre, regardait la photo sur laquelle figurait Frank, étudiait les traits de son père et revenait vers son poste d'observation, il semblait chercher à résoudre une énigme.

«Que peut-il bien ruminer?» se demandait la grand-mère qui souriait, émerveillée par la patience de Raymond qui, on le sentait, voulait que les enfants croient qu'il les prenait au sérieux.

C'est à cet instant précis qu'Alice fit son apparition, drapée dans un peignoir de satin blanc garni de plumes de marabout, qui moulait sa taille sculpturale tout en accentuant ses rondeurs, conférant à son corps la grâce d'une nymphe qui se serait échappée du paradis des déesses grecques.

Elle était perchée sur des mules à hauts talons, les cheveux retenus par un turban de soie savamment noué, tout en hauteur, qui la grandissait et l'amincissait davantage. Chacun de ses mouvements embaumait l'air de son parfum.

Son visage, nu de tout maquillage, resplendissait de tout l'éclat de sa jeunesse. Seuls ses longs ongles roses faisaient taches de couleur avec le carmin de ses lèvres charnues et le noir velouté de ses yeux sur lesquels de longs cils épais et arqués faisaient ombrage.

Elle se tenait à quelques pas seulement de Raymond toujours aveuglé par le bandeau.

– Quel crime a commis cet homme, demanda-t-elle, pourquoi le punissez-vous? Je demande qu'on lui remette sa peine.

Raymond cessa de gémir, les enfants se marraient.

– Que l'on dénoue les liens qui retiennent le prisonnier, tonna Juneau.

Et la meute passa à l'action. Le bandeau fut enlevé, Raymond porta une main à son visage comme pour le protéger, c'est alors que la vue de la statue d'albâtre vivante entra dans son champ visuel. Il regarda Alice, avec dans les yeux un émerveillement d'une telle intensité qu'il resta là, bouche bée, figé d'admiration. Les enfants, devenus soudainement très sages, observaient le spectacle.

– Lady Cupidon! s'exclama Raymond dans un souffle, vous, Alice!

Puis, tentant de faire un geste pour se lever, il s'empêtra dans ses liens et tomba aux pieds de la femme.

– Je mourrais volontiers à vos pieds, madame, dit-il sans tenter de se relever.

L'homme l'ignorait encore, mais il ne badinait pas.

Thérèse, témoin de l'aveu lancé spontanément, se mordit les lèvres et sentit s'échapper, à jamais, son beau rêve d'amour.

Son regard allait de l'homme à sa fille, il lui fallait se rendre à l'évidence, Raymond était envoûté, fasciné par la jeune femme, belle à ravir, à laquelle la vie avait donné une certaine maturité qui se reflétait sur ses traits, lui conférant une attitude faite d'assurance mêlée de timidité.

Thérèse se leva, tourna le dos à la scène attendrissante qu'elle n'avait pas le courage d'observer plus longtemps. Elle se rendit à sa chambre, s'appuya contre le chambranle de la porte et ferma les yeux. Ses mains tremblaient, son cœur battait à se rompre. Les sentiments les plus confus ajoutaient à sa peine profonde.

Thérèse le comprenait, la vie exigeait encore qu'elle se sacrifiât, cette fois ce serait pour le bonheur de son enfant.

Pendant que la mère s'efforçait de surmonter ses émotions, un autre miracle se produisait, la vie sentimentale de son aînée gravissait une autre étape. François qui n'avait rien compris à la scène d'amour qui s'était déroulée sous ses yeux, descendit de sa chaise, s'approcha de sa mère, s'agrippa au pan de son peignoir pour attirer son attention et se collant contre elle, désigna Raymond de l'index en s'exclamant:

«Maman, tu le vois bien, ce n'est pas papa, son nez n'est pas pareil.»

***

La brèche qui devait être pratiquée dans le mur pour relier les pièces entre elles ne le fut jamais. Les amoureux emménagèrent dans les lieux qui avaient autrefois servi de bordel. Et avec eux, François.

À l'étage inférieur le sélect restaurant «Les Fieffés Gourmands» est, depuis, assidûment fréquenté par les fins gourmets.

Achevé d'imprimer au Canada
Imprimerie Gagné Ltée Louiseville